변신·단식 광대

세계문학전집
2 4 7

Franz Kafka : Die Verwandlung · Ein Hungerkünstler

변신 · 단식 광대

프란츠 카프카 소설

이재황 옮김

문학동네

일러두기

1. 번역 대본으로는 *Ein Landarzt und andere Drucke zu Lebzeiten*(Franz Kafka, Fischer, 2015)을 사용했다. 참고로 『실종자』(*Der Verschollene*, Fisher, 2008)에 실린 「화부」와는 단락 구분, 문장부호 등 미세한 판본 차이가 있다. 일례로 주인공 카를 로 스만의 나이는 이 책에서는 열일곱이 아닌 열여섯이다.
2. 각주는 모두 옮긴이주다.

차례

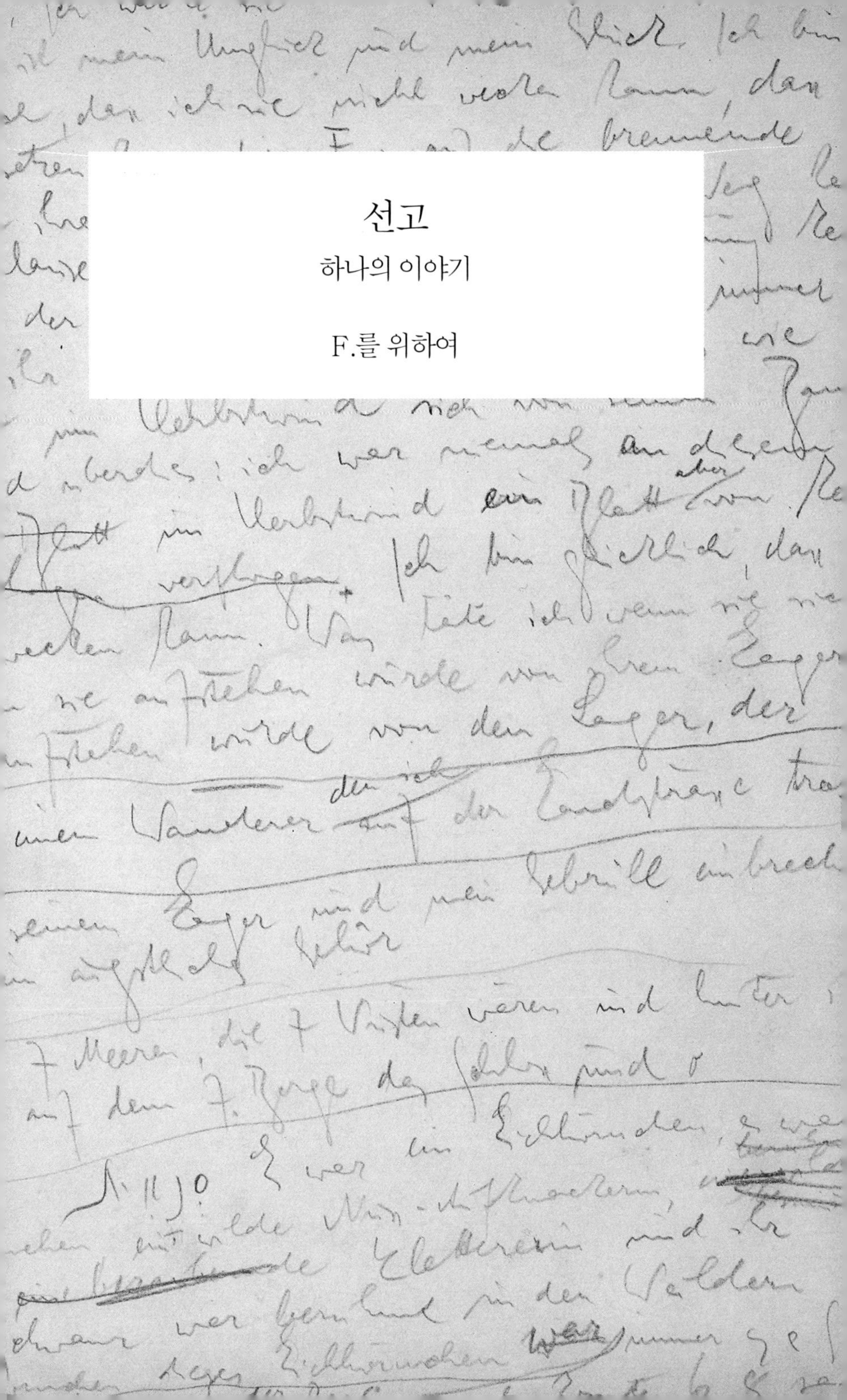

선고

하나의 이야기

F.를 위하여

더없이 화창한 어느 봄날 일요일 오전이었다. 젊은 상인 게오르크 벤데만은 날림으로 지어진 나지막한 집들 중 하나의 2층 자기 방에 앉아 있었다. 강을 따라 일렬로 길게 늘어선 집들은 높이와 색깔만 조금씩 다를 뿐 거의 같은 모습이었다. 외국에 있는 어릴 적 친구에게 보낼 편지를 방금 다 쓴 그는 장난스럽게 천천히 봉투에 넣고 봉한 다음, 책상에 팔꿈치를 괸 채 창밖으로 강과 다리, 연한 녹색 빛을 띤 강 건너 언덕들을 내다보았다.

그는 이 친구가 고향에서 하던 일이 잘 풀리지 않자 불만을 품고 벌써 여러 해 전에 그야말로 도망치듯 러시아로 떠나버린 일에 대해 가만히 생각에 잠겼다. 지금은 페테르부르크에서 사업을 하는데, 처음에는 아주 잘나가는 것처럼 보였지만, 점점 뜸해지는 고향 방문 때마다 신세한탄을 하는 것으로 미루어 이미 오래전부터 부진을 면치 못하는 듯했다. 그렇게 그는 이국땅에서 공연히 고생만 하고 있는 셈이었다. 하관의 무성한 수염이 이상스럽게 느껴졌지만 어린 시절부터 낯익은 얼굴을 완전히 뒤덮고 있진 않았고, 누렇게 뜬 안색은 어떤 병이 진행되고 있음을 암시해주는 것 같았다. 그가 하는 얘기를 들어보면 그곳 교민 사회와는 교류가 없었고 알고 지내는 현지인 가족들도 거의 없어서 평생 독신으로 살다 죽기로 작심한 사람 같았다.

곤경에 처한 것이 분명한 이런 남자, 안타깝지만 어떻게 도와줄 수 없는 사람에게 뭐라고 써 보내는 게 좋을까? 다시 고향으로 돌아오라고, 생활 기반을 이리로 옮기고 예전의 친분 관계를 모두 되살리고―그러는 데 걸림돌이 될 만한 것은 물론 없었다―더 나아가 친구들의 도움에 의지하라고 충고라도 해야 할까? 하지만 그건 그에게 지금까지의 갖은 노력은 실패했으니 이젠 정말이지 그만두어야 한다고, 돌아와서 영구 귀국한 자가 되어 다들 휘둥그레진 눈으로 놀라 쳐다보더라도 감수해야 한다고, 친구들만은 그나마 이해심을 보일 테니 고향에 남아 성공한 그들을 늙은 아이가 된 양 그냥 따라다니기만 하면 된다고 말하는 것이나 다름없었고, 그런 말은 조심스럽게 할수록 그만큼 더 큰 상처만 주게 될 것이었다. 그러면 그에게 괴로움을 안겨줄 게 뻔한데 그게 다 의미가 있는 거라고 자신 있게 말할 수 있겠는가? 일단 그를 고향으로 오게 하는 것부터 녹록지 않을 것이다―고향의 상황을 더는 모르겠다고 그 자신이 말하지 않았던가―그러니 그 모든 것에도 불구하고 그런 충고에 오히려 마음이 상해서 친구들과 한층 더 멀어진 채 그 낯선 땅에 그대로 머무를 것이다. 하지만 그가 정말로 충고를 받아들여 여기에 와서는—물론 무슨 의도적인 일로가 아니라 돌아가는 사정 때문에—기가 죽어서, 친구들과 함께 있든 친구들이 없든 잘 지내지 못하고, 수치심으로 괴로워하다가 정말로 고향도 친구도 없는 신세가 되고 말 거라면, 그럴 바에야 그냥 지금처럼 이국땅에 계속 머무는 편이 그로서는 훨씬 더 낫지 않겠는가? 사정이 이러한데 도대체 그가 여기 와서 과연 더 잘살아갈 거라고 생각할 수 있을까?

이런 까닭에 편지로나마 연락을 계속 주고받으려면 아무리 먼 친척에게라도 서슴없이 전할 것 같은 중요한 소식도 정작 그에게는 알릴 수가 없었다. 친구는 벌써 삼 년 넘게 고향에 오지 않으면서, 그건 러시아 정세가 불안해서 자기 같은 평범한 사업가가 아주 잠깐 자리를 비우는 것도 허락되지 않아서라고 궁색하기 짝이 없는 변명을 늘어놓았지만, 실은 수십만의 러시아인이 유유히 전 세계를 돌아다니고 있었다. 그런데 이 삼 년의 시간 동안 마침 게오르크에게는 많은 변화가 있었다. 이 년 전쯤 어머니가 돌아가신 뒤로 늙은 아버지와 둘이서 함께 살림을 꾸려왔는데, 그 친구도 어떻게 알았는지 편지를 보내 조의를 표했다. 아마도 멀리 낯선 땅에 떨어져 살다보면 그런 일에 대한 슬픔이 전혀 와닿지 않아서라는 것 말고는, 달리 이유를 찾을 수 없을 만큼 무미건조한 어조였다. 하지만 이제 게오르크는 그때부터 다른 모든 일처럼 사업에도 더 결연한 자세로 임하기 시작했다. 아마도 어머니 생전에는 아버지가 사업에서 자기주장만 고집하려고 해서 게오르크가 실질적으로 자기 일을 해나가는 것을 가로막고 있었던 것 같았다. 하지만 어머니가 돌아가시고 나서 아버지는 여전히 회사 일을 보기는 해도 전보다 더 소극적인 것 같았고, 몇 차례 행운이 훨씬 더 중요하게 작용했던 것 같기도 한데—심지어는 이쪽일 가능성이 매우 높았다—어쨌든 이 이 년 사이 사업은 아주 뜻밖의 성장을 이룩했다. 직원 수를 두 배로 늘려야 했고, 매출은 다섯 배로 뛰었으며, 앞으로도 성장세가 계속되리라는 것은 의심의 여지가 없었다.

하지만 친구는 이런 변화를 전혀 모르고 있었다. 예전에 그는, 아마 그 조문 편지가 마지막이었을 텐데, 게오르크에게 러시아 이민을 권유했었고, 마침 게오르크 회사와 같은 업종의 사업이 페테르부르크에서 전망이 밝다며 장광설을 늘어놓기도 했다. 거론된 수치들이 게오르크의 현재 사업 규모에 비하면 너무나 미미한 수준이었다. 하지만 당시 게오르크는 친구에게 사업 성공에 대한 얘기를 편지로 써 보낼 마음이 전혀 없었고, 지금 와서 뒤늦게 그런 편지를 쓴다면 정말 이상해 보일 것이다.

그래서 게오르크가 친구에게 쓰는 내용은 늘 평온한 일요일 생각에 잠길 때 기억 속에 두서없이 떠오르는 별 대수롭지 않은 일들로 한정되어 있었다. 친구가 그 긴 시간 동안 머릿속으로 그려와 익숙해졌을 고향 도시의 이미지를 그대로 두고 싶었을 뿐이다. 그러다가 친구와는 아무 상관 없는 누군가가 마찬가지로 아무 상관 없는 여자와 약혼한 이야기를 상당한 시간 간격을 두고 세 번이나 써 보내는 바람에, 급기야 게오르크의 의도와는 전혀 다르게 친구가 이 특이한 일에 대해 관심을 보인 적도 있었다.

하지만 게오르크는 한 달 전 프리다 브란덴펠트라는 유복한 가정의 여자와 약혼한 사실을 친구에게 고백하느니 그런 사소한 일들에 대해 쓰는 편이 훨씬 더 좋았다. 그는 약혼녀와 종종 이 친구에 대해, 서신 왕래로 그와 맺고 있는 특별한 관계에 대해 이야기를 나누었다. "그러니까 그 친구는 우리 결혼식에 올 생각도 못하겠네." 그녀가 말했다. "그래도 난 당신 친구들 모두와 알고 지낼 권리가 있는데." "그 친구를 불편하게 하고 싶지 않아." 게오르크는 대답했다. "내 마음 좀 이해해 줘. 알게 되면 아마 오겠지. 적어도 난 그렇게 믿어. 하지만 억지로 불려와서 상처받았다는 느낌만 들 거야. 어쩌면 나를 부러워할 테고 틀림없이 불만스러울 거고 이 불만을 쉽사리 떨쳐버리지도 못한 채 다시 혼자서 돌아가겠지. 혼자서 말이야—그게 뭔지 알겠어?" "그래, 근데 그 친구가 우리 결혼에 대해 다른 방법으로 알게 될 수도 있지 않을까?" "물론 그건 내가 막을 수 없지만 그 친구 생활방식을 보면 그런 일은 생기기 어려워." "당신에게 그런 친구들이 있다면, 게오르크, 약혼 같은 건 하지 말았어야 해." "그래, 그건 우리 둘의 잘못이야. 하지만 이제 와서 달리 어떻게 해보고 싶은 마음도 없어." 그런데 그녀가 그의 키스 세례에 가쁜 숨을 쉬면서도 "그래도 속상한 건 어쩔 수 없네"라고 내뱉듯이 말했을 때, 그는 친구에게 있는 사실을 다 써 보내도 사실 별 탈 없을지 모른다는 생각이 들었다. '나는 이런 사람이고 그 친구도 이런 나를 그대로 받아들여야 해.' 그는 속으로 말했다. '그와의 우정을 지키겠다고 내게서 일부를 떼어내 그에게 더 어울릴 법한 사람을 만들어낼 수야 없는 노릇이지.'

그래서 그는 실제로 이 일요일 오전에 쓴 장문의 편지를 통해 친구에게 약혼 사실을 다음과 같은 말로 알렸다. "가장 좋은 소식은 마지막에 알리려고 아껴뒀어. 나는 유복한 집안의 여식인 프리다 브란덴펠트 양과 약혼했어. 그녀의 가족은 자네가 떠나고 나서 한참 후에야 이곳에 옮겨와 자리잡았으니 잘 모르겠지. 내 약혼녀에 대해서는 앞으로 더 자세히 얘기할 기회가 있을 거야. 오늘은 내가 꽤나 행복하다는 소식, 그리고 우리 둘 사이에 뭔가 변한 게 있다면 자네는 이제 아주 평범한 친구 대신 행복한 친구를 두게 될 거라는 소식으로 만족해줘. 게다가 자네한테 따뜻한 안부 인사를 전해달라며 머지않아 직접 편지를 쓰겠다는 내 약혼녀도 자네의 진실한 친구가 되어줄 거야. 총각한테 전혀 의미 없는 일은 아닐 테지. 여러 가지 일로 자네가 우리집을 방문하기 어렵다는 건 알아. 하지만 바로 내 결혼식이 자네를 가로막고 있는 온갖 장애물을 일거에 허물어뜨릴 절호의 기회가 되지 않을까? 그렇지만 사정이야 어찌 되든 너무 앞뒤 살피지 말고 그저 자네 좋을 대로 해."

편지를 손에 들고 게오르크는 얼굴을 창 쪽으로 돌린 채 오랫동안 책상에 앉아 있었다. 아는 사람이 지나가다가 길거리에서 인사를 건네도 멍하니 미소 지을 뿐 제대로 답하지 않았다.

마침내 그는 편지를 주머니에 집어넣고 방을 나와서 작은 복도를 지나, 벌써 몇 달째 발을 들여놓지 않던 아버지 방으로 갔다. 아버지와는 회사에서 수시로 마주쳐서 평소에는 굳이 그럴 필요가 조금도 없었다. 점심도 한 음식점에서 같은 시간에 먹었고, 저녁은 각자 취향대로 알아서 해결했지만, 그런 다음에는 게오르크가 친구들과 모임을 갖거나— 그런 날이 제일 많았다—요새처럼 약혼녀를 찾아가지 않는 날이면 공동의 거실에서 대개 각자 신문을 들고 한동안 앉아 있었다.

이렇게 햇살 가득한 오전 시간인데도 아버지의 방이 어찌나 어두운지 게오르크는 깜짝 놀랐다. 좁은 안마당 건너편에 우뚝 솟은 높은 담벼락이 짙은 그림자를 드리우고 있었다. 아버지는 돌아가신 어머니의 추억이 담긴 여러 물건으로 꾸며진 한구석의 창가에 앉아 약한 시력을 보완하려고 신문을 눈앞에서 약간 옆으로 비켜 든 채 보고 있었다. 테이블에는 아침식사를 하고 남은 음식이 놓여 있었는데 별로 먹은 것 같지 않았다.

"아, 게오르크구나!" 아버지는 이렇게 말하고 곧장 그에게로 다가왔다. 걸음을 옮기자 두꺼운 잠옷이 벌어지면서 양 끝자락이 너풀거렸다—'아버지는 여전히 거인이야.' 게오르크는 속으로 생각했다.

"여긴 너무 어둡네요." 이어서 그가 말했다.

"그래, 어둡긴 하지." 아버지가 대답했다.

"창문도 닫아놓으셨어요?"

"난 그게 더 좋아."

"밖은 아주 따뜻해요." 게오르크는 앞서 한 말에 덧붙이듯이 말하고 자리에 앉았다.

아버지는 아침 먹은 그릇을 치워 서랍장 위에 올려놓았다.

"다름이 아니라", 게오르크는 완전히 넋이 나가 멍한 눈으로 노인의 거동을 좇으면서 말을 이었다. "페테르부르크에 제 약혼 소식을 전했다는 말씀을 드리려고요." 그는 주머니에서 편지를 살짝 꺼내다 말고 도로 집어넣었다.

"페테르부르크에?" 아버지가 물었다.

"제 친구한테요." 게오르크는 이렇게 말하면서 아버지의 눈을 살폈다. —'회사에선 전혀 딴사람인데.' 그는 생각했다. '여기서는 이렇게 떡 버티고 앉아 가슴 위로 팔짱을 끼고 계시는구나.'

"그래. 네 친구한테 말이지." 아버지가 힘주어 말했다.

"아버지도 아시잖아요. 처음엔 약혼 사실을 그 친구한테 말하지 않으려고 했다는 것을요. 그를 배려한 거지 다른 이유는 없었어요. 아버지도 아시다시피 까다로운 친구잖아요. 혼자 고독하게 살고 있어서 그럴 리가 거의 없긴 하지만 다른 경로로 제 약혼 소식을 알게 될 수도 있으리라 생각했어요―그것까지 제가 막을 수는 없는 노릇이지요. 하지만 그 친구가 적어도 저한테서 직접 소식을 듣게 되는 일은 없었으면 했어요."

"그런데 지금은 생각이 달라졌다는 거냐?" 아버지는 그렇게 묻고서 커다란 신문을 창턱에 올려두고 그 위에 안경을 벗어놓고는 손으로 그 안경을 가렸다.

"네, 이제 다시 생각하게 됐어요. 그가 저의 좋은 친구라면 제 행복한 약혼이 그에게도 행복이 될 거라고 생각했어요. 그래서 더 머뭇거리지 않고 약혼 소식을 알리기로 했고요. 하지만 편지를 우체통에 넣기 전에 아버지께 말씀드리고 싶었어요."

"게오르크", 아버지가 말하자 이가 없는 입이 옆으로 길게 벌어졌다. "잘 들어라! 넌 이 일 때문에 나와 상의하러 왔단 말이지. 그건 의심할 여지 없이 잘한 일이야. 하지만 네가 지금 온전한 진실을 말하지 않는다면 그건 아무것도 아니야. 아니, 아무것도 아닌 것보다 더 나빠. 나는 이 일과 상관없는 것들을 들춰내고 싶진 않다. 네 소중한 어머니가 세상을 떠난 뒤로 모종의 좋지 않은 일들이 일어났지. 어쩌면 그럴 때가 된 것 같기도 하고, 어쩌면 그때가 우리 생각보다 더 빨리 온 건지도 모르겠다. 회사에서 내가 모르고 넘어가는 일이 꽤 많지. 일부러 나한테 숨기는 건 아닐 거야―난 이제 누가 나한테 뭔가 숨기고 있다는 생각은 추호도 하고 싶지 않다—더는 기력도 충분치 않고 기억력도 떨어지고 있어. 그 많은 일이 다 눈에 들어오지도 않아. 이것은 첫째로 자연의 섭리고, 둘째로 네 엄마의 죽음이 너보다 나한테 훨씬 더 큰 타격이 됐기 때문이야. —하지만 방금 이 문제, 이 편지 얘기를 하던 참이었으니, 게오르크, 제발 부탁인데 날 속이지는 말아다오. 그건 사소한 일이야. 터럭만큼의 가치도 없어. 그러니 날 속이지 마라. 페테르부르크에 정말 그런 친구가 있기는 하니?"

게오르크는 당황해서 일어섰다. "제 친구들 얘기는 그만하기로 해요. 저한테 천 명의 친구가 있다 해도 아버지를 대신하지는 못해요. 제가 무슨 생각을 하는지 아세요? 아버지는 자신을 너무 돌보지 않아요. 하지만 그 연세에는 건강에 신경쓰셔야죠. 아버지는 회사에서 제게 없어서는 안 될 분이에요. 아버지도 아주 잘 아시잖아요. 만약 일 때문에 아버지 건강이 상할 것 같으면 당장 내일이라도 회사 문을 영영 닫아 버릴 거예요. 그건 안 될 일이지요. 그러니 이제부터는 우리 생활방식이 아버지에게 맞춰 달라져야 해요. 정말 근본적으로요. 아버지는 여기 어둠 속에 앉아 계시죠, 거실에 나가면 환할 텐데요. 아침도 뜨는 둥 마는 둥 하시네요. 제대로 드시고 기운을 내셔야죠. 창문은 왜 닫고 계세요. 바깥공기를 쐬어야 몸에 좋잖아요. 안 되겠어요, 아버지! 제가 의사를 부를 테니 지시에 따르기로 해요. 우리, 방도 바꿔요. 아버지는 앞방으로 옮기시고 제가 이 방으로 올게요. 아버지한테는 아무 변화도 없을 거예요. 여기 모든 걸 그대로 함께 옮길 테니까요. 하지만 그러려면 시간이 걸리니 지금은 일단 좀 침대에 누우세요. 아버지는 절대 안정이 필요해요. 자, 옷 벗는 거 거들어드릴게요. 이제 보세요. 저는 할 수 있어요. 아니면 당장 앞방으로 가실래요. 가서 잠시 제 침대에 누우세요. 아닌 게 아니라 그편이 아주 현명하겠네요."

게오르크는 헝클어진 백발의 머리를 가슴에 떨구고 있는 아버지 바로 옆에 섰다.

"게오르크." 아버지는 꼼짝도 하지 않고 나지막하게 말했다.

게오르크는 곧바로 아버지 옆에 무릎을 꿇고, 아버지의 지친 얼굴에서 휘둥그레진 눈동자가 가장자리로 치우쳐 자신을 향해 있는 것을 보았다.

"너는 페테르부르크에 친구가 없어. 늘 엉뚱한 소리를 잘하더니만 내 앞에서까지 자제를 못하는구나. 도대체 그런 곳에 무슨 친구가 있다는 거냐! 도무지 믿을 수가 없다."

"아버지, 다시 한번 잘 좀 생각해보세요." 게오르크는 그렇게 말하고 아버지를 의자에서 일으켜, 무척 힘없이 서 있는 채로 두고서 아버지의 잠옷을 벗겼다. "제 친구가 우리집에 다녀간 지 이제 곧 삼 년이네요. 아버지가 그 친구를 그다지 좋아하지 않으셨던 거 아직 기억해요. 마침 걔가 와서 제 방에 앉아 있는데도 제가 아버지 앞에서 아닌 척 굴었던 게 최소한 두 번은 돼요. 물론 아버지가 걔를 싫어하시는 것도 이해는 갔어요. 좀 독특한 데가 있는 친구니까요. 하지만 나중에는 그 친구와 다시 아주 즐겁게 얘기를 나누시기도 했어요. 당시 걔의 얘기에 귀기울이며 고개를 끄덕이시기도 하고 질문을 던지시기도 하는 아버지를 보면서 제가 얼마나 뿌듯했는지 몰라요. 찬찬히 되짚어보면 틀림없이 기억나실 거예요. 당시 그 친구가 러시아혁명에 관한 믿기 어려운 이야기들을 들려줬잖아요. 그중 일례로 친구가 키이우에 출장 갔을 때 맞닥뜨린 소요 사태 와중에 한 성직자가 발코니에 나와서 칼로 손바닥에 옆으로 퍼진 모양으로 피의 십자가를 긋고는 그 손을 들어올려 군중을 향해 호소하는 광경을 목격했다는 얘기도 했죠. 그 이야기를 아버지가 몸소 여기저기 옮기시기도 했고요."

그러는 동안 게오르크는 아버지를 다시 앉히고 리넨 사각팬티 위에 입은 메리야스 바지와 양말 두 짝을 조심스럽게 벗겨내는 데 성공했다. 별로 깨끗하지 못한 속옷을 보면서 그는 아버지를 소홀히 한 자신을 책망했다. 아버지가 속옷을 갈아입도록 살피는 일도 당연히 그의 의무일 터였다. 장차 아버지를 어떻게 모실지 약혼녀와 아직 명확히 얘기를 나누지는 않았지만, 아버지가 이 낡은 집에 혼자 남게 될 거라는 것이 두 사람의 암묵적인 전제였다. 하지만 지금 그는 아버지를 새로 마련할 신혼집에 같이 사시게 해야겠다고 순간 아주 단호하게 결심했다. 엄밀히 따지면 신혼집을 마련하고 나서 아버지를 보살펴드리는 것도 너무 늦은 것일 수 있겠다는 생각이 들었다.

그는 아버지를 안아서 침대로 데려갔다. 그쪽으로 몇 걸음 옮기다가 아버지가 자신의 가슴께에 늘어진 시곗줄을 만지작거리며 장난치는 것을 알아차리고는 섬뜩한 느낌이 들었다. 시곗줄을 어찌나 꽉 붙잡던지 아버지를 곧바로 침대에 눕힐 수 없을 정도였다.

하지만 아버지는 침대에 눕자 아무 일도 없는 것처럼 괜찮아 보였다. 그는 스스로 이불을 덮고 어깨 위로 한껏 끌어당겼다. 그러고는 그럭저럭 다정한 눈길로 게오르크를 쳐다보았다.

"그렇죠, 이제 그 친구가 기억나시죠?" 게오르크는 그렇게 물으며 아버지를 격려하는 뜻으로 고개를 주억거렸다.

"내가 지금 잘 덮고 있느냐?" 아버지는 마치 발이 제대로 덮였는지 확인할 수 없다는 듯 물었다.

"침대에 누우니 기분이 좋으신가봐요." 게오르크는 그렇게 말하며 더 꼼꼼히 이불자락을 여몄다.

"내가 잘 덮고 있느냐?" 아버지는 한번 더 물었고 대답에 특히 주의를 기울이는 듯했다.

"걱정 마세요, 잘 덮고 계세요."

"아니야!" 아버지는 대답이 질문에 부딪칠 정도로 버럭 소리를 지르더니, 순간 이불이 활짝 펼쳐져 휘날릴 만큼 세게 차내고 침대 위에 똑바로 일어서서는 한 손만 천장에 살짝 대고 있었다. "네가 나를 덮으려 했다는 거 안다, 이 고얀 녀석아. 하지만 난 아직 덮이지 않았어. 이게 내게 남은 마지막 힘이어도 널 상대하기에는 충분해, 상대하고도 남지! 나는 네 친구를 잘 알아. 그 아인 내 마음속 아들이라 할 수 있지. 그래서 넌 그 긴 세월 동안 그애를 속여온 거지. 그게 아니면 왜 그랬겠어? 넌 내가 그애 때문에 눈물을 흘리지 않았을 거라고 생각하느냐? 그래서 넌 문 걸어 잠그고 사무실에 처박혀 있는 거잖아. 사장님은 지금 바쁘니까 아무도 성가시게 하지 말라면서ㅡ고작 러시아에 보낼 거짓 편지 쪼가리나 쓰고 있을 뿐인데. 하지만 다행히 아버지는 누가 가르쳐주지 않아도 아들을 꿰뚫어볼 수 있는 법이다. 이제 넌 그애를 제압했다고 생각했겠지. 완전히 제압해서 엉덩이로 깔고 앉아 그애가 옴짝달싹도 못한다고 말이야. 그러자 우리 아드님께서는 결혼을 결심하신 거고!"

게오르크는 아버지의 소름 끼치는 형상을 올려다보았다. 아버지가 갑자기 그렇게 잘 안다는 페테르부르크의 친구가 전에 없이 그의 마음을 사로잡았다. 드넓은 러시아 땅에서 망해버린 친구의 모습이 눈에 선했다. 완전히 털려 텅 빈 상점의 문가에 서 있는 그의 모습이 떠올랐다. 폐허가 된 진열대, 산산조각난 물건들, 떨어질 듯 대롱거리는 가스등 사이에 간신히 서 있었다. 뭐하려고 그는 그토록 멀리까지 떠나가야 했을까!

"하지만 날 봐라!" 아버지가 소리쳤다. 그러자 게오르크는 거의 넋이 나간 채로 사태의 전모를 파악하려고 침대로 달려가다가 도중에 멈춰섰다.

"그년이 치마를 들어올리는 바람에", 아버지가 피리 소리처럼 높은 목소리로 말하기 시작했다. "그년이, 그 더러운 년이 치마를 이렇게 들치는 바람에", 그 장면을 재현해 보이려고 아버지가 속옷을 치켜올리자 전쟁 때 생긴 허벅지 상처가 드러났다. "치마를 이렇게, 이렇게, 이렇게 들치는 바람에 너도 그 계집한테 다가붙은 거야. 그리고 이제는 아무 거리낌 없이 그년이랑 재미를 보려고 어머니에 대한 추모의 마음을 더럽히고, 친구를 배신하고, 네 아버지를 꼼짝 못하게 침대에 처박아놨지. 그런데 네 아버지가 움직일 수 있더냐 없더냐?"

그러고서 아버지는 아무데도 짚지 않고 서서 두 다리를 쭉 펴고 흔들어댔다. 아버지는 통찰력으로 빛나고 있었다.

게오르크는 한구석에 아버지에게서 되도록 멀찍이 떨어져 서 있었다. 한참 전에 그는 정면공격은 아니더라도 뒤에서든 위에서든 기습을 당하지 않도록 모든 것을 아주 면밀하게 관찰해야겠다고 단단히 결심했었다. 일찌감치 잊고 있던 그 결심을 지금 다시 떠올렸지만, 짧은 실이 바늘귀에서 스르르 빠지듯 또 잊어버렸다.

"그런데 결국 그 친구는 배신당한 게 아냐!" 아버지는 그렇게 외치고 집게손가락을 까딱까딱해서 그 말에 힘을 실었다. "나는 그애의 이곳 현지 대리인이었다."

"희극배우가 따로 없네요!" 게오르크는 그만 자기도 모르게 소리치곤 금방 그 말이 가져올 화를 알아차리고서 뒤늦게―두 눈은 굳어버린 채―혀를 깨물었는데 너무 아파 몸이 푹 꺾였다.

"그래, 물론 나는 연기를 한 거다! 연기를! 좋은 말이야! 홀아비가 된 늙은 아비한테 다른 무슨 위안거리가 남아 있겠느냐? 어디 말해봐라―대답하는 순간만이라도 나의 살아 있는 아들이 되어봐―뒷방에 처박혀서 간신배 같은 직원들에게 시달리며 뼛속까지 늙어버린 내게 남은 게 뭐가 있겠니? 그런데 내 아들은 환호성을 지르며 세상을 돌아다니고 내가 다 성사시켜놓은 사업 계약을 체결하고 기뻐서 고꾸라질 지경이었지. 그러곤 아버지 앞에서는 과묵한 신사의 얼굴을 하고서 자리를 피해버렸고! 네가 나한테서 나왔는데 내가 널 사랑하지 않았다고 생각하느냐?"

'이제 아버지는 몸을 앞으로 숙일 거야.' 게오르크는 생각했다. '굴러 떨어져서 박살나버렸으면!' 그 말이 머릿속을 휙 지나갔다.

아버지는 몸을 앞으로 숙였지만 굴러떨어지지는 않았다. 예상과 달리 게오르크가 다가오지 않자 그는 다시 몸을 일으켰다.

"거기 그대로 있어. 난 네가 필요 없다! 넌 네가 이리로 올 만한 힘이 아직 있는데 그냥 내키지 않아서 자제하는 거라고 생각하겠지. 착각하지 마라! 내가 여전히 훨씬 더 강하거든. 나 혼자라면 뒤로 물러나야 했을지도 모르지만, 네 어머니가 이렇게 힘을 보태주었고, 네 친구와는 멋진 동맹을 맺었고, 네 고객들의 명단이 여기 내 주머니 속에 있단 말이다!"

'아버지는 속옷에도 주머니가 있구나!' 게오르크는 속으로 말하며 이 말로 아버지를 온 세상에 웃음거리로 만들 수 있을 거라고 생각했다. 그런 생각도 한순간뿐이었다. 그는 모든 것을 자꾸만 잊어버렸다.

"네 약혼녀랑 팔짱 끼고 나한테로 좀 오지 그래! 내 고것을 네 옆구리에서 떼어내 치워버릴 테니. 넌 모르겠지, 어떻게 하는지 두고 봐!"

게오르크는 그 말을 믿지 못하겠다는 듯 얼굴을 찡그렸다. 아버지는 자기가 하는 말이 정말이라고 강변하려는 듯 게오르크가 서 있는 구석을 향해 고개를 끄덕일 뿐이었다.

"네가 오늘 나한테 와서 네 친구에게 약혼 사실을 알리는 편지를 보내야 할지 물었을 때 얼마나 재미있었는지 모른다. 그애는 다 알아, 이 멍청한 녀석아. 다 안다고! 내가 그애한테 편지를 썼거든. 네가 나한테서 필기구를 치우는 걸 깜빡했기 때문이야. 그래서 그애가 벌써 몇 년째 오지 않는 거야. 모든 것을 너 자신보다 백 배는 더 잘 아니까. 네 편지는 왼손에 쥐고 읽지도 않고 구겨버리는 반면 내 편지는 오른손에 든 채 읽으려고 눈앞에 대고 있지!"

아버지는 감격스러운 나머지 팔을 머리 위로 흔들어댔다. "그애는 모든 걸 천 배는 더 잘 알아!" 하고 소리쳤다.

"만 배겠지요!" 게오르크는 아버지를 놀리려고 이렇게 말했지만, 입 속에서 그 말은 죽음처럼 진지한 울림을 얻었다.

"나는 몇 년 전부터 네가 이런 문제를 들고 올 거라 예상하고 지켜보고 있었다! 내가 다른 일을 신경쓴다고 생각하느냐? 신문이나 보고 있는 줄 알아? 자!" 그러고서 그는 어쩌다가 침대 속으로 딸려 들어오게 된 신문지 한 장을 게오르크에게 던졌다. 게오르크는 이름도 전혀 모르는 낡은 신문이었다.

"철이 들 때까지 얼마나 꾸물거릴 셈이냐! 어머니는 기쁜 날도 못 보고 세상을 떠나야 했고, 그놈의 러시아에서 망해가고 있는 친구는 이미 삼 년 전에 얼굴이 누렇게 떠서 포기하고 싶을 만큼 병색이었지. 그리고 나는, 지금 내 상태가 어떤지는 네가 직접 보고 있지. 너도 눈이 있으니 말이야!"

"그러니까 아버지는 저를 호시탐탐 노리고 계셨군요!" 게오르크가 소리쳤다.

아버지는 딱하다는 듯 지나가는 말로 덧붙였다. "아마 진작부터 그렇게 말하고 싶었겠지. 지금은 더이상 맞지 않는 말이다."

그러고는 더 큰 소리로 말했다. "그러니까 이제는 너 말고도 무엇이 있었는지 알겠지! 지금까지는 너 자신밖에 몰랐었지만! 너는 본래 순진무구한 아이였지만, 더 근본적으로는 악마 같은 인간이었어! ─그러니 들어라, 이제 나는 너에게 익사형을 선고하노라!"

게오르크는 밖으로 내몰리는 느낌이었고, 등뒤에서 아버지가 침대로 쓰러지는 쿵 소리가 방을 나와서도 계속 귓전을 맴돌았다. 그는 마치 경사면을 내달리듯이 계단을 뛰어내려가다가 마침 아침 청소를 하러 올라오던 하녀와 마주쳐 그녀를 놀라게 했다. 그녀는 "에구머니나!" 하고 외치며 앞치마로 얼굴을 가렸지만 그는 이미 사라지고 없었다. 성문 밖으로 뛰쳐나온 그는 쫓기듯이 차도를 건너 물가로 다가갔다. 어느새 그는 굶주린 사람이 먹을 것을 움켜쥐듯이 난간을 꽉 붙잡았다. 소년 시절 뛰어난 체조 선수로 부모님의 자랑거리였던 그는 휘리릭 하고 난간 너머로 몸을 넘겼다. 점점 힘이 빠지는 두 손으로 여전히 난간을 꽉 붙잡은 채, 자신이 물에 떨어지는 소리를 지나가면서 가볍게 덮어버릴 버스 한 대를 난간 기둥들 사이로 엿보면서 나지막이 외쳤다. "사랑하는 아버지 어머니, 그래도 저는 언제나 당신들을 사랑했어요." 그러고는 몸을 아래로 떨어뜨렸다.

그 순간 다리 위로는 정말 끝없이 이어질 것 같은 차량의 왕래가 계속되고 있었다.

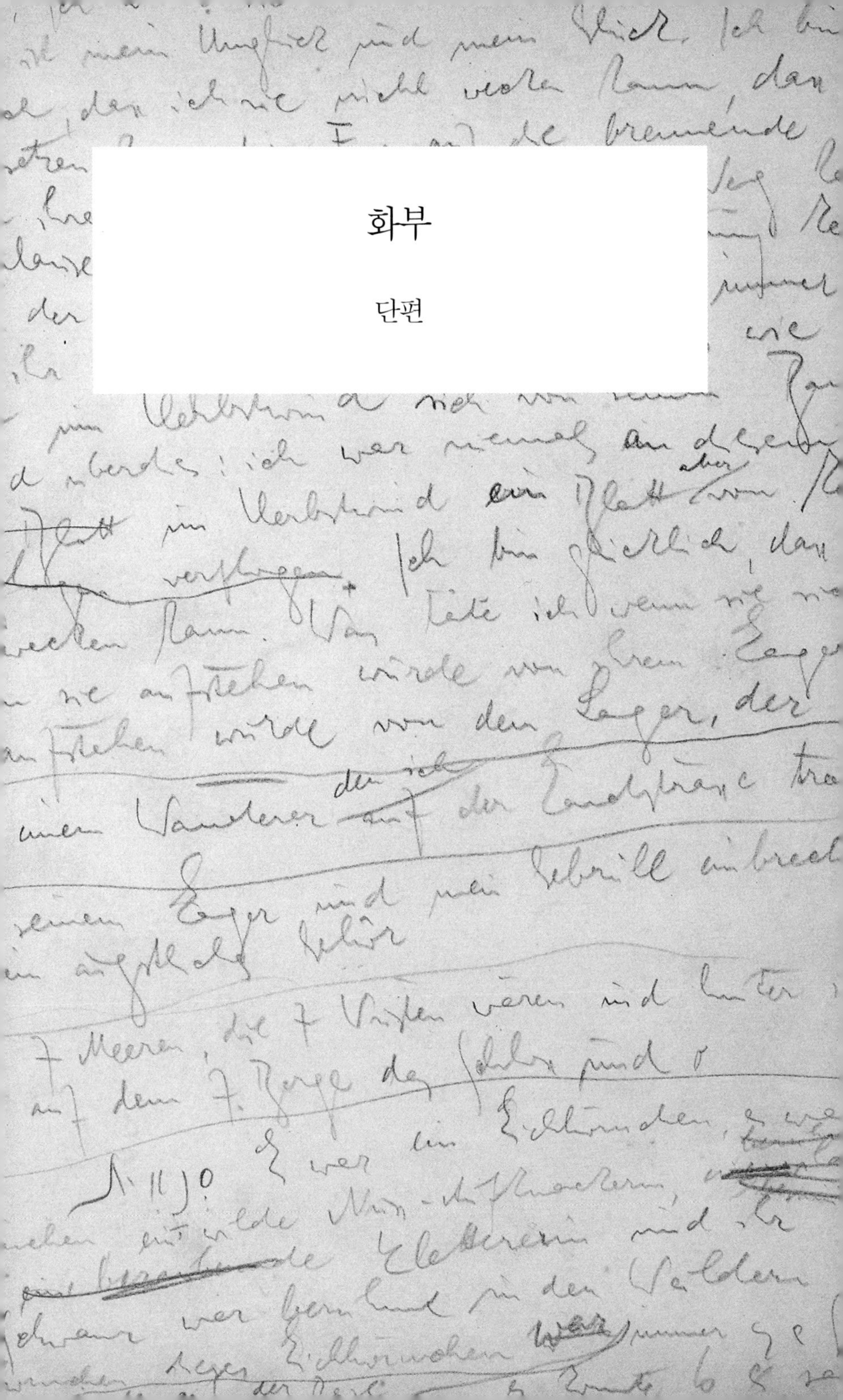

화부

단편

이미 속력을 늦춘 배가 뉴욕항에 들어서자, 열여섯 살의 카를 로스만은 진작부터 지켜보던 자유의 여신상이 갑자기 더 강렬해진 햇빛을 받은 듯 그쪽으로 시선을 주었다. 하녀의 유혹에 넘어가 임신을 시킨 일로 그의 가난한 부모가 그를 미국으로 보낸 길이었다. 칼을 든 여신의 팔은 마치 새로 돋아난 것처럼 우뚝 솟아 있었고 여신의 형상 주위로는 싱그러운 바람이 불었다.

"정말 높구나!" 혼잣말을 하며 배에서 내릴 생각을 하지 않던 그는 옆을 지나가는 짐꾼의 수가 늘어나면서 갑판 난간까지 조금씩 떠밀렸다.

여행중에 잠깐 친하게 지낸 젊은 남자가 지나가면서 말했다. "그래, 아직도 내릴 생각이 없어요?" "준비는 다 됐습니다." 카를은 그를 보고 빙긋이 웃으며 그렇게 말하고는 자신이 힘센 청년이라는 듯 기고만장해 여행가방을 번쩍 들어 어깨에 올렸다. 하지만 지팡이를 살랑살랑 흔들면서 이미 다른 이들과 함께 멀어져가는 남자 쪽을 보는 순간, 우산을 아래 선실에 두고 왔다는 것을 깨달았다. 그리 달가운 눈치는 아니었지만, 남자를 얼른 붙잡아 잠시만 여행가방을 봐달라고 부탁한 다음, 돌아올 때 길을 올바로 찾을 수 있게 주변을 재빨리 둘러보고는 서둘러 자리를 떴다. 그런데 아래로 내려가보니 선실로 가는 길을 크게 단축시켜주었을 복도 하나가 안타깝게도 폐쇄되어 있었다. 그런 경우는 처음이었는데 아무래도 승객 전원의 하선下船 상황과 연관이 있는 것 같았다. 그래서 수많은 작은 공간들과 끊임없이 구부러지는 통로들, 연속적으로 나타나는 짧은 계단들, 책상 하나만 덩그러니 놓인 텅 빈 방을 지나 고생스럽게 길을 찾아나가야 했다. 하지만 이 길은 딱 한 번인가 두 번, 그것도 그때마다 여러 사람과 어울려 지나간 것이 전부여서 정말이지 완전히 길을 잃고 말았다. 어찌할 바를 모르는 속수무책의 상황에, 사람 하나 만나지 못한 채 머리 위로는 수천 명의 신발이 바닥 긁는 소리만 끊임없이 들리고, 저멀리서는 이미 정지한 엔진의 마지막 작동 소리가 마치 꺼져가는 숨결처럼 희미하게 들려왔기에, 그는 아무 생각 없이 닥치는 대로 작은 문 하나를 두드리기 시작했다. 이리저리 헤매다가 마주친 문이었다.

"열려 있소." 안에서 누가 외치자 카를은 땅이 꺼져라 안도의 한숨을 내쉬며 문을 열었다. "왜 그렇게 미친듯이 문을 두드려대는 거요?" 카를을 보자마자 몸집이 산만한 남자가 물었다. 배 위쪽에서 하도 오래 켜놓아 흐릿해져버린 불빛이 저 위 어딘가의 채광창을 통해 옹색한 선실 안으로 비쳐들었다. 침대 하나, 장롱 하나, 의자 하나 그리고 그 남자가, 마치 창고 안에 집어넣은 것처럼 서로 다닥다닥 붙어 있었다. "길을 잃었어요." 카를이 말했다. "여행중에는 전혀 몰랐는데 엄청나게 큰 배로군요." "그렇소, 맞는 말이오." 남자는 얼마간 뿌듯해하며 말하면서도, 작은 트렁크의 자물쇠를 쉴새없이 만지작거리고 걸쇠가 찰칵 채워지는 소리를 들으려고 양손으로 트렁크를 연신 눌러댔다. "자, 어서 들어오시게." 남자가 계속 말했다. "밖에 그렇게 서 있지 말고 어서." "방해가 안 될까요?" 카를이 물었다. "에이, 자네가 무슨 방해를 하겠나?" "독일인이신가요?" 카를은 특히 아일랜드 사람들이 미국에 이제 막 들어온 자들을 해코지한다는 얘기를 많이 들어서 확인해두고자 했다. "나는, 그렇지." 남자가 말했다. 카를은 여전히 머뭇거렸다. 그때 갑자기 남자가 문고리를 잡더니 문을 당겨 급히 닫으며 카를을 안으로 들였다. "나는 복도에서 누가 들여다보는 걸 좋아하지 않네." 남자는 그렇게 말하고 다시 트렁크 작업에 매달렸다. "누구나 여길 지나가면서 이 안을 들여다본단 말이야, 열에 한 놈쯤은 내 참아주지." "하지만 이 복도는 텅 비었잖아요." 카를이 침대 기둥에 눌려 불편한 자세로 서서 말했다. "그렇지, 지금은." 남자가 말했다. '지금이 중요하지.' 카를은 속으로 생각했다. '이자와는 얘기가 통하기 어렵겠군.' "자, 침대에 눕게. 거기가 더 널찍할 걸세." 남자가 말했다. 카를은 되는대로 기어들다가 훌쩍 뛰어오르려는 첫 시도가 잘되지 않자 큰 소리로 웃었다. 하지만 마침내 침대에 들자마자 그는 소리쳤다. "맙소사, 여행가방을 까맣게 잊고 있었잖아." "어디에 있는데 그러나?" "위쪽 갑판에요. 아는 사람이 봐주고 있어요. 이름이 뭐였더라?" 그러고는 어머니가 여행을 앞두고 상의 안쪽에 달아준 비밀 호주머니에서 명함을 꺼냈다. "부터바움, 프란츠 부터바움이에요." "그 가방이 꼭 필요한 건가?" "물론이지요." "그렇다면 왜 그걸 낯선 사람에게 맡겼나?" "이 아래에 놔두고 간 우산을 가지러 달려온 참인데 여행가방을 질질 끌고 다니긴 싫었던 거죠. 그러다 길까지 잃어버렸어요." "자네 혼자인가? 동행이 없어?" "네, 혼자입니다." 어쩌면 이 남자를 의지해야 할지도 모르겠다는 생각이 번뜩 카를의 뇌리를 스쳤는가. 어디서 당장 이보다 나은 친구를 찾겠는가. "그럼 이제 여행가방까지 잃어버렸군. 우산 얘기는 할 것도 없고." 그러고서 남자는 이제야 카를의 일에 약간 관심이 생긴다는 듯 의자에 앉았다. "그래도 아직까지는 여행가방을 잃어버리지 않았을 거라고 믿어요." "믿는 자에게 복이 있나니." 남자는 말하면서 짧고 숱 많은 짙은 색 머리를 벅벅 긁어댔다. "항구가 바뀌면 배 위의 풍속도 바뀌는 법. 함부르크에서라면 그대의 부터바움이 여행가방을 지켜주었을 테지만, 여기서는 십중팔구 둘 다 흔적조차 찾을 수 없을 게 분명하네." "그래도 당장 위에 올라가 찾아봐야겠어요." 카를은 말하면서 어떻게 하면 여기를 나갈 수 있을지 주위를 둘러보았다. "그냥 여기 있게." 남자는 말하면서 카를의 가슴을 거의 거칠다 싶게 한 손으로 밀쳐 침대에 도로 주저앉혔다. "대체 왜 이러는 거예요?" 카를이 화를 내며 물었다. "가봤자 소용없는 일이니까." 남자가 말했다. "잠시 후면 나도 나가니 같이 가보세. 여행가방을 훔쳐갔으면 어쩔 도리가 없으니 두고두고 애석해하며 눈물짓든가, 그 사람이 여전히 가방을 지키고 있다면 바보가 분명하니 계속 지키고 있게 하는가, 그가 단지 정직한 사람이라 가방을 어딘가에 세워두었다면 배가 완전히 빌 때까지 그만큼 가방을 더 잘 찾게 되든가 할 테니. 자네 우산도 마찬가지고." "이 배를 잘 아세요?" 카를이 불신의 빛을 내비치며 물었다. 빈 배에서 물건을 찾는 것이 제일 쉬울 거라는 생각은 다른 때 같으면 설득력이 있었을 텐데 지금은 뭔가 함정이 있는 것처럼 여겨졌다. "나는 이 배의 화부일세." 남자가 말했다. "당신이 화부로군요." 카를은 이 말이 모든 기대를 뛰어넘는 것인 듯 기쁨의 탄성을 지르고는 팔꿈치를 괸 채 남자를 더 자세히 바라보았다. "내가 슬로바키아인들과 같이 자던 방 바로 앞에 마침 구멍문이 있어서 거기로 기계실 안을 들여다볼 수 있었어요." "맞아, 내가 거기서 일했네." 화부가 말했다. "나는 늘 기술에 관심이 많았어요." 카를이 어떤 생각에 사로잡혀 말했다. "그래서 미국에 오지 않아도 됐더라면 나중에 틀림없이 엔지니어가 됐을 거예요." "대체 여기는 왜 와야 했는데?" "그 얘긴 하지 말죠!" 카를은 말하면서 손짓으로 이야기 전체를 일축해버렸다. 그러면서 선뜻 털어놓지 못하는 사정을 너그럽게 이해해달라고 부탁하듯 빙긋이 웃으며 화부를 쳐다보았다. "뭐 그럴 만한 사연이 있겠지." 화부는 그렇게 말했지만 그 사연이 뭔지 들려달라는 건지 그만두라는 건지 아리송했다. "이제는 나도 화부가 될 수 있을 거예요." 카를이 말했다. "뭐가 되든 부모님은 이제 상관 안 해요." "내 자리가 나게 될 거야." 화부가 말했다. 그러고는 철저히 의식하면서 양손을 바지 주머니에 찔러넣더니 가죽 재질의 주름진 철회색鐵灰色 바지를 입은 두 다리를 침대 위에 내던지듯이 올려놓고 쭉 뻗었다. 카를은 벽 쪽으로 더 밀려나야 했다. "이 배를 떠나신다고요?" "그럼, 우린 오늘 떠날 걸세." "한데왜죠? 이 배가 마음에 안 드세요?" "그야, 사정이 그렇긴 한데, 마음에 드느냐 안 드느냐가 늘 결정적인 건 아니네. 그런데 자네가 맞아, 난 이 배가 마음에 안 들어. 자네는 보아하니 화부가 되겠다는 생각이 확고한 것 같지는 않은데, 생각이 확고하다면 화부가 되는 게 가장 쉬운 일일 수도 있지. 그러니까 내 말은 자네를 단호히 말리고 싶다는 거야. 유럽에 있을 때 대학 공부를 하고 싶었다면 여기서도 그러고 싶지 않을까닭이 뭐가 있겠나. 미국 대학들은 비교할 수 없을 만큼 훨씬 더 좋은데 말이야." "그럴지도 모르죠." 카를이 말했다. "하지만 난 대학 다닐 돈이 거의 없어요. 박사가 되고 아마 시장이 될 때까지 낮에는 가게에서 일하고 밤에 공부를 한 어떤 사람에 대해 읽은 적이 있기는 해요. 하지만 그러려면 엄청난 인내와 끈기가 있어야겠죠, 아닌가요? 걱정이지만 나한테는 그런 게 없어요. 게다가 학교 성적도 그다지 좋은 편이 아니었어요. 학교를 떠나는데 정말 홀가분했거든요. 그리고 여기 학교들이 어쩌면 더 엄격할지도 몰라요. 나는 영어도 거의 할 줄 모르고요. 게다가 이 나라 사람들은 외국인에게 반감이 있다고 알고 있어요." "그런 얘기도 벌써 들었나? 글쎄 뭐, 그러면 좋아. 그렇다면 자네는 우리 쪽 사람이야. 보게, 우리는 독일 배를 타고 있지 않나. 함부르크-아메리카 노선을 왕래하는 배인데, 왜 우리 승무원들은 독일인 일색이 아닌지 모르겠단 말이야. 왜 일등기관사가 루마니아 사람이란 말인가? 이름이 슈발이라는 자네. 이건 믿을 수 없는 일이야. 그런데 이 잡놈의 새끼가 독일 배에 탄 우리 독일인들을 못살게 군다네"—그는 기운이 다해 손을 힘없이 내저었다—"내가 불평을 위한 불평을 하는 거라고 생각지 말게. 자네가 아무 힘이 없고 불쌍한 애송이라는 건 알고 있네. 하지만 이건 너무 고약한 일이란 말이야!" 그러고서 그는 주먹으로 책상을 여러 번 세게 내리쳤고 그동안 주먹에서 눈을 떼지 않았다. "나는 숱하게 많은 배에서 일을 해봤는데"―그러고는 스무 개쯤의 이름을 마치 한 단어인 것처럼 주르륵 늘어놓는 바람에 카를은 어안이 벙벙해졌다―"남다른 두각을 드러내 표창을 받기도 했고 아무튼 선장들 구미에 맞는 일꾼이었지. 심지어 같은 상선을 몇 년이나 탄 적도 있었네"―마치 그때가 인생의 절정기였다는 듯이 그는 벌떡 일어났다―"그런데 여기 이놈의 배에서는, 모든 일이 자로 잰 듯이 빡빡하게 돌아가 농담이라곤 씨알도 먹히지 않는 이 고물 같은 배에서는 내가 아무짝에도 쓸모없어져버렸지 뭔가. 여기서는 내가 슈발이 보기엔 늘 방해만 되는 존재인데다 게으름뱅이라서 쫓겨나는 게 마땅하지만 자비를 베풀어주는 덕분에 임금을 받아먹고 있는 신세란 말일세. 이게 이해가 되나? 난 아니야." "그건 가만히 앉아서 당하고만 있어서는 안 될 일이죠." 카를이 흥분해서 말했다. 그는 자신이 미지의 대륙 연안에 정박한 어느 배의 꺼림칙한 밑바닥에 있다는 느낌도 거의 잊고 있었다. 그만큼 여기 화부의 침대 속은 고향처럼 아늑하게 느껴졌다. "선장을 찾아가보셨나요? 선장을 찾아가 당신의 권리를 구해보신 적이 있어요?" "자, 그만 나가게, 어서 나가는 게 좋겠어. 자네가 여기에 있는 걸 바라지 않네. 내 얘기는 잘 듣지도 않고 충고만 해대니 말이야. 대체 나더러 어떻게 선장한테 가라는 건가!" 화부는 이제 피로감을 느껴 다시 자리에 앉더니 두 손으로 얼굴을 감쌌다.

'이자에겐 더 나은 충고를 해줄 수가 없겠군.' 카를은 속으로 말했다. 그리고 여기서 멍청하다고만 여겨지는 충고를 하느니 차라리 여행가방을 찾으러 가는 편이 더 낫겠다고 생각했다. 아버지가 여행가방을 평생 그의 것으로 넘겨주면서 '네가 이걸 얼마 동안이나 가지고 있을까?'

라고 농담을 했는데, 지금 벌써 이 소중한 가방을 정말로 잃어버렸을지도 모르는 일이다. 그나마 유일한 위안은 자신의 지금 상황을 아버지로선 아무리 알아보려고 해도 전연 알 수가 없다는 것이었다. 선박회사는 고작해야 그가 뉴욕에 도착했다는 사실만 말해줄 수 있을 것이다. 하지만 카를은 가방 속 물건들을 거의 써보지 못했다는 것이 아쉬웠다. 예를 들어 진작부터 셔츠를 갈아입어야겠다는 필요를 느꼈지만 이젠 그럴 수가 없게 생겼으니 말이다. 그러니까 그는 엉뚱한 데서 절약을 한 셈이었다. 이제 막 새로운 인생이 시작되려는 마당에 깔끔한 옷차림으로 첫발을 내디뎌야 할 지금 지저분한 셔츠를 입은 채로 등장할 수밖에 없게 됐으니. 멋진 앞날이 아닐 수 없었다. 다른 때 같으면 여행가방을 잃어버린 일이 그리 고약하지는 않았을 것이다. 지금 입고 있는 양복이 가방 안의 것보다 더 좋은 것이었으니까. 가방에 든 것은 사실 출발 직전 어머니가 수선해준 비상용 양복일 뿐이었다. 이제야 가방 안에 어머니가 별도로 싸 넣어준 베로나산 살라미 한 덩이가 거의 그대로 남아 있다는 생각도 떠올랐다. 여행하는 동안 식욕이 전혀 없어서 삼등 선실에서 배급해주는 수프만으로 충분했던지라 한쪽 끝부분만 아주 조금 뜯어먹었을 뿐이었다. 하지만 지금 그 소시지가 있다면 화부에게 선물로 바치고 싶었다. 이런 사람들한테는 뭐든 작은 물건 하나라도 찔러주면 쉽게 마음을 얻을 수 있다는 것을 카를은 아버지를 통해 알고 있었다. 그의 아버지는 사업상 관계해야 하는 낮은 지위의 종업원들을 만날 때면 시가를 나눠줘서 그들의 마음을 얻었다. 지금 카를이 가진 것 중 선물로 줄 만한 거라곤 돈뿐이었는데, 혹시 정말로 여행가방을 잃어버렸을 수 있지만, 지금으로서는 그 돈에 손대고 싶진 않았다.

다시 그의 생각은 여행가방 쪽으로 돌아왔다. 여행중에는 거의 잠을 못 잘 정도로 눈에 불을 켜고 가방을 지켰는데 왜 하필 이제 와서 그토록 쉽게 넘겨주었는지, 지금 생각하니 정말 알다가도 모를 일이었다. 그에게서 왼쪽으로 두 자리 건너에서 잠을 자던 조그만 슬로바키아인에 대해 저자가 필시 자신의 여행가방을 노리고 있다고 줄곧 의혹의 끈을 놓지 않았던 닷새의 밤이 생각났다. 그 슬로바키아인은 낮 동안 내내 가지고 놀거나 연습하던 장대로 여행가방을 자기 쪽으로 끌어오려고 카를이 마침내 기진해 깜빡 잠들기만을 끈질기게 기다렸다. 낮에는 천진하기 이를 데 없는 모습이었지만, 밤이 되면 수시로 자리에서 일어나 애처로운 눈빛으로 카를의 여행가방을 건너다보았다. 카를은 그것을 확연히 알아볼 수 있었다. 선박 규정상 금지된 일이었지만 늘 여기저기서 이민자의 불안감에 휩싸인 누군가 이민중개소의 알쏭달쏭한 안내서를 해독해보려고 작은 촛불을 켜놓곤 했기 때문이다. 그런 불빛이 가까이에 있을 때면 카를은 가물가물 졸 수도 있었지만, 불빛이 멀리 있거나 아예 캄캄할 때면 눈을 크게 뜨고 있어야 했다. 그러려고 기를 쓰는 바람에 지칠 대로 지쳐 녹초가 되다시피 했는데 이제 그런 노력이 어쩌면 완전히 허사가 될지도 모를 판이었다. 이놈의 부터바움, 어디서고 만나기만 해봐라!

바로 그때 이제까지의 완전한 정적을 뚫고 바깥 아주 멀리서 아이들 발소리처럼 짧고 조그맣게 타닥거리는 소리가 들려왔다. 울림이 커지면서 점점 가까워지는 소리는 알고 보니 장정들의 조용한 행진이었다. 그들은 보나마나, 좁은 복도에서는 당연한 일이겠지만, 일렬로 걸어오고 있을 터였다. 무기에서 나는 듯한 절그럭 소리가 들렸다. 침대에서 몸을 쭉 뻗고 여행가방과 슬로바키아인을 둘러싼 온갖 시름에서 벗어나 어느새 막 잠이 들려던 카를은 화들짝 놀라며 벌떡 일어나 제발 좀 주의를 기울이라며 화부를 툭툭 쳤다. 행렬의 선두가 문에 막 이른 것 같았기 때문이다. "저건 이 배의 악대일세." 화부가 말했다. "위에서 연주를 마치고 짐을 싸러 가는 길이야. 이제 모든 게 다 끝났으니 우리도 갈 수 있네. 자, 따라오게." 그는 카를의 손을 잡더니 마지막 순간 침대 위쪽 벽에서 성모상을 떼어내 윗옷 안주머니에 쑤셔넣고는 트렁크를 들고 카를과 함께 급히 선실을 떠났다.

"이제 나는 사무실로 가서 높으신 양반들에게 내 생각을 말할 걸세. 이제 승객들도 없으니 인정사정 볼 것 없네." 화부는 이 말을 여러 가지 방식으로 되풀이했다. 가는 길에 복도를 가로지르는 쥐 한 마리를 보고 옆차기로 짓눌러버리려고 했지만 때마침 이른 구멍 안으로 더 빠르게 처넣어준 격이 되었다. 대체로 그는 동작이 느렸는데, 다리가 길었지만 너무 무거웠기 때문이다.

두 사람이 주방 한곳을 지날 때, 그곳에선 아가씨 몇 명이 지저분한 앞치마를 두르고—일부러 앞치마에 물을 튀기며—커다란 통들에 담긴 식기를 씻고 있었다. 화부는 리네라는 아가씨를 불러 한 팔로 그녀의 허리를 감싸안고서 한참을 갔는데, 그녀는 줄곧 교태를 부리며 팔에 매달려 몸을 밀착시켰다. "지금 급여 지불을 한다는데 같이 가겠어?" 그가 물었다. "내가 왜 굳이 가야 해요? 그 돈 나 대신 좀 갖다줘요." 그녀가 대답했다. 그러고는 그의 품에서 빠져나와 달아났다. "대체 어디서 그런 예쁜 소년을 낚았죠?" 그녀는 돌아서며 그렇게 외쳤지만 대답을 들을 마음은 없는 듯했다. 일손을 멈추고 지켜보던 아가씨들이 다 함께 까르르 웃어대는 소리가 들렸다.

하지만 둘은 계속 나아가서 위쪽에 작은 박공이 붙은 문에 이르렀다. 박공의 삼각형은 금박을 입힌 조그만 여인상 기둥들이 받치고 있었다. 배의 시설치고는 꽤나 사치스러워 보였다. 카를은 한 번도 와본 적 없는 구역이었는데, 필시 항해중에는 일등과 이등 선실 승객들에게만 개방되었을 것이다. 지금은 선박 대청소를 앞두고 차단문들이 치워져 있었다. 아닌 게 아니라 둘은 도중에 이미 몇 명의 남자를 마주쳤는데, 그들은 빗자루를 어깨에 걸친 채 화부에게 인사를 건넸다. 카를은 자신이 있던 삼등 선실에선 물론 거의 경험해보지 못했던 이런 대단히 활기찬 움직임이 놀랍기만 했다. 복도들을 따라 전기선이 이어져 있고 작은 종소리가 끊임없이 들려왔다.

화부는 정중하게 문을 두드렸고, 안에서 "들어와요" 하고 외치는 소리가 들리자 카를에게 겁내지 말고 어서 들어가라며 손짓으로 재촉했다. 하라는 대로 카를은 들어갔지만 문가에 가만히 서 있었다. 선실에 난 세 개의 창문 너머로 바다의 넘실거리는 물결이 보였고 그 경쾌한 움직임에 심장이 두근거렸다. 바다를 닷새 내내 진력이 나도록 봐놓고도 마치 그러지 않았던 것처럼. 큰 배들이 서로 엇갈려 지나갔고 육중한 무게 덕에 파도를 견디며 조금씩만 밀려났다. 눈을 가늘게 뜨고 바라보면 배들은 순전히 자체 무게 때문에 흔들리는 듯이 보였다. 돛대 위에 매달린 가늘고 긴 깃발들은 배의 진행 속도 때문에 팽팽하게 당겨지면서도 이리저리 파닥거렸다. 펑펑 울리는 예포는 군함들에서 쏘아대는 것이 분명했고, 그 근처를 지나는 군함 한 척에서는 강철 외피의 포신들이 반사광을 되쏘며 번쩍거렸는데, 배는 완전히 수평적이진 않지만 안정적으로 미끄러지듯 움직이면서 포신을 소중히 다루고 있는 듯했다. 적어도 이 문에서 보기에는 멀찌감치 떨어져 있는 소형 선박과 보트들은 큰 배들 사이의 틈으로 떼 지어 지나다녔다. 하지만 이 모든 광경의 뒤편에는 뉴욕이 있었고 마천루의 수십만 개 창문으로 카를을 지켜보고 있었다. 그렇다, 이 방에 들어오면 자신이 어디에 있는지 알 수 있었다.

둥근 테이블에는 남자 셋이 앉아 있었다. 한 남자는 푸른색 선원 제복을 입은 항해사였고, 항만청 직원들로 보이는 다른 두 남자는 검은색 미국식 제복을 입고 있었다. 테이블 위에는 갖가지 서류가 수북이 쌓여 있었는데, 손에 펜을 든 항해사가 먼저 훑어보고 나서 다른 두 사람에게 건네주었다. 그러면 그 둘은 읽어보기도 하고 일부를 옮겨 적기도 했으며, 그중 하나는 거의 끊임없이 이를 딱딱 마주치는 작은 소리를 내면서 동료에게 문서 기입 내용을 불러주지 않을 때는 서류를 가방에 집어넣었다.

창가의 책상에는 작은 체구의 남자가 문을 등지고 앉아 그의 앞쪽 머리 높이쯤에 있는 튼튼한 선반 위에 나란히 꽂힌 커다란 장부들을 펼쳐가며 분주히 일하고 있었고, 그 남자 옆으로는 금고 하나가 열린 채 놓여 있었는데, 적어도 첫눈에 보기에는 안이 텅 비어 있었다.

두번째 창문은 주위에 아무것도 없어서 바깥 풍경을 내다보기가 가장 좋았다. 하지만 세번째 창문 근처에서는 두 남자가 낮은 소리로 대화를 나누고 있었다. 역시 선원 제복을 입은 한 남자가 창가에 기대서서 단검 자루를 만지작거리고 있었다. 그와 얘기를 나누는 다른 남자는 창을 향해 서 있었으며 간간이 몸을 움직이는 바람에 상대방의 가슴에 주렁주렁 달린 훈장들 일부가 드러나 보였다. 사복 차림인 이 남자는 가느다란 대나무 막대기를 지니고 있었는데, 두 손으로 허리를 짚고 있어서 단검처럼 삐죽 나와 있었다.

카를은 이 모든 것을 하나하나 살펴볼 여유가 별로 없었다. 왜냐하면 곧 사환 하나가 그들에게 다가와 여기는 당신 같은 사람이 올 곳이 못 된다는 듯한 눈빛으로 화부를 바라보며 대체 무슨 용무가 있느냐고 물었기 때문이다. 화부는 나지막한 소리로 질문을 받았듯이 나지막한 소리로 회계주임과 얘기하고 싶다고 대답했다. 사환은 자기 쪽에서 일단 손짓으로 그 청을 거부했지만 그래도 발끝으로 조심조심 둥근 테이블을 빙 돌아 장부를 든 남자에게 다가갔다. 남자는—그 모습이 똑똑히 보였는데—사환의 말을 들으며 표정이 굳어졌으나 결국엔 자기와 면담하기를 원하는 남자 쪽을 돌아보았다. 그러고는 화부를 향해, 그리고 확실히 해두기 위해 사환을 향해서도 단호한 거절의 뜻으로 손사래를 쳤다. 그러자 사환은 화부에게 돌아와 속마음을 털어놓기라도 하는 듯한 어조로 말했다. "즉시 이 방에서 나가주세요!"

이런 답을 듣자 화부는 서러운 심정을 하소연하면 묵묵히 들어줄 자기 심장이라도 된다는 듯이 카를을 내려다보았다. 이에 카를은 더이상 앞뒤 재지 않고 자리를 떠나 도중에 항해사의 의자를 가볍게 스치기도 하면서 급히 방을 가로질러갔다. 사환은 몸을 앞으로 굽힌 채 마치 해충을 쫓듯이 양팔을 벌리고 붙잡으러 뒤따라 달려왔지만 카를이 먼저 회계주임의 책상에 도달했다. 카를은 사환이 끌어내리려고 할 경우에 대비해 책상을 단단히 움켜잡았다.

당연히 방 전체가 금세 활기를 띠었다. 테이블에 앉아 있던 항해사가 벌떡 일어났고, 항만청 직원들은 조용히 그러나 주의깊게 지켜보았으며, 창가의 두 남자는 나란히 걸어왔다. 반면 이미 높으신 분들이 관심을 보이고 있는 마당에 자기가 나선다는 게 더이상 가당치 않다고 생각한 사환은 뒤로 물러났다. 문가에 있던 화부는 자신의 도움이 필요해질 순간을 잔뜩 긴장한 얼굴로 기다리고 있었다. 회계주임이 마침내 안락의자에 앉은 채 오른쪽으로 크게 몸을 돌렸다.

카를은 지켜보는 사람들의 시선에도 개의치 않고 비밀 호주머니를 뒤져 여권을 꺼낸 다음 자기소개를 하는 대신 책상 위에 펼쳐놓았다. 회계주임은 그 여권을 별것 아닌 것으로 여기는 듯했다. 그것을 두 손가락으로 튕겨 옆으로 치워버렸기 때문이다. 그러자 카를은 마치 형식적인 절차가 만족스럽게 처리되었다는 듯 여권을 다시 집어넣었다.

"감히 말씀드리는데", 그러고서 그가 말하기 시작했다. "제 생각으론 저 화부 양반이 부당한 일을 당한 것 같아요. 여기 이 배의 슈발인가 하는 자가 못살게 군답니다. 저분으로 말할 것 같으면 그동안 숱한 배들을 타면서 아주 착실하게 근무한 경력이 있어요. 그 배들의 이름도 전부 댈 수 있고요. 부지런하고 자기 일을 좋아하는 분이에요. 그런데 왜 하필 이 배에서는 잘 맞지 않는지 정말 영문을 모르겠어요. 가령 상선에서처럼 일이 그리 과중하지도 않은데 말이에요. 그러니 그가 승진을 못하고 다른 배에서라면 틀림없이 인정받았을 텐데 여기서 그러지 못하는 데는 어떤 중상모략이 있지 않고서야 가능하지 않다는 생각이에요. 저는 이 문제에 대해 일반적인 말씀만 드렸을 뿐이고, 세세한 불만사항은 저분이 여러분께 직접 말씀드릴 겁니다." 카를은 이 말을 방안의 모든 사람을 향해 쏟아놓았다. 아니나다를까 과연 모두가 귀를 기울여 듣고 있었는데, 회계주임이 공정한 사람이기를 기대하기보다는 그들 중에 공정한 사람이 하나쯤 있기를 바라는 편이 훨씬 더 타당해 보였기 때문이다. 더군다나 카를은 약삭빠르게도 화부를 알게 된 것이 불과 얼마 전이라는 사실을 입 밖에 내지 않았다. 대나무 막대를 든 신사가 얼굴을 붉힌 모습에 마음이 흔들리지 않았더라면 훨씬 더 말을 잘했을지도 모른다. 카를이 지금 서 있는 자리에서 처음 본 모습이었다.

"구구절절 옳은 말입니다." 화부는 아직 아무도 묻지 않을뿐더러 누구 하나 쳐다보기도 전에 말을 꺼냈다. 화부가 이렇게 성급히 나선 것은 큰 실수였을지도 모른다. 훈장을 주렁주렁 단 남자가, 카를이 지금 퍼뜩 깨달은 대로 선장이 틀림없는 이 남자가 화부의 말을 들어보기로 먼저 작심하지 않았더라면 말이다. 그는 한 손을 쭉 뻗더니 화부를 향해 이렇게 외쳤다. "이리 오시오!" 망치로 내려치는 듯 단단한 목소리였다. 이제 모든 것은 화부의 태도에 달려 있었다. 왜냐하면 이 문제의 정당성에 대해 카를은 조금도 의심치 않았기 때문이다.

이 기회를 통해 드러난 사실이지만 다행히도 화부는 세상을 두루 돌아다녀 경험이 풍부했다. 모범적이라 할 만큼 침착하게 그는 자신의 조그만 트렁크에 손을 넣어 단번에 바로 서류 한 묶음과 수첩 하나를 꺼내들고는, 당연한 일인 양 회계주임을 완전히 무시한 채 선장에게로 다가가 창턱 위에 자신의 증거자료들을 펼쳐놓았다. 회계주임으로서는 자신이 직접 그리로 가는 수밖에 없었다. "이자는 유명한 불평분자입니다." 그가 설명하려고 나섰다. "기계실보다 회계과에 더 많이 와서 죽치고 있었지요. 이자가 슈발을, 그 차분한 사람을 완전히 절망 상태로 몰아넣었어요. 이보게!" 회계주임이 화부를 향해 말했다. "자네의 뻔뻔스러운 행동은 정말이지 도가 너무 지나쳐. 자네가 급여 지불처에서 쫓겨난 게 몇 번인가! 하나에서 열까지 부당하고 완전히 터무니없는 요구만 해대니 번번이 쫓겨날 만도 하지 않겠나! 그곳에서 우리 회계과로 달려온 건 또 몇 번인가! 슈발이 자네의 직속상관이니 부하 직원으로서 그 사람과 잘 지내야 한다고 몇 번이나 좋은 말로 타일렀나! 그랬더니 지금은 선장님이 계시는 여기까지 들어와 부끄러운 줄 모르고 성가시게 구는 것도 모자라, 내가 이 배에서 처음 보는 저 조무래기를 주입식 교육을 시켜 대변인으로 데려와선 터무니없는 고발을 염치없이 늘어놓게 하는군!"

카를은 뛰어들고 싶은 충동을 억지로 참았다. 그러나 그때 선장 자신이 거기에 있었기에 이렇게 말했다. "우리 이 사람 말을 한번 들어봅시다. 어차피 슈발은 때가 되면 나에게서 완전히 독립할 겁니다. 하지만 그렇다고 해서 당신에게 유리한 말을 하려는 건 절대 아닙니다." 뒤의 말은 화부를 향한 것이었다. 그가 당장 화부를 옹호하고 나설 수는 없는 노릇이었지만, 어쨌든 모든 일이 제대로 되어가는 것처럼 보였다. 화부는 설명을 시작하면서 처음에는 '슈발 씨'라고 호칭을 붙임으로써 자제력을 보여주었다. 카를은 주인이 떠난 회계주임의 책상이 마음에 쏙 들어 그 옆에 붙어선 채 순 재미로 책상 위의 편지 저울을 몇 번이고 눌러보았다. —슈발 씨는 부당하다! 슈발 씨는 외국인을 선호한다! 슈발 씨는 화부를 기계실에서 쫓아내 화장실 청소를 시켰는데, 이것은 분명 화부가 할 일이 아니지 않은가! —어떤 때는 유능하다는 슈발 씨의 업무 능력조차 의심스러울 때가 있었는데, 실제로는 능력이 없으면서 겉으로만 그럴싸해 보인다. 이 대목에서 카를은 선장을 자신의 동료라도 되는 양 다정스러운 눈빛으로 뚫어져라 바라보았다. 하지만 그저 화부의 다소 서투른 표현 탓에 선장이 행여 그에 대해 좋지 않은 인상을 갖지 않을까 염려하는 마음이었을 뿐이었다. 어쨌든 화부는 많은 말을 늘어놓기는 했지만 사실 이렇다 하게 새겨들을 내용은 없었다. 선장이 화부의 말을 이번에는 끝까지 들어보자는 단호한 눈빛으로 여전히 앞을 바라보고 있었다 해도, 다른 사람들은 더이상 참을 수 없다는 눈치였고, 화부의 목소리도 이제 곧 방안을 완전히 장악하지는 못하게 되면서, 여러 가지 우려스러운 조짐이 보이기 시작했다. 먼저 사복을 입은 신사는 대나무 막대를 이리저리 움직여보다가 비록 아주 작긴 해도 톡톡 소리를 내며 마룻바닥을 두드렸다. 당연히 다른 사람들은 여기저기서 그쪽을 쳐다보았다. 보아하니 마음이 다급해진 항만청 직원들은 아직 다소 얼떨떨한 모습이긴 하지만 다시 서류를 훑어보기 시작했다. 항해사도 다시 테이블에 더 가까이 다가앉았고, 다 이긴 게임이라고 생각하는 회계주임은 비꼬듯이 깊은 한숨을 내쉬었다. 오직 사환만이 전반적으로 흐트러진 분위기에서 벗어나 있는 듯 보였다. 그는 높은 사람들 사이에 선 불쌍한 남자의 고통에 대해 일부 공감하고 있었고, 뭔가를 설명하려는 듯 진지한 얼굴로 카를에게 고개를 끄덕여 보였다.

그러는 동안 창밖에서는 항구의 활기가 이어지고 있었다. 납작한 화물선 한 척이, 굴러떨어지지 않도록 절묘한 방식으로 차곡차곡 산더미처럼 쌓아올린 통들을 싣고 지나가면서 방안에 어두운 그림자를 드리웠다. 자그마한 모터보트들은 키를 잡고 똑바로 서 있는 남자의 움찔거리는 손놀림에 따라 부웅 소리를 내며 일직선으로 내달렸다. 시간 여유가 좀 있었다면 카를도 지금 그 모습을 자세히 지켜볼 수 있었을 텐데.

여기저기서 진기하게 생긴 부유 물체들이 쉼없이 출렁이는 바닷물 속에서 저절로 떠올랐다가 곧바로 다시 파도에 휩쓸리며 놀라서 바라보고 있는 시선 앞에서 가라앉았다. 원양 기선의 보트들은 땀을 뻘뻘 흘리며 일하는 선원들이 힘차게 노를 젓자 앞으로 나아갔다. 승객들은 빼곡히 실린 그대로 다닥다닥 붙어 기대에 부푼 얼굴을 하고 가만히 앉아 있었다. 그래도 몇몇은 바뀌는 풍경을 따라 연신 고개를 돌리지 않을 수 없었다. 끝없는 움직임, 뭔지 모를 불안감이 의지할 데 없는 사람들과 그들의 행위 속에 그 불안한 특성을 퍼뜨렸다!

그런데 상황 전반이 화부에게 어서 빨리, 알아듣기 쉽게, 아주 정확하게 설명하도록 재촉했다. 하지만 화부는 무엇을 하고 있는가? 물론 그는 진땀이 나도록 열심히 말했고, 진작부터 손이 떨려 창턱 위의 서류를 집어들 수도 없었다. 머릿속에서는 슈발에 대한 불만 사항들이 온 사방에서 밀려들었는데, 그가 보기에는 그중 어느 하나만으로도 저 슈발을 완전히 매장시켜버리기에 충분했지만, 정작 그가 선장에게 내보일 수 있는 것은 그 전부가 어지러이 뒤섞여 소용돌이치는 슬픈 모습뿐이었다. 대나무 막대를 든 신사는 한참 전부터 천장을 향해 가늘게 휘파람을 불어댔고, 항만청 사람들은 항해사를 자기네 테이블에 붙들어두고서 다시 놓아줄 기미도 보이지 않았으며, 회계주임은 말참견을 하고 싶어 입이 달싹거리지만 가만히 듣고만 있는 선장의 신중한 태도 때문에 감히 나서지 못하는 눈치가 역력했다. 그리고 사환은 차렷 자세를 하고서 이제나저제나 화부와 관련해 선장의 명령이 떨어지기를 기다리고 있었다.

이런 상황에 카를은 손놓고 가만있을 수가 없었다. 그래서 사람들이 무리 지어 있는 쪽으로 천천히 다가가면서, 머리는 그만큼 더 빠르게 굴려 어떻게 하면 이 일을 되도록 솜씨 좋게 처리할 수 있을까 고민해보았다. 정말이지 절체절명의 순간이었다. 조금만 더 어물거렸다간 그들 둘 다 아주 보기 좋게 사무실에서 쫓겨날지도 몰랐기 때문이다. 선장은 정말 좋은 사람으로 보였고, 게다가 바로 지금 카를이 보기에는 공정한 상관이라는 인상을 주고 싶은 무슨 특별한 이유가 있는 것 같기도 했지만, 결국 그 역시 아무리 심하게 다루어도 괜찮은 악기는 아니었다―그런데 화부는 물론 극도로 격분한 심정에서 그를 바로 그렇게 다루었다.

그래서 카를은 화부에게 이렇게 말했다. "더 간단하게 말씀드려야 해요, 더 분명하게요. 지금 얘기하는 방식대로라면 선장님께서 인정해주실 수가 없어요. 당신이 말하기만 하면 그게 누구인지 곧바로 알 수 있을 만큼 선장님께서 과연 모든 기관사와 사환의 이름이나 세례명까지 알고 계실까요? 토로하고 싶은 불만 사항들을 정리해보세요. 그런 다음 먼저 가장 중요한 것을 말하고, 나머지 것들을 중요한 순서대로 말하세요. 그러면 아마 대부분은 더이상 언급할 필요조차 없을 거예요. 나에게는 내내 아주 분명하게 설명했잖아요." 미국에 와서 여행가방도 도난당하는 마당에 가끔 거짓말하는 것쯤은 아무 일도 아니라고 그는 변명삼아 생각했다.

하지만 도움이 됐어야 할 텐데. 이미 너무 늦어버린 것은 아닐까? 화부는 귀에 익은 목소리가 들리자마자 즉시 말을 중단하기는 했지만, 모멸당한 사나이의 명예와 끔찍한 기억들, 바로 목전에 닥친 극도의 곤경 때문에 눈물이 완전히 앞을 가려 카를을 제대로 알아볼 수조차 없었다.

이제 그는 어떻게 해야 할까―지금 침묵하고 있는 사람 앞에서 카를 역시 침묵하면서 이 상황을 충분히 이해할 수 있었다―이제 화부가 어떻게 갑자기 자신의 표현을 바꾸어야 한단 말인가. 카를이 보기에 화부는 조금도 인정받지 못한 채 할 수 있는 말을 이미 전부 한 것 같았고, 그래서 달리 보면 아직 아무 말도 하지 않은 것 같기도 했는데, 그렇다고 이제 사람들에게 남은 얘기를 더 들어달라고 요구할 수도 없는 노릇이었기 때문이다. 이런 상황에서 그래도 그의 유일한 지지자인 카를이 와서 유익한 깨달음을 주려고 했지만, 오히려 모든 것이 끝장났다는 사실을 보여주는 셈이 되고 만 것이다.

'창밖을 내다볼 게 아니라 좀더 일찍 나섰어야 하는 건데.' 카를은 속으로 말하면서, 화부 앞에서 고개를 숙이고 바지의 솔기를 양손으로 톡톡 두드렸다. 모든 희망이 사라지고 없다는 표시였다.

하지만 화부는 그 모습을 오해했다. 카를에게서 자신을 은밀히 비난하는 듯한 낌새를 챈 모양이었는데, 처음엔 좋은 말로 그러지 말라고 하려던 것이 이제 카를과 언쟁을 시작하면서 자기가 벌인 일의 대미를 장식하게 되었다. 둥근 테이블의 남자들은 공연한 소동으로 자신들의 중요한 업무를 방해받아 진작부터 격분해 있었고, 회계주임은 점차 선장의 인내심을 불가사의한 것으로 여기며 당장이라도 폭발할 기세였으며, 사환도 다시 상관들의 편에 딱 붙어서 사나운 눈초리로 화부를 노려보고 있는 바로 그 시점이었다. 한편 대나무 막대를 든 신사는 이미 화부에 대한 관심이 완전히 무뎌지고 아예 질려버려 지금은 작은 수첩 하나를 꺼내들고 보아하니 전혀 다른 일에 몰두한 듯 수첩과 카를 사이에서 눈을 이리저리 굴리고 있었다. 선장은 그런 신사 쪽을 심지어 우정어린 눈빛으로 간간이 건너다보았다.

"알고 있어요, 안다니까요." 카를이 말했다. 그는 이제 자기한테 쏟아지는 화부의 공격을 막아내느라 애쓰면서도 말다툼 사이사이 다정한 미소를 지어 보였다. "당신 말이 옳아요, 옳다고요. 추호도 의심해본 적 없어요." 카를은 얻어맞을까 두려워 이리저리 휘두르고 있는 화부의 양손을 붙들고 싶었지만, 더 하고 싶었던 것은 그를 한쪽 구석으로 밀어붙이고 다른 때 같으면 아무도 들어서는 안 될 말을 몇 마디 조용히 속삭여 그를 진정시키는 일이었다. 그러나 화부는 자제를 못하고 길길이 뛰었다. 카를은 이제 심지어 궁지에 몰리면 화부가 절망의 힘으로 이 자리의 일곱 사람 모두를 제압할 수 있을지도 모른다는 생각까지 하면서 일종의 위안을 얻기 시작했다. 물론 책상 위에는 척 보면 알 수 있듯이 수많은 버튼으로 덮인 제어판이 놓여 있었다. 한 손으로 거기를 누르기만 하면 모든 통로에 적의 사람들로 가득한 이 배 전체를 발칵 뒤집어놓을 수 있었다.

그때 이 일에 그토록 무관심하던 신사가 대나무 막대를 들고 카를에게 다가와 그다지 크지는 않지만 화부의 온갖 악다구니를 뛰어넘어 또렷한 목소리로 물었다. "그런데 대체 이름이 어떻게 되시오?" 그 순간, 마치 누군가 문 뒤에서 신사의 이 말을 기다렸다는 듯이 똑똑 두드리는 소리가 들렸다. 사환이 선장 쪽을 건너다보았고, 선장은 고개를 끄덕였다. 그러자 사환이 가서 문을 열었다. 밖에는 낡은 예복을 입은 중간 체구의 남자가 서 있었고, 외모로 보건대 본시 기계 일에는 그리 어울릴 것 같지 않은 모습이었는데, 바로—슈발이었다. 만일 선장까지 포함해 뭔지 모를 만족감을 드러낸 모두의 눈에서 그 사실을 알아채지 못했다 해도, 카를은 틀림없이 화부의 모습을 보고 알아차렸을 것이다. 화부는 놀랍게도 두 주먹을 불끈 쥐고 양팔에 팽팽히 힘을 준 모습이었는데, 마치 주먹을 쥔 이 자세가 그에게는 가장 중요해서 그것을 위해서라면 생명을 오롯이 바칠 각오가 되어 있다는 듯한 태도였다. 거기에 지금 그의 모든 힘이, 그를 대체로 꿋꿋하게 지탱해주는 힘도 내재해 있었다.

이렇게 적敵은 예복 차림에 당당하고 활기찬 모습으로 나타났다. 장부 한 권을 옆구리에 끼고 있었는데, 보나마나 화부의 급여 지급 목록과 작업 보고서였을 것이다. 그는 넉살 좋게도 한 사람 한 사람의 기분을 무엇보다 먼저 확인하고 싶다는 뜻을 내비치면서 모두의 눈을 차례차례 바라보았다. 일곱 사람은 과연 모두 그의 편이었다. 선장이 조금 전 그에 대해 거리를 두는 말을 했다 해도, 아니 어쩌면 그것도 연막을 치기 위한 술수였을 뿐인지 모르겠는데, 그도 화부에게 곤욕을 치르고 난 지금은 필시 슈발이 조금도 흠잡을 데 없는 사람으로 보였을 터였기 때문이다. 화부 같은 사람은 아무리 혹독하게 다루어도 지나치지 않았다. 그래서 슈발에게 비난할 점이 있다면 그것은 그가 평소에 화부의 반항적인 성격을 꺾어놓지 못하는 바람에 화부가 오늘도 감히 선장 앞에까지 나타났다는 점이었다.

이제 화부와 슈발의 대결은 상급 공청회 같은 데서나 얻을 만한 효과를 어쩌면 이 사람들 앞에서 거두게 될지 모른다는 추측을 해볼 수도 있었다. 왜냐하면 슈발이 자신을 아무리 잘 위장할 수 있다 해도 끝까지 버틸 수는 없을 게 분명했기 때문이다. 그의 사악한 면모가 잠시나마 얼핏 드러난다 해도 이 높으신 분들이 알아차리기에는 충분할 것이기에, 카를은 일이 그렇게 되도록 애쓸 작정이었다. 그분들 한 사람한 사람의 통찰력, 약점, 유별난 기질 등은 이미 대체로 파악해두었다. 그런 점에서 볼 때 지금까지 여기서 보낸 시간이 헛된 것만은 아니었다. 화부가 좀더 잘 처신해주었다면 좋았을 테지만 이제 그는 완전히 싸울 능력을 상실한 것처럼 보였다. 만일 누가 그에게 슈발을 갖다 바쳤더라면 껍질이 얇은 호두를 깨뜨리듯 그자의 밉살스러운 머리통을 주먹으로 박살낼 수도 있었을 텐데. 그러나 그자에게 몇 걸음 다가가는 일조차 그는 거의 할 수 없을 것 같았다. 슈발이 언제고 반드시 올 거라는, 자진해서가 아니면 선장의 부름을 받고서라도 오고야 말 것이리라는 것을, 이토록 뻔히 예견할 수 있는 일을 카를은 어째서 생각하지 못했던가? 어째서 그는 이리로 오는 길에 싸울 계획을 화부와 면밀히 의논하지 않았던가? 그들이 실제 그랬듯이 아무 대책 없이 무작정 문이 있다고 그냥 걸어들어올 게 아니라. 과연 화부는 아직 말을 할 수 있을까? 물론 더없이 유리한 경우에만 반대신문을 받겠지만 그럴 때 꼭 필요한 예와 아니요를 제대로 대답할 수 있을까? 그는 두 다리를 벌리고 무릎을 약간 구부린 자세로 서서 머리를 약간 든 상태였고 벌어진 입으로 공기가 들락날락거렸는데, 그 모습이 마치 안에 공기를 사용할 폐가 더이상 없는 듯했다.

하지만 카를은 힘이 충만하고 정신도 말짱한 느낌이었다. 고향에 있을 때는 한 번도 이런 적이 없었던 것 같았다. 그가 낯선 나라에 내려 점잖은 양반들 앞에서 선을 위해 싸우고, 비록 아직 싸움을 승리로 이끌지는 못했더라도 최후의 제패를 위해 만반의 태세를 갖춘 모습을 만일 부모가 본다면 어땠을까. 그에 대한 생각을 고쳐먹지 않을까? 그를 자신들 사이에 앉히고 칭찬해주지 않을까? 그들에게 복종할 뜻을 간직한 그의 눈을 한번 유심히 들여다봐주지 않을까? 자신 없는 질문이고, 그런 질문을 던지기에 더없이 부적절한 순간이 아닐 수 없다!

"제가 여기에 온 것은 이런저런 부정직한 행위를 저질렀다며 화부가 저를 모함할 거라는 생각이 들어서입니다. 주방의 한 아가씨가 이리로 가는 그를 보았다고 일러주었습니다. 선장님, 그리고 여기에 계신 여러분, 저는 어떤 모함에 대해서도 제 서류를 근거로, 필요하다면 문밖에 서 있는 공정하고도 객관적인 증인들의 진술을 통해 반박할 준비가 되어 있습니다." 슈발이 말했다. 이것은 물론 한 남자의 명쾌한 발언이었으며, 듣고 있는 사람들의 표정 변화를 보면 오랜만에 다시 처음으로 사람다운 목소리를 들었다고 생각하는 것 같았다. 그들은 물론 이 훌륭한 발언에 허점이 여러 군데 있다는 것을 깨닫지 못했다. 왜 그의 머릿속에 맨 처음 떠오른 사실 관련 단어가 '부정직'이었을까? 그의 민족적 편견에 관한 모함이 아니라 설마 부정직함에 대한 모함이 여기서 제기되어야 했다는 것인가? 주방 아가씨가 사무실로 가는 화부를 만났고 슈발이 이를 즉시 알아차렸다고? 그가 사태를 그렇게 재빠르게 파악할 수 있었던 날카로운 이해력은 바로 죄의식 때문 아니었을까? 그래서 증인들까지 금방 데려온데다가 그들을 공정하고 객관적인 자들이라고 불렀던 것인가? 이건 협잡이다. 틀림없는 협잡이다! 그런데 높으신 양반들은 그걸 그냥 두고 보면서 올바른 행동으로 인정한다고? 그는 주방 아가씨의 말을 들었을 때부터 여기에 도착할 때까지 아주 긴 시간을 흘려보냈음이 분명한데 왜 그랬을까? 그렇게 함으로써 화부가 높은 분들의 진을 빼서 그들이 점점 명석한 판단력을 잃게 만들기 위한 것 말고 다른 목적이 있었을까? 슈발이 무엇보다 두려워해야 할 것이 바로 그들의 명석한 판단력이었으니까. 틀림없이 이미 오래전부터 문밖에 서 있었을 그는 저 신사분의 하찮은 질문으로 이제 화부는 끝났다고 기대해도 좋은 순간 노크를 했던 것이 아닐까?

모든 것은 명백했고 슈발 자신이 본의 아니게 그 모든 것을 드러냈지만, 높은 분들에게는 다르게, 즉 보다 더 구체적으로 파악할 수 있게 말해야 했다. 그들의 생각을 뒤흔들어 깨울 만한 것이 필요했다. 그러니 카를, 어서 서둘러. 증인들이 나타나 모든 것을 뒤덮어버리기 전에 적어도 지금 이 시간을 최대한 이용해야 돼!

그러나 때마침 선장이 손짓으로 슈발을 제지했다. 그러자 슈발은 즉시―그의 용무가 잠시 뒤로 밀려난 것 같아 보였기 때문에―옆으로 비켜나 금방 자기를 따르는 사환과 소곤소곤 잡담을 나누기 시작했다. 그러면서 화부와 카를 쪽을 곁눈질하기도 하고 확신에 찬 손동작을 하기도 했다. 슈발은 그런 식으로 이제 곧 본격적으로 이어나갈 자신의 말을 연습하는 듯했다.

"야코프 씨, 여기 이 젊은이에게 뭔가 물어보려고 하시지 않았나요?" 전반적으로 조용한 가운데 선장이 대나무 막대를 든 신사에게 말했다.

"물론 그랬지요." 신사가 가볍게 몸을 앞으로 굽혀 선장의 자상한 관심에 감사를 표하며 말했다. 그러고는 카를에게 다시 한번 물었다. "이름이 대체 어떻게 되시오?"

집요하게 묻는 남자라는 뜻밖에 끼어든 이 문제부터 어서 해결하는 것이 중심이 되는 주요 사건을 위해 유리하겠다고 생각한 카를은, 여권을 제시하여 자기소개를 하던 평소의 습관과 달리, 그러려면 여권부터 찾아야 했기에, 짧게 이렇게만 대답했다. "카를 로스만입니다."

"설마." 야코프라 불린 남자는 그렇게 말하면서 믿을 수 없다는 듯 미소 지으며 뒷걸음쳤다. 선장도, 회계주임도, 항해사도, 심지어 사환까지도 카를의 이름을 듣자 몹시 놀란 기색이 역력했다. 항만청 사람들과 슈발만 대수롭지 않다는 표정을 지었다.

"설마." 야코프 씨는 같은 말을 되풀이하면서 다소 뻣뻣한 걸음으로 카를에게 다가왔다. "그렇다면 내가 네 외삼촌 야코프고 너는 내 귀한 조카로구나. 여기 쭉 있으면서 이런 일을 예상이나 했겠어요?" 그가 선장 쪽을 보고 말하더니 카를을 껴안고 키스를 했다. 카를은 말없이 그가 하는 대로 놔두었다.

"존함이 어떻게 되세요?" 카를은 풀려났다는 느낌이 들자 매우 공손하지만 전혀 감동 없이 물었다. 그러면서 이 새로운 사태가 화부에게 미칠 영향을 예측해보려고 애썼다. 지금으로서는 이 일로 슈발이 득 볼 것은 없을 듯했다.

"이보게 젊은이, 그대가 큰 행운을 얻게 되었다는 사실을 알아두시게." 카를의 질문으로 야코프 씨라는 인물의 위엄이 손상되었다고 생각한 선장이 말했다. 야코프 씨는 아무래도 상기된 얼굴을 다른 사람들에게 보이지 않으려는 듯 창 쪽으로 돌아서서는 손수건으로 얼굴을 가볍게 두드리고 있었다. "그대에게 외삼촌이라고 밝히신 분은 에드바르트 야코프 상원의원이시네. 이제부터는 아마도 지금껏 기대했던 것과는 전혀 다르게 눈부신 인생이 그대를 기다리고 있을 걸세. 그 인생이 어떨지 지금 그 첫 순간에 되도록 잘 생각해서 깨닫도록 해보시게. 마음을 가라앉히고 차분히!"

"물론 미국에 야코프라는 외삼촌이 계세요." 카를이 선장을 향해 말했다. "하지만 제가 제대로 알아들었다면 야코프는 그냥 상원의원님의 성인 것 같던데요."

"그렇다네." 선장이 기대에 찬 목소리로 말했다.

"하지만 제 어머니의 오빠인 저의 야코프 외삼촌은 세례명이 야코프인데요. 당연히 외삼촌의 성은 벤델마이어라는 어머니의 결혼 전 성과 같아야겠지요."

"여러분!" 창가 자리에서 숨을 돌리고 생기를 되찾은 상원의원이 카를의 설명에 반응해 외쳤다. 그러자 항만청 직원들을 제외하고 모두가 웃음을 터뜨렸다. 일부는 웃음에 감동이 묻어나는 듯했고, 일부는 왜 웃는지 속을 알 수 없었다.

'내가 한 말은 전혀 우스운 게 아니었는데.' 카를이 생각했다.

"여러분." 상원의원이 다시 되풀이했다. "여러분은 저의 뜻과 다르게, 그리고 여러분의 뜻과도 다르게 한 가족의 인상적 사건을 함께하고 있습니다. 그런데 제 생각에는 선장님만 사정을 확실히 알고 계시기 때문에―이 말에 서로 고개를 숙였다―여러분에게 자세한 설명을 드리지 않을 수 없군요."

'이제 말 한마디 한마디를 정말로 주의깊게 들어야겠어.' 카를은 속으로 말했다. 그러면서 곁눈질로 화부의 안색에 생기가 돌아오기 시작했음을 알아차리고 기뻐했다.

"오래전 저의 미국 체류가 시작되었을 때부터―물론 이 체류라는 단어는 뼛속까지 미국 시민이 된 저에게는 잘 어울리지 않는 말이지만―그 오래전부터 저는, 그러니까 저의 유럽 친척들과는 완전히 연락을 끊고 살아왔습니다. 여러 이유가 있었습니다만, 그건 첫째 이 자리에서 말씀드릴 만한 것이 못 되고, 둘째 말씀드린다면 저 자신이 정말이지 너무나 힘들 것입니다. 심지어 제 소중한 조카에게 그 이유를 이야기할 수밖에 없는 순간이 올까봐 두렵습니다. 그럴 경우 유감스럽게도 제 조카의 부모와 그들의 일가친척에 대한 이야기도 숨김없이 털어놔야 할 테니까요."

'이분은 내 외삼촌이 맞다. 틀림없어.' 카를은 속으로 말하며 귀를 기울였다. '아무래도 이름을 바꾼 모양이야.'

"제 조카는 그의 부모에게서—이 일을 이실직고하자면—그냥 쫓겨났습니다. 화나게 하는 고양이를 문밖으로 내던지듯이 말입니다. 제 조카가 무슨 일을 저질러서 그런 벌을 받게 됐는지 얼버무릴 생각은 조금도 없습니다만, 그가 저지른 과실이란 그것을 단순히 과실이라고 부른다는 것만으로도 이미 그 안에 충분히 용서가 포함되어 있는 그런 대수롭지 않은 일이지요."

'그건 좋은 말씀이지만', 카를은 생각했다. '외삼촌이 모두에게 그 이야기를 하는 것은 곤란한데. 그런데 외삼촌은 그 이야기를 알 턱이 없는데 말이야. 도대체 어디서 들을 수 있겠어?'

"제 조카는 말입니다." 외삼촌은 말을 계속하면서 허리를 약간 굽혀 자기 앞에 받쳐놓은 대나무 막대에 의지했고, 그 행동으로 다른 때 같으면 이런 이야기에 반드시 따르기 마련인 쓸데없이 엄숙한 분위기를 일부라도 덜어낼 수 있었다. "제 조카는 말이죠, 어떤 하녀에게 유혹을 당했습니다. 나이가 서른다섯쯤 되는 요하나 브루머라는 여자에게 말입니다. '유혹당했다'는 말로 제 조카의 마음을 상하게 할 생각은 전혀 없습니다만, 달리 꼭 들어맞는 말을 찾기가 어렵군요."

이미 외삼촌 바로 곁으로 다가온 카를은 몸을 돌려 그곳에 있는 사람들의 얼굴에서 지금 이 이야기가 어떤 인상을 주었는지 읽어내고자 했다. 아무도 웃지 않았고, 모두가 진득하고 진지하게 귀기울이고 있었다. 결국 웃을 만한 첫번째 기회에 상원의원의 조카를 비웃는 사람은 아무도 없었다. 다만 화부가 비록 아주 살며시라고 해도 카를에게 미소 지었다고 말할 수 있을 것이다. 하지만 이 미소는 첫째 생동감의 새로운 표시로서 반가운 일이었고 둘째 용서할 만한 일이었다. 이제는 공공연한 것이 되어버린 이 이야기를 카를이 선실에서는 특별히 비밀로 해두고 싶어했기 때문이다.

"그런데 이 브루머 양은", 외삼촌이 말을 계속했다. "제 조카의 아이를 낳게 되었답니다. 건강한 사내아이인데 세례명으로 야코프란 이름을 얻었지요. 틀림없이 이 변변치 못한 저를 생각하고 붙인 이름으로, 조카가 이런저런 이야기 중에 분명 저에 대해 아주 슬쩍 대수롭지 않게 언급했을 뿐일 텐데 그 여자는 대단히 인상적이었던 모양입니다. 다행히도 말이에요. 왜냐하면 조카의 부모는 양육비 부담이나 그 밖에 자신들에게까지 닥칠 여러 추문을 피하기 위해—이 점은 꼭 강조하지 않으면 안 되겠는데, 저는 그곳의 법률이라든가 그들의 평소 형편 같은 것은 전혀 모르고 예전에 두 사람이 보낸 두 통의 구걸 편지를 통해서만 알고 있었어요. 답장은 하지 않았지만 보관해둔 그 편지들이 지금까지 통틀어 그들과 나의 유일하고도 일방적인 서신 연락이었지요—그러니까 조카의 부모는 양육비 부담과 추문을 피하기 위해 저의 사랑하는 조카인 자신들의 아들을 보시다시피 무책임하게 충분한 채비도 갖추어주지 않은 채 미국으로 떠나보냈는데, 만일 그 하녀가 엉뚱한 곳을 한참 전전하다가 그저께야 겨우 제 손에 들어온 편지에 조카의 인상착의와 더불어 현명하게도 배 이름까지 적어 보내며 그간의 이야기를 전부 저한테 알려주지 않았다면, 이 아이는 의지가지없이 아마 얼마 못 가 뉴욕항의 어느 뒷골목에서 타락해버렸을 테니까요. 미국에도 기적 같은 일이 간혹가다 일어나고 있음을 무시한다면 말입니다. 제가 여러분을 즐겁게 해드릴 작정이었다면 편지의 몇 대목쯤을"—그는 호주머니에서 글씨가 빽빽하게 쓰인 커다란 편지지 두 장을 꺼내 흔들어 보였다—"여기서 읽어드릴 수도 있을 겁니다. 이 편지는 다소 소박하긴 해도 선의에서 나온 교활함과 자기 아이의 아버지에 대한 커다란 사랑으로 쓰였기 때문에 확실히 효과가 있을 겁니다. 그러나 저는 진상을 밝히기 위해 필요한 정도 이상으로 여러분을 즐겁게 해드릴 생각도, 어쩌면 그 편지를 반갑게 받아들일 정도로 여전히 남아 있을지 모르는 제 조카의 감정을 상하게 할 생각도 없습니다. 조카는 원할 때 이미 그를 기다리고 있는 자신의 방에서 조용히 편지를 읽고 깨치면 되지요."

그러나 카를은 그 하녀에 대해 아무런 감정도 없었다. 점점 뒤로 밀려나는 과거의 혼잡한 기억 속에서 그녀는 부엌 찬장 옆에 앉아 그 널빤지 위에 팔꿈치를 괴고 있었다. 카를이 간간이 아버지에게 드릴 물잔을 가지러 오거나 어머니가 시킨 일을 하러 부엌에 들어오면 그녀는 그를 바라보았다. 때로는 부엌 찬장 옆에서 불편한 자세로 편지를 쓰다가 카를의 얼굴을 보고 영감을 얻기도 했다. 어떤 때는 손으로 눈을 가리고 있었는데, 그러면 그녀에게 공연히 말을 걸지 않았다. 때로는 부엌 옆에 붙은 자신의 좁은 방안에서 무릎을 꿇고 나무 십자가를 향해

기도를 올리기도 했다. 그러면 카를은 지나가면서 살짝 열린 문 틈으로 아주 소심하게 그녀를 살펴보았다. 또 어떤 때는 부엌을 이리저리 뛰어다니다가 카를이 앞을 가로막으면 마녀처럼 깔깔 웃으며 홱 뒤돌아 물러나기도 했다. 또 때로는 카를이 부엌에 들어와 있으면 부엌문을 닫아버리고는 그가 나가게 해달라고 애원할 때까지 문손잡이를 꽉 붙잡고 있었다. 또 어떤 때는 카를이 전혀 갖고 싶어하지 않는 물건을 가져와 말없이 손에 쥐여주기도 했다. 그런데 한번은 그녀가 "카를" 하고 부르더니 불쑥 말을 걸어 놀란 그를 데리고 찌푸린 얼굴로 한숨을 푹 내쉬면서 자신의 그 작은 방으로 가서는 문을 잠가버렸다. 그러고는 조르듯이 그의 목을 껴안고 옷을 벗겨달라며 간청해놓고 실제로는 자신이 그의 옷을 벗겨서 침대에 눕혔다. 마치 지금부터는 그를 아무한테도 내주지 않고 이 세상이 끝날 때까지 쓰다듬고 보살펴주고 싶다는 듯이. 그녀는 그를 바라보면서 그가 자신의 소유임을 확인하려는 듯 "카를, 오 나의 카를" 하고 외쳐댔다. 반면 그는 그녀를 아예 보지 않고 특별히 그를 위해 수북이 쌓아놓은 것처럼 보이는 따뜻한 침구류 속에 거북한 느낌으로 파묻혀 있었다. 그녀는 그를 향해 자신도 몸을 눕혀 그에게서 뭔지 모를 비밀을 알아내려고 했지만, 그는 그녀에게 아무런 비밀도 말해줄 수 없었다. 그러자 그녀는 장난인지 진심인지 화를 내더니 그를 이리저리 흔들어보고는 그의 가슴에 귀를 대고 심장박동 소리를 들었으며, 그도 똑같이 들어보라고 자기 가슴을 내밀었다. 하지만 카를이 시키는 대로 하지 않자 벌거벗은 배를 그의 몸에 밀착시키고 한 손으로 그의 두 다리 사이를 더듬었는데, 카를은 너무 역겨워서 머리와 목을 흔들어 쿠션들 밖으로 내밀었다. 이어서 그녀가 배를 몇 번 그의 몸에 부딪혀왔고, 그는 그녀가 그 자신의 일부가 된 느낌이었다. 아마 그래서인지 참담한 무력감에 사로잡혔다. 다시 만나고 싶다는 그녀의 말을 수도 없이 들은 뒤 카를은 울면서 자기 침대로 돌아왔다. 이것이 전부였는데, 외삼촌은 그 일을 굉장한 이야기로 만드는 능력이 있었다. 그리고 그 하녀는 앞서 말한 대로 카를의 외삼촌을 생각해내 그에게 카를의 도착을 알렸던 것이다. 이 일은 그녀의 주도로 멋지게 성사된 것이니 카를은 언젠가 그녀에게 신세를 갚아야 할 터였다.

"그럼 이제", 상원의원이 큰 소리로 말했다. "내가 네 외삼촌인지 아닌지 너한테 분명히 들어보고 싶구나."

"제 외삼촌이 맞습니다." 카를은 말하면서 그의 손에 키스했고 그 답으로 이마에 키스를 받았다. "외삼촌을 뵙게 되어 정말 기뻐요. 하지만 제 부모님이 외삼촌에 대해 나쁜 얘기만 한다고 생각하신다면 잘못이에요. 그건 접어두고라도 외삼촌의 말씀 중에는 몇 가지 틀린 것이 있어요. 그러니까 제 말씀은 모든 일이 그렇게 일어나지는 않았다는 거예요. 물론 여기에 계시면서 사정을 제대로 판단하실 수는 없을 겁니다. 게다가 여기 계신 이분들한테는 사실 별 상관도 없는 사건에 대해 몇 가지 세세한 내용을 다소 잘못 알린다 하더라도 특별히 손해되는 일은 없을 거라고 생각합니다."

"잘 말해주었구나." 상원의원이 말했다. 그러고는 눈에 띄게 카를에게 관심을 보이는 선장 앞으로 그를 데리고 가서 말했다. "제가 훌륭한 조카를 두지 않았나요?"

"제가 운이 좋네요." 선장은 군대식 훈련을 받은 사람만이 할 수 있는 인사를 하면서 말했다. "상원의원님, 의원님의 조카분을 알게 되어서 말입니다. 이런 상봉의 장소를 마련해드릴 수 있었던 것은 저희 배로서도 특별한 영광입니다. 그러나 삼등 선실의 승객으로 항해를 하기는 매우 불편했을 겁니다. 하긴 어떤 분이 승선하고 있는지 누가 알 수 있겠어요? 가령 한번은 헝가리 최고 재벌의 장남이, 그 이름과 여행 동기는 이미 잊었습니다만, 저희 배의 삼등 선실에 머물며 여행한 적도 있었는데, 한참 후에야 그 사실을 알게 되었지 뭡니까. 저희는 삼등 선실의 승객들도 가급적 편안하게 여행할 수 있도록 최선을 다하고 있습니다. 예컨대 미국 해운회사들보다 훨씬 더 말입니다. 하지만 삼등 선실에 머물면서도 즐겁게 항해할 수 있도록 하는 데는 여전히 못 미칩니다."

"저는 괜찮았습니다." 카를이 말했다.

"괜찮았다네요!" 상원의원이 큰 소리로 웃으며 되풀이했다.

"다만 제 여행가방을 잃어버렸을까봐―" 그러면서 카를은 지금까지 일어났던 일들과 아직 더 해야 할 남은 일들을 모두 떠올리며 주위를 둘러보았다. 그러자 방안의 모든 사람이 그를 향해 존경과 경탄의 시선을 보내며 말없이 제자리를 지키고 있다는 것을 깨닫게 되었다. 다만 항만청 직원들에게서는 자기만족에 빠진 근엄한 얼굴에서 참으로 부적절한 때 왔구나 하는 유감의 뜻이 엿보였다. 보아하니 그들에게는 자기들 앞에 놔둔 회중시계가 이 방안에서 벌어진 모든 일과 어쩌면 앞으로 더 벌어질지도 모르는 모든 일보다 더 중요한 것 같았다.

선장에 이어 관심을 표명한 첫번째 사람은 얄궂게도 바로 화부였다. "진심으로 축하합니다." 그는 그렇게 말하고 카를과 악수를 해서 인정한다는 듯한 뜻도 표현하고자 했다. 이어서 상원의원에게도 같은 인사말을 하며 다가서려고 하자 주제넘은 행동이라는 듯 상원의원은 뒤로 물러났다. 화부도 즉시 그만두었다.

하지만 나머지 사람들은 이제 어떻게 해야 하는지 깨닫고 곧바로 카를과 상원의원을 둘러싸고 수선을 피웠다. 카를은 얼결에 슈발의 축하 인사까지 받았고 그것을 받아들이며 감사를 표했다. 다시 조용한 분위기가 되자 마지막으로 항만청 직원들이 다가와 영어로 한두 마디를 건넸는데, 왠지 우스꽝스러운 인상을 주었다.

상원의원은 이 흡족함을 만끽하기 위해 별 대수롭지도 않은 점들을 자신과 다른 사람들에게 상기시키고픈 흐뭇한 기분에 푹 젖어들었고, 물론 모두가 그것을 묵인했을 뿐만 아니라 흥미롭게 받아주었다. 그래서 그는 하녀의 편지에 언급된 카를의 가장 두드러진 특징들을 혹시 필요할 때 금방 확인할 수 있도록 수첩에 적어두었다는 사실에 주목하게 했다. 그런데 아까 들어주기 힘든 화부의 수다가 이어지는 동안에는 다른 뜻 없이 오로지 기분 전환을 위해 그 수첩을 꺼내들어, 물론 탐정의 눈으로 보면 그리 정확하다고 할 수 없는 하녀의 관찰 내용들을 재미삼아 카를의 외모와 연결시켜보고자 했던 것이었다. "그렇게 해서 조카를 찾게 되었지요!" 그는 한번 더 축하의 말을 듣고 싶어하는 듯한 어조로 이야기를 마쳤다.

"이제 화부는 어떻게 되는 거예요?" 카를이 외삼촌의 이야기가 막 끝남과 동시에 물었다. 새로운 처지가 된 그는 자신이 생각하는 것을 모두 말해도 되리라 여겼다.

"마땅히 받을 만한 것을 받게 되겠지." 상원의원이 말했다. "선장님이 판단하시는 대로 될 테고. 화부 얘기는 이제 충분한 것 같구나. 충분하다 못해 신물이 날 지경이야. 분명 여기에 계신 분들은 누구나 동의할 거야."

"하지만 정의에 관한 문제라면 그런 건 중요치 않아요." 카를이 말했
다. 그는 외삼촌과 선장 사이에 서 있었는데, 이러한 위치 덕분인 듯 결
정권이 자신의 수중에 있는 것처럼 생각되었다.

그런데도 화부는 더이상 희망이 없다고 생각하는 것 같았다. 그는
양손을 바지의 혁대 안쪽에 반쯤 찔러넣고 있었는데, 흥분된 동작으로
말미암아 혁대가 셔츠의 줄무늬와 함께 드러나 보였다. 그런 것에 그는
조금도 개의치 않았다. 자신의 고통을 전부 털어놓은 터였다. 사람들은
그가 몸에 걸친 형편없는 옷가지까지 봐야 했으니 그다음엔 그를 끌어
내야 할 차례였다. 그는 앞으로 벌어질 일들을 상상해보았다. 사환과
슈발은 이곳에서 지위가 가장 낮은 두 사람이니 그를 밖으로 끌어내는
이 마지막 호의를 베풀어주겠지. 그러면 슈발은 안정을 얻어 회계주임
의 표현처럼 절망 상태에 빠지는 일은 더이상 없을 테고. 선장은 루마
니아 사람들만 고용할 수 있을 것이고, 어디서나 루마니아어가 쓰일 테
지. 그러면 오히려 모든 일이 더 잘 돌아갈지도 모른다. 화부가 회계과
에 와서 수다떠는 일은 더이상 없을 것이고, 다만 그의 마지막 수다는
제법 친근한 기억으로 남을 것이다. 왜냐하면 상원의원이 분명하게 말
했듯이 바로 그 수다가 조카를 알아보게 한 간접적인 계기가 되었으니
까. 그런데 이 조카는 아까 몇 번이나 그에게 어떻게든 도움이 되고자
애썼고 그렇게 자신의 신분이 드러나도록 그가 기여한 바에 대해 이미
넘치도록 충분한 감사의 뜻을 표했다. 하지만 화부는 지금 카를에게 무
엇을 바라고 싶은 생각이 전혀 들지 않았다. 게다가 카를이 아무리 상
원의원의 조카라 해도 선장은 아니지 않은가. 결국 선장의 입에서는 험

한 말이 나오고 말 것이다. ―그의 생각대로 화부는 카를 쪽을 쳐다보려고도 하지 않았지만, 유감스럽게도 적들로 가득한 이 방안에서는 편안히 시선을 둘 곳이 달리 없었다.

"상황을 제대로 봐야지." 상원의원이 카를에게 말했다. "정의의 문제가 중요할지 모르지만, 동시에 규율의 문제도 중요해. 둘 다, 그리고 특히나 후자는 여기서 선장님의 판단에 따르는 문제야."

"그렇지요." 화부가 중얼거렸다. 그 말을 듣고 말뜻을 이해한 사람은 기이한 미소를 지었다.

"게다가 우리는 뉴욕에 막 도착해서 보나마나 업무가 엄청나게 쌓여 있을 선장님을 너무나 방해했으니 지금이 바로 우리가 이 배를 떠나야 할 때다. 그리고 또 공연히 아무 보탬도 안 되는 참견을 해서 두 기관사 간의 이 사소한 싸움을 특별한 사건으로 만들지 않기 위해서라도 우리는 떠나야 해. 애야, 나는 네가 어떤 식으로 행동하는지 완벽하게 파악하고 있단다. 하지만 바로 그 때문에 너를 얼른 여기서 데려가는 게 옳다고 생각해."

"즉시 두 분을 위해 보트를 띄우라 하겠습니다." 선장이 말했다. 카를은 틀림없이 겸손의 표현으로 여길 수 있는 외삼촌의 말에 조금의 이견조차 달지 않는 그 모습이 놀랍기만 했다. 회계주임이 황급히 책상으로 달려가 전화로 선장의 명령을 갑판장에게 알렸다.

'시간이 촉박해.' 카를은 속으로 말했다. '하지만 이 사람들 모두의 감정을 상하게 하지 않고는 아무 일도 할 수 없어. 나를 겨우 찾아낸 외삼촌을 지금 와서 저버릴 수도 없는 일이야. 선장은 정중한 사람이기는 하지만 그 이상은 아니야. 규율에 관한 문제라면 정중한 태도도 쑥 들어가고 말걸. 그러니 외삼촌은 선장의 마음을 정확히 읽고 말씀하셨던 거야. 슈발과는 말도 섞고 싶지 않아. 그에게 악수를 건넨 것마저 유감스러워. 여기에 있는 다른 사람들도 다 허섭스레기 같은 자들이고.'

그는 이런 생각을 하며 천천히 화부에게 다가가서 그의 오른손을 혁대에서 빼내 잡고는 가지고 놀듯이 만지작거렸다. "왜 아무 말도 안 해요?" 카를이 물었다. "왜 모든 걸 그저 받아들이는 거예요?"

화부는 무슨 말을 해야 할지 적당한 표현을 찾고 있는 것처럼 이마를 찌푸리기만 했다. 그리고 자신과 카를의 손을 내려다보았다.

"당신은 이 배의 누구도 당한 적 없는 부당한 대우를 받았잖아요. 내가 확실히 알아요." 그러고서 카를은 자신의 손가락을 화부의 손가락 사이에 끼웠다 뺐다 했다. 그러자 화부는 마치 누구도 고깝게 여기지 않을 어떤 환희가 밀려오기라도 하는 듯 눈을 반짝거리며 주위를 둘러보았다.

"스스로를 지켜야 해요. 예와 아니요를 분명히 말해야 하고요. 안 그러면 사람들이 진실을 전혀 알 수 없어요. 내 말대로 하겠다고 약속해야 돼요. 여러 가지 이유로 내가 더이상 당신을 전혀 도울 수 없을 것 같아서 그래요." 그렇게 말하더니 카를은 눈물을 흘리며 화부의 손에 입을 맞추었다. 그러고는 갈라 터지고 시들시들한 그의 손을 자신의 뺨에 갖다대었는데, 그 모습이 마치 포기해야 하는 어떤 보물을 대하는 듯했다. ─하지만 어느새 옆으로 다가온 상원의원 외삼촌은 아주 가볍게 느껴지긴 해도 힘을 써서 억지로 그를 끌고 나갔다.

"저 화부가 너를 홀린 모양이구나." 그는 그렇게 말하고 카를의 머리 너머 선장 쪽을 의미심장한 눈빛으로 바라보았다. "너는 버림받은 기분이었겠지. 그때 화부를 만나서 지금 그에게 고마움을 느끼고 있는 거고. 참으로 가상한 일이야. 하지만 나를 생각해서라도 정도껏 하고 너의 처지를 깨닫도록 해."

문밖이 시끌시끌해졌다. 외침이 들리고, 누가 세게 문에 몸을 부딪히는 듯한 소리까지 났다. 다소 사납게 생긴 선원 하나가 앞치마를 두른 모습으로 들어왔다. "밖에 사람들이 와 있습니다." 그는 큰 소리로 말하면서, 마치 아직도 서로 밀고 당기는 혼잡한 무리 속에 있는 것처럼 양 팔꿈치를 좌우로 휘둘렀다. 마침내 정신을 차리고 선장에게 경례를 하려고 했으나, 그 순간 앞치마를 깨닫고 홱 끌어내려 바닥에 내던지면서 소리쳤다. "이건 정말 싫어, 나한테 이런 앞치마를 둘러놓다니." 그러고는 구두 뒤축을 딱 붙이고 차렷 자세로 경례를 했다. 누군가 웃으려고 했으나 선장은 근엄한 어조로 말했다. "기분들 좋은 모양이군. 밖에 있는 자들은 대체 누군가?"

"저의 증인들입니다." 슈발이 앞으로 나서며 말했다. "부디 저들의 부적절한 행동을 용서해주시기를 간청드립니다. 뱃사람들은 항해를 마치면 때로 미친듯이 날뛰지요."

"즉시 불러들이시오!" 선장은 그렇게 명령하고서 곧바로 상원의원 쪽으로 몸을 돌려 정중하지만 재빠르게 말했다. "존경하는 상원의원님, 조카분과 함께 지금 이 선원을 따라가주시겠습니까? 보트까지 두 분을 안내해드릴 겁니다. 의원님과 개인적으로 알게 된 것이 저에게 얼마나 큰 기쁨과 얼마나 큰 명예를 안겨주었는지는 새삼 말씀드릴 필요도 없을 겁니다. 조만간 기회가 생겨 의원님과 미국의 선박 현황에 대해 못다 나눈 얘기를 마저 이어갈 수 있기를, 그러다가 어쩌면 또다시 얘기를 끊어야 할 때는 오늘처럼 유쾌한 방식이기를 바랄 뿐입니다."

"지금으로서는 이 조카 하나로도 충분합니다." 외삼촌이 웃으면서 말했다. "그러면 이제 베풀어주신 호의에 대단히 감사하다는 말씀을 드리니 받아주시고 부디 몸 건강히 지내십시오. 그리고 우리가 다음번에"—그는 카를을 꼬옥 껴안았다—"유럽 여행을 할 때는 어쩌면 더 오래 함께 지낼 수도 있을 겁니다. 전혀 불가능한 일이 아닐 거예요."

"그럴 수만 있다면 정말 기쁠 겁니다." 선장이 말했다. 두 사람은 악수를 나누었고, 카를은 그저 말없이 건성으로 선장에게 손을 내밀 수밖에 없었다. 선장은 이미 열댓 명 되는 사람들에게 시달리고 있었기 때문이다. 다소 당황스러운 기색이기는 했지만 슈발의 인솔하에 매우 떠들썩한 소리를 내며 들어온 자들이었다. 조금 전의 그 선원이 상원의원에게 자기가 앞장서도 되겠느냐고 양해를 구한 뒤 상원의원과 카를이 나갈 수 있게 사람들 무리를 헤치며 둘로 가르자 고개 숙여 인사하는 사람들 사이를 손쉽게 통과할 수 있었다. 평소에는 순한 이들에게 슈발과 화부의 싸움은 선장 앞에서조차 멈추지 않는 익살스러운 장난인 모양이었다. 카를은 그들 사이에 주방 아가씨 리네도 끼어 있는 것을 알아차렸다. 그녀는 그를 향해 명랑하게 눈을 깜빡이면서 선원이 내던진 앞치마를 둘렀다. 그 앞치마가 그녀의 것이기 때문이었다.

선원을 뒤따라 사무실을 나온 그들은 좁은 통로에 들어섰고 다시 몇 걸음 뒤에는 작은 문에 이르렀는데, 그 문에서부터 아래로 짧은 계단이 있어 그들을 위해 준비된 보트로 내려갈 수 있었다. 지금까지 그들의 안내자 역할을 했던 선원이 단번에 펄쩍 뛰어내리자 보트에 타고 있던 선원들이 일어서서 경례를 했다. 상원의원이 조심해서 내려가라고 주의를 준 그때, 아직 맨 위 계단에 서 있던 카를은 갑자기 격한 울음을 터뜨렸다. 상원의원은 오른손을 카를의 턱밑에 대고 왼손으로는 그를 꼭 껴안고 쓰다듬어주었다. 그렇게 해서 그들은 한 계단 한 계단 천천히 내려가 서로 얼싸안은 채 보트로 옮겨 탔다. 상원의원은 카를을 위해 자기 바로 맞은편에 좋은 자리를 잡아주었다. 상원의원의 신호로 선원들은 기선을 밀쳐내기가 무섭게 온 힘을 다해 노를 젓기 시작했다. 기선에서 몇 미터 멀어지자마자 카를은 뜻밖에도 자신들이 회계과 쪽 창문들 앞에 있다는 것을 깨달았다. 세 개의 창문을 모두 메운 슈발의 증인들은 정답게 인사하며 손을 흔들었다. 외삼촌마저 답례를 보냈고 한 선원은 멈추지 않고 일정하게 노를 저으며 손 키스를 보내는 재주를 부렸다. 이제 화부는 더이상 존재하지 않는 것 같았다. 외삼촌과 무릎이 거의 맞닿은 채로 그를 똑바로 바라보자, 카를은 이 남자가 과연 화부를 대신할 수 있을까 의심이 들었다. 아니나다를까 외삼촌은 카를의 시선을 피해 보트 주위의 너울거리는 파도를 바라보았다.

변신

I

어느 날 아침 그레고르 잠자는 뒤숭숭한 꿈에서 깨어났을 때 침대에서 한 마리의 흉측한 벌레로 변해 있는 자신의 모습을 발견했다. 그는 철갑처럼 단단한 등껍질을 대고 누워 있었다. 머리를 약간 쳐들었더니 불룩하게 솟은 갈색 배가 보였고 그 배는 다시 활 모양으로 휜 각질의 칸들로 나뉘어 있었다. 둥그런 언덕 같은 배 위에는 이불이 금방이라도 주르륵 미끄러져내릴 듯 가까스로 덮여 있었다. 몸뚱이에 비해 형편없이 가느다란 수많은 다리가 애처롭게 버둥거리며 그의 눈앞에서 어른거렸다.

'이게 대체 어찌된 일일까?' 그는 생각했다. 꿈은 아니었다. 다소 작기는 해도 사람 살기에 손색없는 그의 방은 낯익은 사면의 벽으로 둘러싸여 조용히 놓여 있었다. 옷감 견본들이 풀어헤쳐진 채 어지럽게 널려 있는 책상 위로는—잠자는 출장 영업사원이었다—그가 얼마 전 어느 화보 잡지에서 오려내 금박의 예쁜 액자에 끼워넣은 그림이 걸려 있었다. 모피 모자를 쓰고 모피 목도리를 두른 채 꼿꼿이 앉아 있는 한 여인의 그림이었다. 그림 속 그녀는 그를 향해 팔뚝을 완전히 가린 두툼한 모피 토시를 쳐들어 보이고 있었다.

그레고르의 시선은 이어서 창 쪽으로 향했다. 칙칙한 날씨가 그를 온통 울적한 기분에 젖게 했다. 빗방울이 후드득 창틀의 함석을 두드리는 소리가 들려왔다. '잠을 조금 더 자서 이 어처구니없는 상황을 모두 잊어버리는 게 어떨까?' 그는 생각했으나 그건 결코 실행할 수 없는 일이었다. 왜냐하면 그는 오른쪽으로 누워 자는 버릇이 있었는데, 지금 상태로는 도저히 그런 자세로 누울 수가 없었기 때문이다. 몸을 오른쪽으로 돌리려고 아무리 애써보아도 번번이 등을 대고 누운 자세로 되돌아와 흔들거리기만 할 뿐이었다. 그러기를 백 번쯤은 해보았고, 그는 버둥거리는 다리들을 보지 않으려고 눈을 감았다. 그리고 옆구리에서 이때까지 한 번도 경험해보지 못한 가볍고 둔한 통증이 느껴지기 시작하자 그제야 그러기를 그만두었다.

'아아, 세상에', 그는 생각했다. '나는 어쩌다 이런 고달픈 직업을 택했단 말인가! 허구한 날 여행만 다녀야 하다니. 회사에 앉아 원래의 업무를 보는 일보다 스트레스가 훨씬 더 심하다. 게다가 여행할 때의 이런저런 피곤한 일들이 마음을 더 무겁게 한다. 기차를 제대로 갈아타기 위해 노심초사하기, 불규칙하고 형편없는 식사, 상대가 늘 바뀌어 절대 오래갈 수 없고 절대 진실하게 이루어질 수 없는 교제 관계. 악마여, 제발 좀 이 모든 걸 가져가다오!' 배 위쪽이 약간 가려운 느낌이 들었다.

머리를 좀더 쳐들어 더 잘 볼 수 있도록 그는 등으로 몸을 밀어 천천히 침대 기둥 쪽으로 다가갔다. 그러다 마침내 가려운 곳을 발견했는데 그곳은 온통, 뭐라고 판단하기 어려운 깨알같이 작고 흰 반점들로 뒤덮여 있었다. 그는 다리 하나를 내밀어 그곳을 건드려보려고 했으나 금세 뒤로 움츠려야 했다. 다리가 닿자마자 오싹하는 냉기가 온몸을 휘감았기 때문이다.

그는 다시 미끄러져 이전 자세가 되었다. '이렇게 너무 일찍 일어나는 건', 그는 생각했다. '사람을 아주 멍청하게 만든단 말이야. 사람은 잘 만큼 자야 하는데. 다른 출장 영업사원들은 다들 하렘*의 여자들처럼 살고 있지 않은가. 가령 내가 주문받은 것들을 장부에 기입해두려고 오전중에 여관에 돌아와보면 그자들은 그제야 일어나 앉아 아침을 먹는 중이거든. 내가 사장 앞에서 그런 식으로 해보라지. 그럼 당장 쫓겨나고 말걸. 그런데 쫓겨나는 편이 차라리 내게 더 잘된 일일지도 모르지. 아니라고 장담할 수 있는 사람이 누가 있겠어. 그동안 우리 부모님을 생각해서 꾹 참아왔지만, 만일 참지 않았더라면 나는 진작 사표를 냈을 거고 사장 앞으로 다가가 면전에 대고 평소에 품고 있던 내 생각을 속시원히 내뱉어줬을 텐데. 그러면 사장은 틀림없이 책상에서 굴러떨어졌을 거야! 책상 위에 걸터앉아 아래를 내려다보며 직원과 이야기하는 사장의 버릇이라니, 참 별나기도 하지. 게다가 사장은 귀가 어두워 우리 직원들이 바싹 다가서야 하잖아. 그렇지만 아직 희망을 완전히 접은 건 아니야. 우리 부모님이 사장에게 진 빚을 다 갚을 만큼 내가 언

* 남자들의 출입이 엄금되는 터키 여인들의 방.

제고 돈을 모으게 되면―그러려면 오륙 년은 더 걸릴 테지만―꼭 그렇게 해주고야 말겠어. 그렇게 되면 인생에 커다란 전기轉機가 마련되겠지. 하지만 지금 당장은 일어나야 해. 다섯시면 기차가 떠나니까.'

그러고서 그는 서랍장 위에서 째깍거리고 있는 탁상시계 쪽을 건너다보고는 마음속으로 외쳤다. '하느님 맙소사!' 여섯시 반이었다. 시곗바늘은 조용히 앞으로 나아가고 있었다. 이제 삼십분도 지나 어느새 사십오분을 향해 다가가고 있었다. 혹시 자명종이 울리지 않은 것은 아닐까? 자명종 바늘이 정확히 네시에 맞추어져 있는 것이 침대에서도 보였다. 시계는 틀림없이 울렸을 것이다. 그렇다, 하지만 온 방을 뒤흔들 정도로 요란한 그 소리를 듣고도 편안히 잠을 잔다는 것이 과연 가능한 일이었을까? 글쎄, 편히 자지는 않았더라도, 어쨌든 그만큼 깊이 잠에 빠져 있었던 것 같다. 그런데 이제 어떻게 해야 한단 말인가? 다음 기차는 일곱시에 있었다. 그 기차를 잡아타기 위해서는 미친듯이 서둘러야 하는데, 견본 꾸러미는 아직 싸두지도 않은데다 기분도 썩 상쾌하지 않고 몸도 그리 가든하지 않았다. 설사 그 기차를 탄다 해도 사장의 불호령은 피할 수 없을 것이다. 사환 아이가 기차 시간에 맞추어 다섯시에 나와 기다리고 있다가 그가 그 기차에 타지 않은 사실을 일찌감치 보고해버렸을 테니까. 사장의 꼭두각시나 다름없는 녀석은 줏대도 없고 분별도 모르는 위인이었다. 그렇다면 이제, 몸이 아프다고 연락하면 어떨까? 하지만 그것은 지극히 궁색하고도 수상쩍은 변명이 될 것이다. 그 회사에 오 년이나 근무하는 동안 그레고르는 아직 한 번도 아파본 적이 없었기 때문이다. 사장은 틀림없이 의료보험조합의 의사를 대동하고 나타나 게으른 아들을 두었다며 부모님께 비난을 퍼부어댈 것이고 의사의 말을 빌려 어떤 이의도 묵살해버릴 것이다. 의사가 보기에는 건강하면서도 일하기 싫어 아픈 척하는 사람이 세상에 너무나 많을 테니까. 그런데 지금 같은 경우에 사장의 처사가 전적으로 부당하다고만 할 수 있을까? 그레고르는 오래 잠을 자고 났는데도 군더더기처럼 남아 있는 졸린 기운 말고는 사실 컨디션이 썩 괜찮은 편이었고 강렬한 허기마저 느끼고 있었다.

아직 침대를 벗어나야겠다는 결심을 못한 채 그의 머릿속에서 이 모든 생각이 휙휙 지나가고 있었을 때—그때 시계는 막 여섯시 사십오분을 가리켰다—누군가 침대 머리맡의 문을 조심스럽게 두드리는 소리가 들렸다. 이어 "그레고르" 하고 부르는 소리가 났다—어머니였다—"여섯시 사십오분이야. 안 나갈 거니?" 저 부드러운 목소리! 그레고르는 대답하는 자신의 목소리를 듣고 깜짝 놀랐다. 그것은 틀림없이 예전의 자기 목소리였지만, 거기에는 저 아래에서부터 울려나오는 듯한, 억제할 수 없는, 가늘고 고통스러운 고음의 소리가 섞여 있었다. 피잇피잇거리는 그 소리 때문에 그의 말들은 처음 순간에만 또렷이 들리다가 곧 뒤따르는 울림에 뭉개져버렸으므로 뭐라고 하는지 잘 알아들을 수가 없었다. 그레고르는 모든 일을 자세하게 설명하고 싶었지만 사정이 이러해서 "네, 네. 고마워요, 어머니. 일어나는 중이에요"라고만 말하는 데 그쳤다. 나무문인 까닭에 그레고르의 목소리가 변했다는 것을 아마 밖에서는 알아챌 수 없었나보다. 왜냐하면 어머니는 그의 대답에 안심한 듯 신발을 질질 끌며 가버렸기 때문이다. 그러나 이 짧은 대화로 인해 다른 식구들도 그레고르가 뜻밖에도 아직 집에 있다는 사실을 알게 되었다. 어느새 아버지가 한쪽 옆문을 약하게, 하지만 주먹으로 두드렸다. "그레고르, 그레고르", 아버지가 불렀다. "대체 무슨 일이냐?" 아버지는 잠시 후 좀더 굵은 목소리로 다시 한번 대답을 재촉했다. "그레고르! 그레고르!" 다른 쪽 옆문에서는 여동생이 나지막한 목소리로 호소하듯 말했다. "오빠, 어디 안 좋아요? 뭐 필요한 거 있어요?" 그레고르는 양쪽을 향해 대답했다. "이제 다 됐어요." 그는 발음에 아주 세심하게 주의를 기울이고 단어와 단어 사이에 긴 간격을 두어 목소리가 이상하게 들리지 않도록 애썼다. 아버지는 아침식사를 하러 돌아갔으나 여동생은 이렇게 속삭였다. "오빠, 문 좀 열어요, 제발 부탁이야." 하지만 그레고르는 문을 열 생각이 전혀 없었고, 오히려 여행 다니면서부터 몸에 익게 되어 집에서도 밤에는 문을 모두 닫아거는 조심성을 다행스럽게 여겼다.

처음에 그는 누구의 간섭도 받지 않고 가만히 일어나 옷을 입은 후 무엇보다 먼저 아침식사부터 하고 싶었다. 그다음 일은 그때 가서 찬찬히 생각해보려고 했다. 침대에 누워서는 아무리 생각에 몰두해봤자 신통한 결론에 이르지 못하리라는 것을 그는 잘 알고 있었기 때문이다. 어쩌다 간혹 어설픈 자세로 누워 자는 바람에 생긴 듯한 가벼운 통증이 느껴지다가도 막상 일어나보면 그것이 순전히 침대 속 공상이었음을 깨닫곤 했던 일이 기억났다. 그래서 오늘의 이 이상한 환상은 어떻게 사라져갈 것인지 몹시 궁금해졌다. 목소리가 변한 것은 바로 출장 영업사원들의 직업병인 독한 감기의 전조일 뿐이라는 것을 그는 조금도 의심치 않았다.

이불을 걷어내는 것은 아주 간단했다. 몸을 약간 부풀리기만 하면 되었다. 그러자 이불은 저절로 떨어져내렸다. 그러나 그다음부터가 어려웠다. 몸이 너무 많이 옆으로 퍼져 있어서 더욱 어려움이 컸다. 몸을 일으켜세우려면 팔과 손이 있어야 하는데, 이젠 그 대신 가는 다리만 많았다. 그 다리들은 끊임없이 제각각 움직였고 그의 뜻대로 통제할 수 없었다. 다리 하나를 구부려보려고 애쓰면 오히려 그 다리가 먼저 쭉 펴지는 식이었다. 마침내 그 다리로 그가 원하는 동작을 해내는 데 성공했다 하더라도, 그사이 다른 다리들이 마치 구속에서 풀려나기라도 한 듯 흥분 상태가 극에 달해 안달하며 법석을 떠는 것이었다. "이렇게 그냥 침대에만 있다가는 아무 일도 안 되겠다." 그레고르는 혼잣말을 했다.

먼저 그는 몸의 아랫부분을 침대 밖으로 내밀어보려고 했다. 하지만 하반신을, 더욱이 그로서는 아직 보지도 못했고 어떻게 생겼는지 도무지 상상도 되지 않는 이 부분을 움직이기는 쉬운 일이 아니라는 것을 알게 되었다. 그래서 일은 아주 더디게 진행되었다. 그러다가 마침내 욱하는 심정이 되어 온 힘을 모아 앞뒤 안 살피고 냅다 몸을 앞으로 밀어댔더니, 그만 방향을 잘못 잡아 아래쪽 침대 기둥에 세게 부딪히고 말았다. 곧 화끈거리는 통증이 느껴졌고, 그 통증은 변해버린 자신의 몸에서 가장 예민한 부분이 지금으로선 하반신임을 깨닫게 해주었다.

따라서 그는 상반신을 먼저 침대 밖으로 나오게 하려고 머리를 침대 가장자리로 조심스럽게 돌렸다. 이 동작은 쉽게 성공했다. 몸뚱이는 옆으로 퍼진데다 무거웠지만 결국 머리가 돌아가는 방향을 따라 천천히 움직였다. 하지만 드디어 머리를 침대 밖의 허공에 두게 되었을 때, 그는 이런 식으로 계속 밀고 나가기가 겁이 났다. 그런 식으로 몸을 밀어 떨어지게 놔두고도 머리를 다치지 않으려면 그야말로 어떤 기적이라도 일어나야 했기 때문이다. 무슨 일이 있어도 지금은 의식을 잃어서는 안 되었다. 그는 차라리 그냥 침대에 머물기로 했다.

다시 같은 노력을 들인 끝에 그는 한숨을 내쉬며 조금 전과 같이 등을 대고 누운 상태로 돌아왔고, 가는 다리들이 다시 아까보다 더욱 기승을 부리며 서로 아귀다툼을 벌이는 모습을 보게 되었다. 그러다가 이렇게 제멋대로인 상황을 다스려 안정과 질서를 가져올 가능성이 없음을 깨닫고는 다시 혼잣말을 중얼거렸다. 침대에 그냥 머물러 있을 수는 없다고, 전부를 희생해서라도 침대에서 벗어날 희망이 조금이라도 있다면 그렇게 하는 편이 가장 올바른 길이라고. 하지만 그와 동시에 그는 절망적인 결심보다는 침착한, 최대로 침착한 성찰이 훨씬 더 낫다는 사실을 잊지 않았다. 그 순간 그는 최대한 날카로운 시선으로 창밖을 바라보았으나, 유감스럽게도 좁은 거리의 건너편까지 뒤덮어버린 아침 안개뿐, 그 풍경으로부터 어떤 낙관적 기대나 경쾌한 기운을 얻을 수는 없었다. "벌써 일곱시로군." 시계가 또 새로운 시간을 알리자 그는 그렇게 중얼거렸다. "벌써 일곱시인데도 여전히 안개가 저렇게 짙구나." 그리고 한동안 그는 가만히 누워 얕은 숨을 쉬었다. 마치 완벽한 정적에 이르면 그로부터 다시 정상적인 현실 상황이 회복될지 모른다고 기대하기라도 하는 듯했다.

그러다가 그는 다시 중얼거렸다. "일곱시 십오분이 되기 전에는 무슨 수를 써서라도 침대를 완전히 벗어나야 해. 그때까지는 분명 회사에서 누군가가 나에 대해 물으러 올 거야. 사무실은 일곱시 전에 문을 여니까." 이제 그는 아래위 할 것 없이 몸 전체에 고루 힘을 줘 좌우로 흔들어서 침대를 벗어나려고 했다. 이런 식으로 침대에서 몸을 떨어지게 한다면 예상컨대 머리를 다치는 일은 없을 것이다. 떨어지면서 머리를 바짝 들어주기만 하면 말이다. 등은 단단해 보였으므로 양탄자 위로 떨어지면 아무 일도 없으리라. 가장 염려스러운 것은 떨어질 때 틀림없이 나게 될 요란한 쿵 소리였다. 그 소리는 분명 문밖의 식구들에게 공포는 아니더라도 걱정을 불러일으킬 것이다. 그렇더라도 이 일은 반드시 감행하지 않으면 안 되었다.

어느새 그레고르의 몸이 절반쯤 침대 밖으로 나오게 되었을 때―이 새로운 방법은 힘들다기보다는 일종의 놀이와도 같아서, 계속 순간적인 반동을 이용해 좌우로 몸을 흔들어주기만 하면 되었다―지금 자신을 도와주는 사람만 있다면 이 모든 일이 얼마나 간단할까 하는 생각이 들었다. 힘센 사람 두 명―그는 아버지와 하녀를 떠올렸다―만 있으면 충분할 것이다. 그들은 둥글게 휜 그의 등 아래로 양팔을 밀어넣어 그를 침대에서 들어내 허리를 굽혀 바닥에 내려놓은 다음 그가 몸을 뒤집을 때까지 그저 조심스레 지켜보며 참고 기다려주면 될 텐데. 그런 다음엔 그 가는 다리들이 바라건대 제구실을 하게 될 것이다. 그렇다면 문들이 잠겨 있다는 사실은 그렇다 치고, 이젠 정말로 도와달라고 소리쳐야 하지 않을까? 그가 지금 비록 곤경에 처해 있다고는 해도 그런 생각에 미소를 금치 못했다.

이미 그는 조금만 더 세게 흔들면 몸의 균형을 잡지 못하게 될 상태에 이르러 있었고, 이제 곧 마지막 결단을 내려야 했다. 오 분만 있으면 일곱시 십오분이었다. ―그때 현관에서 초인종이 울렸다. "회사에서 사람이 온 모양이군." 그렇게 중얼거리는데 몸은 거의 굳어버렸고, 그동안 가는 다리들은 그만큼 더 분주하게 춤추었다. 순간 사방이 고요해졌다. "문을 열어주진 않겠지." 그레고르는 그렇게 터무니없는 희망에 사로잡혀 중얼거렸다. 그러나 곧이어 여느 때처럼 당연하다는 듯이 하녀가 힘찬 걸음으로 다가가 현관문을 열어주었다. 그레고르는 방문객의 첫마디 인사말만 듣고도 벌써 누구인지 알았다—지배인이 직접 온 것이다. 어째서 유독 그레고르만이 아주 조금만 직무에 태만해도 곧장 엄청난 의심을 사는 그런 회사에서 근무해야 하는 신세가 된 것일까? 도대체 회사원들이 죄다 건달이기라도 하단 말인가? 그들 중에는 아침 한두 시간만 회사를 위해 봉사하지 않아도 양심의 가책이 너무 큰 나머지 정신이 이상해져 그야말로 침대를 떠나지 못하는, 충성스럽고 헌신적인 인간은 하나도 없단 말인가? 사환 아이를 보내 물어보는 걸로—도대체 꼭 그럴 필요가 있는 일이기라도 했다면—충분하지 않았나. 굳이 이렇게 지배인이 직접 와야 했을까? 그렇게 함으로써 이 수상쩍은 사건에 대한 조사가 지배인의 판단에만 맡겨질 수 있다는 사실이 죄 없는 가족들에게까지 알려져야 한단 말인가? 그레고르는 어떤 결심을 해서라기보다, 이런 생각들에 몰두하다보니 저절로 흥분이 돼서 온 힘을 다해 침대 밖으로 몸을 날렸다. 부딪히는 소리가 꽤 크긴 했지만 요란할 정도는 아니었다. 추락의 충격은 양탄자 덕분에 다소 줄어들었고, 철갑 같은 등도 그레고르가 생각했던 것보다는 탄력이 있어서 둔탁한 소리가 잠시 울렸을 뿐 그다지 주의를 끌지는 않았다. 다만 머리를 치켜들면서 충분히 주의를 기울이지 못해 그만 바닥에 살짝 부딪히고 말았다. 그는 짜증도 나고 아프기도 해서 머리를 이리저리 돌리며 양탄자에 문질렀다.

"저 안쪽에서 뭔가가 떨어졌나봅니다." 지배인이 왼쪽 옆방에서 말했다. 그레고르는 오늘 자기한테 일어난 일과 비슷한 일이 언젠가 지배인에게도 일어날 수 있지 않을까 상상해보았다. 그럴 가능성을 사실 부인할 수는 없었다. 그러나 그런 그의 의문에 거친 대답으로 응수하려는 듯 옆방의 지배인이 에나멜 장화를 삐걱거리며 몇 걸음 또박또박 걸었다. 오른쪽 옆방에서는 여동생이 그레고르에게 귀띔을 해주기 위해 속삭이는 소리로 말했다. "오빠, 지배인님이 오셨어요." "알아." 그레고르는 혼자서 중얼거렸다. 하지만 여동생이 들을 수 있을 만큼 목소리를 크게 높일 엄두는 내지 못했다.

"그레고르", 이제 다시 왼쪽 옆방에서 아버지가 말했다. "지배인님께서 오셔서 네가 왜 새벽 기차로 출발하지 않았느냐고 물으신다. 뭐라고 말씀드려야 할지 모르겠구나. 게다가 지배인님께서는 너하고 직접 말씀하고 싶어하신다. 그러니 어서 문 열어라. 방이 지저분해도 이해해주실 거야." "안녕하시오, 잠자 씨." 그사이 지배인이 다정하게 외쳤다. "저 애가 몸이 편치 않아요." 아버지가 계속 문에 대고 얘기하는 동안 어머니가 지배인에게 말했다. "저애가 몸이 편치 않은 거예요, 제 말 믿어주세요, 지배인님. 그렇지 않고서야 그레고르가 어떻게 기차를 놓치겠어요! 저 아이 머릿속엔 온통 회사 일뿐이랍니다. 저녁에도 외출 한 번 하는 걸 보지 못했으니 오히려 제가 화가 날 지경이에요. 이번만 해도 일주일 넘게 시내에 머물렀지만 매일 저녁 집에 틀어박혀 있었답니다. 그럴 때면 책상에 앉아 조용히 신문을 보거나 기차 시간표를 들여다보지요. 심심풀이 취미라고는 실톱으로 뭔가를 열중해서 만드는 거고요. 이를테면 이삼일 저녁시간 동안 조그만 액자 하나를 만들어내기도 했답니다. 얼마나 예쁜지 보면 놀라실 거예요. 저 방안에 걸려 있답니다. 그레고르가 문을 열면 금방 보시게 될 거예요. 그건 그렇고 지배인님께서 이렇게 와주셔서 정말 다행이에요. 저희만으로는 그레고르가 문을 열게 하지 못했을 거예요. 고집이 보통 센 아이가 아니거든요. 틀림없이 몸이 안 좋은 거예요. 아까는 아니라고 했지만요." "곧 나가요." 그레고르는 천천히 신중하게 말했다. 그러고는 밖에서 하는 얘기들을 한마디도 놓치지 않으려고 꼼짝하지 않았다. "부인, 저도 달리는 이해할 수 없군요." 지배인이 말했다. "대수롭지 않은 일이길 바랍니다. 그러나 또 한편으로 생각해보면, 우리 사업하는 사람들은―이걸 유감스럽다 해야 할지 다행이라 해야 할지는 좋을 대로 생각할 일입니다만―몸이 조금 불편한 것쯤은 흔히 사업을 생각해서 그냥 참고 넘겨야 하지요." "그럼 이제 지배인님께서 네 방으로 들어가셔도 되겠지?" 조급해진 아버지가 그렇게 묻고는 다시 문을 두드렸다. "안 돼요." 그레고르가 말했다. 왼쪽 옆방에서는 어색한 침묵이 흘렀고, 오른쪽 옆방에서는 여동생이 훌쩍거리기 시작했다.

대체 왜 여동생은 다른 식구들이 있는 쪽으로 가지 않는 걸까? 이제 막 일어나 아직 옷도 갈아입지 못한 모양이다. 그런데 왜 우는 걸까? 그가 일어나지도 않고 지배인을 방에 들이지도 않아서? 아니면 그가 직장을 잃게 될까봐? 그러고 나면 사장이 묵은 빚 독촉으로 부모님을 다시 못살게 굴 것 같아서? 하지만 그런 염려는 지금으로선 쓸데없는 걱정이다. 아직은 그레고르가 여기에 있고 가족을 저버릴 생각은 추호도 없었다. 물론 지금 당장은 양탄자 위에 누워 있는 신세고, 그런 그의 상황을 알았다면 아무도 그에게 지배인을 들이라고 진심으로 요구하지는 않았을 것이다. 하지만 나중에 적당한 평계로 둘러댈 수 있을 이런 사소한 결례 때문에 그가 당장 해고될 수는 없는 일이었다. 게다가 그레고르가 보기에 눈물과 설득으로 자신을 귀찮게 하기보다는 이대로 가만히 놔두는 편이 훨씬 더 현명한 처사일 듯싶었다. 하지만 사정을 확실히 알 수 없다는 그 불확실성이 다른 사람들을 당혹스럽게도 하고 또 그들의 행동을 납득할 만한 것으로도 여겨지게 했다.

"잠자 씨", 지배인이 언성을 높였다. "도대체 무슨 일이오? 그렇게 바리케이드를 치고 거기 방안에 들어앉아 그저 예와 아니요라고만 대답하면서, 부모님한테는 공연히 큰 걱정을 끼쳐드리고, 회사에 대해서는—말이 나왔으니 하는 얘기지만—정말이지 들어보지도 못한 방식으로 직무상의 의무를 태만히 하고 있으니 말이오. 내 이 자리에서 당신 부모님과 사장님의 이름으로 말하는데, 당신의 즉각적이고 명확한 해명을 아주 진지하게 요청하는 바이오. 난 놀랐소, 정말 놀랐어. 차분하고 분별 있는 사람인 줄로만 알았는데, 이제 보니 당신은 느닷없이 별난 객기를 부리려는 것 같구려. 사실 오늘 아침 사장님께서 당신이 이렇게 직무를 태만히 할 만한 이유를 짚어보시며 내게 슬쩍 그럴듯한 언질을 주시긴 했지만—얼마 전 당신에게 맡긴 수금 일에 관한 것이었지—나는 진정으로 거의 내 명예를 걸고서 그런 이유는 절대 아닐 거라고 맹세했소. 하지만 이제 이렇게 이해할 수 없는 당신의 옹고집을 대하고 보니 당신을 위해 조금이라도 애써주고 싶던 마음이 싹 달아나 버렸소. 그리고 당신 일자리는 절대 확고부동한 것이 아니오. 본래 이 모든 이야기는 당신과 단둘이서 할 생각이었는데, 당신이 쓸데없이 이렇게 내 시간을 허비하게 하니 당신 부모님들도 이 일에 대해 듣지 말아야 할 이유가 없는 것 같소. 최근 당신의 업무 실적은 사실 매우 불만족스러운 것이었소. 지금이 그다지 영업을 잘할 수 있는 계절이 아니란 건 알고 있소. 그 점은 우리도 인정하오. 그렇지만 영업을 못할 계절은 또 절대로 있을 수 없고, 잠자 씨, 있어서도 안 되지."

"하지만 지배인님!" 그레고르는 자신도 모르게 소리쳤고 흥분한 나머지 다른 일들은 모두 잊어버렸다. "당장 문을 열어드리지요. 몸이 조금 불편한데다 갑자기 현기증이 나는 바람에 일어나지 못한 것뿐이에요. 저는 아직도 침대에 누워 있습니다. 하지만 지금은 다시 어느새 몸이 거뜬해졌어요. 막 침대에서 일어나는 중입니다. 잠깐만 기다려주세요! 아직은 몸이 생각만큼 그리 좋지는 않군요. 하지만 금세 또 괜찮아진 것 같아요. 어떻게 이런 일이 갑자기 한 사람에게 닥칠 수 있는지 기가 막힐 뿐입니다! 어제저녁까지만 해도 컨디션은 아주 좋았어요. 그건 부모님도 잘 알고 계시지요. 아니 실은, 어제저녁에 이미 가벼운 조짐이 있었습니다. 제 안색을 보았다면 분명 알아챌 수 있었을 거예요. 제가 왜 그걸 미리 회사에 알리지 않았는지, 참! 하지만 뭐 집에서 쉬지 않고도 일을 하다보면 병을 이겨낼 거라고들 생각하기 마련이지요. 지배인님, 제 부모님은 끌어들이지 마세요! 지금 저에게 하시는 비난들은, 네, 모두 근거가 없는 것입니다. 아무도 저에 대해 그런 말을 한 적은 없었어요. 그래요, 단 한 마디도요. 지배인님은 제가 최근에 보내드린 주문서를 보지 않으신 모양입니다. 그건 그렇고, 여덟시 기차로는 출발하겠습니다. 몇 시간 쉬었더니 다시 힘이 나는군요. 지배인님, 제발 여기서 시간을 지체하지 마세요. 제가 곧 회사로 나가겠습니다. 그러니 아량을 베푸셔서 사장님께 그렇게 말씀드리고 저에 대해서도 말씀 좀 잘 해주세요!"

그레고르는 이 모든 말을 급히 내뱉으면서도 자신이 무슨 말을 하는지 거의 몰랐다. 그러는 동안 그는 침대에서 했던 연습 덕분인 듯 쉽사리 서랍장 쪽으로 다가갔고, 이제 거기에 기대어 몸을 일으켜보려 애쓰고 있었다. 실제로 문을 열고 자신의 모습을 내보여 지배인과 직접 이야기하려는 것이었다. 지금 저들이 그토록 바라던 대로 그의 모습을 본다면 뭐라고 할지 정말 알고 싶었다. 그들이 질겁하고 놀란다면 그것은 더이상 그레고르의 책임이 아니었다. 그는 그냥 가만히 있으면 될 일이다. 하지만 그들이 모든 것을 차분히 받아들인다면 그 역시 흥분할 이유가 없었고, 서두른다면 정말 여덟시까지는 역에 도착할 수도 있을 것이었다. 처음에는 몇 번이나 그 매끈한 서랍장에서 미끄러졌지만 결국 마지막 안간힘으로 몸을 휙 젖혀 똑바로 설 수 있었다. 아랫배가 몹시 화끈거렸지만 이제 그런 통증 따위는 아무 문제도 되지 않았다. 그는 가까이 있는 의자 등받이를 향해 몸을 날려 그 가장자리를 가는 다리들로 꽉 붙잡았다. 그렇게 해서 비교적 몸을 잘 가눌 수 있게 되자 그는 입을 다물었다. 이제 지배인의 말소리가 들려왔기 때문이다.

"아드님의 말을 혹시 한 마디라도 알아들으셨나요?" 지배인이 부모님에게 물었다. "그가 설마 우리를 바보로 만들려는 건 아니겠죠?" "맙소사, 그럴 리가요!" 어머니의 목소리에는 이미 울음이 섞여 있었다. "저애가 심하게 아픈가봐요. 그러니 우리가 저앨 괴롭히고 있는 거예요. 그레테! 그레테!" 어머니는 소리쳤다. "엄마?" 여동생이 반대편에서 외쳤다. 그들은 그레고르의 방을 사이에 두고 말을 주고받았다. "너 당장 의사한테 다녀와야겠다. 그레고르가 병이 났어. 어서 의사를 불러와. 너 방금 그레고르가 말하는 소리를 들었니?" "그건 짐승의 소리였습니다." 지배인은 어머니의 울부짖음에 비해 현저히 낮은 소리로 말했다. "안나! 안나!" 아버지가 거실 저쪽 부엌을 향해 소리치며 손뼉을 쳤다. "얼른 가서 열쇠공 좀 데려오너라!" 두 여자는 치맛자락 소리를 내며 거실을 가로질러 내달려서는―대체 여동생은 어떻게 그렇게 빨리 옷을 주워입었을까?―현관문을 확 열어젖혔다. 문이 쾅 닫히는 소리는 들리지 않았다. 큰 불행이 닥친 집들에서 흔히 그러듯 문을 활짝 열어둔 채 나간 모양이었다.

하지만 그레고르는 훨씬 더 침착해졌다. 그사이 귀에 익숙해진 탓인지 그에게는 자신의 말이 충분히 뚜렷하게, 전보다 더 뚜렷하게 들린다고 생각되었지만, 다른 사람들은 그러니까 그의 말을 더이상 알아듣지 못하는 것이 분명했다. 그러나 어쨌든 그들은 이제 그의 상태가 결코 정상이 아니라는 것을 믿게 되었고, 그를 도와줄 준비가 되어 있었다. 그들이 취한 첫 조치에서 보여준 신뢰와 확신에 그는 마음이 놓였다. 자신이 다시 인간사회 속에 받아들여지는 기분이었고, 의사건 열쇠공이건 막연히 그 둘이 함께 대단하고 놀라운 활약을 펼칠 것으로 기대했다. 점점 다가오는 결정적 협상 장면에서 되도록 분명한 목소리를 내기 위해 그는 몇 번, 소리를 죽이느라 애쓰며 헛기침을 해보았다. 어쩌면 기침소리조차 사람의 기침소리와는 다르게 들릴지도 모르는 일이었기 때문이다. 더이상 스스로 그것을 판단할 자신이 없었다. 그러는 사이 옆방은 아주 조용해졌다. 아마도 부모님과 지배인은 식탁에 앉아 속닥거리고 있을 것이다. 아니면 모두 문에 기대어 엿듣고 있거나.

그레고르는 의자를 몸과 함께 천천히 문 쪽으로 밀고 가서 거기에 놓아두었다. 그러고는 얼른 문을 향해 몸을 던진 후 거기에 붙어 몸을 똑바로 일으켜세우고는—가느다란 다리 끝마다 달린 둥그런 발바닥에 약간의 점액 물질이 묻어 있었다—거기서 잠시 힘을 쓰느라 지친 몸을 쉬었다. 그러곤 곧이어 입으로 자물통 안에 꽂힌 열쇠를 돌리는 일에 착수했다. 하지만 그에게는 제대로 된 이빨이라고 할 만한 것이 없어 보였다—무엇으로 열쇠를 잡아야 할까?—그 대신 다행히도 턱은 매우 강했다. 덕분에 그는 힘겹게나마 열쇠를 움직일 수 있었다. 그러는 동안 분명 어딘가에 상처를 입었는지 입에서 갈색 액체가 열쇠를 타고 흘러내려 바닥으로 뚝뚝 떨어졌다. 그러나 그는 개의치 않았다. "좀 들어보세요." 지배인이 옆방에서 말했다. "열쇠를 돌리고 있어요." 이 말이 그레고르에게는 큰 격려가 되었다. 모두가 그에게 응원을 보내주면 더 좋을 텐데. 아버지와 어머니도. '힘내라, 그레고르!' 그렇게 외쳐주었으면 좋았을 텐데. '자 조금씩 돌려, 열쇠를 꽉 붙잡고!' 자신이 애쓰는 것을 모두가 숨죽인 채 지켜보고 있다고 상상하면서 그는 젖 먹던 힘까지 다해 정신없이 열쇠를 꽉 물고 늘어졌다. 열쇠가 돌아감에 따라 그의 몸도 자물통 주위를 춤추듯 돌았다. 이제 그는 입으로만 몸을 지탱하고 있었는데, 필요에 따라 열쇠에 매달리기도 하고 그러다가 온 체중을 실어 그것을 다시 내리누르기도 했다. 마침내 찰칵하고 자물쇠가 뒤로 당겨지는 맑은 소리에 그레고르는 번쩍 정신이 들었다. 안도의 한숨을 쉬며 그는 중얼거렸다. "그러니까 열쇠공은 부를 필요가 없었어." 그는 문을 완전히 열기 위해 머리를 손잡이 위에 올려놓았다.

그런 식으로 문을 열어야 했기 때문에 실제로 문이 이미 꽤 열리기는 했지만 정작 그 자신은 문짝에 가려 아직 보이지 않았다. 그는 한쪽 문짝을 따라 천천히 돌아나가야 했다. 더구나 거실로 나가기 직전에 뒤로 벌렁 나자빠지지 않으려면 여간 조심스러운 일이 아니었다. 그는 그 까다로운 동작에 몰두하느라 다른 것은 신경쓸 여유가 없었는데, 그때 "앗!" 하고 지배인이 내지르는 큰 소리가 들렸고—마치 바람이 윙 하고 지나가는 소리 같았다—이제 그레고르도 그를 보게 되었다. 문에서 가장 가까이 서 있던 그는 벌어진 입을 손으로 틀어막고서 보이지 않는 어떤 힘이 지속적으로 고르게 작용해 그를 몰아내고 있는 듯 천천히 뒷걸음치고 있었다. 어머니는—지배인이 와 있는데도 간밤에 풀어놓아 뻗친 머리카락을 손질하지 않은 채 서 있었다—두 손을 모은 채 잠시 아버지를 쳐다보다가 그레고르 쪽으로 두어 걸음 떼더니 치마가 사방으로 쫙 퍼지며 그 가운데쯤에 픽 쓰러져버렸다. 얼굴은 가슴에 푹 파묻혀 전혀 보이지 않았다. 아버지는 그레고르를 방안으로 도로 밀어 넣으려는 듯 적의에 찬 표정으로 주먹을 불끈 쥐고 거실 안을 불안하게 두리번거렸다. 그러고는 곧이어 양손으로 눈을 가리고 그 탄탄한 가슴이 들먹거릴 정도로 울어대기 시작했다.

그레고르는 거실로 나가지 않고 단단히 빗장을 걸어놓은 다른 쪽 문짝을 잡고 안쪽으로 기대섰다. 그의 몸은 이제 절반만 보였고, 그 위로는 다른 사람들을 내다보기 위해 옆으로 기울인 그의 머리가 보였다. 그사이 날은 훨씬 밝아져 있었다. 길 건너편으로 끝이 보이지 않는 진회색 건물—병원이었다—의 일부가 또렷이 보였다. 건물 전면에 툭튀어나온 창문들이 일정한 간격을 두고 나 있었다. 비는 아직도 내리고 있었다. 하나하나 눈에 보일 만큼 굵어진 빗방울들이 땅바닥에 뚝뚝 떨어져내렸다. 식탁 위에는 아침식사 때 쓴 식기들이 비좁을 정도로 가득 놓여 있었다. 아버지에게는 아침식사가 하루 세끼 중 가장 중요한 식사였기 때문이다. 아버지는 각종 신문들을 읽으며 아침식사를 몇 시간씩이나 끌었다. 바로 맞은편 벽에는 그레고르의 군대 시절 사진이 걸려 있었다. 소위로 복무하던 때의 그 사진 속에서, 군도에 손을 얹은 채 천진하게 미소 짓고 있는 그는 자신의 자세와 제복에 경의를 표해주기를 바라는 듯했다. 현관으로 통하는 문은 열려 있고 그때는 현관문도 열려 있어서 앞마당과 아래로 내려가는 계단의 맨 윗부분이 내다보였다.

"그럼 이제", 그레고르는 다시 입을 열면서 자신이 냉정을 잃지 않은 유일한 사람이라는 것을 의식하고 있는 듯했다. "곧 옷을 입고 견본품 꾸러미를 챙겨서 출발하겠습니다. 제가 떠나도록 해주시겠습니까? 그렇게 해주시겠지요? 그런데 지배인님, 보시다시피 저는 고집불통이 아니라 일하기를 좋아하는 사람입니다. 여행은 고달픈 것이지만 저는 여행하지 않고는 살 수 없을 겁니다. 지배인님, 대체 어디로 가십니까? 회사로 가시나요? 그렇지요? 모든 일을 사실대로 보고하실 겁니까? 지금 당장은 일할 능력이 없어 보일지 모르지만, 이런 때야말로 그 사람의 예전 실적을 떠올려볼 좋은 기회가 아닐까 싶습니다. 나중에는, 그러니까 걸림돌이 제거되고 나서는, 틀림없이 그만큼 더 열심히, 훨씬 더 집중해서 일할 테니까요. 제가 사장님께 큰 신세를 지고 있는 몸이라는 것은 지배인님도 잘 알고 계시지요. 그런 한편 저는 부모님과 여동생도 보살펴야 합니다. 저는 지금 곤경에 처해 있지만 곧 빠져나올 것입니다. 제 처지를 지금보다 더 어렵게 만들진 말아주세요. 회사에서 제 편이 되어주십시오! 사람들이 출장 영업사원을 좋아하지 않는다는 건 저도 알아요. 떼돈을 벌면서 편하게 살고 있다고들 생각하지요. 그런 편견에 대해서 곰곰이 생각해볼 계기도 딱히 없고요. 하지만 지배인님,

지배인님은 회사 돌아가는 사정을 다른 어느 직원들보다 훤히 들여다
보고 계시는 분이고, 저희끼리니까 드리는 말씀이지만, 네, 아마 사장
님보다도 회사 사정을 더 잘 알고 계실 겁니다. 사장님이야 회사의 주
인이다보니, 냉정을 잃고 직원에게 불리한 판단을 내리기가 쉽지요. 거
의 일 년 내내 회사 밖에서 지내는 저희 같은 출장 영업사원들이 험담
이나 우연한 일, 근거 없는 비난에 얼마나 쉽게 희생될 수 있는지는 지
배인님도 잘 알고 계실 겁니다. 그런 일들에 맞서 자신을 방어한다는
것이 저희로서는 전혀 불가능합니다. 그 내용을 대개는 전혀 모르고 있
다가 지친 몸으로 출장을 마치고 집에 돌아와서야 비로소 좋지 않은
결과만 피부로 느끼게 되곤 하니까요. 하지만 원인을 모르니 어찌해볼
도리도 없는 노릇이지요. 지배인님, 그냥 가지 마시고 제 말이 어느 정
도는 일리가 있다고, 한마디라도 해주세요!"

그러나 지배인은 그레고르의 처음 몇 마디에 이미 돌아서서는 입술
을 삐죽 내밀고 움찔거리는 어깨 너머로만 그레고르 쪽을 힐끗거렸다.
그레고르가 말하는 동안 그는 잠시도 가만히 서 있지 않고 그레고르에
게서 눈을 떼지 않은 채 슬금슬금 문 쪽으로 다가갔다. 하지만 방을 떠
나지 말라는 비밀 금지령이라도 내려진 듯 아주 조금씩, 천천히 움직였
다. 그는 어느새 현관에 이르렀는데, 마지막으로 거실에서 발을 뺄 때
의 그 동작은 너무도 날쌔서 순간 발바닥을 불에 덴 것이 아닌가 하는
생각이 들 정도였다. 현관을 나서면서 그는 오른손을 계단 쪽으로 쭉
내뻗었다. 마치 그곳에 그야말로 초월적인 구원의 손길이 그를 기다리
고 있기라도 하듯이.

그레고르는 회사에서의 지위가 위태로워지지 않게 하려면 무슨 일

이 있어도 지배인을 이대로 가게 해서는 안 된다는 것을 깨달았다. 부모님은 그 모든 사정을 제대로 이해하지 못할 것이다. 긴 세월이 흐르는 동안 그들은 그레고르가 이 회사에 다니는 이상 평생 먹고사는 일은 문제가 없을 거라는 확신을 갖게 되었던 것이다. 게다가 지금 그들은 코앞에 닥친 걱정거리에 온통 정신을 빼앗겨 앞일을 생각할 만한 조금의 겨를도 없었다. 그러나 그레고르는 그 앞일을 생각하고 있었다. 저 지배인을 붙들어놓고 마음을 가라앉혀 설득시킨 다음 결국은 환심을 사야 했다. 그레고르와 가족의 장래가 그 일에 달려 있었다! 이 자리에 여동생이 있었으면 좋았을 텐데! 그애는 영리했다. 그레고르가 태연히 등을 대고 누워 있었을 때 여동생은 이미 울고 있었다. 그애라면 분명 여자에게 약한 지배인의 마음을 돌려놓을 수 있었을 텐데. 그애라면 얼른 문을 닫고 현관에서 지배인을 잘 달래 공포심을 해소시켰을 텐데. 그러나 여동생은 없었다. 어쩔 수 없었다. 그레고르 자신이 행동하는 수밖에. 그리하여 그는, 현재 자신이 어떻게 또 얼마나 움직일 수 있는지 아직 전혀 모른다는 사실도 생각하지 않고, 또한 사람들이 자신의 말을 아마도, 아니 분명히 알아듣지 못했다는 사실도 생각하지 않은 채, 문짝에서 몸을 떼어 거실 안으로 뛰어들었다. 그러곤 지배인에게로 갈 생각이었지만, 그는 이미 현관을 나와 그 앞의 난간을 우스꽝스럽게도 두 손으로 꽉 붙잡고 있었다. 그레고르는 곧 뭔가 붙잡을 데를 찾아 허공을 허우적거리다가 작게 비명을 지르며 자신의 수많은 작은 다리를 깔고 엎어졌다. 그런 자세가 되자마자 그는 그날 아침 처음으로 육체적인 편안함을 느꼈다. 작은 다리들이 몸 아래에서 비로소 단단한 기반을 얻게 된 것이다. 기쁘게도 그 다리들은 완전히 그의 마음과 하나가 되어 따라주었다. 그렇게 느껴졌다. 심지어는 그가 가고자 하는 쪽으로 그를 실어나르려고까지 했다. 벌써 그동안의 모든 고통이 사라지고 마침내 건강을 회복하게 될 순간이 코앞으로 다가온 것처럼 생각되었다. 그러나 어머니로부터 그리 멀리 떨어져 있지 않은 곳에 이르렀을 때였다. 움직임에 제동을 거는 바람에 몸이 흔들거리면서 그는 어머니를 정면으로 마주보며 바닥에 엎드리게 되었는데, 바로 그때 완전히 정신을 잃고 주저앉은 듯 보였던 어머니가 별안간 벌떡 일어나더니 손가락을 쫙 편 채 두 팔을 내뻗으며 외쳐댔다. "사람 살려, 사람 살려!" 그러고는 그레고르를 더 잘 보려는 듯 잠깐 고개를 숙였다가 이번에는 반대로 마구 뒷걸음쳐 달아나기 시작했다. 뒤쪽에 채 치우지 못한 식탁이 있다는 것도 잊고 있었던 그녀는 식탁 옆에 이르자 얼빠진 사람처럼 황급히 그 위에 올라앉았다. 그 바람에 자기 옆에 쓰러진 커다란 포트에서 커피가 양탄자 위로 줄줄 흘러내리고 있다는 것도 전혀 알아채지 못하는 것 같았다.

"어머니, 어머니", 그레고르는 나지막하게 부르며 그녀 쪽을 올려다보았다. 지배인에 대한 생각은 잠시 까맣게 잊었다. 반면에 흘러내리는 커피를 보자 받아 마시고 싶은 충동을 못 이기고 그는 턱으로 몇 번이나 허공을 덥석덥석 물어댔다. 그 모습에 놀란 어머니는 또다시 소리를 지르며 식탁에서 달아나 그녀를 향해 마주 달려오던 아버지의 품안에 쓰러졌다. 그렇지만 이제 그레고르는 부모님에게 신경쓸 겨를이 없었다. 지배인이 벌써 계단을 내려가고 있었기 때문이다. 그는 턱을 난간에 대고 마지막으로 한번 더 뒤돌아보았다. 그레고르는 가능한 한 확실히 그를 따라잡기 위해 돌진 자세를 취했지만 지배인도 무슨 예감이

들었는지 한 번에 몇 계단씩 뛰어내려가 이내 사라져버렸다. 하지만 그는 채 사라지기 전에 "어휴!" 하고 소리를 질렀는데, 그 소리가 층계참 전체에 울려퍼졌다. 불행히도 지배인의 이 도주는 지금까지 비교적 침착했던 아버지의 마음을 완전히 혼란에 빠뜨린 듯했다. 지배인을 잡으러 직접 뒤따라가지는 못한다 하더라도 적어도 그를 뒤쫓는 그레고르를 방해하지는 말았어야 할 텐데, 그러는 대신 아버지는 오른손으로 지배인이 모자와 외투와 함께 안락의자 위에 두고 간 지팡이를 움켜쥐고 왼손으로는 식탁에 놓인 커다란 신문을 집어들고는, 발을 쿵쿵 굴러대며 손에 든 지팡이와 신문을 마구 흔들어 그레고르를 제 방으로 다시 몰아넣으려 했던 것이다. 그레고르가 아무리 간청해도 소용없었다. 간청하는 그의 말을 알아듣지도 못했다. 그가 그만 단념하고 얌전하게 고개를 돌려도 아버지는 더욱 세차게 발을 굴러댈 뿐이었다. 그 너머에서는 쌀쌀한 날씨인데도 창문을 활짝 열어젖힌 어머니가 밖으로 몸을 쑥 내밀고는 두 손에 얼굴을 묻고 있었다. 골목길과 계단 사이에서 한줄기 세찬 바람이 일어 커튼이 나부끼고 식탁 위의 신문들도 부스럭거리다가 한 장 한 장 바닥 위로 흩날렸다. 아버지는 그레고르를 사정없이 몰아대면서 마치 원시인처럼 쉿쉿 소리를 냈다. 그러나 그레고르는 아직 뒷걸음질하는 연습은 한 번도 해보지 않아서 동작이 매우 느렸다. 몸을 돌릴 수만 있었다면 금방 방으로 돌아갈 수 있었겠지만, 몸을 돌리는 데 시간이 많이 걸려 아버지를 조급하게 할까봐 두려웠고, 또 언제 어느 때 아버지의 손에 들린 지팡이로부터 등이나 머리에 치명적인 타격이 날아올지 몰라 조마조마했다. 하지만 다른 방도가 없었다. 놀랍게도 뒷걸음질할 때는 방향조차 제대로 잡을 수 없다는 것을 깨달았던 것이다. 그는 불안한 시선으로 끊임없이 아버지 쪽을 곁눈질하면서 가능한 한 빨리, 그러나 실제로는 매우 느리게 몸을 돌리기 시작했다. 그사이 아버지는 그에게 적의가 없음을 알아차린 모양인지, 더이상 그를 방해하지 않고 오히려 멀찌감치 떨어져서 지팡이 끝으로 그의 회전 동작을 이리저리 지휘하기까지 했다. 듣기 괴로운 아버지의 저 쉿쉿 소리만 없었으면! 그 소리에 그레고르는 정신이 쏙 빠지는 듯했다. 이제 겨우 몸이 다 돌아갔나 했는데 그 쉿쉿 소리에 계속 신경쓰다 헷갈려서 다시 몸이 약간 옆으로 돌아가버렸다. 그러나 드디어 다행히도 머리가 문이 열려 있는 자리 바로 앞까지 닿게 되었을 때, 그대로 통과하기에는 그의 몸이 너무 넓적하다는 사실이 드러났다. 당연히 아버지의 현재 심경으로는 가령 그레고르에게 충분한 통로를 터주기 위해 다른 쪽 문짝을 열어주어야겠다든가 하는 생각을 털끝만큼도 할 수 없었다. 그에게는 오직 그레고르가 가능한 한 빨리 자기 방으로 들어가야 한다는 한 가지 생각뿐이었다. 그레고르가 몸을 일으켜세워 요전 방식대로 움직인다면 문을 통과할 수 있겠지만, 그러기 위해 거쳐야 할 번거로운 준비 절차들 또한 아버지는 결코 봐주지 않을 것이다. 오히려 그는 더욱 특이한 소리를 질러대며 앞에 아무 장애물도 없다는 듯 그레고르를 앞으로 내몰았다. 이제 그레고르의 뒤에서 나는 소리는 더이상 이 세상에 한 분뿐인 아버지의 목소리가 아니었다. 이쯤 되면 정말 장난이 아니었다. 이제 그레고르는—될 대로 되라는 심정으로—문을 밀고 들어갔다. 몸 한쪽이 들리는가 싶더니 몸 전체가 문 입구에 비스듬히 걸쳐졌다. 그러는 사이 한쪽 옆구리에 심하게 상처를 입어 하얀 문에 보기 흉한 얼룩이 남았다. 그는 곧 몸이 꽉 끼어버렸고, 이제 혼자서는 도저히 몸을 움직일 수 없을 것 같았다. 한쪽의 작은 다리들은 바르르 떨며 허공에 떠 있고 다른 쪽 작은 다리들은 고통스럽게 바닥에 짓눌려 있었다—그때 아버지가 뒤에서 그를 힘껏 걷어차, 그야말로 그를 구원해주었다. 그는 피를 철철 흘리며 방안 깊숙이 날아갔다. 아버지가 지팡이로 문을 쾅 닫았고, 마침내 조용해졌다.

II

저녁 어스름에야 그레고르는 혼수상태와도 같은 무거운 잠에서 깨어났다. 방해하는 소리가 없었더라도 더 오래 자지는 못했을 것이다. 충분히 쉬었고 실컷 잤다고 느꼈기 때문이다. 아마도 휙 스쳐지나가는 발소리와 현관으로 통하는 문이 조심스레 닫히는 소리가 그를 깨운 듯했다. 가로등 불빛이 방 천장과 가구 윗부분 여기저기를 창백하게 비추고 있었지만 그레고르가 누워 있는 아래쪽은 캄캄했다. 그는 이제야 비로소 그 가치를 깨닫게 된 더듬이로 아직은 서투르게 더듬으며 바깥에 무슨 일이 있는지 살펴보려고 문을 향해 천천히 나아갔다. 왼쪽 옆구리가 하나로 길쭉하게 난 상처처럼 땅기는 느낌이 거슬렸지만, 줄지은 양다리를 절룩거리며 나아갈 수밖에 없었다. 게다가 다리 하나는 오전의 난리통에 심하게 다쳐서—다리 하나만 다쳤다는 것은 거의 기적이었다—힘없이 질질 끌렸다.

문가에 이르러서야 그는 자신을 그쪽으로 이끈 것이 무엇인지 깨달았다. 그것은 바로 음식냄새였다. 그곳에는 달콤한 우유가 담긴 대접

이 놓여 있었고, 그 안에는 조그만 빵조각들이 둥둥 떠 있었다. 너무 기쁜 나머지 하마터면 그는 웃음을 터뜨릴 뻔했다. 아침보다 더욱더 허기가 졌던 것이다. 그는 얼른 머리를 거의 눈 위까지 잠길 정도로 우유 속에 처박았다. 하지만 금세 실망해서 머리를 빼냈다. 불편한 왼쪽 옆구리 때문에 먹기가 힘들기도 했지만—온몸을 헐떡거리며 함께 움직여야 겨우 먹을 수가 있었다—우유가 영 맛이 없었기 때문이다. 우유는 그가 평소에 좋아하던 음료라서 틀림없이 여동생이 그를 위해 들여놓은 것일 테지만 거의 역겨운 느낌마저 들었다. 그는 대접에서 몸을 돌려 기어서 방 한가운데로 돌아왔다.

문틈으로 들여다보니 거실에는 가스등이 켜져 있었다. 여느 때 같으면 이 시간쯤 아버지는 어머니에게, 때로는 여동생에게도 목청 높여 석간신문을 읽어주었는데, 지금은 아무 소리도 들리지 않았다. 여동생이 그에게 늘 이야기했고 편지에도 써 보냈던 그 신문 낭독이 최근에는 뜸해진 모양이었다. 사방이 모두 고요했지만 집안이 비어 있지 않은 것은 분명했다. "우리 가족이 이처럼 조용한 생활을 해왔다니!" 혼잣말을 하며 그레고르는 어둠 속을 뚫어지게 바라보았다. 부모님과 여동생에게 이렇게 좋은 집에서 이런 생활을 할 수 있게 해준 사람이 자신이라고 생각하니 커다란 자부심이 느껴졌다. 하지만 이제 이 모든 안락과 행복과 만족이 끔찍스러운 결말을 맞게 된다면 어떡하지? 그런 생각에 빠져들지 않으려고 오히려 그레고르는 몸을 움직이기 시작해 방안을 이리저리 기어다녔다.

긴 저녁시간 동안 한번은 한쪽 옆문이, 또 한번은 다른 쪽 옆문이 빠끔히 열렸다가 재빨리 닫혔다. 누군가 들어오려다가 선뜻 들어오지 못하고 망설이는 모양이었다. 그레고르는 그 주저하는 방문자를 어떻게 든 들어오게 하리라, 아니 적어도 그 사람이 누구인지 알아내리라 결심 하고, 거실로 나가는 문 바로 옆에 가만히 엎드렸다. 그러나 문은 더이 상 열리지 않았다. 아무리 기다려도 허사였다. 아침에 문이 잠겨 있을 때는 다들 들어오려고 하더니, 아까 그가 문 하나를 열었고 분명 낮 동 안 다른 문들도 누군가 열어둔 지금은 아무도 들어오려고 하지 않았다. 그리고 이젠 열쇠들도 모두 바깥쪽에 꽂혀 있었다.

밤늦게야 거실의 불이 꺼졌다. 부모님과 여동생이 아주 오래 깨어 있었음을 쉽게 알 수 있었다. 지금에야 세 사람 모두 발끝으로 조심조 심 물러가는 소리가 똑똑히 들렸기 때문이다. 이제 분명 아침까지는 아 무도 그레고르의 방에 들어오지 않을 것이다. 따라서 그는 자신의 생활 을 지금부터 다시 어떻게 정리해야 할지 누구의 방해도 받지 않고 조 용히 생각해볼 충분한 시간을 갖게 되었다. 그러나 속절없이 바닥에 납 작 엎드려 있어야 하는 이 높고 텅 빈 방이 그를 불안하게 했다. 영문 을 통 알 수가 없었다. 이 방은 그가 오 년 전부터 살아온 자신의 방이 었다―그는 알 수 없는 가벼운 수치심을 느끼며 반쯤은 무의식적으로 몸을 홱 돌려 소파 밑으로 기어들어갔다. 등이 약간 눌렸고 고개도 쳐 들 수 없었지만 금방 마음이 편안해졌다. 그저 몸이 너무 넓적해 소파 밑으로 완전히 들어갈 수 없다는 것이 유감스러웠다.

그 아래에서 그는 밤새도록 머물렀다. 그러는 동안 얕은 잠이 들어 꾸벅꾸벅 졸다가 배가 고파서 몇 번이나 놀라 깨기도 하고, 걱정과 막 연한 희망 속에 하염없이 생각에 잠기기도 했지만, 그로부터 얻게 된 결론은 우선은 침착하게 처신하면서 인내하고 최대한 배려해 현재 자신의 상태 때문에 어쩔 수 없이 일어나게 될 불쾌한 일들을 가족들이 참아낼 수 있게 해야 한다는 것이었다.

아직 밤이나 다름없는 이른새벽이었지만 방금 한 결심의 효력을 시험해볼 기회가 찾아왔다. 거실로부터 여동생이 옷을 거의 다 차려입은 채로 다가와 문을 열고는 숨을 죽이고 가만히 들여다본 것이다. 그녀는 그를 곧바로 찾아내지는 못했지만 그가 소파 밑에 있는 것을 알아차렸을 때는—나 참, 분명 어딘가에 있을 텐데. 그냥 날아가버렸을 리는 없을 테고—너무나 놀란 나머지 자제심을 잃고 문을 다시 쾅 닫아버렸다. 그러나 자신의 그런 행동이 후회되었는지 금방 다시 문을 열고는 마치 중환자나 낯선 사람 곁으로 다가오기라도 하듯 살금살금 발끝으로 걸어들어왔다. 그레고르는 소파 가장자리까지 머리를 내밀고 그녀를 지켜보았다. 그가 우유를 먹지 않고 그대로 남겨놓은 것을 그녀가 알아차릴까? 그것이 결코 배가 고프지 않아서가 아니라는 것도? 그의 입맛에 더 잘 맞는 다른 음식을 가져다줄까? 만약 그녀가 스스로 알아서 그렇게 해주지 않는다면, 그녀에게 그것을 깨닫게 하느니 차라리 굶어죽고 싶었다. 그러나 실은 소파 밑에서 당장 뛰쳐나가 여동생의 발치에 몸을 던져 먹기에 좋은 음식 좀 갖다달라고 간청하고 싶은 마음이 굴뚝같았다. 바로 그때 여동생은 우유가 주변에 약간 흘러 있을 뿐 여전히 대접에 가득차 있는 것을 보더니 의아해하면서도 이내 그 대접을 맨손이 아니라 걸레에 싸서 집어들고는 밖으로 가지고 나갔다. 그레고르는 그녀가 대신에 무엇을 가져올지 몹시 궁금했다. 그에 대해 별별 생각을 다 해보았지만 마음씨 착한 여동생이 실제로 무엇을 갖다줄지 알아맞힐 수는 없었다. 여동생은 그의 입맛을 시험해보기 위해 여러 가지 음식을 가져왔고 그것들을 낡은 신문지 위에 펼쳐놓았다. 반쯤 썩은 오래된 채소에, 저녁식사 때 먹다 남은 뼈다귀도 있었는데 거기엔 굳어버린 흰 소스가 엉겨붙어 있었다. 건포도와 아몬드 몇 알, 이틀 전 그레고르가 먹을 수 없게 되었다고 말했던 치즈 조각, 아무것도 바르지 않은 빵, 버터 바른 빵, 버터를 바르고 소금을 뿌린 빵도 있었다. 이 모든 것 옆에다가는 그레고르의 전용 그릇으로 정한 듯한 대접도 미리 물을 부어 놓아두었다. 사려 깊은 여동생은 자기 앞에서는 그레고르가 먹지 않으리라는 것을 알고 급히 방을 나가서는, 그레고르가 마음 편히 실컷 먹어도 된다는 것을 알아차릴 수 있도록 열쇠를 돌려 문까지 잠가주었다. 이제 먹으러 간다는 생각에 그레고르의 작은 다리들이 날아갈 듯 부르르 떨렸다. 어느새 상처도 다 나았는지 더는 아무 장애도 느껴지지 않았다. 그는 무척 놀랐다. 한 달도 더 전에 칼에 살짝 베인 손가락이 그저께까지만 해도 제법 아팠던 일이 생각났다. '이젠 내 감각이 둔해진 걸까?' 그런 생각을 하며 그는 어느 틈에 걸신들린 듯 치즈를 먹어치웠다. 치즈는 다른 어떤 음식들보다 먼저 즉각적으로 그의 마음을 강하게 사로잡았다. 그는 너무도 만족스러워 눈물까지 글썽이며 치즈와 채소와 소스를 허겁지겁 차례대로 먹어치웠다. 신선한 음식들은 오히려 맛이 없었다. 그 냄새조차 참을 수가 없어 먹고 싶은 것들만 한쪽으로 끌어다놓기까지 했다. 이제 일찌감치 음식들을 다 먹어치우고 그 자리에 그대로 늘어져 엎드려 있는데, 물러나라는 신호인 듯 여동생이 천천히 열쇠를 돌렸다. 스르르 잠이 들 뻔했다가 소스라치게 놀란 그는 다시 소파 밑으로 부랴부랴 기어들어갔다. 여동생이 방안에 머문 시간은 잠깐이었지만 소파 밑에 들어가 있는 일은 상당한 극기의 노력을 필요로 했다. 푸짐한 식사로 몸이 약간 둥그렇게 되는 바람에 그 비좁은 곳에서 숨을 제대로 쉴 수 없었기 때문이다. 숨이 막혀 가벼운 발작 증세를 겪으며 그는 약간 튀어나온 눈으로 그런 사정을 전혀 모르는 여동생의 거동을 지켜보았다. 그녀는 음식 찌꺼기뿐만 아니라 그레고르가 전혀 입도 안 댄 음식까지도 이제 먹을 수 없게 됐다는 듯 모조리 빗자루로 쓸어모아 급히 통 속에 붓고는 나무 뚜껑을 덮어 밖으로 가지고 나갔다. 그녀가 등을 돌리자마자 그레고르는 소파 밑에서 기어나와 오그렸던 몸을 쭉 펴서 부풀렸다.

이제 그레고르는 매일 이런 식으로 식사를 받아먹었다. 하루 두 번, 부모님과 하녀가 아직 잠들어 있는 아침시간과 모두가 점심식사를 하고 난 후였다. 점심을 먹고 나면 부모님은 잠시 낮잠을 잤고, 하녀는 여동생이 이런저런 심부름을 시켜 내보냈던 것이다. 그들도 분명 그레고르가 굶어죽는 것은 원치 않았겠지만, 그의 식사에 대해서 여동생이 들려주는 것 이상은 알고 싶어하지 않았던 것 같다. 여동생 또한 부모님에게 아무리 작은 것이라도 슬퍼할 만한 일은 가급적 겪지 않게 해드리고자 했을 것이다. 그러지 않아도 그들은 이미 충분한 고통을 겪고 있었으므로.

그날 오전 무슨 핑계를 대서 의사와 열쇠공을 다시 돌려보냈는지 그레고르는 통 알 수 없었다. 아무도 그의 말을 알아듣지 못했기 때문에, 여동생을 포함해서 누구도 그가 남의 말을 알아들을 수 있을 거라고는 생각하지 못했던 것이다. 여동생이 방에 들어와 있을 때도 그가 들을 수 있는 말이란, 그녀의 한숨소리와 성자들의 이름을 부르는 낮은 탄식소리가 전부였다. 여동생이 이 모든 일에 어느 정도 익숙해지고 난 뒤에야 비로소—완전히 익숙해진다는 것은 물론 있을 수 없는 일이었다—그레고르는 짤막하지만 친절한 뜻으로 하는 혹은 그렇게 해석될 수 있는 말을 이따금 들을 수 있었다. 그레고르가 왕성한 식욕으로 그릇을 깨끗이 비우고 난 뒤면 그녀는 말했다. "오늘은 맛이 있었나봐." 하지만 점점 더 빈번하게 되풀이되는 반대 경우에는 거의 슬픈 어조로 말하곤 했다. "저런, 또 그대로 남겼네."

그레고르는 새로운 소식을 직접 들을 수는 없었지만 양쪽 옆방에서 들려오는 이런저런 이야기를 적지 않게 엿들을 수 있었다. 일단 말소리가 들리기만 하면 그는 곧장 소리 나는 문 쪽으로 달려가서 그 문에 온몸을 바짝 갖다댔다. 특히 처음 얼마간은 어떤 식으로든, 은밀하게라도, 그와 관계되지 않은 대화는 없었다. 처음 이틀 동안은 식사 때마다 이제부터 어떻게 행동해야 좋을지에 대해 상의하는 이야기를 들을 수 있었다. 식사시간이 아닌 때도 그들은 같은 주제로 이야기를 나누었다. 아무도 혼자 집에 남아 있으려 하지 않았고, 그렇다고 집을 비워둔 채 모두 나갈 수도 없었기에 가족 중 두 사람은 언제나 집에 남아 있었다. 하녀는 바로 그 첫날—그녀가 이 일에 대해 무엇을 얼마나 알고 있는지는 분명치 않았으나—자기를 당장 해고시켜달라며 어머니에게 무릎 꿇고 애원했다. 그리고 십오 분 후 작별인사를 하면서 해고가 이 집에서 자신에게 베풀어준 최대의 은혜인 양 눈물을 흘리며 고마워했고, 누가 요구한 것도 아닌데 자진해서 이 일에 관해 아무리 사소한 내용이라도 절대 발설하지 않겠노라 엄숙히 맹세했다.

이제는 여동생이 어머니와 함께 요리도 해야 했다. 하지만 식구들 모두 거의 먹지를 않아서 별로 힘든 일은 아니었다. 그레고르는 그들이 서로 공연히 음식을 권하는 소리, 또 서로 "됐어, 많이 먹었어"라든 가 그와 비슷한 대답만 주고받는 소리를 몇 번이나 들었다. 뭘 마시지도 않는 것 같았다. 가끔씩 여동생이 아버지에게 맥주를 드시지 않겠느냐고 묻고는 드시겠다면 자기가 직접 사오겠다고 기꺼이 자청하고 나섰지만, 아버지는 묵묵부답이었다. 그러자 그녀는 부담스러우시면 건물 관리인 여자에게 사다달라고 할 수도 있다고 했지만 아버지는 결국 큰 소리로 "됐다" 하고 말했고, 그러곤 그것으로 끝이었다.

그 일이 있은 그날이 다 가기도 전에, 아버지는 집안의 전반적인 재정 형편과 앞으로의 전망을 어머니와 여동생에게 설명해주었다. 이따금 식탁에서 일어나 오 년 전 사업이 망했을 때 건져낸 조그만 비밀금고에서 무슨 증서나 장부 같은 것을 꺼내오기도 했다. 그가 복잡하게 생긴 자물쇠를 열어, 찾으려던 물건을 꺼낸 뒤 다시 잠그는 소리가 들렸다. 아버지가 설명한 이야기 중 일부는 그레고르가 방에 갇히고 난 이후 듣게 된 최초의 기쁜 소식이었다. 그는 아버지가 그 사업에서 한 푼도 건지지 못했다고 생각했었다. 적어도 아버지는 그에게 그렇지 않다고 말한 적이 없었고 그레고르 역시 그에 대해 물어본 적이 없었다. 당시 그레고르의 유일한 관심사는, 온 가족을 완전한 절망 속에 빠뜨린 그 불행을 식구들이 가능한 한 빨리 잊어버릴 수 있도록 있는 힘을 다하는 것이었다. 그래서 그는 다른 동료들보다 몇 배로 열성을 다해 일을 시작해 그야말로 하룻밤 사이 말단 직원에서 출장 영업사원으로 승진했다. 출장 영업사원에게는 물론 전혀 다른 돈벌이 수단이 주어졌는데, 일에 성공하기만 하면 그 즉시 커미션 형태로 현금이 수중에 들어왔던 것이다. 집에 돌아와 그 돈을 식탁에 올려놓으면 식구들은 모두 행복해서 입이 벌어졌다. 좋은 시절이었다. 나중에 그레고르는 온 가족의 생활비를 감당할 수 있을 만큼 많은 돈을 벌었고 실제로도 감당했지만, 그후로 그런 시절은 다시 오지 않았다. 적어도 그렇게 눈부신 모습으로는. 식구들이나 그레고르나 다들 익숙해져서 이젠 당연한 일처럼 되어버린 것이다. 식구들은 그레고르가 벌어다준 돈을 감사히 받았고 그는 그 돈을 기꺼이 내놓았지만, 애틋한 정 같은 것은 더이상 오가지 않았다. 여동생만이 그래도 그레고르와 가깝게 지냈다. 자신과는 달리 음악을 아주 좋아하고 바이올린을 멋지게 연주할 줄 아는 그녀를 내년쯤 음악원에 보내는 것이 그의 은밀한 계획이었다. 그러려면 큰돈이 들겠지만 비용 따위는 문제가 아니었다. 분명 그 뒤를 댈 무슨 방법이 있을 거라고 생각했다. 그레고르가 잠시 집에 와 있을 때면 가끔 여동생과의 대화중에 음악원 이야기가 나오기는 했지만, 그것은 늘 이루어질 수 없는 아름다운 꿈으로만 여겨졌고 부모님은 그런 철없는 이야기 따위는 아예 들으려고도 하지 않았다. 그러나 그레고르는 그 일에 대해 확고한 생각이 있었고, 그것을 성탄절 저녁 엄숙히 발표할 작정이었다.

문에 똑바로 붙어 서서 바깥에서 들려오는 이야기들을 엿듣고 있는 동안, 지금의 처지로는 전혀 쓸데없는 그런 생각들이 그의 머릿속을 스쳐지나갔다. 때때로 온몸에 피로가 몰려와 더이상 엿듣고 있기가 힘겨워져 저도 모르게 머리를 문에 부딪혔지만, 그레고르는 얼른 다시 머리를 똑바로 들었다. 그때 난 크지도 않은 그 소리가 옆방까지 들려 모두의 입을 다물게 했기 때문이다. 잠시 후 "또 뭘 하는 모양이군" 하고 아버지가 뚜렷이 문 쪽을 향해 말했고, 그러고 나서야 중단되었던 대화가 서서히 다시 시작되었다.

그레고르는 이제 충분히 알게 되었다—아버지가 몇 번이고 설명을 되풀이하곤 했기 때문이다. 그것은 한편으론 아버지 자신이 그런 이야기를 해본 지 이미 오래되기도 했고, 또 한편으론 어머니가 무슨 말이든 한 번에 알아듣지 못했던 탓이기도 했다—그간의 온갖 불행에도 불구하고 예전의 재산 중 일부가 아주 적으나마 여전히 남아 있었고, 그동안 이자도 꾸준히 붙었으나 손도 대지 않아서 얼마간 재산이 불어나게 되었다는 얘기였다. 게다가 그레고르가 다달이 집으로 가져온 돈도—그 자신의 용돈은 몇 굴덴*밖에 안 되었다—다 써버리지 않고 조금씩 모아둬서 이제는 그 액수가 꽤 된다는 것이다. 그레고르는 문 뒤에서 열심히 고개를 끄덕이며 뜻밖의 이 신중한 자세와 절약정신에 대해 기뻐했다. 그 정도 돈이면 사장에게 진 아버지의 빚을 더 많이 갚을 수 있었을 테고, 그렇게 되었다면 그가 직장을 그만둘 수 있는 날도 훨씬 빨리 왔을 테지만, 지금으로서는 말할 나위도 없이 아버지의 처사가 훨씬 더 훌륭했다.

하지만 그 돈은 가령 그 이자로 가족이 먹고산다든가 하기에는 결코 충분한 액수가 아니었다. 아마도 일 년, 잘해야 이 년, 가족 모두의 생계를 유지할 만큼은 되겠지만 그 이상은 아니었다. 그러니까 그것은 사실 손대서는 안 되는 돈, 만일의 경우를 위해 남겨두어야 할 비상금일 뿐이었다. 먹고살기 위해선 꼬박꼬박 돈을 벌어야 했다. 하지만 건강에는 문제가 없다고는 하나 이미 나이 많은 노인이 된 아버지는, 벌써 오

---

* 14~19세기의 독일 금화.

년째 아무 일도 하지 않고 있었고 어쨌거나 할 수 있을 만한 일이 별로 많지 않았다. 게다가 죽어라 고생만 하고 아무 보람도 없던 그의 실패한 인생에서 첫 휴가가 된 이 오 년 동안, 그는 살이 많이 쪄서 거동까지 매우 둔해진 터였다. 그렇다면 늙은 어머니가, 천식을 앓고 있어 집 안을 돌아다니는 것만으로도 몹시 힘들어하고 이틀에 한 번꼴로는 호흡곤란을 일으켜 종일 창문을 열어둔 채 소파에 누워 지내는 신세인 어머니가 돈을 벌러 나서야 한단 말인가? 아니면 여동생이 돈을 벌어와야 하나, 나이 열일곱에 아직 어린애나 다름없으니, 지금까지 해온 그녀의 생활방식이라고 하면 옷은 그나마 깔끔하게 입고, 잠도 실컷 자고, 집안일 좀 거들다, 소박한 무도회에 몇 번 참석하고, 무엇보다 바이올린이나 켜는 것이 전부인데? 옆방에서 돈벌이의 필요성에 관한 이야기가 나올 때마다 그레고르는 문에서 떨어져나와 그 옆에 놓인 서늘한 가죽소파 위로 몸을 던졌다. 부끄럽고 서글픈 나머지 온몸이 후끈 달아올랐던 것이다.

종종 그는 긴 밤이 새도록 거기에 누워 한숨도 자지 않고 몇 시간 동안 가죽만 긁어댔다. 아니면 엄청난 수고를 마다하지 않고 안락의자 하나를 창가로 밀고 가서는 창턱에 기어올라 몸을 의자에 지탱한 채 창문에 기댔다. 그것은 분명 예전에 창밖을 내다보며 느꼈던 해방감에 대한 어렴풋한 기억 때문이었을 것이다. 날이 갈수록 얼마 떨어져 있지 않은 거리의 사물들마저 점점 더 희미해지고 있었다. 전에는 너무나 자주 보아 지긋지긋하기만 했던 맞은편의 병원 건물도 이제는 전혀 보이지 않게 된 것이다. 한적하긴 하나 어디까지나 도시의 거리인 이 샤를로텐가에 살고 있다는 사실을 확실히 알고 있지 않았더라면, 자신이 창

밖으로 내다보고 있는 것이 회색 하늘과 회색 대지가 하나로 합쳐져 그 경계를 분간할 수 없는 어느 황야의 풍경이라고 생각했을지도 몰랐다. 주의깊은 여동생은 안락의자가 창가에 놓여 있는 것을 단 두 번 보았을 뿐인데도 그후론 방을 치우고 나면 꼭 의자를 정확히 그 자리에 다시 밀어다놓았고 그때부터는 창 안쪽 덧문까지 열어놓았다.

만약 그레고르가 말을 할 수 있었다면, 또 여동생이 그를 위해 해야 했던 모든 일에 대해 그녀에게 고마움의 뜻을 표할 수만 있었다면, 그녀의 봉사를 보다 가벼운 마음으로 받아들였을 것이다. 그러나 그럴 수가 없어서 그는 괴로웠다. 반면 여동생은 곤혹스러운 이 모든 상황을 가능한 한 지워버리고자 애썼으며, 당연한 일이지만 시간이 지날수록 그만큼 더 수월하게 일을 해냈다. 그레고르 또한 시간이 지남에 따라 모든 일을 훨씬 더 정확하게 파악할 수 있었다. 여동생이 들어오는 기척만 있어도 그는 가슴이 철렁 내려앉았다. 그전 같으면 그녀는 그레고르의 방을 아무도 들여다보지 못하게 무척 신경썼지만, 이제는 달랐다. 방에 들어서기가 무섭게 방문을 닫을 겨를도 없이 곧장 창가로 달려가 마치 질식해 죽을 것 같다는 듯 두 손으로 황급히 창문을 홱 열어젖히고는 아무리 추운 날이라 해도 잠시 창가에 서서 심호흡을 했다. 그녀는 하루에 두 번씩 그렇게 소란을 피우며 달려들어와 그레고르를 놀라게 했다. 그러는 동안 내내 그는 소파 밑에서 떨어야 했지만, 만약 창문을 닫고도 그녀가 그레고르와 함께 방안에 있을 수 있었다면 분명 그런 일로 자신을 괴롭히진 않았을 거라는 것 역시 잘 알고 있었다.

그레고르가 변신한 지 이미 한 달쯤 지나 이제 그레고르의 모습을 봐도 특별히 놀랄 이유가 없던 어느 날, 여동생은 다른 때보다 조금 일찍 오는 바람에 그레고르가 창밖을 내다보고 있는 현장을 목격하게 되었다. 꼼짝 않고 창가에 서 있는 그의 모습은 보는 사람을 놀라게 하기에 딱 십상이었다. 그가 그렇게 창가에 서 있는 건 곧바로 창문을 여는 데 방해가 되므로, 그 때문에 그녀가 방안으로 들어오지 않았다 해도 그것이 그에게 그다지 뜻밖의 일은 아니었을 것이다. 하지만 그녀는 그냥 들어오지 않은 것만이 아니라 기겁을 하고 놀라 뒤로 물러서면서 문을 쾅 닫아버렸다. 모르는 사람이라면 그레고르가 몰래 숨어서 기다리고 있다가 그녀를 물어버리려 했다고 생각할 수도 있었을 것이다. 물론 그레고르는 후닥닥 소파 밑으로 몸을 숨겼다. 그날 그는 점심때까지 기다려서야 여동생이 다시 온 것을 보았는데, 그녀는 보통 때보다 훨씬 더 불안한 모습이었다. 그런 그녀의 태도에서 그는 자신의 모습을 보는 것이 그녀에겐 여전히 참을 수 없는 일이고, 앞으로도 분명히 그럴 것이며, 아무리 작은 부분이라 해도 소파 밑에 비죽 튀어나와 있는 자기 몸의 일부를 보더라도 놀라 도망치지 않으려면 그녀가 아마도 이를 악물고 참아야 하리라는 것을 깨달았다. 어느 날 그는 자신의 모습이 조금이라도 그녀의 눈에 띄지 않게 하려고—네 시간이나 들여서—침대 시트를 등에 실어 소파 위로 날라다놓은 다음, 그 속에 자신의 몸이 완전히 가려져 여동생이 허리를 굽혀도 잘 보이지 않게 해놓았다. 만일 이 시트가 필요 없다고 여겨진다면, 그녀가 그것을 걷어치우면 그만일 것이다. 몸을 그렇게 완전히 감추고 있는 것이 그레고르에게는 즐거운 일이 될 수 없다는 건 너무나 분명했기 때문이다. 그러나 그녀는 시트를 그가 해놓은 그대로 두었다. 그리고 여동생이 이 새로운 조치를 어떻게 받아들이는지 살펴보려고 머리로 조심스럽게 시트를 살짝 쳐들

있는데, 그 순간 그레고르는 그녀가 고마움의 눈빛으로 자신을 힐끗 본 것처럼 느껴지기까지 했다.

처음 이 주 동안 부모님은 그의 방에 들어와볼 엄두도 내지 못했다. 하지만 여동생이 그를 위해 하고 있는 일들에 대해선 전적으로 인정해 주었다. 그렇게 말하는 것을 종종 들을 수 있었다. 얼마 전까지만 해도 그녀는 집안에서 쓸모없는 아이여서 부모님은 걸핏하면 그녀에게 화를 내기 일쑤였다. 그러나 이제는 달랐다. 여동생이 그레고르의 방을 치우는 동안, 아버지와 어머니는 둘이 함께 방문 앞에서 기다리고 있을 때가 많았다. 그래서 그녀는 밖으로 나오자마자 방안 꼴이 어떠한지, 그레고르가 무엇을 먹었는지, 이번에는 그가 어떻게 행동했는지, 혹시 어떤 회복의 기미라도 보이는지 세세히 이야기해야 했다. 더욱이 어머니는 비교적 빨리 그레고르를 만나보고 싶어했으나, 아버지와 여동생이 처음에는 몇 가지 타당한 이유를 들어 그녀를 만류했다. 그레고르는 그 이유들을 매우 주의깊게 듣고 전적으로 수긍할 만하다고 여겼다. 하지만 나중에는 그들도 완력으로 어머니를 붙잡아둬야 했다. "그레고르한테 가게 해줘요. 불쌍한 내 아들! 내가 그애한테 가야 한다는 게 이해가 안 돼요?" 이런 절규에 그레고르는 어머니가, 물론 매일은 안 되겠지만 일주일에 한 번쯤은 들어오는 편이 그래도 좋을 것 같다고 생각했다. 뭐니 뭐니 해도 어머니가 여동생보다는 모든 일을 훨씬 더 잘 이해할 것이다. 여동생은 그 용기가 가상하긴 해도 아직 어린애일 뿐이었다. 이런 막중한 임무도 따지고 보면 그저 어린애다운 경솔한 마음에서 떠맡게 되었을 것이다.

어머니를 보고 싶은 그레고르의 소망은 곧 실현되었다. 이제 낮에는 부모님을 생각해서 창가엔 얼씬도 하지 않았다. 하지만 몇 제곱미터밖에 안 되는 방바닥 위를 하염없이 기어다니기만 할 수도 없었다. 가만히 엎드려 있는 일은 이미 밤시간 동안에도 견뎌내기 어려웠고, 먹는 일도 얼마 안 가 싫증나서 전혀 즐겁지 않았다. 그래서 그는 심심풀이로 벽과 천장을 사방으로 기어다니는 습관이 생겼다. 특히 천장에 매달려 있는 것이 좋았다. 방바닥 위에 엎드려 있는 것과는 전혀 달랐다. 숨쉬기가 훨씬 자유로웠고 가벼운 떨림이 몸 전체로 퍼져나갔다. 때로는 그 위에 매달려 거의 행복감에 가까운 방심 상태에 빠져 있다가 저도 모르게 그만 발을 떼는 바람에 방바닥 위로 털썩 떨어져 그 자신조차 깜짝 놀라는 일도 있었다. 그러나 그는 이제 당연히 전과는 전혀 다르게 몸을 자유자재로 놀릴 수 있었기 때문에 그렇게 높은 데서 떨어져도 다치지 않았다. 여동생은 그레고르가 스스로 발견해낸 이 새로운 취미를 금방 알아차리고—그는 물론 기어다니면서도 곳곳에 끈끈한 점액 자국을 남겼다—그레고르가 최대한 넓은 공간에서 기어다닐 수 있도록 방해가 되는 가구들, 무엇보다도 서랍장과 책상을 치워주려고 마음먹었다. 하지만 혼자서는 할 수가 없었다. 아버지한테는 감히 도와달라는 말을 꺼낼 수 없었고 하녀도 도와주지 않을 것이 분명했다. 열여섯 살쯤 되는 이 하녀는 전의 식모가 그만둔 후로 신통하게 잘 버텨왔으나, 부엌은 항상 잠가두고 특별한 용무로 부를 때만 문을 열겠다고 미리 허락을 구했기 때문이다. 다른 도리가 없었다. 아버지가 집에 없을 때 어머니에게 도움을 청하는 수밖에. 예상대로 어머니는 기쁨에 들뜬 환성을 지르며 여동생의 뜻에 따랐지만 막상 그레고르의 방문 앞에 서자 입을 딱 다물었다. 물론 여동생은 먼저 방안에 아무 이상이 없는

지 살펴보았고, 그런 다음에야 어머니를 들어가게 했다. 그레고르가 후 닥닥 뒤집어쓴 시트에는 더 깊고 더 많은 주름이 생겼다. 그 모습은 정 말이지 우연히 소파 위에 던져진 침대 시트처럼 보였다. 이번에는 그레 고르도 시트 밑에서 살짝 엿보는 일을 그만두었다. 어머니를 보고 싶었 으나 이번에는 참기로 했다. 어머니가 온 것만으로도 그저 기쁠 따름이 었다. "어서 들어와요. 오빠는 안 보여요." 그렇게 말하며 여동생이 어 머니 손을 잡고 방안으로 인도하고 있는 것이 분명했다. 이제 연약한 두 여자가 그 무거운 낡은 장을 조금씩 밀어 옮기는 소리가 들렸다. 너 무 무리할까봐 염려하는 어머니의 주의도 듣지 않고 여동생은 일의 대 부분을 혼자 떠맡아 하고 있는 것 같았다. 시간이 매우 오래 걸렸다. 그 렇게 십오 분쯤 지났을까, 어머니는 장을 그대로 놔두는 것이 좋겠다고 말했다. 첫째, 장이 너무 무거워 아버지가 돌아오기 전에 일을 다 끝내 지 못할 것이며 그래서 이 장을 방 한가운데에 두게 된다면 그레고르 가 다니는 모든 길을 가로막게 된다는 것이었다. 둘째, 가구들을 치운 다고 그레고르가 과연 좋아할지 어떨지도 모르겠다는 것이었다. 오히 려 그 반대일 것 같다고 했다. 텅 빈 벽을 바라보니 그야말로 가슴이 미 어지는데, 그레고르라고 왜 그렇지 않겠느냐는 것이다. 더구나 이 가구 들에 그레고르가 오랫동안 정이 들었을 텐데 방안이 텅 비게 되면 그 가 버림받은 듯 느낄지도 모른다고 했다. "그리고 그렇게 되면", 어머니 는 아주 낮은 목소리로 말을 이어나갔다. 그레고르가 정확히 어디에 숨 어 있는지는 몰랐으나, 그가 말을 알아듣지 못한다고 확신하고 있는 어 머니는 마치 그에게 목소리의 울림조차 들리지 않게 하려는 듯 가만히 속삭였다. "그리고 그렇게 되면, 그애의 병세가 나아지리라는 희망을 모두 포기하고 매정하게 그앨 혼자 내버려두려는 것처럼 보이지 않겠니? 방은 예전 그대로 놔두는 게 좋겠어. 그러면 그레고르가 다시 우리한테 돌아왔을 때 모든 게 전과 달라진 게 없음을 그애가 확인하게 될 테고, 그럼 그동안의 일을 그만큼 더 쉽게 잊을 수 있을 거야."

어머니의 말을 들으면서 그레고르는 자신의 머리가 어떻게 된 건 아닌가 싶었다. 이 두 달 동안 식구들에게 둘러싸여 매일 똑같은 생활만 되풀이할 뿐, 사람들과 통 대화를 나누지 못하는 바람에 머리가 완전히 뒤죽박죽이 되어버린 것 같았다. 그렇지 않고서야 어떻게 자신의 방이 텅 비어버리기를 진심으로 바랄 수 있었는지 도저히 설명할 수가 없었기 때문이다. 물려받은 가구들로 꾸며진 아늑하고 따뜻한 방을, 그는 정말 텅 빈 썰렁한 동굴로 바꾸어버리고 싶었던 걸까? 텅 빈 방안에서 그는 물론 사방으로 자유롭게 기어다닐 수는 있겠지만, 그럴 경우 혹 인간으로서의 과거를 완전히 잊어버리게 되는 것은 아닐까? 아니, 그는 이미 잊고 있었다. 거의 잊고 있다가 오랜만에 듣게 된 어머니의 목소리에 정신이 번쩍 든 것이다. 아무것도 치워서는 안 된다. 모든 것이 제자리에 그대로 있어야 한다. 가구들은 분명 그에게 좋은 영향을 미칠 것이다. 그것을 놓칠 수는 없다. 가구들이 무의미하게 기어다니는 그의 길을 방해한다면 그것 역시 그에게는 해가 아니라 큰 득이 될 것이다.

하지만 여동생은 생각이 달랐다. 어느새 그녀는 부모에게 맞서서 그레고르에 관해서라면 어떤 문제든지 정통한 사람처럼 행세하는 버릇이 생겼고, 사실 그럴 만도 했다. 지금도 마찬가지였다. 어머니의 충고는 도리어 여동생으로 하여금 처음에 치우려고 마음먹었던 서랍장과 책상뿐만 아니라 꼭 있어야 할 소파를 제외하고는 모든 가구를 치워버려야겠다고 고집을 부리게 만드는 좋은 빌미가 되었다. 그녀의 그런 주장은 물론 어린애 같은 반항심이나 최근 뜻밖에 그리고 어렵사리 얻게 된 자신감 때문만은 아니었다. 그녀는 그레고르가 기어다니는 데 가능한 한 넓은 공간이 필요한 반면, 가구들은 누가 봐도 알 수 있듯이 전혀 도움이 안 된다는 것을 직접 눈으로 확인해왔던 것이다. 게다가 수시로 무언가에 푹 빠져드는 그 나이 또래 소녀들의 열광적 성향도 함께 작용했을 터였다. 그러한 성향이 다분한 여동생 그레테는 그레고르의 상황을 더욱더 처참하게 만든 후 그를 위해 지금까지보다 더 많은 일을 하고 싶었는지도 모른다. 텅 빈 방안에 그레고르만 덜렁 혼자 남아 기어다니고 있다면 그레테 외에는 누구도 감히 방안에 들어갈 엄두를 내지 못할 테니까 말이다.

어머니가 그렇게 말렸지만 여동생은 결심을 굽히지 않았다. 어머니는 가구가 놓여 있는 지금의 방에서도 불안을 감추지 못하고 안절부절못했지만, 곧 입을 다물고는 여동생을 도와 장을 밖으로 내가는 일에 온 힘을 다했다. 이제 그레고르로서는 어쩔 수 없는 경우라면 서랍장 없이는 지낼 수 있어도 책상만은 꼭 있어야 했다. 두 여자가 낑낑대며 장을 밖으로 내가자마자, 그레고르는 어떻게 하면 자신이 이 일에 개입할 수 있을지 살펴보기 위해 소파 바깥쪽으로 머리를 내밀었다. 신중하고도 가능한 한 조심스럽게 처리해야 했다. 그러나 불행히도 방으로 먼저 돌아온 사람은 하필이면 어머니였다. 그동안 그레테는 옆방에서 장을 부둥켜안고 혼자서 이리저리 움직여보느라 끙끙대고 있었다. 물론 장은 꼼짝도 하지 않았다. 그레고르의 모습에 익숙지 않은 어머니가 그를 보게 되면 어쩌면 충격으로 몸져누울지도 모르는 일이었다. 그레고르는 깜짝 놀라 급히 뒷걸음쳐 소파 반대쪽 끝까지 기어들었다. 그 바람에 시트 앞쪽이 약간 움직여졌지만 어쩔 수 없는 노릇이었다. 그것만으로도 어머니의 주의를 끌기에는 충분했다. 어머니는 순간 멈칫하고는 가만히 서 있다가 곧장 그레테에게로 돌아갔다.

그레고르는 무슨 특별한 일이 벌어지는 것이 아니라 그저 가구가 몇 점 옮겨지는 것뿐이라고 몇 번이나 중얼거렸지만, 그가 곧 인정하지 않을 수 없었듯이, 두 여자가 왔다갔다하는 소리, 낮은 목소리로 서로를 부르는 소리, 가구들이 바닥에 긁히는 소리가 한데 어우러져 마치 어떤 커다란 소동이 사방에서 자신을 향해 달려드는 듯한 느낌이 들었다. 머리와 다리를 최대한 움츠리고 바닥에 몸을 바짝 붙여보았지만, 그가 이 모든 상황을 오래 견디지는 못할 거라는 것을 자백하지 않을 수 없었다. 그들은 그를 위해 방을 완전히 비우려 하고 있었고, 그가 아끼는 모든 것을 빼앗아가고 있었다. 실톱이며 다른 공구들이 들어 있는 서랍장은 이미 밖으로 내간 뒤였고, 이제 방바닥에 단단히 박혀 있는 책상마저 들어내려는 참이었다. 상업학교와 중학교 때는 물론이고, 더 거슬러 올라가 초등학교 때도 앞에 앉아 숙제를 했던 책상이었다. ─이제 더는 두 여자의 선한 의도를 헤아려볼 여유가 없었다. 게다가 그는 어느 사이 두 사람의 존재를 거의 잊고 있었다. 이미 지칠 대로 지친 그들이 아무 말 없이 일에만 열중하고 있었기 때문이다. 간혹 더듬더듬 힘겹게 발을 옮기는 소리만 들려올 뿐이었다.

그는 곧장 소파 밑에서 뛰쳐나와─두 여자는 마침 옆방에서 책상에 몸을 기대고 잠시 숨을 돌리는 참이었다─네 번이나 방향을 바꾸며 이리저리 달려보았으나, 먼저 무엇부터 구해내야 할지 알 수 없었다.

바로 그때 이미 텅 비어버린 한쪽 벽에 걸려 있는, 온통 모피로 몸을 감싼 여인의 그림이 눈에 들어왔다. 그는 재빨리 벽을 타고 올라가 액자 유리 위에 몸을 붙이고 꽉 눌러댔다. 차가운 유리는 그의 몸에 찰싹 붙어 뜨거운 배를 기분좋게 해주었다. 그가 지금 온몸으로 가리고 있는 이 그림만은 이제 분명 어느 누구도 빼앗아가지 못하리라. 그는 두 여자가 돌아오는 것을 지켜보려고 문 쪽으로 고개를 돌렸다.

두 사람은 그리 오래 휴식을 취하지 않고 어느새 돌아오고 있었다. 그레테는 한쪽 팔로 어머니의 허리를 안고 거의 부축하다시피 하고 있었다. "그럼 이젠 무얼 나를까요?" 그렇게 말하며 그레테는 주위를 둘러보았다. 그때 그녀의 시선이 벽에 붙어 있던 그레고르의 시선과 딱 마주쳤다. 어머니가 옆에 있어서인지 애써 태연한 척하며 그녀는 어머니가 주위를 둘러보지 못하도록 얼굴을 어머니 쪽으로 기울이며 말했다. "가요, 엄마. 우리 잠깐만 다시 거실에 가 있는 게 좋지 않을까요?" 별생각 없이 되는대로 뱉어낸 듯한 그녀의 목소리가 떨렸다. 그레고르가 보기에 그레테의 의도는 명백했다. 먼저 어머니를 안전하게 모셔다 놓은 다음 그를 벽에서 내려오게 하려는 것이었다. '좋아, 어디 할 테면 해보라지!' 그는 그림을 깔고 앉아 절대 내주지 않을 태세였다. 그림을 내주느니 차라리 그레테의 얼굴을 향해 뛰어들리라.

그러나 그레테의 말은 어머니를 더욱더 불안하게 했다. 어머니는 옆으로 비켜서더니 꽃무늬 벽지 위에 붙어 있는 거대한 갈색 얼룩을 발견하고는 날카롭고 거친 목소리로 외쳐댔다. "오, 하느님! 오, 하느님!" 그 얼룩이 그레고르라는 것을 미처 깨닫기도 전이었다. 어머니는 곧 모든 것을 포기한 사람처럼 양팔을 쫙 벌린 채 소파 위로 쓰러져 꼼짝하지 않았다. "오빠, 정말 이럴 거야!" 여동생이 주먹을 치켜들고 매서운 눈초리로 노려보며 소리쳤다. 그레고르의 변신 이래 그녀가 직접 그에게 던진 최초의 말이었다. 그녀는 졸도한 어머니를 깨울 수 있을 만한 무슨 약물이든 가져오려고 옆방으로 달려갔다. 그레고르도 뭐든 돕고 싶었다―그림을 구해낼 시간은 아직 있었다―유리에 너무 단단히 달라붙어 있어서 억지로 몸을 떼어내야 했다. 바닥으로 기어내려온 그는 예전처럼 여동생에게 무슨 충고라도 해줄 수 있을 듯이 자기도 옆방으로 달려갔으나, 막상 가보니 그녀 뒤에 우두커니 서 있는 것 말고는 할 수 있는 일이 아무것도 없었다. 이런저런 조그만 병들을 뒤지다가 문득 뒤돌아본 그녀는 또 한번 소스라치게 놀랐다. 그 바람에 약병 하나가 바닥에 떨어져 깨졌고, 그 조각 하나가 그레고르의 얼굴에 상처를 냈다. 뭔지 모를 부식성의 약물이 그의 주위로 흘러들었다. 그레테는 더이상 지체하지 않고 두 손 가득 약병들을 집어들고 어머니가 있는 방으로 달려들어가더니 발로 문을 쾅 닫아버렸다. 이로써 그레고르는 어머니와 차단되고 말았다. 어쩌면 어머니는 죽을지도 모른다. 이 모든 게 그 때문이었다. 그러나 어머니 옆에 붙어 있어야 할 여동생을 또다시 놀라게 해서 쫓아내지 않으려면 문을 열어서는 안 되었다. 그가 지금 할 수 있는 것은 오직 기다리는 일밖에 없었다. 그는 자책과 걱정으로 안절부절못하고 이리저리 기어다니기 시작했다. 벽, 가구, 천장 할 것 없이 닥치는 대로 기어다녔다. 한참을 그러다가 방 전체가 그의 주위를 빙글빙글 돌기 시작하자, 마침내 그는 절망감에 휩싸인 채 커다란 식탁 한복판으로 뚝 떨어졌다.

잠시 시간이 흘렀다. 그레고르는 힘없이 엎어져 있었고 주위는 고요했다. 어쩌면 그것은 좋은 조짐인지도 몰랐다. 그때 초인종이 울렸다. 하녀는 물론 빗장을 걸고 부엌에 틀어박혀 있으므로 그레테가 문을 열러 나가야 했다. 아버지가 돌아온 것이다. "무슨 일 있었니?" 그의 첫 마디였다. 그레테의 모습에서 아마도 모든 걸 알아챈 모양이었다. 보아 하니 아버지의 가슴에 얼굴을 파묻은 채인지 대답하는 그녀의 목소리 가 둔탁하게 들렸다. "엄마가 기절하셨어요. 하지만 이젠 좋아지고 있어요. 오빠가 뛰쳐나왔거든요." "그럴 줄 알았다." 아버지가 말했다. "내 가 늘 말하지 않았니. 그런데도 너희 두 여자는 통 들으려 하지 않더니만." 아버지는 그레테의 짤막한 얘기만 듣고 나쁘게 해석해 마치 그레고르가 무슨 폭행이라도 저지른 것으로 미루어 단정하고 있는 것임이 분명했다. 지금 바로 아버지의 마음을 누그러뜨릴 방도를 찾아야 했다. 아버지에게 진상을 깨우쳐줄 시간도, 또 그럴 만한 가능성도 없었기 때문이다. 그레고르는 얼른 자기 방문 쪽으로 도망쳐 몸을 문에 밀착시켰다. 이는 그레고르가 즉시 자기 방으로 돌아가려는 선한 의도만을 가지고 있으며, 그를 몰아댈 필요 없이 문을 열어주기만 하면 즉시 그가 사라지리란 것을 아버지가 거실에 들어서자마자 곧바로 알아볼 수 있도록 하기 위한 것이었다.

그러나 아버지는 그런 섬세한 뜻까지 알아차릴 기분이 아닌 듯했다. "앗!" 집안으로 들어서자마자 아버지는 그렇게 소리쳤다. 마치 화도 나고 기쁘기도 하다는 듯한 어조였다. 그레고르는 고개를 돌려 아버지를 쳐다보았다. 지금 저기 서 있는 저런 아버지의 모습은 정말이지 상상조차 해본 적이 없었다. 다만 그는 요즘 새로운 방식으로 기어다니는 데 정신이 팔려 집안이 어떻게 돌아가는지 전처럼 그렇게 관심을 기울이지 못한 것이 사실이었고, 그런 만큼 변화된 상황에 대처할 마음의 준비를 하고 있어야 했다. 하지만, 하지만 저 사람이 과연 아버지란 말인가? 예전에 그레고르가 출장을 떠날 때면 늘 지친 모습으로 침대에 파묻혀 누워 있던 바로 그 사람이 맞을까? 집으로 돌아오는 날 저녁이면 잠옷 바람으로 팔걸이의자에 앉아 그를 맞아주던 사람, 제대로 일어나지 못해서 반갑다는 표시로 겨우 양팔만 쳐들어 보이던 그 사람이 정말 맞을까? 일 년에 몇 번, 일요일이나 큰 명절에 어쩌다 다 같이 산책 나갈 때면 워낙 걸음이 느린 그레고르와 어머니 사이에서 늘 조금씩 더 느리게 걷던 사람, 낡은 외투를 푹 뒤집어쓴 채 T자형 지팡이를 조심조심 내짚으며 힘들게 발걸음을 옮기다가 무슨 말을 하려면 꼭 걸음을 멈추고는 앞서 걷던 가족들을 불러모으던 그 사람이 정말 맞는 걸까? 그런데 지금 그 앞에 있는 아버지는 허리를 꼿꼿이 세우고 서 있는데다 은행의 사환들이나 입을 것 같은 금색 단추가 달린 뻣뻣한 푸른색 제복을 입고 있었다. 뻣뻣하게 세운 상의의 칼라 위로는 두툼한 이중턱이 툭 불거져나와 있으며, 덤불처럼 생긴 눈썹 아래로는 검은 눈동자가 주의깊고도 생기 있는 눈빛을 내뿜고 있었다. 평소엔 대책 없이 헝클어져 있던 백발도 거북스러우리만치 정확하게 가르마를 타서 빗어내린 듯 머리에 착 붙어 반드르르 윤이 났다. 그는 어느 은행의 마크인 듯 금색 모표가 부착된 모자를 벗어던졌다. 모자는 긴 아치를 그리며 날아가 소파 위에 떨어졌다. 그는 긴 제복 상의의 양 끝자락을 뒤로 젖히고 양손을 바지 주머니에 찔러넣은 채 험악한 얼굴로 그레고르에게 다가왔다. 무슨 일을 할 작정인지는 그 자신도 모르는 것 같았다. 아무튼 그는 보통 때와 달리 발을 번쩍번쩍 들며 걸어왔고, 그레고르는 아버지가 신고 있는 장화 밑창의 엄청난 크기에 놀랐다. 하지만 그런 것에 크게 개의치는 않았다. 새로운 생활이 시작된 첫날부터 그는 이미 알고 있었다. 아버지가 자기에 대해서는 오직 최대한 엄격하게 다루는 것만이 적절한 대응 방법이라고 여긴다는 것을. 아버지가 쫓아오면 그는 앞으로 달아났다. 아버지가 멈추면 그도 멈추었고 아버지가 움직이면 그도 다시 앞으로 내달렸다. 두 사람은 그렇게 방을 몇 바퀴 돌았다. 그러는 동안 어떤 결정적인 일도 일어나지 않았고, 그 전체가 매우 느린 속도로 진행되었기에 얼핏 보기에는 쫓고 쫓기는 것 같지도 않았다. 그래서 그레고르는 당분간 방바닥에 있기로 했다. 더욱이 벽이나 천장으로 달아나면 특별한 악의가 있는 것으로 보일까 두렵기도 했다. 그러나 그는 혼잣말로 그렇게 달리는 것도 오래 버티지는 못할 거라고 중얼거렸다. 아버지가 한 걸음을 내디딜 때 그는 많은 다리를 무수히 움직여야 했던 것이다. 예전에도 폐가 그다지 건강한 편은 아니었던 터라 벌써 눈에 띄게 숨이 가빠오기 시작했다. 그는 이제 비틀거리며 달렸고 달리는 일에 온 힘을 집중하기 위해 눈도 제대로 뜨지 못했다. 급기야 정신마저 뿌옇게 흐려져서 이렇게 바닥 위를 달려 도망치는 길 외에 다른 구제책은 아예 생각도 못했다. 벽을 이용할 수도 있다는 사실은 거의 잊고 있었다. 다만 이곳 거실의 벽들이 온통 톱니 모양과 레이스 모양의 장식들이 정교하게 세공된 가구들로 가로막혀 있긴 했지만 말이다—그때 그의 옆으로 무언가가 휙 하고 가볍게 날아와 떨어지더니 앞쪽으로 데굴데굴 굴러왔다. 사과였다. 곧이어 뒤쪽에서 두번째 사과가 날아왔다. 깜짝 놀란 그레고르는 그 자리에 멈춰 섰다. 계속 도망쳐봤자 소용없었다. 아버지는 그에게 사과로 폭탄 세례를 퍼붓기로 작정한 모양이었다. 찬장 위의 과일 접시에서 사과 몇 알을 집어 양쪽 주머니에 가득 채워넣은 아버지는, 제대로 겨냥하지도 않고 되는대로 집어 던졌다. 조그맣고 빨간 사과들은 마치 전기라도 띤 듯 이리저리 뒹굴며 서로 부딪쳤다. 약하게 던져진 사과 하나가 그레고르의 등을 살짝 스치고 지나갔지만 다행히 상처를 입을 정도는 아니었다. 그러나 곧바로 뒤이어 날아온 사과는 달랐다. 그것은 그레고르의 등을 제대로 맞추어 깊숙이 들어가 박혔다. 불시에 당한 이 엄청난 고통이 자리를 옮기면 사라질 수도 있다는 듯 그레고르는 몸을 질질 끌며 앞으로 나아가려고 했다. 그러나 마치 그 자리에 못박히기라도 한 듯 꼼짝할 수가 없었다. 모든 감각이 극도의 혼란에 빠져들며 그는 그만 그대로 쭉 뻗어버리고 말았다. 마지막 순간 그는 자기 방의 문이 확 열리더니 비명을 지르는 여동생을 뒤로하고 어머니가 속옷 바람으로 뛰쳐나오는 것을 보았다. 기절한 어머니가 숨쉬기 편하도록 여동생이 옷을 벗겨놓았던 것이다. 곧장 아버지를 향해 달려가는 어머니의 발밑으로 끈 풀린 치마들이 하나둘 흘러내렸다. 그 치마들에 걸려 비틀거리다가 아버지의 품안으로 달려든 어머니는 아버지를 꼭 끌어안고 그와 한 덩어리가 되더니—그때 그레고르의 시력은 이미 가물가물 꺼져가고 있었다—두 손으로 아버지의 뒷머리를 감싼 채 애원했다. 그레고르를 제발 살려달라고.

III

부상이 심해, 그레고르는 한 달 넘게 고생해야 했다—누구도 빼내줄 엄두를 내지 못해 사과는 여전히 살 속에 박힌 채 이 사건의 뚜렷한 기념물로 남아 있었다—이는 아버지에게조차 그레고르가 비록 지금은 비참하고 구역질나는 모습을 하고 있다 하더라도 엄연히 가족의 일원이며, 그래서 그를 원수처럼 대할 것이 아니라 그에 대한 혐오감을 꿀꺽 삼켜버리고 참는 것, 별 도리 없이 그저 참는 것만이 가족으로서 마땅히 지켜야 할 도리라는 사실을 상기시켜준 듯했다.

그 부상 때문에 어쩌면 영원히 운동 능력을 상실할지도 모르고 또 지금으로서는 자기 방을 가로질러가는 데도 늙은 상이군인처럼 오랜 시간이 걸리기는 했지만—높은 데를 기어다니는 것은 생각조차 할 수 없었다—그레고르는 상태가 이렇게 악화된 것에 대해 충분하고도 남는 보상을 받고 있다고 생각했다. 그 일이 있은 후로, 저녁 무렵이면 그가 이미 한두 시간 전부터 뚫어지게 처다보고 있던 거실 쪽 문이 열렸고, 거실 쪽에서는 보이지 않도록 자기 방의 어둠 속에 엎드린 채 불 켜진 식탁에 둘러앉아 있는 가족들의 모습을 바라보면서 그들이 주고받는 이야기를, 말하자면 모두의 허락하에, 그러니까 전과는 완전히 다르게 들을 수 있게 되었던 것이다.

물론 그것은 예전에 그레고르가 작은 호텔방의 눅눅한 침대 위에 지친 몸을 던져야 할 때면 늘 약간의 갈망과 함께 떠올리던 당시의 활기찬 대화는 아니었다. 지금은 다들 너무도 조용히 지냈다. 저녁식사를 하고 나면 아버지는 곧 안락의자에 앉아 잠들었고, 어머니와 여동생은 서로 조용히 하라며 주의를 주었다. 어머니는 불빛 아래로 몸을 깊이 숙인 채 양장점에 넘길 고급 내의를 바느질했고, 점원으로 취직한 여동생은 장차 더 나은 일자리를 얻기 위한 것인 듯 저녁마다 속기와 프랑

스어를 공부했다. 가끔씩 아버지가 잠에서 깨어나 마치 자신이 잤다는 사실을 전혀 모르는 사람처럼 어머니에게, "당신 오늘도 또 뭘 그렇게 오래도록 바느질하고 있는 거요!"라고 말하고는 곧바로 다시 잠들면, 어머니와 여동생은 지친 얼굴로 서로에게 미소를 지어 보였다.

무슨 고집인지 아버지는 집에서도 제복을 벗지 않으려 했고, 그래서 잠옷은 아무 소용도 없이 늘 옷걸이 못에 걸려 있었다. 옷을 다 차려입은 채 자리에서 꾸벅꾸벅 졸고 있는 아버지는 언제라도 일할 태세를 갖추고 상관의 분부를 기다리고 있는 사람 같았다. 그러다보니 처음부터 새것이 아니었던 제복은 어머니와 여동생의 세심한 관리에도 불구하고 점점 추레해졌다. 때때로 그레고르는 언제나 잘 닦인 금색 단추들만 반짝거릴 뿐 곳곳이 얼룩덜룩한 아버지의 제복을 저녁 내내 바라보았다. 그런 옷을 입고서 늙은 아버지는 지극히 불편한 자세로, 하지만 편안하게 잠을 잤다.

시계가 열시를 알리자마자 어머니는 나지막하고 다정한 말로 아버지를 깨워 침대에 가서 자도록 설득하느라 애썼다. 여기서는 잠을 제대로 잘 수 없으며, 여섯시면 근무를 시작해야 하는 아버지로서는 제대로 잠을 자는 것이 절대적으로 필요하다는 것이었다. 그러나 은행안내원이 된 후로 이상한 아집에 사로잡히게 된 아버지는 매번 어김없이 그렇게 잠이 들면서도 그 자리에 더 있겠다고 고집을 부렸으며, 일단 그러기 시작하면 안락의자에서 침대로 잠자리를 옮기도록 마음을 돌려놓기란 여간 힘든 일이 아니었다. 그럴 때면 어머니와 여동생이 이런저런 잔소리를 해대며 아무리 귀찮게 굴어도 십오 분가량은 그저 고개만 천천히 가로저을 뿐 아버지는 눈을 지그시 감은 채 일어서지 않았다. 어머니가 옷소매를 살짝 잡아당기며 귀에 대고 달콤한 말로 구슬려보아도, 여동생이 하던 공부를 잠시 멈추고 어머니를 거들어보아도, 아버지는 끄떡하지 않았다. 안락의자 속으로 더 깊숙이 몸을 묻을 뿐이었다. 두 여자가 양쪽에서 겨드랑이 아래에 팔을 넣고 일으켜세울 때가 되어서야 그는 눈을 번쩍 뜨고는 어머니와 여동생을 번갈아 바라보며 말하곤 했다. "이게 인생이야. 내 말년의 휴식이 이거로군." 두 여자의 부축을 받아 몸을 일으키며 아버지는 마치 그 자신이 스스로에게 더없이 무거운 짐이라도 되는 듯 귀찮아했다. 그렇게 두 여자의 손에 이끌려 가다가 방문 앞에 이르면 아버지는 그만 물러가라고 손짓하곤 혼자서 걸어들어갔지만 어머니는 바느질감을, 여동생은 펜을 황급히 던져놓고 뒤따라 들어가 계속 아버지를 거들어주었다.

이렇듯 뼈빠지게 일하고 피곤에 찌들어 있는데 식구들 중 누가 꼭 필요한 일 이상으로 그레고르를 돌봐줄 수가 있었겠는가? 살림은 점점 더 곤궁해져 이젠 하녀마저 내보내야 했다. 대신 흩날리는 백발에 뼈대가 굵은 거구의 파출부가 아침저녁으로 와서 가장 힘든 일만 해주었다. 나머지는 모두 어머니가 그 많은 바느질일을 해나가며 틈틈이 해냈다. 어머니와 여동생은 즐거운 모임이 있거나 명절날 같은 때 너무도 행복해하며 하고 다니던, 집안 대대로 내려온 여러 가지 패물이나 장신구들을 팔아버리기까지 했다. 어느 날 저녁 모두 모여 그런 물건들을 팔면서 얼마를 받아야 할지 상의하는 것을 듣고 알게 된 사실이었다. 하지만 가족들의 가장 큰 불만은 언제나 지금 형편으로는 너무 큰 이 집을 떠나 이사를 할 수 없다는 것이었다. 그레고르를 어떻게 옮겨야 할지 도무지 그 방도를 생각해낼 수 없었던 것이다. 그러나 그레고르는 이사를 가로막는 것이 자기 때문만은 아니라는 것을 간파하고 있었다. 그 자신쯤이야 적당한 상자에 집어넣어 숨쉴 구멍 몇 개만 뚫어놓으면 쉽사리 운반할 수 있었을 테니까 말이다. 식구들이 집을 옮기지 못하는 진짜 이유는 오히려 완전한 절망감 때문이었다. 이제까지 친척들이나 지인들 가운데 그 누구도 당해보지 않은 불행을 당하고 있다는 생각 때문이었다. 가난한 사람들에게 세상이 요구하는 바를 그들은 최대한 이행하고 있었다. 아버지는 말단 은행직원들에게 아침을 날라다주었고, 어머니는 누군지도 모르는 사람들의 속옷을 바느질하느라 온 힘을 쏟았으며, 여동생은 고객들의 요구에 따라 판매대 뒤에서 이리 뛰고 저리 뛰었다. 식구들에겐 더이상 여력이 없었다. 아버지를 침대로 데려다놓고 다시 자리로 돌아온 어머니와 여동생이 하던 일을 놔둔 채 볼과 볼이 맞닿을 정도로 바싹 다가앉을 때면, 그러다 어머니가 그레고르의 방을 가리키며 "그레테, 저기 문 좀 닫고 오거라" 하고 말할 때면, 그래서 그레고르가 다시 어둠 속에 있게 될 때면, 등짝의 상처가 새로 생긴 것인 양 욱신거리기 시작했다. 그 시간, 거실에서는 두 여자가 서로 얼굴을 맞대고 눈물을 흘리거나, 눈물조차 말라서 식탁만 멍하니 바라보고 있었다.

그레고르는 며칠 밤 며칠 낮을 거의 불면으로 보냈다. 때때로 다음번 문이 열리면 옛날처럼 다시 자신이 가족들의 일을 도맡아서 해보리라 마음먹기도 했다. 그의 머릿속에는 다시 오랜만에 사장과 지배인, 직원들과 수습사원들, 말귀를 통 못 알아듣던 사환 아이, 다른 회사에 다니는 친구 두세 명, 지방 어느 호텔의 청소하는 아가씨, 스쳐지나가는 아름다운 추억의 한 장면, 그가 진심으로 구애했으나 한발 늦었던 어느 모자 가게의 점원이 떠오르기도 했다―이들 모두 낯선 사람들이나 이미 잊힌 사람들과 뒤섞여 나타났는데, 그와 가족을 도와주기는커녕 하나같이 닿을 수 없는 사람들이었기에 오히려 보이지 않는 편이 좋았다. 하지만 그러고 나면 왠지 다시 식구들을 걱정할 기분이 아니었고, 자기를 잘 돌보지 않는 것에 대한 분노만 가득찼다. 무엇을 먹고 싶은지도 잘 모르면서 어떻게 하면 식품저장실 안에 들어가 설령 배는 전혀 고프지 않더라도 자기가 먹을 만한 것을 집어올 수 있을지 계획만 무성하게 세웠다. 여동생은 뭘 주면 그레고르가 특히 기뻐할지 이제 더이상 생각하지 않았다. 그녀는 아침과 점심때 가게로 달려가기 전에 황급히 아무 음식이나 되는대로 그레고르의 방에 발로 툭 밀어넣었다가, 저녁때면 그냥 비로 한번 휙 쓸어냈다. 그가 음식을 맛이라도 보았는지, 아니면―제일 허다한 경우였는데―아예 건드리지도 않았는지는 신경쓰지 않았다. 이제는 늘 저녁에 하는 방 청소도 이보다 더 빨리 할 수는 없을 듯싶게 아무렇게나 후딱 해치웠다. 벽을 따라 더러운 얼룩이 띠를 이루며 죽죽 그어져 있었고 먼지와 오물 덩이가 여기저기 널려 있었다. 처음에 그레고르는 여동생이 들어오면 특히나 표나게 더러운 한구석에 가 서서, 어느 정도는 그런 식으로 비난을 표해보기도 했다. 그러나 그가 몇 주일을 그곳에 그대로 서 있어도 여동생의 태도는 나아질 것 같지 않았다. 그녀 역시 더러운 것을 뻔히 보았을 텐데도 그냥 내버려두기로 결심한 모양이었다. 그러면서도 그녀는 전과 달리 새삼스럽게, 사실 온 가족이 그렇듯 신경이 예민해져서, 그레고르의 방 청소에 관한 자신만의 고유한 권한을 누가 침해하기라도 할까봐 촉각을 곤두세우고 지켜보았다. 한번은 어머니가 그레고르의 방을 대청소한다며 물을 몇 양동이나 쓰고 나서야 일을 마쳤는데—물기가 너무 많아 기분이 상한 그레고르는 소파 위에 벌렁 드러누운 채 씁쓸한 마음으로 꼼짝하지 않았다—그 일로 인해 어머니는 톡톡히 곤욕을 치러야 했다. 저녁에 그레고르의 방이 달라진 것을 알아차린 여동생이 극도의 모욕감을 느끼며 거실로 달려갔던 것이다. 어머니가 양손을 쳐들고 애원하다시피 했지만 여동생은 몸부림치며 울음을 터뜨렸다. 부모님은—물론 아버지는 안락의자에서 벌떡 일어났다—처음엔 깜짝 놀라 어쩔 줄 모르고 바라보기만 했지만 곧 움직이기 시작했다. 아버지는, 오른쪽의 어머니에게는 왜 그레고르의 방 청소를 딸아이에게 맡겨 두지 않았느냐고 나무랐고, 왼쪽의 여동생에게는 앞으로 다시는 그레고르의 방을 청소하지 못하게 하겠다며 호통을 쳤다. 흥분해서 제정신이 아닌 아버지를 어머니가 침실로 끌고 가려고 애쓰는 동안, 여동생은 흐느끼느라 몸을 들썩거리며 작은 두 주먹으로 식탁을 마구 내려쳤다. 그리고 그레고르는, 얼른 문을 닫아 이 소란스러운 광경과 소음을 막아 줄 생각을 하는 사람이 아무도 없다는 사실에 화가 치밀어 큰 소리로 쉿쉿거렸다.

어쨌거나 직장 일로 녹초가 된 여동생이 그레고르를 돌봐주는 데 신물을 느껴 전과 같지 않다 하더라도, 아직은 어머니가 그녀 대신 그의 방에 들어올 필요가 없었고, 그렇다고 그가 소홀히 취급당할 이유도 없었을 것이다. 이제는 파출부가 있었기 때문이다. 오랜 세월 동안 아무리 험한 궂은일이라도 그 억센 골격 덕분에 능히 이겨냈을 듯한 이 늙은 과부는, 그레고르에게 혐오감을 느끼지 않았다. 그녀는 괜한 호기심에서가 아니라 우연히 한번 그레고르의 방문을 열었다가 그를 보게 되었다. 화들짝 놀란 그레고르는 아무도 쫓아오지 않는데 이리저리 내달리기 시작했고, 그 모습을 보고 있던 그녀는 기가 찬 듯 아랫배 위에 양손을 포개 얹고 가만히 서 있었다. 그후로 그녀는 아침저녁으로 잠깐씩 문을 빼꼼 열고 그레고르를 들여다보는 일을 게을리하지 않았다. 처음엔 "이리 와보렴, 우리 말똥구리!"라든가 "우리 말똥구리 좀 봐요!"같이 딴에는 친절한 말을 건네며 그를 자기한테 오도록 불러보곤 했다. 그러나 그렇게 말을 걸어와도 그레고르는 전혀 반응하지 않고 마치 문이 아예 열려 있지도 않은 듯 제자리에서 꼼짝하지 않았다. 이 파출부 할멈한테 제발 공연히 그를 방해하게 놔두지 말고 차라리 그의 방이나 매일 청소하라고 지시를 내려주었으면! 어느 날 이른아침—벌써 봄이 오는 신호인 듯 거센 비가 유리창을 때리고 있었다—할멈이 또 그 허튼소리를 시작하자 분통이 터진 그레고르는 공격이라도 할 듯이, 하지만 느릿느릿 힘없이 그녀 쪽으로 몸을 돌렸다. 그러자 할멈은 겁을 먹기는커녕 대번에 문 가까이 있던 의자를 높이 쳐들었다. 입을 딱 벌리고 서 있는 품을 보니 손에 들린 의자가 그레고르의 등을 내려치고 나서야 비로소 입을 다물겠다는 의도가 분명했다. 그레고르가 다시 몸을 돌리자 그제야 그녀는 "그러니까 더는 안 되겠지?" 하고 말하며 의자를 가만히 구석에 내려놓았다.

그레고르는 이제 거의 아무것도 먹지 않았다. 가져다둔 음식 옆을 어쩌다 지나가다가 장난삼아 한입 물어넣을 때도 있었지만 그럴 때면 몇 시간 동안 그대로 물고 있다가 대개 도로 뱉어버렸다. 처음엔 그렇게 식욕이 생기지 않는 것이 달라진 방에 대한 슬픔 때문이라고 생각했지만, 그는 곧 방의 변화에 적응하게 되었다. 식구들은 다른 곳에 마땅히 둘 수 없는 물건들을 이 방에 갖다놓는 버릇이 생겼는데, 그런 물건이 이제는 많아졌다. 그 집의 방 하나를 세 명의 하숙인에게 세를 주었던 것이다. 근엄해 보이는 이 남자들은―그레고르가 언젠가 문틈으로 확인하기로는 셋 모두 털보였다―지나치리만큼 정리 정돈에 신경 썼다. 자기들 방은 물론이고, 어차피 이 집에 들어와 같이 살게 된 처지이므로 집안 구석구석, 특히 부엌의 청결 문제에 사사건건 참견하고 나섰으며 쓸데없는 물건이나 더러운 잡동사니를 보면 참지 못했다. 게다가 세 사람 모두 각자의 살림살이를 대부분 갖고 들어왔다. 그런 까닭에 많은 물건이 불필요해졌는데, 어디에 내다팔 수도 없고 그냥 버리자니 아까운 것들이었다. 그런 물건들이 모두 그레고르의 방으로 옮겨졌다. 거기엔 부엌에서 쓰던 재받이통과 쓰레기통까지 있었다. 언제나 바쁘게 서둘러대는 파출부 할멈은 뭐든 당장 쓰지 않는 것이면 그레고르의 방에 던져넣었는데, 다행히도 그레고르에게는 대개 던져지는 물건과 던지는 손만 보일 뿐이었다. 할멈은 아마도 때가 되고 기회가 되면 그 물건들을 다시 가져가거나 한꺼번에 내다버릴 생각이었던 것 같지만, 사실 그것들은 그레고르가 그 잡동사니들 속을 이리저리 기어다니면서 움직여놓지 않는 한 처음 던져진 그대로 버려져 있었다. 처음에는 기어다닐 다른 공간이 거기뿐이라 하는 수 없이 물건들을 움직이게 되었지만, 나중에는 점점 그 일에 재미가 붙었다. 그러나 그렇게 돌아다니고 나면 죽도록 피곤하고 서글퍼져서 다시 몇 시간 동안은 꼼짝도 할 수 없었다.

하숙인들이 가끔 거실에서 저녁식사를 했기 때문에, 거실로 통하는 문이 저녁에도 그대로 닫혀 있는 일이 많아졌다. 그러나 그레고르는 문이 열리기를 바라지도 않았다. 그전부터 이미 문이 열려 있는 날 저녁에도 문가로 다가오지 않고 식구들 모르게 방의 가장 어두운 구석으로 물러나 가만히 엎드려 있었던 것이다. 어느 날인가는 파출부 할멈이 거실로 통하는 그 문을 약간 열어둔 적이 있었다. 문은 저녁에 하숙인들이 들어와 불이 켜졌을 때도 그대로 열려 있었다. 그들은 예전에 아버지와 어머니와 그레고르가 앉던 식탁 윗자리를 차지하고 앉아 냅킨을 펼치고 나이프와 포크를 손에 쥐었다. 곧바로 고기그릇을 든 어머니가 문가에서 나타났고 뒤이어 여동생이 감자가 수북이 담긴 그릇을 들고 나타났다. 음식에서 김이 모락모락 피어올랐다. 하숙인들은 먹기 전에 먼저 무슨 검사라도 하려는 듯 앞에 놓인 그릇 위로 몸을 숙였고, 실제로 양옆의 두 사람이 형님으로 모시고 있는 듯 보이는 가운데 사람은 고기 한 조각을 개인 접시에 덜지도 않고 그대로 썰어보았다. 고기가 충분히 연하게 익었는지 아니면 그것을 다시 부엌으로 돌려보내야 할지 확인하려는 것이 분명했다. 다행히 그는 만족했고, 긴장해서 지켜보고 있던 어머니와 여동생은 그제야 안도의 숨을 내쉬며 미소를 띠었다.

식구들은 부엌에서 식사했다. 그래도 아버지는 부엌으로 들어가기 전에 먼저 거실에 들어와 모자를 손에 든 채 꾸벅 인사를 한 번 하고는 식탁 주위를 한 바퀴 돌았다. 하숙인들은 일제히 일어서서 수염 속으로 뭐라고 중얼거리다가 자기들만 남게 되자 거의 완벽한 침묵 속에서 식사를 했다. 식사할 때 나는 갖가지 소리들 가운데 유독 그들이 이로 음식을 씹어대는 소리만 거듭 또렷이 들려오는 것이 그레고르는 이상했다. 마치 그것으로 그레고르에게 사람이란 식사를 하려면 무엇보다 이가 있어야 하며, 아무리 멋진 턱이 있더라도 이가 없으면 아무 소용 없다는 것을 보여주기라도 하는 듯했다. "나도 뭔가 먹고 싶어." 그레고르는 걱정스럽게 중얼거렸다. "하지만 저런 것들은 아냐. 저 하숙인들이 먹는 대로라면 나는 죽어버리고 말 거야!"

바로 그날 저녁—그동안은 내내 들어본 기억이 없었는데—부엌 쪽에서 바이올린소리가 들려왔다. 하숙인들이 저녁식사를 마친 뒤였다. 가운데 사람이 신문을 꺼내 다른 두 사람에게 한 장씩 나누어주었고, 그러고는 셋 모두 의자에 기대 신문을 읽으면서 담배를 피웠다. 바이올린 연주가 시작되자 그들은 주의깊게 듣더니, 가만히 일어나 발끝으로 살금살금 문 쪽으로 다가가 문에 바싹 붙어섰다. 그 기척을 부엌에서 들은 모양이었다. 문 안쪽에서 아버지가 이렇게 소리쳤기 때문이다. "혹시 바이올린소리가 거슬리시나요? 그러면 즉시 그만두게 하겠습니다." "천만에요." 가운데 남자가 말했다. "괜찮다면 따님께서 이쪽으로 건너와 거실에서 연주해주실 수는 없을까요? 여기가 훨씬 더 편안하고 아늑할 텐데요." "오, 그렇게 하지요." 아버지는 마치 자신이 바이올린 연주자인 것처럼 소리쳤다. 하숙인들은 다시 자리를 잡고 기다렸다. 곧 아버지는 보면대를, 어머니는 악보를, 여동생은 바이올린을 들고 나타났다. 여동생은 침착하게 연주를 위한 만반의 준비를 갖추었다. 전에 한 번도 방을 세놓아본 적이 없었던 부모님은 하숙인들에 대한 예의가 지나친 나머지 의자에 앉을 엄두도 내지 못했다. 아버지는 단추가 모두 채워진 제복의 두 단추 사이에 오른손을 찔러넣은 채 문에 기대섰고, 어머니는 하숙인 하나가 권해서 그가 별 뜻 없이 의자를 놓아준 그대로 앉은 까닭에 한구석에 떨어져 있게 되었다.

여동생이 연주를 시작했다. 아버지와 어머니는 각자 제 위치에서 딸의 손놀림을 주의깊게 지켜보았다. 그레고르는 바이올린소리에 마음이 끌려서 겁도 없이 조금씩 앞으로 나아가 어느새 머리를 거실 쪽으로 내밀고 있었다. 최근 그는 다른 사람들을 거의 고려하지 않고 있는데다, 자신의 그런 행동을 별로 이상하게 생각하지도 않았다. 예전에는 남들에 대한 배려를 자랑으로 여겼던 그였다. 게다가 바로 지금이야말로 그 어느 때보다 남들의 눈을 피해 몸을 숨겨야 할 이유가 더 많다고 할 수 있을 것이다. 그의 방안 곳곳에 쌓인 먼지들이 조금만 움직여도 풀풀 날리는 바람에 그 역시 온통 먼지를 뒤집어쓰고 있었던 것이다. 그는 실밥, 머리카락, 음식 부스러기 따위를 등과 옆구리에 붙인 채이리저리 끌고 다녔다. 모든 것에 너무나 무관심해져서 예전 같으면 하루에도 몇 번씩 등을 대고 벌렁 드러누워 양탄자에 몸을 비벼댔을 테지만 이제 그런 일은 하지 않았다. 이런 상태에도 불구하고 그레고르는 아무 거리낌 없이 티끌 하나 없이 깨끗한 거실 바닥 위를 얼마간 기어나갔다.

물론 그에게 주의를 기울인 사람은 아무도 없었다. 식구들은 바이올린 연주에 완전히 정신이 팔려 있었고, 하숙인들은 얼마간 지켜워하고 있었다. 그들은 처음엔 두 손을 바지 주머니 속에 찔러넣은 채 마음만 먹으면 악보를 들여다볼 수도 있어서 틀림없이 여동생에게 방해가 되었을 만큼 보면대 뒤에 바짝 붙어서 있다가, 곧 고개를 푹 숙인 채 서로 수군수군 대화를 주고받으면서 창 쪽으로 물러나더니, 아버지의 근심스러운 시선을 받으며 그 자리에 머물러 있었다. 아름답거나 흥겨운 바이올린 연주를 들을 수 있으리라고 기대했다가 실망하고 연주 전체에 싫증이 났으나 오직 예의를 지키기 위해 그들의 휴식을 방해해도 참아

넘기고 있는 듯한 모습이 이제는 너무도 역력했다. 특히 세 사람 모두 코와 입으로 시가 연기를 허공에다 내뿜어올리는 모습은, 그들이 얼마나 짜증스러워하는지 잘 말해주고 있었다. 그래도 여동생은 참으로 아름답게 연주에 몰두하고 있었다. 그녀는 고개를 한쪽 옆으로 기울인 채 슬픈 눈빛으로 음미하듯 악보를 더듬어내려갔다. 그레고르는 조금 더 앞으로 기어나가 혹시라도 그녀와 눈길이 마주칠 수 있을까 싶어 머리를 바닥에 붙이고 있었다. 이렇게나 음악에 감동받는데도 그가 짐승이란 말인가? 그에게는 마치 자신이 열망하던 미지의 어떤 양식糧食에 이르는 길이 열리는 것 같았다. 그는 여동생 바로 앞까지 다가가 그녀의 치마를 살짝 잡아당겨 바이올린을 가지고 자기 방으로 와달라는 뜻을 전하기로 결심했다. 여기서는 아무도 자기만큼 연주에 제대로 보답해줄 사람이 없었기 때문이다. 만일 그녀가 와준다면 적어도 자신이 살아 있는 한은 방에서 내보내지 않으리라 마음먹었다. 자신의 흉측한 몰골이 처음으로 쓸모 있는 일을 해줄 것 같았다. 방의 모든 문을 동시에 지키고 서 있다가 누군가 침입해 들어오면 하악거려 쫓아버리리라. 그러나 여동생을 강제로 붙잡아두어서는 안 된다. 그녀가 자발적으로 머무르게 해야 한다. 그녀를 나란히 소파에 앉히고 그의 말에 귀기울이게 할 것이다. 그러고는 자신은 그녀를 음악원에 보내려는 확고한 계획을 품고 있었으며, 그동안 이런 불상사만 생기지 않았더라면 지난 크리스마스 때ᅳ아마 크리스마스는 벌써 지났겠지?ᅳ그 어떤 반대를 무릅쓰고라도 모두에게 그 계획을 발표했을 거라고 털어놓으리라. 이렇게 속내를 밝히고 나면 여동생은 감동의 눈물을 쏟을 것이고 그레고르는 그녀의 어깨까지 몸을 일으켜세워 그녀의 목에 키스를 할 것이다. 가게에 나가게 된 후로 그녀는 리본이나 칼라를 하지 않은 채 목을 드러내 놓고 다녔다.

"잠자 씨!" 가운데 남자가 아버지를 향해 소리쳤다. 그러고는 더는 아무 말도 하지 않고 집게손가락으로 천천히 앞으로 기어나오고 있는 그레고르를 가리켰다. 그리고 그 순간, 바이올린소리도 그쳤다. 남자는 먼저 고개를 가로저으며 친구들에게 미소 지어 보이더니 다시 그레고르 쪽을 바라보았다. 아버지는 그레고르를 쫓아내는 일보다 먼저 하숙인들을 진정시키는 일이 더 시급하다고 여기는 것 같았다. 그러나 하숙인들은 전혀 흥분하지 않았으며 바이올린 연주보다 그레고르 쪽에 더 흥미를 느끼는 눈치였다. 아버지는 급히 달려가 두 팔을 쫙 벌려 그들을 방으로 몰아넣으려는 동시에 몸으로는 그레고르를 보지 못하게 하려고 그들의 시야를 가로막았다. 그러자 그들은 사실 약간 화를 냈는데, 그것이 아버지의 행동 때문인지 아니면 자기들이 이제껏 그레고르와 같은 존재를 바로 옆방에 두고 살았다는 사실을 모르고 있다가 지금에야 알게 되었기 때문인지는 알 수 없었다. 그들은 아버지에게 해명을 요구하고, 자기들 쪽에서도 팔을 들어올려 불안한 듯 수염을 잡아당기면서 아주 천천히 자기들 방 쪽으로 물러났다. 그사이 갑작스레 연주가 중단된 후 넋이 나간 듯 멍하니 있던 여동생은 정신을 차리고는, 축 늘어진 두 손에 바이올린과 활을 든 채 계속 연주할 듯이 한동안 악보를 들여다보고 있다가 갑자기 벌떡 일어났다. 그녀는 호흡곤란으로 숨을 헐떡이며 아직 안락의자에 앉아 있는 어머니의 무릎 위에 악기를 내려놓고는 하숙인들이 묵는 옆방으로 앞질러 달려들어갔다. 아버지가 계속 몰아대는 바람에 그들은 좀더 빠르게 자기들 방 쪽으로 다가가고 있었다. 여동생의 능숙한 손놀림에 따라 침대에 있던 이불과 베개가 휙휙 날리더니 착착 정돈되어가는 모습이 보였다. 하숙인들이 아직 방에 이르기도 전에 그녀는 침대 정돈을 끝내고 살짝 빠져나왔다. 아버지는 계속 그들을 밀어붙이기만 했다. 그새 집주인으로서 세입자들에게 마땅히 베풀어야 할 최소한의 예의조차 까맣게 잊어버리고 고집을 부리는 듯했다. 마침내 방문 앞에 이르자 예의 그 가운데 남자가 발을 쾅쾅 굴러 아버지를 멈춰 세웠다. "지금 이 자리에서 선언하겠소!" 남자는 말과 동시에 한쪽 손을 쳐들며 눈으로는 어머니와 여동생을 찾았다. "나는 이 집과 가족을 지배하고 있는 불미스러운 상황을 고려해―이 말과 함께 순간적으로 마음을 정한 듯 바닥에 침을 탁 뱉었다―지금 당장 이 집에서 나가겠소. 물론 지금까지 지낸 기간의 방세 역시 한푼도 지불하지 않을 것이오. 오히려 당신들에게 손해배상청구를 해야 하는 건 아닐지 신중히 생각해보려고 하오―그냥 해보는 말이 아니오―청구 사유는 얼마든지 찾을 수 있으니까." 남자는 입을 다물고, 마치 무언가를 기다리는 듯 앞만 똑바로 바라보았다. 아니나 다를까 두 친구는 즉시 맞장구를 치며 합창하듯 말했다. "우리도 당장 나가겠소." 그러자 남자는 문손잡이를 잡더니 쾅 소리가 나도록 문을 닫고 방으로 들어갔다.

아버지는 두 손으로 더듬거리면서 비틀거리며 걸어와 자신의 안락의자에 푹 쓰러졌다. 보통 때처럼 몸을 축 늘어뜨리고 저녁잠을 자는 듯이 보였지만, 머리를 제대로 가눌 수 없는 듯 쉴새없이 끄덕거리는 모습으로 보아 그렇지 않다는 것을 알 수 있었다. 그레고르는 그동안 내내 하숙인들에게 들켰던 바로 그 자리에 가만히 엎드려 있었다. 계획이 실패한 데 대한 실망감에다 너무 많이 굶은 탓에 탈진까지 겹쳐진 듯 조금도 움직일 수가 없었다. 그는 막연한 확신을 가지고, 다음 순간 모두가 한꺼번에 폭발해 자신을 덮쳐올 것 같은 두려움을 느끼면서 그 순간을 기다리고 있었다. 어머니의 무릎 위에 있던 바이올린이 어머니의 떨리는 손가락들 밑에서 스르륵 미끄러져나와 바닥에 떨어지면서 요란한 소리를 냈지만, 그 소리에조차 그는 움찔하지 않았다.

"아버지, 엄마!" 여동생이 먼저 입을 열며 식탁을 내리쳤다. "더 이상 이렇게 살 순 없어요. 두 분은 어떠신지 모르겠지만 저는 깨달았어요. 저는 저런 괴물 앞에서 오빠의 이름을 입 밖에 내고 싶지 않아요. 그러니까 제가 말씀드리고 싶은 건 오직 한 가지, 우리가 저것에서 벗어나야 한다는 거예요. 우리는 그동안 저것을 돌보고 참아내기 위해 인간으로서 할 수 있는 일은 다 해봤어요. 우리를 조금이라도 비난할 수 있는 사람은 아무도 없을 거예요."

"저 아이 말이 백 번 옳아." 아버지는 혼잣말을 했다. 어머니는 여전히 숨을 제대로 못 쉬겠는지 눈빛이 조금 이상해지더니 손으로 입을 막고 소리 죽여 기침을 하기 시작했다.

여동생이 얼른 어머니에게 달려가 그녀의 이마를 짚어보았다. 아버지는 여동생의 말을 듣고 생각이 보다 분명해진 듯 허리를 곧추세우고 앉았더니, 하숙인들의 저녁식사 그릇들이 아직 치워지지 않은 식탁 앞에서 자신의 안내원 모자를 만지작거리다가, 조용한 그레고르 쪽을 이따금씩 바라보았다.

"우리는 이제 벗어나야 해요." 여동생은 이제 아버지에게만 말했다. 어머니는 기침을 하느라 아무 말도 듣지 못했다. "저 괴물은 틀림없이 두 분을 돌아가시게 할 거예요. 뻔하다고요. 우리처럼 이렇게 힘겹게 일해야 하는 처지에 집에서마저 이런 끝없는 고통을 참을 수는 없어요. 저도 더는 못 참겠어요." 그러고서 어찌나 격렬하게 울음을 터뜨렸던지 그녀의 눈물이 어머니의 얼굴 위로 흘러내렸고, 그녀는 기계적으로 손을 움직여 어머니의 얼굴에서 그 눈물을 계속 훔쳐냈다.

"애야." 아버지는 동정어린 마음과 남다른 이해심을 내비치며 말했다. "그럼 우리가 어떻게 해야 좋겠니?"

여동생은 자신도 어찌할 바를 모르겠다는 표시로 어깨를 으쓱해 보일 뿐이었다. 눈물을 흘리는 동안 그녀는 정말 그와 같은 난감한 심정이 되었던 것이다. 방금 전의 자신감 있는 태도는 온데간데없었다.

"만일 저애가 우리 말을 알아듣는다면", 아버지가 반쯤 묻는 듯한 어조로 말하자, 여동생은 울다 말고 그런 일은 생각할 수도 없다는 듯 손을 세차게 내저었다.

"만일 저애가 우리 말을 알아듣는다면", 아버지는 다시 한번 같은 말을 되풀이하고는 그런 일은 불가능하다는 여동생의 확신을 자신도 그대로 받아들인다는 뜻으로 눈을 지그시 감았다. "그렇게만 된다면 저애하고 합의를 볼 수도 있을 텐데. 그런데 저렇게─"

"내쫓아야 해요." 여동생이 소리쳤다. "그렇게 하는 수밖에 없어요, 아버지. 저것이 오빠라는 생각을 버리셔야 해요. 우리가 그토록 오랫동안 그렇게 믿어왔다는 것 자체가 바로 우리의 진짜 불행이에요. 도대체 저것이 어떻게 오빠일 수 있겠어요? 저것이 정말 오빠라면 우리가 자기와 같은 짐승과는 함께 살 수 없다는 것쯤은 벌써 알아차리고 제 발로 나가주었을 거예요. 그러면 우리는 계속 살아가면서, 오빠는 비록 잃어버렸을망정 오빠에 대한 기억은 소중히 간직할 수 있을 텐데 말이에요. 그런데 저 짐승은 우리를 못살게 굴고, 하숙인들을 쫓아내고, 나중엔 틀림없이 온 집안을 독차지하고서 결국 우리를 길거리에서 잠을 자는 신세로 만들 거라고요. 저것 좀 보세요, 아버지." 여동생이 갑자기 소리를 질렀다. "또 시작이에요!" 그러고서 그녀는 그레고르로서는 도무지 이해할 수 없는 어떤 공포에 사로잡혀 어머니마저 저버렸다. 그레고르 가까이 있느니 차라리 어머니를 희생시키는 편이 더 낫다는 듯 어머니의 안락의자에서 단호히 떨어져나와 아버지 뒤쪽으로 황급히 달려간 것이다. 아버지는 그녀의 그런 동작만으로도 흥분해 덩달아 자리에서 벌떡 일어나더니 여동생을 보호하려는 듯 그녀를 향해 양팔을 반쯤 쳐들었다.

그러나 그레고르는 여동생은 물론 누구에게도 겁을 줄 생각이 전혀 없었다. 자기 방으로 돌아가기 위해 몸을 돌리기 시작한 것일 뿐이었다. 그 동작이 다만 좀 유별나 보이긴 했다. 상처를 입어 아픈 몸을 돌리기가 쉽지 않아 머리의 힘까지 빌려야 했기 때문에 머리를 쳐들었다가 바닥에 부딪히는 동작을 여러 번 되풀이했던 것이다. 그는 동작을 멈추고 주위를 둘러보았다. 가족들은 그에게 악의가 없다는 것을 알아차린 듯했다. 조금 전엔 그저 순간적으로 놀란 것이었다. 이제 가족들은 모두 말을 잃고 슬픈 눈빛으로 그를 바라보고 있었다. 두 다리를 모아 쭉 뻗은 채 안락의자에 누워 있는 어머니의 눈은 피곤에 지친 나머지 눈꺼풀이 거의 내려와 있었다. 아버지와 나란히 앉아 있는 여동생은 한쪽 팔을 아버지의 목에 감고 있었다.

'이제는 몸을 돌려도 되겠지.' 그레고르는 그렇게 생각하고 다시 몸을 움직이기 시작했다. 너무 힘들어 숨이 턱까지 차오르곤 했기 때문에 간간이 쉬는 수밖에 없었다. 그를 쫓는 사람은 아무도 없었고, 모든 것이 그 자신에게 맡겨져 있었다. 완전히 방향을 돌리고 나자 그는 왔던 길을 곧장 돌아가기 시작했다. 그는 자기 방이 그토록 멀리 있다는 데 깜짝 놀랐다. 이렇게 쇠약한 몸을 이끌고 아까는 어떻게 똑같은 이 길을 기어올 수 있었을까 도무지 이해가 되지 않았다. 내내 빨리 기어야 한다는 생각뿐이었으므로 그는 식구들이 어떤 식으로도 자기를 방해하고 있지 않다는 사실을 거의 깨닫지 못했다. 그들은 말을 하지도 소리치지도 않았다. 방문 앞에 다 이르러서야 그는 겨우 고개를 돌렸다. 목이 뻣뻣해지는 느낌이 들어 완전히 돌리지는 못했지만 그래도 여동생이 일어섰다는 것 말고는 자신의 등뒤에서 아무 변화도 일어나지 않았다는 것을 눈으로 확인할 수 있었다. 그의 마지막 시선은 그새 완전히 잠들어버린 어머니를 스쳐갔다.

그가 방안에 들어서기가 무섭게 문이 화닥닥 닫히더니 빗장이 철컥 잠겼다. 문이 폐쇄된 것이다. 뒤에서 난 갑작스러운 소리에 그레고르는 깜짝 놀라 다리가 뚝뚝 꺾였다. 그렇게 서둘러 문을 닫은 것은 여동생이었다. 어느새 다가와 우뚝 서서 기다리고 있다가 와락 달려든 것이었다. 그레고르는 그녀가 다가오는 소리를 전혀 듣지 못했다. "됐어요!" 그녀는 자물통에 꽂힌 열쇠를 돌리며 부모님을 향해 외쳤다.

'그럼 이젠 어쩐다?' 그레고르는 스스로에게 물으며 어둠 속에서 주위를 둘러보았다. 그리고 곧 자신이 이젠 전혀 움직일 수 없다는 것을 깨달았다. 그것이 이상하지는 않았고, 오히려 자신이 지금까지 이렇게 가늘고 작은 다리로 돌아다닐 수 있었다는 것이 기이한 일처럼 여겨졌다. 게다가 기분도 비교적 괜찮은 편이었다. 온몸에 통증이 느껴지기는 했지만, 차차 약해져서 마침내는 완전히 사라져버릴 것 같았다. 등에 박혀 썩어버린 사과와 그 주변의 염증 부위가 솜털 같은 먼지로 온통 뒤덮여 있었는데, 이미 그런 것들도 거의 느껴지지 않았다. 그는 가족들에 대해 감동과 사랑의 마음으로 돌이켜 생각해보았다. 그가 사라져야 한다는 생각은 아마 여동생보다 그 자신이 더욱 단호할 것이다. 탑시계가 새벽 세시를 칠 때까지 그는 이렇게 공허하고도 평화로운 생각에 빠져 있었다. 창밖의 세상이 훤하게 밝아오기 시작하는 것까지는 아직 알 수 있었다. 그러고는 고개가 자신도 모르게 아래로 푹 떨어졌고, 콧구멍에서 마지막 숨이 힘없이 흘러나왔다.

이른아침 파출부 할멈이 와서—제발 그러지 말아달라고 몇 번이나 부탁했지만 워낙 힘이 넘치고 성격이 급한 그녀인지라 문이란 문은 모두 쾅쾅 닫고 다니는 바람에 그녀가 왔다 하면 집안 어느 곳에서도 편안히 잠을 잘 수가 없었다—보통 때처럼 그레고르의 방을 잠깐 들여다보았지만 처음엔 뭔가 특별한 점을 발견하지 못했다. 그녀는 그레고르가 일부러 그렇게 움직이지 않고 엎드려 기분 상한 척하고 있다고 생각했다. 그녀는 그가 뭐든지 다 이해할 수 있는 능력이 있다고 믿었던 것이다. 마침 손에 긴 빗자루를 들고 있었기 때문에 그녀는 문가에 선 채 그것으로 그레고르를 간질여보았다. 그런데도 아무 반응이 없자 부아가 난 그녀는 그레고르를 약간 찔러보았는데, 그는 아무 저항 없이 있던 자리에서 그대로 밀려났다. 그때야 비로소 그녀는 이상한 느낌이 들어 그레고르를 유심히 살펴보았고, 곧 사태의 진상을 알게 되자 눈이 휘둥그레져서는 자신도 모르게 휘파람을 휙 불었다. 하지만 그 자리에서 오래 머뭇거리지 않고 침실 문을 홱 열어젖히고는 어둠 속을 향해 커다란 목소리로 외쳤다. "이리 좀 와보세요, 그것이 뻗었어요. 저기 자빠져서 완전히 뻗어버렸어요!"

잠자 부부는 침대에서 벌떡 일어나 앉았다. 할멈의 말뜻을 파악하기 전에 먼저 놀란 가슴부터 쓸어내려야 했다. 그러나 잠자 부부는 곧장 각자 침대의 좌우로 후닥닥 뛰어내렸다. 잠자 씨는 이불을 어깨에 걸치고, 잠자 부인은 잠옷 바람으로 뛰쳐나와선 그런 모습으로 그레고르의 방에 들어섰다. 그러는 동안 거실 문도 열렸다. 거실은 하숙인들이 오고 난 다음부터 그레테가 잠을 자는 곳이었다. 그녀는 밤새 자지 않은 듯 옷을 다 입고 있었다. 창백한 얼굴도 그녀가 잠을 자지 않았다는 것을 말해주고 있는 듯했다. "죽었다고요?" 잠자 부인은 의심스러운 듯 할멈 쪽을 쳐다보았다. 물론 그녀가 직접 확인해볼 수도 있었고, 또 굳이 그러지 않아도 척 보면 알 수 있는 일이었다. "제 생각엔 그런 것 같은데요." 할멈은 그렇게 말하며 빗자루로 그레고르의 사체를 옆으로 한참 쭉 밀어 보였다. 잠자 부인은 빗자루를 제지하려는 듯한 동작을 취했지만 실제로 제지하지는 않았다. "자아", 잠자 씨가 말했다. "이제 하느님께 감사드려야겠다." 그가 성호를 긋자 세 여자도 따라 했다. 사체에서 눈을 떼지 않던 그레테가 입을 열었다. "다들 좀 보세요. 어쩜 저렇게 말랐을까요. 하긴 그토록 오랫동안 아무것도 먹지를 않았으니. 음식은 들여다놓은 그대로 다시 나오곤 했지요." 사실 그레고르의 몸은 완전히 납작한 모양으로 말라붙어 있었다. 사람들은 그것을 지금에야 알아본 것이다. 이제는 다리들이 더이상 그의 몸을 받쳐주지 못했고, 그 밖에는 사람들의 시선을 끌 만한 것이 아무것도 없었기 때문이다.

"그레테, 잠깐 우리 방으로 건너가자." 잠자 부인이 슬픈 미소를 지으며 말했고, 그레테는 사체 쪽을 돌아보면서 부모님을 뒤따라 침실로 들어갔다. 파출부 할멈은 문을 닫고 창문을 활짝 열어젖혔다. 이른아침인데도 상쾌한 공기 속에 이미 미지근한 기운이 약간 섞여 있었다. 벌써 3월 말이었다.

세 명의 하숙인이 방에서 나와 어리둥절한 표정으로 두리번거리며 아침식사를 찾았다. 모두가 그들을 잊고 있었던 것이다. "아침식사는 어디에 있는 거요?" 가운데 남자가 할멈에게 볼멘소리로 묻자, 할멈은 손가락을 입에 대고는 아무 말 없이 어서 그레고르의 방으로 와보라고 급히 손짓을 해댔다. 방으로 들어온 하숙인들은 낡은 재킷 주머니에 두 손을 찔러넣은 채 그레고르의 사체 주위에 둘러섰다. 방안은 어느새 완전히 밝아져 있었다.

그때 침실 문이 열리더니 제복을 차려입은 잠자 씨가 한쪽 팔에는 부인을, 또다른 팔에는 딸을 대동하고 나타났다. 세 사람 모두 약간 운 듯했다. 그레테는 때때로 아버지의 팔에 얼굴을 갖다댔다.

"지금 당장 우리집에서 나가주시오!" 두 여자를 여전히 떼어놓지 않은 채 잠자 씨는 현관문 쪽을 가리켰다. "무슨 말씀이신지요?" 가운데 남자가 약간 당황스러운 듯 묻고는 들척지근한 미소를 지었다. 다른 두 남자는 뒷짐을 지고서 끊임없이 두 손을 비벼댔다. 마치 자기들에게 유리하게 끝날 것이 틀림없는 큰 싸움이 시작되기를 기다리며 즐거워하고 있는 듯했다. "내가 말한 그대로요." 잠자 씨는 그렇게 대답하고는 두 여자를 양옆에 동반한 채 일렬횡대를 이루어 가운데 남자를 향해 걸어갔다. 남자는 처음엔 조용히 서서 마치 머릿속에서 일들이 서로 짜맞춰져 새로운 질서를 이루고 있기라도 한 것처럼 바닥을 내려다보더니 마침내 입을 열었다. "그렇다면 나가지요." 그러면서 그는 잠자 씨를 쳐다보았는데, 갑자기 겸손해져서는 이 결심에 대해서조차 새로이 승낙을 얻으려는 것 같았다. 잠자 씨는 눈을 부릅뜨고 그에게 그저 몇 번 짧게 고개를 끄덕일 뿐이었다. 그러자 남자는 실제로 곧장 현관 쪽으로 성큼성큼 걸어갔다. 그의 두 친구는 어느새 손장난도 멈추고 가만히 듣고 있다가 이제 그를 따라 거의 깡충깡충 뛰어가다시피 했다. 이는 마치 잠자 씨가 자기들보다 먼저 현관으로 가 형님과의 사이를 가로막지나 않을까 두려워하는 듯한 모습이었다. 현관에 이르러 그들 세 사람은 모두 옷걸이에서 모자를 집어들고 단장통에서 지팡이를 뽑아들더니 말없이 고개만 꾸벅 숙여 인사하고는 집에서 나갔다. 곧 밝혀지다시피 전혀 근거 없는 불신을 품고, 잠자 씨는 두 여자와 함께 현관 밖으로 나갔다. 그들은 층계 난간에 기대어 세 남자가 긴 계단을 천천히 그러나 멈추지 않고 내려가는 모습을 지켜보았다. 세 남자는 층마다 계단이 일정하게 휘어지는 곳에서 잠시 사라졌다가 몇 초 후 다시 나타났다. 그들이 아래로 내려갈수록 그들에 대한 잠자 씨 가족의 관심도 점점 사라져갔다. 아래에서 그들을 향해 마주 오던 한 정육점 점원이 머리에 짐을 이고 당당한 태도로 그들을 지나쳐 위로 올라오고 있었다. 잠자 씨는 곧 두 여자를 데리고 그 자리를 떴고, 모두 마음이 홀가분해진 듯 집안으로 돌아왔다.

그들은 오늘 하루를 푹 쉬면서, 산책이나 하며 보내기로 결정했다. 그들에게는 그렇게 일을 잠시 그만두고 휴식을 취할 만한 이유가 있었다. 아니, 휴식이 절대적이라 할 만큼 꼭 필요했다. 그들은 식탁에 앉아서 세 통의 사과 편지를 썼다. 잠자 씨는 지배인에게, 잠자 부인은 일거리를 맡긴 사람에게, 그레테는 상점 주인에게. 편지를 쓰는 동안 파출부 할멈이 들어와 아침 일이 끝났으니 이제 돌아가겠다고 말했다. 세 사람은 처음엔 쳐다보지도 않은 채 고개만 끄덕였으나, 할멈이 그래도 갈 생각을 않자 그제야 비로소 언짢은 듯 쳐다보았다. "무슨 일이지요?" 잠자 씨가 물었지만 할멈은 마치 그들에게 대단히 기쁜 소식을 하나 전할 게 있다는 듯, 하지만 자기한테 열심히 캐물어야만 알려주겠다는 듯한 태도로 빙긋이 웃으며 문가에 서 있었다. 그녀의 모자 위에 거의 수직으로 꽂혀 있는 조그만 타조 깃털 장식이 사방으로 가볍게 흔들렸다. 잠자 씨는 그녀가 일하는 시간 내내 그 깃털 장식이 거슬리던 참이었다. "도대체 왜 그러는 거죠?" 잠자 부인이 물었다. 할멈은 식구들 중 그래도 잠자 부인을 가장 존경하고 있었다. "네", 할멈은 입을 떼었으나 실없이 웃음이 나오는 바람에 곧바로 다음 말을 할 수 없었다. "그러니까, 옆방의 저 물건을 어떻게 치워야 할까 하는 문제는 걱정하시지 않아도 된다고요. 제가 이미 처리했거든요." 잠자 부인과 그레테는 쓰다 만 글을 계속 쓰려는 듯 다시 편지 위로 몸을 숙였고, 잠자 씨는 할멈이 이제 전후 상황을 상세히 설명하려 드는 것을 눈치채고 얼른 손을 쭉 뻗어 단호히 가로막았다. 이야기를 늘어놓을 수 없게 되자 할멈은 자기가 지금 굉장히 바쁜 몸이라는 것을 생각해내고는, 기분 상한 기색을 역력히 드러내며 소리쳤다. "다들 안녕히 계슈." 그러고는 홱 돌아서더니 문들을 쾅쾅 닫으며 집을 나갔다.

"저녁때 할멈이 오면 내보내도록 합시다." 잠자 씨가 말했으나 아내도 딸도 아무 대답이 없었다. 간신히 얻게 된 마음의 평온이 할멈 때문에 다시 깨져버린 것 같았던 것이다. 두 여자는 일어나 창가로 가서 서로 부둥켜안은 채 그대로 서 있었고, 잠자 씨는 안락의자에 앉은 채 그들 쪽으로 몸을 돌리고는 얼마간 조용히 그들을 지켜보았다. 그러곤 외쳤다. "자, 이리들 와요. 지난 일들은 그만 잊어버려요. 이젠 내 생각도 좀 해줘야지." 두 여자는 즉시 달려와 그를 쓰다듬어주고는 급히 각자의 편지를 마무리했다.

그리고 나서 세 사람은 다 함께 집을 나섰다. 몇 달 만에 처음으로 해보는 일이었다. 그들은 전차를 타고 교외로 나갔다. 그들 가족만 오붓하게 타고 있는 차량 곳곳을 따스한 햇살이 밝게 비추어주었다. 그들은 좌석에 편안히 등을 기대고 앞으로의 전망에 대해 이야기를 나누었다. 잘 생각해보니 전망이 그리 어두운 것도 아니었다. 사실 지금까지는 서로 상세히 물어본 적이 없었지만 세 사람 모두 꽤 괜찮은 일자리를 얻은데다, 특히 나중이 크게 기대되는 편이었기 때문이다. 지금 당장 상황을 개선하기 위한 가장 좋은 방법은 두말할 것도 없이 집을 옮기는 일일 것이다. 이제 그들은 그레고르가 고른 지금의 집보다 더 작긴 해도 더 싸고 위치도 좋은, 대체로 좀더 실용적인 집을 얻고자 했다. 이렇게 이야기를 나누는 동안, 잠자 씨 부부는 점점 생기가 도는 딸의 모습을 바라보며 그녀가 최근 볼이 창백해질 정도로 갖은 고생을 다 했음에도 아름답고 탐스러운 처녀로 피어났다는 것을 거의 동시에 느꼈다. 부부는 점점 말수가 적어지더니 거의 무의식적으로 눈길로 대화를 나누며 이제 슬슬 딸에게 착실한 신랑감도 구해주어야 할 때가 된 것 같다고 생각했다. 목적지에 이르자 딸이 제일 먼저 일어나 젊은 몸을 쭉 펴며 기지개를 켰을 때, 그들에게는 그 모습이 그들의 새로운 꿈과 아름다운 계획의 보증처럼 여겨졌다.

단식 광대

네 편의 이야기

최초의 고뇌

공중그네 곡예사는—잘 알려진 대로 거대한 버라이어티쇼 무대의 둥근 천장 아래 높은 곳에서 행해지는 이 곡예는 인간이 해낼 수 있는 것을 통틀어 가장 어려운 것 중 하나다—처음에는 단지 기예를 완벽하게 다듬고자 하는 열망에서, 나중에는 폭군처럼 되어버린 습관의 힘까지 더해져서, 같은 공연단에서 일하는 동안은 밤이고 낮이고 공중그네를 떠나지 않고 지낼 수 있도록 자신의 생활을 꾸려나갔다. 꼭 필요한 것은 모두, 그래봐야 몇 되지도 않았지만, 교대로 일하는 급사들이 조달해주었는데, 이들은 아래서 지키고 있다가 위에서 필요로 하는 것을 특별 제작된 용기에 넣어 올려보내고 내려받는 일을 했다. 이런 생활방식이 주변에 특별히 불편을 끼치지는 않았다. 다만 다른 공연 순서가 진행되는 동안은 약간 방해가 될 수도 있었는데, 그가 위에서 내려오지 않는 한 몸을 숨길 수는 없는 노릇이었고, 그런 때는 대개 조용히 처신하는 편이었지만 가끔 관람석의 시선이 그에게로 잘못 쏠릴 때가 있었기 때문이다. 하지만 운영진에서는 이를 문제삼지 않고 봐주었으니, 그는 대체 불가의 일류 곡예사였기 때문이다. 또한 사람들은 물론 그가 무슨 악의가 있어서 그렇게 사는 것이 아니라 실제로 그렇게 해야만 꾸준히 연습할 수 있고 그렇게 해야만 기예를 완벽한 수준으로 유지할 수 있다는 것을 알고 있었다.

게다가 위에 있으면 건강에도 좋았으며, 따뜻한 계절이 되어 둥근 천장에 빙 둘러 난 측창들이 전부 열리고 상쾌한 공기와 함께 햇빛이 어둑어둑한 공간으로 강하게 밀려들면 그곳은 아름답기까지 했다. 당연히 사람들과의 교류는 제한되었는데, 이따금 동료 곡예사가 줄사다리를 타고 기어올라와 둘이 각자 공중그네에 앉아서 그들 좌우의 고정 밧줄에 의지한 채 잡담을 나누거나, 건설 인부들이 지붕을 고치다가 열린 창을 통해 그와 몇 마디 주고받거나, 소방대원이 최상층 관람석의 비상등을 점검하면서 그를 향해 경의를 표하는 것 같기는 한데 무슨 말인지 거의 알아들을 수 없는 말을 외쳐대는 것이 고작이었다. 그 외에는 주위가 늘 고요했다. 그저 가끔씩 어느 직원이 어쩌다 오후에 텅 빈 극장으로 잘못 들어왔다가, 시선이 잘 닿지도 않는 높은 곳에서 누가 지켜보고 있다는 것도 모른 채 열중해서 곡예를 하거나 쉬고 있는 공중그네 곡예사를 걱정스레 올려다볼 뿐이었다.

어쩔 수 없이 여기저기 떠돌아다녀야 하는 처지가 아니었다면 공중그네 곡예사는 그렇게 쭉 살 수 있었을 것이다. 그에게는 그런 여행이 너무 큰 스트레스였다. 공연단장은 공중그네 곡예사의 고통이 쓸데없이 길어지는 일이 없도록 온갖 신경을 써주었다. 도시 안에서 움직일 때는 경주용 자동차를 이용해서 되도록 밤시간이나 이른 새벽시간 인적 없이 텅 빈 도로를 전속력으로 달렸다. 물론 그래도 곡예사의 갈망에 비하면 너무 느리긴 했지만 말이다. 열차로 이동할 때는 객실 한 칸을 통째로 예약해, 초라하기 짝이 없긴 해도 평소의 생활방식을 대신하는 임시방책으로, 그 안에서 곡예사가 그물 선반에 올라가 지낼 수 있게 했다. 바로 다음번 초청 공연 장소로 가야 할 때는 극장에 연락해서, 곡예사가 도착하기도 훨씬 전에 공중그네를 제자리에 설치하고, 공연장으로 통하는 문들을 모두 열어놓고 통로들도 모두 비워놓게 했다— 하지만 뭐니 뭐니 해도 공연단장의 생활 중 가장 아름다운 순간은 언제나, 공중그네 곡예사가 줄사다리에 발을 올려놓고 순식간에 그 위로 올라가 마침내 다시 공중그네에 매달리는 때였다.

공연단장은 이제껏 그토록 수많은 공연 여행을 성공적으로 마쳤어도 새로 여행을 떠나야 할 때면 매번 다시 곤혹스러웠다. 왜냐하면 다른 것을 다 떠나 여행은 어쨌거나 공중그네 곡예사의 신경을 파괴하는 일이었기 때문이다.

그렇게 그들은 다시 한번 함께 여행을 하게 되었다. 공중그네 곡예사는 그물 선반에 누워서 공상에 잠겼고, 공연단장은 맞은편 창가 쪽 구석에 기대어 책을 읽고 있었는데, 그때 곡예사가 단장에게 조용히 말을 걸어왔다. 단장은 얼른 무슨 요구든 들어줄 태세로 응했다. 곡예사는 입술을 깨물면서 이제부터는 자신의 곡예를 위해 지금까지처럼 하나의 그네가 아니라 항상 두 개의 그네가, 서로 마주보는 두 개의 그네가 필요하다고 말했다. 그 말에 단장은 즉시 동의했다. 하지만 곡예사는 이 경우 단장의 동의는 그의 반대와 마찬가지로 별로 중요치 않다는 것을 보여주려는 듯, 이제는 어떤 상황에서도 공중그네 하나로는 절대 연기를 하지 않을 거라고 말했다. 그런 일이 행여 언젠가는 벌어질 수도 있을 거라 상상하며 몸서리를 치는 듯 보였다. 단장은 머뭇머뭇 살피면서 두 개의 그네가 하나보다 더 낫고, 뿐만 아니라 이 새로운 장치는 공연을 더 다채롭게 해주는 이점도 있을 거라고 말하며 다시 한 번 전적으로 동의한다는 뜻을 분명히 했다. 그때 곡예사가 느닷없이 울기 시작했다. 깜짝 놀란 단장은 벌떡 일어나 대체 무슨 일이냐고 물었고, 아무 답도 듣지 못하자 좌석 위로 올라가 곡예사를 쓰다듬으며 그의 얼굴에 자기 얼굴을 갖다댔는데, 그러자 곡예사의 눈물이 단장의 얼굴로도 흘러내렸다. 하지만 수차례 물어보고 살살 달랜 뒤에야, 곡예사는 흐느끼며 말했다. "손에 달랑 이 막대기 하나만 가지고─나는 도대체 어떻게 살란 말인가요!" 이제 단장은 곡예사를 위로하기가 한결 쉬워졌다. 그는 곧 다음 역에서 다음 초청 공연 장소로 전보를 쳐 공중그네를 하나 더 설치하도록 부탁하겠다고 약속했다. 그리고 그렇게 오랫동안 곡예사를 하나의 그네에서만 일하게 내버려둔 것을 자책했고, 마침내 그 잘못을 일러준 것을 고마워하며 한껏 치켜세워주었다. 그렇게 해서 공연단장은 공중그네 곡예사의 마음을 서서히 진정시키는 데 성공해 다시 구석에 있는 자기 자리로 돌아갈 수 있었다. 하지만 정작 그 자신은 진정이 되지 않았다. 그는 깊은 수심에 잠겨 책 너머로 몰래 공중그네 곡예사를 살폈다. 그가 한번 그런 생각으로 괴로워하기 시작했다면, 언젠가 그런 생각을 완전히 그칠 수도 있을까? 계속해서 더 고조되지는 않을까? 그런 생각이 생존 자체를 위협하지는 않을까? 그리고 공연단장은 실제로 울음을 그치고 평온하게 잠든 것처럼 보이는 공중 그네 곡예사의 어린애처럼 매끄러운 이마 위에 첫 주름살이 새겨지는 것을 본 것 같았다.

작은 여자

어떤 작은 여자가 있다. 본래 꽤 날씬한 편이지만 허리를 단단히 졸라매고 있다. 내가 보기에 그녀는 늘 같은 옷을 입고 다닌다. 노르스름한 회색빛을 띤, 말하자면 나무 색깔의 천에, 같은 색 술 장식이나 단추 모양 장식물이 약간 달린 옷이었다. 모자를 쓰는 법이 없으며, 윤기 없는 금발은 곧고 부스스하지는 않지만 아주 느슨하게 풀어져 있다. 코르셋으로 허리를 졸라매고 있어도 움직임이 가볍다. 하지만 그 움직임이 과장되었는데, 두 손을 허리에 얹고 상체를 놀라울 만큼 재빨리 옆으로 휙 돌리기를 좋아한다. 손은 어떤 인상인지 묘사해보라고 한다면 그녀의 손처럼 손가락 하나하나가 확연히 구별되는 손을 아직껏 본 적이 없다는 것 말고는 할 수 있는 말이 없다. 그녀의 손은 해부학적으로 뭔가 독특한 특징이라곤 전혀 없는 너무나 평범한 손이다.

그런데 이 작은 여자는 나를 몹시 못마땅해한다. 늘 내게서 트집거리를 찾아내는데, 그녀의 일이 잘못되는 것은 늘 나 때문이고, 그녀를 번번이 화나게 하는 것도 나다. 만약 삶을 아주 작은 부분들로 나누어 각각을 따로따로 판단할 수 있다면, 그녀에게는 틀림없이 내 삶의 부분 하나하나가 짜증스러운 일일 것이다. 도대체 왜 내가 그녀를 그렇게 화나게 하는지 곰곰이 종종 생각해보았다. 내 모든 게 그녀의 미적 감각, 정의감, 습관, 관습, 희망과는 맞지 않을 수 있다. 그처럼 서로 맞지 않는 기질이 있는 법이지만, 어째서 그녀는 그런 것으로 그렇게 괴로워할까? 나 때문에 괴로워할 수밖에 없는 관계란 것이 우리 사이에는 전혀 없지 않은가. 나를 생판 모르는 남이라 여기기로 마음먹기만 하면 될 텐데 말이다. 물론 나는 완전히 남이 맞고, 그런 결심에 맞서 거부하는 게 아니라 오히려 환영해 마지않을 것이다. 그녀는 내가 결코 한 번도 강요해본 적 없고 앞으로도 강요하지 않을 나라는 존재를 그저 잊기로 마음먹으면 그만일 것이다—그러면 모든 괴로움이 씻은듯이 사라질 텐데. 이와 관련해 나는 나 자신을 전혀 고려하지 않고 그녀의 태도가 당연히 나에게도 곤혹스럽다는 사실 역시 전혀 고려하지 않는다. 내가 고려하지 않는 이유는 이 모든 곤혹스러움이 그녀의 괴로움에 비하면 아무것도 아니라는 것을 잘 알기 때문이다. 물론 그것이 이런 경우 사랑의 괴로움이 아니라는 것은 말할 것도 없이 잘 알고 있다. 나를 실제로 개선시키는 일은 그녀에게 전혀 중요한 문제가 아니다. 특히 그녀가 내게서 트집잡는 것은 모두 나의 발전에 지장을 주는 성질의 것이 아니기 때문이다. 더구나 그녀는 나의 발전 따위에 관심이 없으며, 오직 마음을 쓰는 것은 자신의 개인적인 관심사, 즉 내가 그녀에게 안겨주는 고통에 대해 복수하고 내가 그녀에게 장차 안겨줄 것으로 염려되는 고통을 방지하는 일뿐이다. 나는 그녀에게 이렇게 계속 화나는 일을 어떻게 하면 가장 잘 끝낼 수 있을지 알려주려고 시도한 적이 있었지만, 바로 그로 인해 오히려 그녀를 더욱 열받게 하는 결과를 가져오는 바람에 다시는 그런 시도를 하지 않기로 했다.

사실 어떻게 보면 내게 모종의 책임이 있는지도 모르겠다. 그 작은 여자가 나한테 아무리 남이라 해도, 우리 사이에 존재하는 유일한 관계라는 것이 내가 그녀에게 화를 안겨주는 것이라 해도, 아니 더 정확히 말해 그녀가 나로 하여금 자기에게 화를 안겨주도록 놔두는 것이라고 해도, 그녀가 이 화로 인해 육체적으로도 고통을 겪고 있는 것이 분명한데 그에 대해 내가 무관심할 수만은 없는 노릇이기 때문이다. 간간이, 최근 들어서는 더 자주, 그녀가 또다시 아침에 창백한 얼굴을 하고 있고, 밤새 잠을 못 자 몹시 피로한 모습이고, 두통에 시달리고, 거의 일을 할 수 없는 상태라는 소식이 내게 들려온다. 이런 일로 그녀는 가족과 친지들에게 걱정을 끼치고 있고, 다들 그녀가 그렇게 된 원인을 이리저리 추측해보지만 아직까진 찾아내지 못했다. 나 혼자만 알고 있는 그 원인은 바로 오래된 화이면서도 늘 새로운 화다. 그렇다고 물론 내가 그녀의 가족 친지들의 걱정을 함께 나누고 있는 것은 아니다. 그녀는 강인하고 끈질긴 여자다. 그렇게 화를 낼 수 있는 자라면 아마 틀림없이 그 화의 결과들도 극복할 수 있을 것이다. 심지어 나는 그녀가—적어도 부분적으로는—단지 괴로워하는 척하고 있을 뿐이며, 그렇게 해서 세상의 의혹을 내게 돌리려는 것이 아닌가 하는 의심까지 든다. 그녀는 나라는 존재 때문에 자기가 얼마나 고통을 겪고 있는지 터놓고 말하기에는 너무 자존심이 강한 여자다. 나 때문에 다른 사람들에게 호소하는 것을 품위가 떨어지는 일로 느낄 것이다. 오직 거부감때문에, 그칠 줄 모르고 영원히 자신을 몰아대는 어떤 거부감 때문에, 그녀는 나에게 몰두하고 있는 것이다. 만약 이런 불미스러운 일을 대중앞에서까지 공공연히 이야기한다면 그녀로서는 너무나 수치스러울 것이다. 하지만 그녀가 끊임없이 압박을 느끼고 있는 그 일에 대해 아예입을 다물고 있는 것도 도저히 견딜 수 없는 노릇이다. 그래서 그녀는여자다운 영리한 생각으로 중도의 길을 택하려고 한다. 입은 열지 않으면서, 어떤 비밀스러운 고통의 외적인 증상들만으로 이 사건을 대중의 법정 앞에 세우려는 것이다. 심지어 일단 세상 사람들의 시선이 온통 나에게 쏠리면 나에 대한 대중적 공분이 일어날 테고 이어서 그 거대한 힘의 수단들을 통해 상대적으로 미약한 그녀의 사적인 분노보다훨씬 더 강력하고 신속하게 나를 찍소리 못하도록 완전히 확정적으로심판해줄 거라고까지 희망하고 있는지도 모른다. 하지만 그러고 나면그녀는 뒤로 물러나 안도의 한숨을 내쉬고는 내게서 등을 돌릴 것이다. 자 그럼, 이것이 정말 그녀의 희망이라면 그녀는 잘못 생각하고 있는 것이다. 대중은 그런 역할을 떠맡지 않을 것이다. 대중은 아무리 뛰어난 확대경을 가지고 나를 조사한다 해도 결코 그렇게 한도 끝도 없이 질책하지는 않을 것이다. 나는 그녀의 생각처럼 그렇게 쓸모없는 인간이 아니다. 내 자랑을 하려는 게 아니고, 특히 이런 맥락에서는 말할것도 없이 아니다. 내가 특별히 쓸모가 있어 돋보이는 사람은 아니지만그 반대로 두드러진 사람도 분명 아닐 것이다. 오직 그녀에게만, 거의하얗게 빛나는 그녀의 눈에만 그렇게 보일 뿐이며, 그녀는 내가 그런 사람이라고 어떤 누구도 납득시킬 수 없을 것이다. 그러면 내가 그 점에 관해서는 완전히 안심해도 좋을까? 아니다, 그렇지 않다. 왜냐하면 나의 행동거지로 그녀가 거의 병이 날 지경이라는 사실이 실제로 알려진다면, 그리고 몇몇 감시자들, 바로 그 부지런하기 짝이 없는 통신원들이 어느새 그 사실을 간파하기 직전이거나 적어도 간파한 척이라도 한다면, 세상 사람들이 몰려와서 도대체 왜 처신을 똑바로 하지 않아 그 불쌍한 작은 여자를 괴롭히는 것이냐, 그녀를 죽음으로까지 몰고 갈 작정이냐, 언제쯤 이성과 소박한 인간적 동정심을 갖게 되어 그런 짓을 그만둘 거냐고 질문을 퍼부어댈 것이기 때문이다―만일 세상 사람들이 내게 그렇게 묻는다면 대답하기가 쉽지 않을 것이다. 그러면 그녀에게 있는 저 병의 증상들을 나는 별로 믿지 않는다고 시인하면 될까, 그럼으로써 어떤 죄로부터 벗어나고자 그렇게 저열한 방식으로 도리어 남에게 죄를 뒤집어씌운다는 불쾌한 인상을 내가 불러일으키면 그만일까? 그리고 가령 그녀가 정말로 아프다고 내가 믿는다 하더라도, 그 여자는 내가 생판 모르는 사람이며 우리 사이에 존재하는 그 관계라는 것도 그녀가 만들어낸 것일 뿐이고 그녀 쪽에서만 존재하는 것이기에 나는 털끝만큼도 동정심을 느끼지 않는다고 솔직하게 말해버린다면 어떻게 될까. 내 말을 사람들이 믿어주지 않을 거라고는 말하고 싶지 않다. 정확히 말해 그들은 내 말을 믿지도 않고 안 믿지도 않을 것이다. 그런 건 아예 문제삼지 않을지도 모른다. 사람들은 약하고 병든 한 여자에 관해 내가 내놓은 답변을 단지 기록하는 데 그칠 텐데, 그것은 내게 별로 유리하지 못할 것이다. 다른 어떤 답변을 내놓아도 마찬가지 겠지만 이런 답변의 경우에도, 둘 사이에 연애 관계가 있는 것 아니냐는 의혹이 생겨나지 말란 법도 없는 세상의 무능함 앞에서 내 앞길은 집요하게 가로막힐 것이다. 그런 관계란 존재하지 않는다는 게 더없이 분명하게 드러나 있는데도 말이다. 만일 그런 관계가 존재한다면 그것은 차라리 나에게서, 실제로 그 작은 여자의 설득력 있는 판단과 끈기 있는 추론에 적어도 경탄할 줄은 아는 사람인 나에게서 비롯했을 것이다. 그녀가 지닌 바로 그런 장점들 때문에 내가 계속해서 벌을 받지만 않는다면 말이다. 하지만 어쨌든 그녀에게서 나에 대한 우호적인 관계란 기미조차 보이지 않는다. 그 점에서 그녀는 솔직하고 진실하다. 거기에 나는 마지막 희망을 걸고 있다. 사람들로 하여금 나에 대한 그런 관계를 믿게 만드는 것이 그녀의 전쟁 계획에 들어맞는다 해도, 그녀는 결코 그와 같은 일을 행할 만큼 자제력을 잃어버리진 않을 것이다. 하지만 이런 쪽으로 완전히 둔감한 대중은 그녀의 의견에 동조해 언제나 나에게는 불리한 결정을 내릴 것이다.

그렇다면 나로서는, 이 작은 여자의 화를 결코 없애지 못할 것이고 그건 생각할 수도 없는 일이니, 그저 세상이 개입하기 전에 제때 그 화를 약간이나마 누그러뜨리도록 나 자신을 변화시키는 수밖에 없을 것이다. 그리고 실제로 나의 현재 상태가 만족스러워 조금도 바꾸고 싶지 않을 정도인지, 또한 그 필요성을 확신해서가 아니라 단지 그 여자를 달래기 위한 목적이라 해도 어떤 변화를 결심한다는 게 가능하기나 한지 여러 번 자문해보았다. 그리고 그렇게 바꿔보려고 성실하게 시도했다. 노력과 조심성 없이는 되지 않는 일이었지만 뜻밖에 나와 잘 맞았으며 거의 재미있기까지 했다. 몇 가지 개별적인 변화가 나타났고 멀리서 봐도 눈에 띌 정도였으니, 굳이 그 여자의 주목을 끌어낼 필요가 없었다. 그런 종류의 것이라면, 그녀는 뭐든지 나보다 일찍 알아차리고 내 행동에서 드러나는 속마음을 금세 읽어낸다. 하지만 나는 어떤 성과도 거두지 못했다. 어떻게 그럴 수 있단 말인가? 그렇다, 내가 이미 잘 알고 있듯이 나에 대한 그녀의 불만은 어떤 근본적인 것이다. 그 불만을 없앨 수 있는 것은 아무것도 없으며, 나 자신을 없애버린다 해도 불가능하다. 가령 나의 자살 소식을 접한다고 했을 때 그녀가 보일 분노의 발작은 어마어마할 것이다. 이런 상황에서 그녀가, 영민한 이 여자가, 다음과 같은 점을 나처럼 알아차리지 못하리라는 건 상상이 안 된다. 즉 그녀가 노력해봤자 가망 없다는 점, 그뿐만 아니라 내가 뭘 모르는 어수룩한 사람이라는 점, 내가 아무리 잘해보려고 해도 그녀의 요구에 부응하진 못한다는 점 말이다. 분명 그녀는 이를 알아채지만 투쟁적 기질의 그녀가 투쟁이 있는 열정 속에서 잊어버리는 것이다. 그리고 어차피 이렇게 주어진 것이어서 달리 선택의 여지가 없는 나의 불행한 본성은 자제를 못하고 광분하는 누군가에게 조용히 권고의 말을 속삭이고 싶어한다. 우리는 당연히 이런 식으로는 결코 의사소통을 하지 못할 것이다. 가령 내가 아침 이른 시간의 행복감에 젖어 집을 나서도 나 때문에 원망에 찬 이 얼굴을 자꾸만 보게 될 것이다. 기분이 언짢아서 삐죽 내민 입술, 나를 훑어보지만 아무리 건성으로 슬쩍 스치기만 해도 무엇 하나 놓치는 법이 없고 평가하기도 전에 이미 그 결과를 알고 있다는 듯한 시선, 소녀 같은 뺨에 볼우물이 패는 씁쓸한 미소, 한탄하는 얼굴로 하늘을 올려다보는 모습, 굳건한 자세를 취하려고 허리에 두 손을 갖다대는 동작, 그러다가 격분해 얼굴이 창백해지고 몸을 부르르 떠는 장면을 거듭거듭 목격할 것이다.

얼마 전 나는, 이 기회에 시인하면서도 놀라운데, 정말 처음으로 친한 친구 하나에게 이 일에 대해 넌지시 입을 열어, 그냥 지나가듯이 가볍게 몇 마디 이야기했다. 내게는 실상 충분히 작아 보이는 전체 의미를 실제보다 약간 더 축소했다. 그런데도 이상하게 친구는 그 이야기를 흘려듣지 않고 나름대로 의미를 덧붙이기까지 하면서 화제를 딴 데로 돌리지 못하게 하고 거기에 계속 집착했다. 그러나 더 이상한 일은, 그가 그럼에도 어떤 결정적인 점에서는 그 일을 너무 가볍게 보았다는 것이다. 내게 여행을 좀 떠나보는 게 어떠냐고 진지하게 충고했기 때문이다. 어떤 충고도 이보다 더 멍청할 수는 없을 것이다. 일이 단순하긴 해서 좀더 가까이 다가가면 누구나 꿰뚫어볼 수 있지만, 여행을 떠나기만 하면 만사가, 아니 가장 중요한 일만이라도 해결될 만큼 단순하지는 않다. 그와 반대로, 나는 오히려 떠나지 않도록 조심해야 한다. 내가 대체로 무슨 계획인가를 따라야 한다면, 아무튼 그 계획은 그 일이 외부 세계를 아직 포함시키지 않는 지금까지의 좁은 한계를 벗어나지 않게 하는 것, 그러니까 내가 지금 있는 곳에 가만히 머물러 있는 것, 그리고 이 일로 인해 생겨나는 눈에 띄는 큰 변화들을 허용하지 않는 것인데, 거기에는 누구와도 그 일에 대해 이야기하지 않는 것도 해당된다. 하지만 이 모든 것은 그것이 어떤 위험스러운 비밀이기 때문이 아니라, 순전히 개인적인 사소한 문제이자 그 자체로는 그래도 쉽게 감당할 수 있는 문제이기 때문이며 계속 그런 문제로 남아 있어야 하기 때문이다. 그런 점에서 친구의 소견이 어쨌든 무익하지는 않았다. 뭔가 새로운 것을 가르쳐주지는 않았지만 나의 기본적인 견해를 뒷받침해주었다.

대체로 더 깊이 꼼꼼하게 생각해보면 알 수 있듯이, 시간이 흐르면서 사태가 이런저런 변화를 겪은 것처럼 보일 때 그것은 일 자체의 변화가 아니라 그 일에 대한 나의 견해가 발전한 것일 뿐이다. 다만 이 견해는 어떤 때는 좀더 차분하고 좀더 남자다워져 핵심에 더 가까이 다가가지만, 또 어떤 때는 아무리 가볍다 해도 지속적으로 가해지는 충격의 영향을 극복 못해 일종의 신경과민 증세를 띠기도 한다.

나는 어떤 결정이 때로는 코앞에 닥친 것처럼 보여도 아직은 내려지지 않을 것임을 안다고 믿으면서 한결 차분하게 그 일을 대면한다. 우리는 특히 젊은 시절엔 결정이 내려지는 속도를 너무 중히 여기는 경향이 있다. 나의 작은 여자 재판관이 내 모습을 보고 힘이 빠져 의자에 앉은 채 옆으로 무너지면서 한 손으로는 등받이를 꽉 움켜잡고 다른 손으로는 코르셋 끈을 만져 느슨하게 하는 와중에 분노와 절망의 눈물이 그녀의 뺨을 타고 흘러내릴 때면, 나는 늘 이제 결정이 내려질 것이니 곧 불려가 해명해야 할 줄 알았다. 하지만 결정도 없었고, 해명할 일도 없었다. 여자들은 쉽게 기분이 나빠지며, 세상은 어느 일에나 다 주의를 기울일 겨를이 없다. 그런데 그 긴 세월 동안 도대체 무슨 일이 일어난 것일까? 그런 일들이 계속, 때로는 보다 강하게, 때로는 보다 약하게 되풀이되었던 것, 그래서 결국 그런 일들의 전체 숫자가 더 커진 것 말고는 아무 일도 일어나지 않았다. 그리고 사람들은 그 근처에서 어슬렁거리다가 만일 개입의 가능성을 발견하면 그러고 싶어하겠지만, 그들은 아무 가능성도 발견하지 못하고 이제껏 자신들의 후각만 믿고 있을 뿐이다. 후각의 소유자에게 일거리를 한껏 안겨주기에는 후각만으로도 충분하지만, 그 외 다른 일에는 후각이 별 소용이 없다. 하지만 따지고 보면 늘 그랬다. 하는 일 없이 길모퉁이에 서서 건들거리며 숨만

쉬는 인간들은 언제나 있었는데, 그들은 늘 너무나 약삭빠른 모종의 방식으로, 가장 즐겨 쓰는 것으로는 근친 관계를 내세우는 방식으로 근처를 어슬렁거리는 이유를 댔다. 그들은 늘 주변의 동태를 살폈고, 늘 코를 벌름거리며 냄새를 맡았다. 하지만 아무리 그래봤자 이 모든 것의 결과는 그들이 여전히 거기 서 있다는 것뿐이다. 유일한 차이는 내가 그들을 점차 알아보게 되어 얼굴을 구분할 수 있다는 점이다. 예전에 나는 그들이 하나둘씩 사방에서 모여들고 문제의 규모가 점점 커지면서 자연히 그 압박에 떠밀려 어쩔 수 없이 결정이 내려질 거라고 생각했다. 그런데 요즘은 그 모든 것이 옛날부터 존재해왔고 결정이 임박한 것과는 별로 관계가 없거나 전혀 관계가 없음을 알고 있다고 생각한다. 그런데 결정 자체를, 왜 나는 그것을 그렇게 거창한 말로 부르는 걸까? 내가 늘 거듭 말하듯이, 이 사건에 대해 대중이 결정할 권한이 없는데도 언젠가—확실히 내일도 모레도 아니고 십중팔구는 결코 일어날 수 없는 일일 텐데—깊이 관여하게 된다면, 그 소송에서 내가 아무 피해도 입지 않고 벗어날 수는 없겠지만, 내가 대중에게 알려지지 않은 무명의 존재가 아니며 옛날부터 그들의 시선을 가득 받으며 서로 깊이 신뢰하고 신뢰받으며 살아왔다는 점, 그리고 그 때문에 나중에 나타나 고통스러워하는 이 작은 여자가, 말이 나온 김에 얘기하지만 내가 아닌 다른 사람이었다면 아마 오래전에 도꼬마리처럼 아주 성가시게 달라붙는 존재임을 깨닫고 대중에게는 아무 소리도 들리지 않게 조용히 장화로 짓밟아버렸을 텐데, 대중이 나를 일찌감치 그들의 존경스러운 일원으로 천명한 증서에 최악의 경우라 해도 작고 보기 흉한 소용돌이 장식무늬 정도를 추가할 수 있을 뿐인 존재라는 점은 고려될 것이다.

현재의 사정이 이러하니 나는 불안에 떨 이유가 거의 없다.

세월이 흘러 내가 그래도 약간 불안해졌다는 사실은 그 사건의 본래적 의미와는 전혀 상관이 없다. 화낼 이유가 없다는 걸 잘 아는데도 자기로 인해 누군가가 끊임없이 화를 내고 있다는 것은 도저히 견딜 수 없는 노릇이다. 그래서 불안해지고, 이성적으로는 그 사건에 대한 판결이 내려지리라는 것을 별로 믿지 않더라도, 육체적으로만은 어느 정도, 판결을 애타게 기다리기 시작한다. 하지만 부분적으로 그것은 노화 현상일 뿐이기도 하다. 젊음은 무엇에나 다 잘 어울린다. 아름답지 못한 세부적인 것들은 끊임없이 솟아나는 젊음이라는 힘의 원천 속으로 사라져버린다. 가령 누군가 소년이었을 때 무언가를 숨어서 노리는 듯한 다소 음험한 눈초리를 가졌다고 해도, 그것이 나쁘게 받아들여지지는 않고 알아차리는 사람도 전혀 없으며 그 자신조차 깨닫지 못한다. 하지만 나이가 들면 남는 것은 찌꺼기뿐이다. 다들 궁핍하고, 아무도 새로워지지 않으며, 누구나 관찰 대상이 된다. 그리고 늙어가는 남자의 음험한 눈빛은 별수없이 아주 노골적으로 드러나기에 알아차리기가 그리 어렵지 않다. 다만 이 경우에도 그것이 실제적이고 객관적인 악화 현상은 아니다.

그러니 내가 어느 관점에서 바라보든지 번번이 드러나며 나 또한 동의하는 사실은, 이 사소한 일을 손으로 아주 가볍게 덮어두기만 하면 그 여자가 아무리 미쳐 날뛰더라도 나는 아주 오래도록 세상의 방해를 받지 않고 지금까지의 삶을 평온하게 이어갈 수 있으리라는 것이다.

단식 광대

지난 수십 년 사이 단식 광대에 대한 관심이 부쩍 줄어들었다. 예전에는 이런 종류의 큰 공연을 독자적인 연출로 열면 흥행이 잘되어 수입이 쏠쏠했지만 오늘날은 생각도 못할 일이 되었다. 지금과는 다른 시절이었다. 당시에는 온 도시가 단식 광대에게 뜨거운 관심을 보였다. 단식 일수가 늘어날수록 관심은 더욱 높아졌다. 누구나 적어도 하루에 한 번은 단식 광대를 보고 싶어했다. 공연 막바지에 가서는 작은 창살 우리 앞에 며칠씩 자리잡고 앉은 예약자들도 있었다. 밤에도 관람이 이루어졌는데, 효과를 높이기 위해 횃불을 밝혀놓았다. 날씨가 좋은 날은 우리가 야외로 옮겨지기도 했고, 그러면 특히 아이들이 단식 광대를 보러 왔다. 어른들에게는 단식 광대가 유행에 따라 관심을 갖게 되는 흥밋거리에 지나지 않을 때가 많았지만, 아이들은 놀라 입을 헤벌린 채 안전을 위해 서로 손을 꼭 잡고 단식 광대를 구경했다. 창백한 얼굴의 단식 광대는 몸에 딱 달라붙는 검은색 유니타드*를 입고 있어서 우둘투둘한 갈비뼈가 앙상하게 드러나 보였고, 의자마저 물리치고서 바닥에 뿌려진 짚을 깔고 앉아 공손하게 고개를 한 번 끄덕이고는 애써 미소 지으며 질문들에 대답했고, 창살 사이로 팔을 내밀어 얼마나 말랐는지 만져볼 수 있게 해주기도 했다. 하지만 그러고 나서는 다시 자신에게 온전히 집중해 누구도 신경쓰지 않았고, 실상 우리 안의 유일한 가구이자 그에게는 아주 중요한 시계의 종소리에도 무심한 채 거의 감다시피 한 눈으로 코앞만 바라보면서 가끔씩 아주 작은 유리잔으로 물을 홀짝거려 입술을 축일 뿐이었다.

오가는 구경꾼들 외에 관객이 뽑은 상주 감시인들도 있었는데, 이상하게도 대개는 푸주한인 그들은 늘 세 명씩 짝을 이루어 단식 광대가 혹시라도 어떤 은밀한 방법으로 음식물을 섭취하지는 않나 밤낮으로 감시하는 임무를 맡았다. 하지만 이것은 그저 대중을 안심시키기 위해 도입된 형식적 조치일 뿐이었다. 왜냐하면 내막을 아는 사람들은 단식 광대가 단식 기간 동안에는 절대로, 무슨 일이 있어도, 설령 누가 억지로 먹이려 한다 해도, 음식은 한 톨도 입에 대지 않는다는 것을 잘 알고 있었기 때문이다. 그의 단식 기술에 걸려 있는 명예가 그런 짓을 용납하지 않았다. 물론 모든 감시인이 다 이런 점을 이해하지는 못했다. 더러 감시를 아주 느슨하게 하는 야간 감시조가 있었다. 그들은 일부러 멀리 떨어진 구석에 모여 앉아 카드놀이에 열중했는데, 그것은 단식 광

---

* 상의와 하의가 연결되어 발목까지 오는 레오타드.

대에게 간단한 요기라도 할 수 있는 기회를 주려는 의도임이 분명했다. 그들은 그가 어떤 비밀스러운 곳에다 몰래 쟁여놓은 음식을 조금 꺼내 먹을 수 있을 거라고 생각했던 것이다. 이런 감시인들보다 단식 광대에 게 더 큰 고통을 안겨주는 것은 없었다. 그들은 그를 비참하게 만들었 고, 단식을 끔찍하게 어려운 일로 만들었다. 때때로 그는 쇠약한 몸 상 태를 이겨내고서 저들의 의심이 얼마나 부당한지 사람들에게 보여주 기 위해 이 감시 시간 동안 버틸 수 있는 한 계속 노래를 불렀다. 그래 도 별 도움은 되지 않았다. 그럴 때면 그들은 노래를 부르면서도 먹을 수 있는 그의 재주에 혀를 내두를 뿐이었다. 그에게는 차라리 창살에 바싹 붙어앉아 홀의 흐릿한 야간조명에 만족하지 못하고 매니저가 제 공한 손전등으로 자신을 비춰대는 감시인들이 훨씬 나았다. 눈부신 불 빛 정도는 그에게 조금도 방해가 되지 않았는데, 어차피 잠은 아예 잘 수 없는 노릇이었고, 비몽사몽간에 조금씩 조는 건 언제든, 어떤 조명 이나 어떤 시간에도, 심지어는 시끌시끌한 초만원의 홀에서도 가능했 기 때문이다. 그런 감시인들과는 아주 흔쾌히 한숨도 자지 않고 밤을 꼬박 새울 용의가 있었다. 그들과 농담을 주고받고, 자신의 유랑생활 이야기를 그들에게 들려주고, 이어서 그들의 이야기도 들어줄 준비가 되어 있었다. 이 모든 것은 오로지 그들을 깨어 있게 하기 위해서였고, 그래서 그들에게 우리 안에는 먹을 것이 전혀 없다는 것과 그들 중 누 구도 못할 단식을 자기가 하고 있다는 것을 거듭 보여주기 위해서였다. 하지만 그가 가장 행복했던 순간은, 그러다가 아침이 되어 자신이 치른 비용으로 차려나온 푸짐한 아침식사에 그들이 고된 철야 근무를 마친 건강한 남자들답게 왕성한 식욕으로 달려들 때였다. 이 아침식사가 감시인들에게 부당한 영향을 끼친다고 보려는 사람들도 있긴 했지만 지나친 생각이었다. 그런 이들에게 가령 오직 그 일만을 위해 아침식사도 제공되지 않는 야간 감시 업무를 떠맡을 의향이 있느냐고 물어보면 어물쩍 꽁무니를 빼면서도 좀처럼 의심을 거두지 않았다.

물론 이것은 단식과는 결코 떼어놓을 수 없는 의혹 중 하나이기는 했다. 어느 누구도 단식 광대 옆에 붙어서 밤낮으로 줄곧 감시만 하고 있을 수는 없는 노릇이었다. 그러니 단식이 정말로 중단 없이 완벽하게 이루어졌는지 자기 눈으로 확인하고 알 수 있는 사람은 아무도 없었다. 단식 광대 자신만이 그것을 알 수 있었고, 그래서 동시에 그 자신만이 그의 단식에 완전히 만족한 관객일 수 있었다. 하지만 그는 또 다른 이유에서 절대 만족하지 못했다. 꽤 많은 사람이 그 모습을 차마 눈뜨고 볼 수 없어서 아쉽지만 공연을 멀리할 수밖에 없을 만큼 그가 말라비틀어진 것은 어쩌면 전혀 단식 때문이 아니었을지도 모른다. 그는 오로지 자기 자신에 대한 불만 때문에 그렇게 말라비틀어진 것이다. 단식이 얼마나 쉬운지는 말하자면 그 혼자만 알았고, 그 밖에 다른 관계자들은 아무도 알지 못했다. 단식은 세상에서 가장 쉬운 일이었다. 그는 이 사실을 굳이 숨기지도 않았다. 하지만 사람들은 그의 말을 믿지 않았고, 아주 좋게 봐줄 경우 그가 겸손한 거라고 여겼지만, 대개는 허세가 심한 사람이라거나, 심지어 단식을 쉽게 하는 요령을 알아서 단식이 쉽다고 하는데다, 그 사실을 은근슬쩍 털어놓을 만큼 뻔뻔스럽기까지 한 사기꾼으로 보기도 했다. 그는 이 모든 것을 감내해야 했고, 또 세월이 흐르면서 거기에 익숙해지기도 했지만, 속에서는 항상 이런 불만이 그를 좀먹고 있었다. 그래서 단식 기간이 다 끝나도—

단식 증명서를 그에게 발급해주어야 했다―자발적으로 우리를 나온 적이 아직 한 번도 없었다. 매니저는 단식의 상한선을 사십 일로 정해놓았고, 그 이상 단식을 계속하는 것은 절대 허용되지 않았으니, 전 세계 어느 대도시를 가든 마찬가지였으며, 거기에는 그럴 만한 이유가 있었다. 경험상 사십 일 정도가 서서히 홍보의 강도를 올려서 도시 전체의 관심을 점점 더 불러일으키기에 적당했지만, 그후로는 관객 동원이 잘되지 않아 호응도가 뚝 떨어지는 것을 확인할 수 있었다. 물론 이 점에서 도시와 시골 사이에 약간의 차이가 있긴 했지만, 사십 일이 최적의 기간이라는 점은 규칙으로 통했다. 그래서 사십 일째가 되는 날이면 화환으로 장식된 우리의 문이 열렸고, 열광하는 관객들이 원형극장을 가득 메웠으며, 군악대가 음악을 연주했다. 그런 가운데 의사 두 명이 우리 안으로 들어가 단식 광대에게 필요한 검진을 했고, 그 결과가 확성기를 통해 장내에 공표되었다. 그리고 끝으로 젊은 숙녀 두 명이 등장했는데, 추첨을 통해 바로 자신들이 뽑힌 것을 기뻐하며 단식 광대를 우리에서 몇 계단 아래로 데리고 내려와, 환자식이 세심하게 선별되어 차려진 작은 테이블로 안내하고자 했다. 그런데 이 순간이면 늘 단식 광대는 나오지 않으려고 버텼다. 자기 쪽으로 허리를 구부린 숙녀들이 부축하려고 손을 뻗으면 그 위에 뼈만 남은 팔을 그래도 선선히 올려놓기는 했지만, 자리에서 일어서려고 하지 않았다. 왜 하필이면 사십 일이 지난 지금 그만두어야 하는가? 그는 더 오래, 무한정 오래 버틸 수 있었을 텐데. 왜 하필 지금, 단식이 최상의 상태에 이른, 아니 아직 최상에 이르지도 못한 지금, 그만두어야 한단 말인가? 이대로 쭉 단식을 계속하면 모든 시대를 통틀어, 어쩌면 이미 그럴지도 모르지만, 가장 위대한 단식 광대가 될 뿐만 아니라, 단식 능력에 어떤 한계도 느끼지 못했으니 자기 자신을 뛰어넘어 가늠할 수 없는 경지까지도 이를 수 있을 텐데, 그런 명예를 사람들은 왜 그에게서 빼앗으려 드는가? 왜 이 군중은 그를 경탄해 마지않는 척하면서 그에 대한 참을성은 그토록 부족할까? 그가 더 견디면서 단식을 계속하겠다는데, 왜 그들은 못 견디겠다는 것인가? 그는 지치기도 해서 짚을 깔고 앉아 있는 게 좋았는데, 이제 몸을 쭉 펴고 일어나 음식이 있는 곳으로 가야 하는 것이다. 음식은 생각만 해도 구역질이 났지만 오직 숙녀들을 배려해서 티나지 않게 간신히 꾹 참았다. 그리고 겉으로는 아주 친절한 모습이지만 실제로는 그렇게 잔인할 수 없는 숙녀들의 눈을 올려다보면서, 허약한 목 위에 너무 무겁게 얹혀 있는 머리를 설레설레 흔들었다. 하지만 그런 다음 늘 벌어지던 일이 벌어졌다. 매니저가 와서 말없이―음악 때문에 이야기하기가 불가능했다―마치 하늘을 향해 여기 짚 위에 놓인 당신 작품을, 이 가련한 순교자를 한번 보라고 호소하듯이, 두 팔을 단식 광대 위로 들어올렸다. 단식 광대는 물론 전혀 다른 의미에서만 순교자라고 할 수 있었다. 그러고서 매니저는 마치 부서질 것 같은 물건을 다루고 있다는 느낌을 실감나게 하려고 과장되게 조심스러운 동작으로 단식 광대의 가는 허리를 감싸안아―그 말곤 아무도 모르게 살며시 몸을 흔들자 단식 광대는 다리와 상체를 제대로 가누지 못하고 이리저리 휘청거렸다―그사이 사색이 된 숙녀들에게 그를 넘겨주었다. 이제 단식 광대는 무엇이든 하는 대로 내버려두었다. 머리는 꼭 굴러내려가다가 불가사의하게도 거기서 딱 멈춘 것 같은 모습으로 가슴 위에 축 늘어져 있었다. 몸은 속 빈 껍데기나 다름없었고,

자기보존 본능으로 무릎은 꼭 붙인 채였지만, 두 다리로는 바닥을, 마치 그건 진짜 바닥이 아니고 진짜는 이제야 찾고 있다는 듯이 긁어대고 있었다. 그러다가 온몸의, 정말이지 얼마 되지 않는 무게가 한쪽 숙녀에게로 쏠리자, 그녀는 숨을 헐떡이며 도움을 구하면서―이 명예로운 임무가 이런 것일 줄은 생각도 못했다―우선 목을 최대한 길게 빼서 얼굴만이라도 단식 광대에게 닿는 것은 피하려 했다. 하지만 뜻대로 되지 않았고 그나마 운이 좋은 편인 그녀의 파트너도 도움을 주려 하지 않고 부들부들 떨면서 그저 단식 광대의 손을, 그 작은 뼈 묶음을 자기 앞에 받쳐들고 갈 뿐이었으므로, 그녀는 장내에 열광적인 웃음소리가 왁자한 가운데 그만 울음을 터뜨리고 말았고, 진작부터 대기하고 있던 남자 직원으로 교체되는 수밖에 없었다. 그러고는 음식이 왔고, 매니저는 거의 실신 상태로 비몽사몽간인 단식 광대의 입에 음식을 조금씩 흘려넣어주면서 관객의 관심이 단식 광대의 상태에 쏠리지 않도록 익살맞게 너스레를 떨었고, 이어서 단식 광대가 귀엣말로 전해줬다며 관객을 향해 건배사를 했다. 관현악단은 우렁찬 팡파르를 울려 모든 것을 강렬하게 마무리했다. 사람들은 뿔뿔이 흩어졌고, 그 누구도 행사에 불만을 품을 이유가 없었다. 그 누구도. 단식 광대만 빼면. 늘 단식 광대만이 문제였다.

그렇게 그는 주기적으로 잠깐씩 휴식기를 가지면서, 겉으로는 화려하게, 세상 사람들의 칭송을 받으며 긴 세월을 살았다. 그럼에도 그는 대개 우울한 기분이었고, 아무도 그것을 진지하게 여기지 않았기에 우울은 점점 더 깊어만 갔다. 과연 무엇으로 그를 위로해야 하는가? 그가 무얼 더 바랄 게 있겠는가? 언젠가 선량한 사람 하나가 그를 동정하면서 그가 슬픈 것은 십중팔구 단식 때문일 거라고 설명해주려고 했다. 특히 단식 기간이 진척된 때라 그럴 수 있었겠지만, 그 말에 단식 광대가 갑자기 분노를 터뜨리며 짐승처럼 창살을 붙잡고 흔들어대기 시작하는 바람에 모두를 깜짝 놀라게 하는 일이 벌어지기도 했다. 하지만 매니저에게는 그런 상황에 대비해 즐겨 쓰는 징벌 수단이 있었다. 그는 모여 있는 관람객 앞에서 단식 광대 대신 사과하면서, 단식 광대의 이런 행동은 오직 단식이 초래한, 배부른 사람들은 쉽게 이해할 수 없는 신경과민 탓이니 너그러이 눈감아줄 수 있는 일이라고 시인했다. 단식 기간보다 훨씬 더 오래 단식할 수 있다는 단식 광대의 주장도 언급하면서, 이것 역시 같은 맥락에서 설명될 수 있다고 했다. 그러면서 이 주장 속에 뚜렷이 담긴 숭고한 지향, 선한 의지, 위대한 자기부정의 정신을 찬양했다. 하지만 그러고는 거기서 판매중이기도 한 사진들을 보여주며 단식 광대의 주장을 아주 간단히 반박하려 했다. 사진에는 사십일째 단식일에 쇠약할 대로 쇠약해져 꺼져버릴 듯이 침대에 누운 단식 광대의 모습이 담겨 있었기 때문이다. 익히 알고 있지만 늘 새롭게 그를 좌절시키는 이런 진실의 왜곡은 도를 넘는 것이었다. 단식의 조기 중단으로 인한 결과인 것을 그 원인이라며 내보이고 있었다! 이런 몰이해, 이런 몰상식한 세상에 맞서 싸우기는 불가능했다. 그래도 그는 늘 다시 선한 믿음을 갖고 창살에 매달려 매니저의 말에 열심히 귀기울였지만, 사진들이 보이면 번번이 창살을 놓고 한숨을 쉬며 짚더미에 풀썩 주저앉았고, 그러면 안심이 된 관람객들은 다시 다가와서 그를 구경할 수 있었다.

그런 장면들을 목격했던 이들은 몇 년 뒤 당시를 돌이켜볼 때면 종종 그런 걸 보고 있던 자신들이 잘 이해되지 않았다. 왜냐하면 앞서 언급한 대로 그사이 급격한 변화가 일어났기 때문이다. 거의 갑작스럽게 일어난 일이었다. 거기에는 어떤 심층적인 원인들이 있었을지도 모르지만, 그걸 찾아내는 게 대체 누구에게든 중요한 일이었겠는가. 어쨌든 인기에 젖어 있던 단식 광대는 어느 날 하루아침에 자신이 버림받았다는 것을 알게 되었다. 오락거리를 좇는 대중은 다른 공연들을 보러 몰려가버렸다. 매니저는 혹시 예전처럼 관심을 보이는 곳이 아직 군데군데 남아 있지 않은지 살펴보러 단식 광대와 함께 유럽의 절반쯤을 다시 한번 누비고 다녔다. 다 부질없는 짓이었다. 무슨 비밀 합의라도 한 것처럼 어딜 가나 이를테면 단식 쇼에 대한 혐오감이 자리잡고 있었다. 물론 현실에서 갑자기 일이 그렇게 되었을 리는 없었다. 당시에는 성공에 취한 나머지 충분히 주의를 기울이지 않았고 충분히 통제하지 못했던 여러 조짐이 이제 와서 뒤늦게 기억 속에 떠올랐다. 하지만 지금 무슨 대책을 세우기에는 너무 늦었다. 분명 언젠가 단식이 인기를 누리는 시절이 다시 오기는 하겠지만, 지금 살아 있는 사람들에게는 전혀 위안이 되지 못했다. 그렇다면 이제 단식 광대는 무엇을 해야 한단 말인가? 수천 관람객의 환호성에 싸여 있던 사람이 소규모 대목장의 가설무대에 오를 수도 없었고, 다른 직업을 택하기에는 나이가 너무 많았을 뿐만 아니라, 무엇보다 단식에 너무 광신적으로 빠져 있었다. 그래서 단식 광대는 세상에 둘도 없는 인생의 동반자였던 매니저와 작별하고 어느 대형 서커스단에 들어가게 되었다. 그때 자신의 예민한 신경이 다치지 않도록 계약 조건은 아예 들여다보지도 않았다.

수없이 많은 사람과 동물과 기구를 서로 간에 수시로 조율하고 보완해야 하는 대형 서커스단에서는 누구라도 언제든지 쓸모가 있었고, 물론 요구 조건이 분수에 맞게 소박한 수준이라면 단식 광대도 쓸 만했다. 게다가 이 특별한 경우 단식 광대 자신만 고용된 것이 아니라 과거 그의 명성까지 포함이었다. 또한 단식 기술이란 나이가 들어도 기량이 줄지 않는 특성이 있어서, 이제 능력의 정점을 지나 한물간 광대가 서커스단의 편안한 자리로 달아나려 한다고 말하는 것은 뭘 모르고 하는 소리다. 오히려 반대로 단식 광대는 예전과 다름없이 단식할 수 있다고 장담했는데, 이는 충분히 믿을 만한 말이었다. 심지어 사람들이 두말하지 않고 약속해준 것처럼 제 뜻대로 할 수 있게 그를 내버려둔다면, 이제야말로 정말 세상을 제대로 놀라게 해줄 거라고까지 주장했다. 물론 이런 주장은, 단식 광대가 흥분해서 쉽게 잊어버렸던 시대 분위기를 생각하면, 전문가들에게는 그저 실소를 자아내는 소리였다.

그러나 사실 단식 광대도 현실 상황을 아예 보지 못하는 것은 아니어서 자신과 자신의 우리가 핵심 레퍼토리로서 서커스 원형 공연장 한가운데에 놓이지 못하고, 바깥쪽 동물 우리 근처, 그렇긴 해도 접근성은 그나마 제법 괜찮은 공간을 얻게 된 것을 당연하게 받아들였다. 알록달록한 색의 커다란 선전 문구가 우리를 빙 둘러싸고서 거기서 무엇을 구경할 수 있는지 알려주고 있었다. 공연 휴식시간에 동물들을 구경하러 우리로 몰려오는 관람객들이 단식 광대 옆을 지나가다가 잠시 멈춰 서는 것은 거의 피할 수 없는 일이었다. 곧장 보고 싶은 동물 우리로 가지 않고 왜 여기서 멈추는지 영문을 모른 채 뒤에서 좁은 통로로 계속 밀어닥치는 사람들 탓에 좀더 오래 편안히 구경하는 걸 방해받지 않았더라면 관람객들도 아마 단식 광대 곁에 한동안 머물렀을지 몰랐다. 이는 또한 단식 광대가 사람들이 몰려드는 이 방문 시간을 자기 삶의 목적으로서 물론 간절히 기다리면서도 그 시간이 다가오면 또다시 벌벌 떨었던 이유였다. 처음에는 이 공연 휴식시간이 너무 기다려져서 조바심이 날 지경이었다. 그러다가 군중이 꾸역꾸역 밀려오기 시작하면 황홀한 시선으로 그들을 바라보았다. 하지만 너무 빠르게—집요하기 이를 데 없고 거의 의식적이기까지 한 자기기만도 경험을 이길 수는 없었다—그들 대부분이 그 의도로 보건대 한결같이, 예외 없이, 순전히 동물 우리를 찾아가는 사람들이라는 확신이 들었다. 그래서 그들의 모습은 멀리서 볼 때가 여전히 가장 멋졌다. 그들이 그가 있는 데까지 이르면, 어떤 이해심에서가 아니라 순간적인 기분이나 반항심에 그를 좀 편하게 바라보려는 쪽과—이들이 곧 단식 광대에게는 더 성가신 존재가 되었다—먼저 동물 우리부터 가자는 또다른 쪽으로 끊임없이 새롭게 갈라지면서 금세 그를 둘러싸고 그들 사이에 고함과 욕설이 난무했기 때문이다. 큰 무리가 지나가고 나면 뒤처진 사람들이 왔는데, 이들은 마음만 있으면 이제 방해받지 않고 가만히 서 있을 수 있을 텐데도 제때 동물들을 보기 위해 성큼성큼 곁눈질하는 법도 거의 없이 서둘러 지나가버렸다. 그리고 그리 자주 오는 행운은 아니었지만, 아버지가 아이들을 데려와서 손가락으로 단식 광대를 가리키며 지금 뭘 하고 있는지 자세히 설명해주고, 예전에 이와 비슷하지만 비교할 수 없을 만큼 대단한 공연에 갔던 이야기를 들려주는 일도 있었다. 그러면 아이들은 학교나 인생에서 충분히 배우지 못해 준비가 안 되어 있어 들어도 여전히 이해를 못했지만—그들에게 단식이 도대체 뭐란 말인가?—그래도 탐구하는 듯한 반짝이는 눈빛 속에는 다가오는 새로운 시대, 보다 은혜로운 시대에 대한 기미가 내비쳤다. 그럴 때면 가끔씩 단식 광대는 자기 자리가 동물 우리들과 그리 가깝지만 않으면 모든 게 조금은 더 나아질지도 모르겠다고 혼잣말을 했다. 서커스단 사람들은 너무 쉽게 그 자리를 택했다. 동물 우리에서 풍기는 악취, 밤중에 동물들이 피우는 소란, 맹수들에게 줄 날고기 덩어리를 싣고 지나가는 일, 먹이를 줄 때 동물들이 지르는 소리가 그를 몹시 속상하고 내내 침울하게 만든다는 것을 논외로 해버리면서 말이다. 하지만 그로선 경영진에 이 문제를 항의할 엄두가 나지 않았다. 어쨌거나 동물들 덕분에 방문객이 많이 몰려들었고, 그중에는 더러 그를 보기로 한 사람도 있었던 것이다. 그리고 그가 자기 존재를 드러내려고 했다가, 그로 인해 엄밀히 따지면 그가 동물 우리로 가는 길목의 방해물에 불과하다는 것을 사람들이 깨닫기라도 하면, 그를 또 어느 구석에다 처박아둘지 누가 알겠는가.

물론 방해물치고도 작은 방해물, 점점 작아져가는 방해물이었다. 요즘 시대에 단식 광대 같은 것으로 관심을 끌어보려는 생각 자체가 유별난 것이지만, 그런 유별난 것에도 사람들은 어느새 익숙해졌고, 이런 익숙해짐과 더불어 그의 운명도 판가름나고 말았다. 그는 할 수 있는 만큼은 단식을 잘하고 싶었고 실제로 그렇게 했지만, 그를 구원할 수 있는 것은 이제 아무것도 없었다. 사람들은 그를 그냥 지나가버렸다. 누군가에게 단식법에 대해 설명해보라! 느낌이 없는 사람에게는 무언가를 이해시킬 수 없는 법이다. 멋진 선전 문구들이 더러워지고 읽을 수 없게 되자 뜯어내버리면서도 누구 하나 새로 만들어 붙일 생각은 하지 못했다. 그가 수행한 단식 일수를 적는 조그만 나무판도 처음에는 매일 꼼꼼하게 새로운 숫자로 바뀌었지만 이미 오래전부터 내내 같은 숫자에 머물러 있었다. 처음 몇 주가 지나자 담당 직원은 이 사소한 일마저 싫어졌던 것이다. 이제 단식 광대는 예전 한때 꿈꾸던 대로 단식을 계속해나가긴 했고, 당시 예고했던 대로 별 어려움 없이 성공적으로 해냈지만, 날짜를 세는 사람이 아무도 없었다. 아무도, 단식 광대 자신조차 이미 얼마나 대단한 기록을 세웠는지 몰랐고 그래서 마음이 무거워졌다. 언젠가 한가한 사람 하나가 우리 앞에 멈춰 서서 오래된 숫자를 조롱하며 속임수라고 말한 적이 있는데, 그건 이런 의미에서 무관심과 타고난 심술이 빚어낼 수 있는 가장 형편없는 거짓말이었다. 왜냐하면 단식 광대가 속인 것이 아니라, 세상이 성실히 일한 그를 속이고 제대로 보상해주지 않았기 때문이다.

하지만 다시 많은 날이 지나갔고, 이런 상황에도 끝이 찾아왔다. 언젠가 단식 광대의 우리가 한 감독관의 눈에 띄었다. 그는 왜 괜찮게 쓸 만한 이 우리를 썩은 짚이나 넣어 내버려두고 있느냐며 직원들에게 물었지만, 아무도 답을 하지 못하다가 직원 하나가 숫자판 덕분에 단식 광대를 기억해냈다. 사람들이 막대기로 짚을 헤치자 그 안에 단식 광대가 있었다. "아직도 단식을 하고 있는 거요?" 감독관이 물었다. "도대체 언제 끝내려고?" "모두 날 용서해주시오." 단식 광대가 속삭여, 창살에 귀를 대고 있던 감독관만이 알아들었다. "물론이지." 감독관은 그렇게 말하고 손가락을 이마에 갖다대더니 단식 광대의 정신 상태를 직원들에게 넌지시 알렸다. "자넬 용서하겠네." "나는 줄곧 당신들이 나의 단식에 경탄하기를 바랐소." 단식 광대가 말했다. "물론 경탄하고 있지." 감독관은 호의적으로 대답해주었다. "하지만 경탄하지 않는 게 좋겠소." 단식 광대가 말했다. "그래, 그러면 경탄하지 않겠네." 감독관이 말했다. "그런데 왜 경탄하지 말아야 한다는 건가?" "왜냐하면 단식을 해야 하기 때문이오, 달리 어쩔 수가 없소." 단식 광대가 말했다. "허, 이것 좀 보게." 감독관이 말했다. "왜 달리 어쩔 수가 없다는 거요?" "왜냐하면", 단식 광대는 입을 열었고, 그 조그만 머리를 약간 쳐들어 한마디도 새어나가지 못하도록 키스할 때처럼 뾰족하게 내민 입술을 감독관의 귀에 바싹 갖다대고 말했다. "내 입에 맞는 음식을 찾지 못했기 때문이오. 만일 그런 음식을 찾아냈다면, 내 말 믿으시오, 괜히 떠들썩한 일을 벌이지 않았을 테고 당신이나 다른 모든 사람처럼 배불리 먹었을 것이오." 이것이 마지막 말이었지만, 그의 흐릿해진 눈에는 여전히, 자부심에 찬 확신까지는 이제 아니지만 단식을 계속하겠다는 굳은 신념이 담겨 있었다.

"자, 이제 정리해!" 감독관의 말에 사람들은 단식 광대를 짚과 함께 땅에 묻어버렸다. 그리고 우리 안에는 어린 표범 한 마리를 넣었다. 그렇게 오랫동안 황량했던 우리 안에서 이런 야생동물이 이리저리 뒹구는 모습을 보면, 아무리 감각이 무딘 사람이라도 확실히 기분 전환이 되었다. 표범에게는 부족한 것이 없었다. 감시인들은 오래 생각하지 않고 표범의 입에 맞는 음식을 가져다주었다. 표범은 자유마저 그리워하지 않는 것 같았다. 금방이라도 터질 듯 필요한 모든 것을 갖춘 이 기품어린 몸뚱이는 자유까지 함께 지니고 다니는 모양이었다. 그것은 이빨 속 어딘가에 숨겨져 있는 듯했다. 게다가 표범의 아가리에서는 관람객들이 견디기 쉽지 않을 만큼 강렬한 열기와 함께 생의 환희가 뿜어져나왔다. 하지만 그들은 끝내 견뎌냈고, 우리 주위로 몰려들어 그곳을 떠나려 하지 않았다.

가수 요제피네
또는
쥐 종족

우리 가수의 이름은 요제피네다. 그녀의 노래를 들어보지 못한 자는 그 노래의 힘을 모른다. 그녀의 노래를 듣고 마음을 빼앗기지 않는 자가 없으니, 이는 우리 종種이 전체적으로 음악을 좋아하지 않기에 더욱 더 높이 평가될 만한 일이다. 조용한 평화야말로 우리가 가장 좋아하는 음악이다. 우리 삶은 고달프다. 일상의 모든 근심을 한번 털어내볼까 할 때도 더이상 음악처럼 우리의 평소 생활과 거리가 먼 그런 것들 쪽으로는 기분을 끌어올릴 수 없다. 그래도 우리는 그다지 한탄하지 않는다. 아예 그 정도까지 가지도 못한다. 우리는 약삭빠른 현실감각이랄까 하는 것을 우리의 최대 장점으로 여기며, 물론 그것은 우리가 몹시 절박하게 필요로 하는 것이기도 하다. 언젠가—하지만 이런 일이 일어날 리 만무하다—음악이 줄지 모르는 행복을 갈망하게 된다 해도, 우리는 이 약삭빠른 지혜의 미소를 짓고서 스스로를 달래며 만사를 잊곤 한다. 오직 요제피네만 예외다. 그녀는 음악을 사랑하고 그것을 전달할 줄도 안다. 그런 존재는 그녀가 유일하다. 그녀가 세상을 떠나고 나면 음악은 영영—그게 언제가 될지는 아무도 모르지만—우리 삶에서 사라질 것이다.

나는 종종 이 음악이란 도대체 어떤 것인지 곰곰 생각해보았다. 우리는 음악에 완전히 무지한 존재 아닌가. 그런 우리가 요제피네의 노래를 이해한다거나, 요제피네는 우리의 이해력을 인정하지 않으니, 이해한다고 믿는 일이 어떻게 일어나겠는가. 가장 간단한 대답은 그 노래가 너무도 아름다워서 아무리 감각이 무딘 자라도 거기에 넘어갈 수밖에 없다는 주장일 것이다. 그러나 이 대답은 만족스럽지 못하다. 만약 정말로 그렇다면, 그 노래 앞에서 우리는 처음으로 그리고 언제나 굉장하다는 느낌을 받을 테고—우리에게는 들을 능력이 전혀 없는데도 그것을 들을 수 있게 해주는 이는 이 요제피네 하나뿐이고 그 밖엔 아무도 없으니—우리가 전에 한 번도 들어본 적 없는 무언가가 요제피네의 목구멍에서 울려나오고 있다는 느낌을 받을 것이다. 하지만 내가 볼 때 이건 맞지 않는다. 나는 그런 걸 못 느끼겠고 남들도 느끼지 못하는 것 같다. 친하게 지내는 자들끼리 있을 때 우리는 서로 요제피네의 노래가 노래로서 전혀 굉장한 것 같지 않다고 솔직하게 터놓고 이야기한다.

그게 도대체 노래란 말인가? 아무리 음악과는 담쌓고 지낸다 해도 우리에게는 노래의 전통이 있다. 우리 종족에게도 옛날에는 노래가 있었다. 그와 관련해 이야기되는 전설들도 있고, 나아가 이제는 물론 아무도 부를 줄 모르는 가곡들까지 보존되어 있다. 그러니까 우리에게는 노래가 무엇인지 어렴풋한 느낌 정도는 있는데, 요제피네의 예술이 사실 이 느낌에는 들어맞지 않는 것이다. 그게 도대체 노래란 말인가? 혹시 그냥 찍찍거리는 소리가 아닐까? 찍찍 소리라면 물론 우리 모두 잘 안다. 그것은 우리 종족 고유의 기예, 아니 절대 기예라 할 수는 없고, 살아 있다는 특징적인 표시다. 우리는 모두가 찍찍거리지만, 당연히 아무도 그것을 예술이라고 주장할 생각은 하지 않는다. 우리는 찍찍거리면서 그 소리에 전혀 신경쓰지 않으며, 사실 그런 소리를 낸다는 것도 깨닫지 못하고, 심지어 우리 중에는 찍찍 소리가 우리 고유의 특징 중 하나라는 것조차 모르는 자 또한 많다. 그래서 만약 요제피네가 노래를 부르는 것이 아니라 그냥 찍찍거리는 것일 뿐이며, 적어도 내가 보기에 그런 것처럼 예사로운 찍찍거림의 한계조차 거의 넘어서지 못하는 것이 사실이라면—그렇다, 흙일을 하는 평범한 이는 일을 하면서도 하루종일 어렵지 않게 찍찍거리는 반면, 그녀는 이 예사로운 찍찍 소리를 내기에도 힘이 한참 모자라 보인다—이 모든 것이 사실이라면, 요제피네의 이른바 예술가 기질은 반박당할 테지만, 그녀가 미치는 커다란 영향력의 수수께끼는 비로소 풀릴 것이다.

하지만 그녀가 만들어내는 것이 찍찍거리는 소리만은 아니다. 그녀와 상당히 떨어진 곳에 서서 귀기울여 들어보면, 아니 이와 관련해서 자신을 시험해보는 편이 더 좋은데, 그러니까 요제피네가 가령 다른 목소리들과 섞여 함께 노래를 부른다고 할 때 자기 목소리를 식별해내는 과제를 스스로에게 내본다면, 평범한 찍찍 소리이긴 한데 기껏해야 섬세함 또는 가냘픔 때문에 약간 두드러진 찍찍 소리라는 것 말고는 필연적으로 다른 아무것도 가려내지 못할 것이다. 그러나 그녀 앞에 서서 들어보면, 그것은 단지 찍찍거리는 소리만은 아니다. 그녀의 예술을 이해하려면 그것을 듣기만 해서는 안 되고 보는 것도 반드시 필요하다. 그것이 우리가 매일같이 내는 찍찍 소리에 불과하다 해도, 여기에는 첫 순간에 벌써 기묘한 점이 있는데, 누군가가 별것 아닌 평범한 것을 하기 위해 엄숙하게 자세를 잡고 선다는 점이다. 호두를 까는 일은 알다시피 예술이 아니다. 그렇기 때문에 즐거움을 준답시고 관객을 불러모아 그 앞에서 호두를 까는 일은 아무도 감행하지 않을 것이다. 그럼에도 누군가가 그런 일을 해서 의도대로 관객이 좋아한다면 그 행위는 그저 단순한 호두까기인 것만은 아닐지 모른다. 그게 아니면 호두까기이긴 한데, 우리가 이 호두까기 예술을 능숙하게 잘할 줄 안다는 이유로 그것을 무시했다는 점, 그리고 이 새로운 호두까기 예술가가 비로소 그 예술의 참된 본질을 우리에게 보여주고 있다는 점이 밝혀지게 된다. 그럴 때 그 예술가의 호두까기 실력이 우리 대다수만 못하면 오히려 그 효과는 더욱 커질 수도 있다.

어쩌면 요제피네의 노래도 이와 유사할 것이다. 우리는 우리가 하면 전혀 감탄하지 않는 일을 요제피네가 하면 감탄한다. 얘기가 나왔으니 말인데, 그 행위를 우리가 하면 아무도 감탄하지 않는다는 점에 대해서는 그녀도 우리와 생각이 완전히 일치한다. 언젠가 나도 같이 있는 자리에서 누군가 그녀에게, 물론 이런 일은 왕왕 일어나지만, 종족 모두가 내는 찍찍 소리에 주의를 환기시키는 일이 있었다. 그것도 아주 겸손하게 그랬을 뿐이지만, 요제피네에게는 그 정도만으로도 너무 지나쳤던 모양이다. 당시 그녀가 지었던 것처럼 그렇게 무례하고 오만한 미소를 나는 지금껏 한 번도 본 적이 없었다. 겉모습으로는 본래 다소곳

함 그 자체인 요제피네는 그런 성품의 여성이 아주 많은 우리 종족 중에서도 눈에 띄게 다소곳하다. 그런 그녀가 그때는 상스러워 보이기까지 했다. 다만 대단히 예민한 만큼 그것을 금방 깨달은 모양인지 흥분을 가라앉혔다. 여하튼 그녀는 그러니까 자신의 예술과 찍찍거림의 모든 연관성을 부정한다. 반대 의견을 가진 자들에 대해서는 오직 경멸감과, 보나마나 인정하진 않겠지만 증오심만 품고 있다. 이것은 보통 자만심이 아니다. 하기야 나도 반쯤은 속한 이 반대파도 분명 군중 못지않게 그녀에게 감탄하고 있지 않은가. 하지만 요제피네는 단지 감탄하는 것만이 아니라 정확히 자신이 정한 방식대로 감탄하기를 원한다. 감탄 자체만으로는 그녀에게 아무 의미가 없다. 그리고 그녀 앞에 앉아 있으면 이런 그녀를 이해하게 된다. 반대는 멀리 떨어진 곳에서나 하는 것이지, 막상 앞에 앉아서 들으면 지금 그녀가 찍찍거리는 것은 그냥 찍찍거리는 소리가 아니라는 것을 알게 된다.

찍찍거리는 일은 우리의 무의식적인 습관에 속하는 것이므로 요제피네의 청중 가운데 자기도 모르게 찍찍거리는 자가 있으리라고 생각할 수도 있을 것이다. 그녀의 예술을 접하면 기분이 좋아지고, 기분이 좋으면 우리는 찍찍거리기 때문이다. 그러나 그녀의 청중은 찍찍거리지 않으며, 쥐죽은듯이 조용하다. 마치 염원하던 평화를 우리 모두가 공유하게 된 듯이, 우리 자신의 찍찍거림만으로도 그 평화를 방해한다는 듯이 우리는 침묵한다. 우리를 황홀하게 만드는 것은 그녀의 노래일까, 아니면 오히려 그 연약한 작은 목소리를 에워싸고 있는 이 엄숙한 조용함일까? 한번은 요제피네가 노래를 부르는데 어느 한심한 계집애가 그야말로 천진난만하게 찍찍거리기 시작한 일이 있었다. 자, 그런데 그것은 우리가 요제피네에게서 듣고 있는 것과 똑같은 소리였다. 저기 앞에서는 수없이 연습하고도 여전히 수줍어하며 내는 찍찍 소리고, 여기 객석에서는 어린애답게 자신도 모르게 내는 찍찍 소리다. 그 차이를 정확히 설명하기는 불가능할 것이다. 하지만 우리는 곧장 쉿 소리와 찍찍 소리로 그 훼방꾼을 제압해버렸다. 사실 그럴 필요가 전혀 없었는데도 말이다. 그러지 않았어도 요제피네가 두 팔을 활짝 벌리고 목을 더는 길게 뺄 수 없을 만큼 길게 뺀 채 완전히 몰입해 승리의 감격에 도취된 찍찍 소리를 내는 동안, 그 여자아이는 분명 두려움과 수치심으로 쥐구멍에라도 숨고 싶었을 테니까.

얘기가 나왔으니 말인데 그녀는 늘 그런 식이다. 모든 사소한 일, 모든 우연한 일, 모든 성가신 일, 1층 관람석 앞쪽에서 나는 딱 소리, 부드득 이빨 가는 소리, 조명의 방해, 이 모든 것을 그녀는 자기 노래의 효과를 높이는 데 유용하다고 여긴다. 그녀가 말하기를, 자신은 귀머거리들 앞에서 노래를 부르고 있다는 것이다. 열광과 갈채가 없지는 않지만, 자신이 의도하는 대로의 진정한 이해는 일찌감치 포기하는 법을 터득했다는 것이다. 그렇기에 모든 방해 요소가 그녀에겐 매우 중요한 의미로 다가온다. 그녀가 부르는 노래의 순수성에 대항하는 외부의 모든 것, 가볍게 싸워서, 심지어 싸우지 않고 맞서기만 해도 물리칠 수 있는 모든 것은, 군중을 일깨우고 이해는 아니더라도 예감에 찬 존경심을 가르치는 데 한몫할 수 있다.

그런데 작은 것들이 그녀에게 그렇게 도움이 된다면, 큰 것들은 얼마나 더하겠는가. 우리의 삶은 불안정하기 짝이 없다. 매일이 놀라움과 불안, 희망과 공포의 연속이어서, 밤낮으로 언제나 동료들의 뒷받침을 받지 못한다면 개별 존재가 이 모든 것을 견뎌내기란 불가능할 것이다. 그런 도움을 받는다 해도 실로 어려울 때가 많다. 때로는 원래 한 사람이 짊어져야 할 짐에 눌려 수천의 어깨가 떨리기도 한다. 그러면 요제피네는 자신이 나서야 할 때가 왔다고 여긴다. 어느새 그녀는 거기 서 있다. 특히 가슴 아래쪽이 걱정스러울 만큼 파르르 떨리는 그 가녀린 여인이. 마치 모든 힘을 노래 속에 끌어모은 듯이. 노래하는 데 직접적으로 쓰이지 않는 모든 부분에서 온 힘을, 거의 모든 생명의 가능성을 뽑아낸다는 듯이. 자신은 벌거벗겨져 자포자기한, 오직 선한 정령들의 보호에 몸을 내맡긴 존재라는 듯이. 이렇게 자신을 완전히 벗어나 노래 속에 사는 동안 한줄기 차가운 기운이 스쳐지나가도 자신을 죽일 수 있다는 듯이. 그러나 바로 그런 모습을 보며 우리 소위 반대파는 서로 이렇게 말하곤 한다. "요제피네는 찍찍거리는 소리도 낼 줄 몰라. 노래도 아니고―노래 얘기는 하지도 말자고―이 나라에서는 누구나 낼 수 있는 찍찍 소리를 어느 정도나마 짜내느라 저렇게 안간힘을 써야 하다니." 우리가 보기에는 그렇다. 이것은 어쩔 수 없이 갖게 되긴 하지만, 이미 언급했듯이, 금세 지나가버리는 피상적인 인상이다. 듣다보면 어느새 우리도, 따뜻하게 몸을 맞댄 채 숨죽이며 귀기울이고 있는 군중의 느낌 속으로 빠져들고 만다.

우리 종족은 거의 한시도 가만있지 않고 종종 그리 분명치도 않은 목적으로 이리저리 쏜살같이 내달린다. 그런 우리 중에 이만한 청중을 주위로 모으기 위해 요제피네가 해야 하는 일이라곤, 대개 그 조그만 머리를 뒤로 젖히고 입을 반쯤 벌린 채 눈을 높은 곳으로 향하는, 이제 노래를 부르려고 한다는 자세를 취하는 일뿐이다. 그녀는 원하는 곳이면 어디서든 이 자세를 취할 수 있다. 멀리까지 내다보이는 곳이 아니어도 되고, 순간적인 기분으로 어쩌다가 선택한 숨겨진 외진 곳이어도 상관없다. 그녀가 노래를 부르려고 한다는 소식은 곧바로 널리 퍼지고, 이내 여기저기서 행렬을 이루어 모여든다. 그런데 가끔은 일이 뜻대로 되지 않을 때도 있다. 요제피네는 하필 분위기가 들뜬 시기에 노래 부르기를 특히 좋아하는데, 그럴 때면 우리는 이런저런 걱정거리와 곤경으로 여기저기 가봐야 할 데가 많이 생겨서, 아무리 최선을 다해도 요제피네가 원하는 만큼 빨리 모일 수 없다. 이 경우 그녀는 아마 청중이 별로 없는 상태에서 과장된 자세를 취한 채 한참을 그렇게 서 있게 된다―그러면 당연히 그녀는 화를 내고, 발을 쿵쿵 구르고, 전혀 아가씨답지 않게 욕설을 내뱉고, 심지어 물어뜯기까지 한다. 하지만 이런 행동조차 그녀의 명성에 흠집을 내지는 않는다. 사람들은 그녀의 과도한 요구를 적당히 누그러뜨리려 하기보다 맞추려고 애쓴다. 그래서 청중을 불러모으기 위해 전령들이 파견되는데, 그 일은 그녀 모르게 비밀리에 진행된다. 그럴 때면 주변의 길목 곳곳에 보초들이 배치되어 가까이 오는 자들에게 어서 서두르라고 손짓하는 모습을 보게 된다. 이 모든 일은 마침내 어지간한 수의 청중이 모일 때까지 계속된다.

　무엇 때문에 우리 종족은 요제피네를 위해 그토록 애쓰는 것일까? 이 질문은 요제피네의 노래에 대한 질문보다 더 대답하기 쉽지 않으며, 이 두 질문은 물론 서로 연관되어 있다. 가령 우리 종족이 노래 때문에 요제피네에게 무조건 헌신하고 있는 거라고 주장할 수 있다면, 이 질문을 취소하고 요제피네의 노래에 대한 질문과 완전히 하나로 합칠 수 있을 것이다. 그러나 이 주장은 전혀 맞지 않다. 무조건적인 헌신 같은 건 우리 종족이 거의 모르는 것이다. 우리 종족은 무해하지만 약삭빠른 행동을 무엇보다 좋아하며, 어린애처럼 소곤거리기, 당연히 악의 없고 입술 운동에 지나지 않는 수다떨기를 좋아한다. 아무튼 이 종족은 무조건적으로 헌신할 수는 없다. 아마 요제피네도 이것을 잘 느끼고 있으며, 그녀가 약한 목을 무리해가며 온 힘을 다해 싸우고 있는 상대도 바로 이것이다.

물론 그렇다고 이런 일반화를 지나치게 확대해서는 안 된다. 이 종족은 무조건적이지 않을 뿐 어쨌든 요제피네에게 헌신하고 있다. 예컨대 우리가 요제피네를 보고 웃지는 못할 것이다. 고백하건대 요제피네에게는 사람을 웃게 만드는 요소가 한두 가지 있는 게 아니다. 그리고 우리는 웃음 그 자체와 늘 친한 종족이다. 우리 삶이 아무리 비참해도, 나지막한 웃음은 말하자면 우리 곁에 언제나 함께하고 있다. 하지만 요제피네를 보고는 웃지 않는다. 나는 가끔 우리 종족이 요제피네와의 관계를 이런 식으로 파악하고 있다는 인상을 받을 때가 있다. 깨질 듯이 연약하고 보살핌을 필요로 하는 이 존재가, 그러면서도 어딘가 탁월한 데가 있고, 그녀의 생각으로는 노래로 탁월한 이 존재가 우리에게 맡겨져 있고 우리는 그녀를 돌봐야 하는 관계로 말이다. 그 이유는 아무도 모르지만, 그 사실만은 확실해 보인다. 하지만 자기에게 맡겨진 것을 비웃는 사람은 없다. 그것을 비웃는다는 것은 의무를 저버리는 짓이다. 우리 중에 가장 고약한 자들이 때때로 "요제피네를 보면 웃음이 가신단 말이야"라고 말한다면, 그것이야말로 요제피네에게 저지르는 가장 고약한 짓이다.

그래서 우리 종족은 고사리 같은 손을 내뻗는—그 손길의 의미가 부탁인지 요구인지는 잘 모르지만—자식을 돌보는 아버지와 같은 방식으로 요제피네를 돌본다. 우리 종족은 그와 같은 아버지의 의무를 이행하는 데 무능하다고 말할 수도 있을 것이다. 그러나 실제로 우리 종족은 적어도 이 경우에서만은 타의 모범이 될 정도로 그 의무를 충실히 이행하고 있다. 따로따로는 절대 해낼 수 없는 일을 이와 같이 종족 전체는 해낼 수 있는 것이다. 물론 종족과 개별 존재 간에 힘의 차이는 어마어마하다. 종족이 따뜻하게 가까이 끌어당기기만 해도 보호대상은 충분히 보호받는다고 느낀다. 물론 누구도 요제피네에게는 이런 얘기를 꺼낼 엄두를 내지 못한다. 만일 얘기했다면 그녀는 "너희 보호 같은 거 필요 없어"라고 말할 것이다. 그러면 우리는 '그래, 그래, 너는 그런 거 필요 없지'라고 생각할 것이다. 그뿐만 아니라 그녀가 난동을 부릴 때도, 그것은 사실상 반박이 아니라 오히려 순 어리광이며 자식이 하는 고마움의 표시 방식이다. 그리고 그런 일을 마음에 두지 않는 것은 아버지의 방식이다.

그런데 종족과 요제피네의 이런 관계로는 설명하기 더 어려운 다른 주장도 있다. 요제피네는 정반대 의견이기 때문이다. 즉, 그녀는 자기가 종족을 보호하고 있다고 믿는다. 따라서 심각한 정치적 또는 경제적 상황에서 우리를 구해주는 것은 바로 그녀의 노래라는 주장이 나온다. 그녀의 노래가 하는 일이 다름 아닌 바로 그것이며, 그 노래가 불행을 몰아내지는 못해도 우리에게 적어도 불행을 견뎌낼 힘을 준다는 주장이다. 그녀가 그런 말을 직접 하지는 않지만 그렇다고 다른 말을 하는 것도 아니다. 그녀는 대체로 말을 거의 하지 않으며 수다쟁이들 사이에서 과묵하다. 하지만 그녀의 반짝이는 눈이 그렇게 말하고, 그녀의 굳게 다문 입에서—우리 중 소수만이 입을 다물 수 있는데, 그녀는 그럴 수 있다—우리는 그런 생각을 읽어낼 수 있다. 나쁜 뉴스를 들을 때마다—가짜 뉴스와 가짜나 다름없는 뉴스가 한데 뒤섞여 각축을 벌이는 날이 많지만—그녀는 지체 없이 벌떡 일어선다. 지쳐 바닥에 쓰러져 있는 보통 때와 달리, 몸을 일으켜 목을 길게 빼고서 마치 폭풍우를 앞둔 양치기처럼 자기 양떼를 두루 살피려 한다. 분명 아이들도 거칠고 제멋대로의 방식으로 비슷한 요구를 하긴 한다. 하지만 요제피네의 요구는 아이들처럼 그렇게 막무가내인 것은 아니다. 물론 그녀는 우리를 구원하지 못하며 우리에게 힘을 주지도 못한다. 이 종족의 구원자 행세를 하기는 어렵지 않다. 이 종족은 고난에 길들여져 있고, 몸을 아끼지 않으며, 결단을 신속히 내리고, 죽음을 잘 알고, 물불 안 가리고 덤벼드는 분위기 속에서 겉보기에만 소심한 모습으로 살아왔으며, 게다가 대담한 만큼 번식력도 강하다—다시 말하지만, 뒤늦게 이 종족의 구원자인 척하기는 쉬운 일이다. 이 종족은, 역사 연구자가—대체적으로 우리는 역사 연구를 완전히 등한시하는데—너무 놀란 나머지 몸이 굳어버릴 만큼의 희생이 따르기도 했지만, 늘 어떻게든 스스로를 구제해왔다. 그런데 우리가 평상시보다 바로 위기 상황에서 요제피네의 목소리에 더 열심히 귀기울인다는 것은 맞는 말이다. 위협이 코앞에 닥치면 우리는 더 조용해지고, 더 겸손해지고, 요제피네의 대장 노릇에 더 고분고분 따른다. 우리는 기꺼이 모이고 기꺼이 서로 뭉친다. 우리를 고통스럽게 하는 주요 사안과 아예 동떨어진 것이 계기가 되기 때문에 특히 그러하다. 마치 전쟁을 앞두고 다 함께 얼른—그렇다, 얼른 서둘러야 하는데 그걸 요제피네는 너무 자주 잊어버린다—평화의 잔을 들이켜려는 자들과도 같다. 우리 모임은 노래 공연이라기보다 차라리 앞에서 작게 찍찍거리는 소리 말고는 쥐죽은듯이 조용한 종족 집회라고 할 수 있다. 잡담이나 하며 흘려보내기에는 너무나 진지한 시간이다.

그런데 물론 요제피네는 이런 관계로는 절대 만족할 수 없을 것이다. 요제피네는 한 번도 투명하게 밝혀진 적 없는 자신의 지위 때문에 늘 신경질적인 불쾌감이 가득하면서도 자부심에 눈멀어 많은 것을 보지 못한다. 그래서 별로 힘들이지 않고 그녀가 더 많은 것을 놓치도록 유도할 수도 있다. 그럴 목적으로, 사실은 공익적인 목적으로 아첨꾼 무리가 끊임없이 활동하고 있다. ─하지만 종족 집회 한구석에서 그저 곁다리로 주목받지 못한 채 노래를 불러야 한다면, 그 자체가 작은 일이 전혀 아님에도 틀림없이 그녀는 그것을 위해 자신의 노래를 희생시키지는 않을 것이다.

하지만 그녀는 그러지 않아도 된다. 그녀의 예술이 주목을 못 받고 있는 건 아니기 때문이다. 우리가 실은 전혀 다른 일들에 몰두해 있기에, 조용히 하는 이유가 결코 노래를 듣기 위해서만은 아니며, 일부는 아예 무대 쪽을 쳐다보지도 않고 옆 친구의 털가죽에 얼굴을 묻고 있고, 그러니까 요제피네 혼자 저 위에서 공연히 애쓰고 있는 것처럼 보이기는 하지만, 그녀의 찍찍 소리에는 절대적으로 우리에게 파고드는─이는 부정할 수 없는 사실이다─무언가가 있다. 다른 모두에게 침묵의 의무가 주어진 곳에서 솟아오르는 이 찍찍 소리는, 마치 한 명 한 명에게 전하는 종족의 복음이나 다름없이 다가온다. 중대한 결단을 해야 하는 상황 한가운데에서 가늘게 울어대는 요제피네의 찍찍 소리는 적대적인 혼란의 세계 한복판에 있는 우리 종족의 가련한 처지와도 거의 유사하다. 요제피네는 뜻을 관철시킨다. 이 보잘것없는 목소리, 이 보잘것없는 가창이 제 뜻을 굽히지 않고 우리를 향해 길을 열어나 간다. 그런 생각을 하면 마음이 흐뭇해진다. 언젠가 우리 중에서 진짜 가창의 명인이 나와도, 이런 시기에는 그자를 분명 참아내지 못하고 그의 공연은 쓸데없다며 한마음으로 거부하고 말 것이다. 우리가 요제피 네에게 귀를 기울이는 것은 그녀의 노래를 거부한다는 증거다. 이런 사실을 그녀가 깨닫지 못하기를 바란다. 그녀도 아마 짐작은 할 것이다. 그렇지 않다면 왜 우리가 그녀에게 귀를 기울인다는 사실을 한사코 부인하겠는가? 그러나 그녀는 노래 부르기를 멈추지 않고, 찍찍거리면서 그런 짐작을 날려버린다.

하지만 그녀에게는 그런 것 말고도 여전히 위안이 될 만한 일이 있을지 모르겠다. 우리가 어느 정도는 정말로 그녀에게 귀를 기울이기도 한다는 사실이다. 필시 우리가 가창 명인에게 귀를 기울인다고 할 때와 비슷할 것이다. 가창 명인이 우리한테 얻고자 하지만 헛수고가 될 효과를 그녀는 변변치 못한 수단으로도 얻어낸다. 아마도 이는 다분히 우리의 생활방식과 연관이 있을 것이다.

우리 종족은 청춘이라는 것을 모르며, 어린 시절도 아주 짧아서 거의 없는 것이나 마찬가지다. 그래서 아이들에게는 특별한 자유와 특별한 돌봄을 보장해주는 것이 좋겠다는 요구가 때가 되면 어김없이 나온다. 아이들이 다소나마 걱정 없이 살 권리, 다소나마 아무 생각 없이 신나게 뛰어다닐 권리, 다소나마 장난치며 놀 권리를 인정하고 그것이 실현되도록 돕자는 것이다. 그런 요구가 나오면 거의 누구나 동의한다. 그보다 더 동의해야 할 일도 없다. 하지만 우리네 삶의 현실에서 그것만큼 용인하기 어려운 것도 없다. 그런 요구들을 인정하고 그것이 실현되는 방향으로 시도해보지만 이내 모든 것이 다시 예전으로 돌아가고 만다. 아이는 조금이나마 뛰어다니고 주변 세계를 약간이나마 분간할 수 있게 되면, 그 즉시 어른과 마찬가지로 제 앞가림을 해야 한다. 바로 이런 것이 우리가 살아가는 방식이다. 우리가 경제적인 이유로 흩어져 살아야 하는 지역은 너무 넓고, 우리의 적은 너무 많으며, 도처에 널린 위험은 도무지 예측할 수 없다―그러니 우리는 아이들을 생존 투쟁에서 멀리 떼어놓을 수 없다. 그랬다가는 아이들이 때 이른 종말을 맞게 될 것이다. 우리에게 어린 시절이 빈약한 데는 이런 서글픈 이유들만 있는 것이 아니라 고무적인 이유도 물론 있다. 바로 우리 종족의 번식력이다. 한 세대가 생겨나면―각 세대는 무수히 많은 수를 이루고― 금방 다른 세대를 밀어내거니와, 아이들이 아이들로 지낼 시간이 없는 것이다. 다른 종족들에서는 아이들이 세심하게 돌봄을 받고, 아이들이 다닐 학교가 세워지고, 매일 그 학교에서 종족의 미래인 아이들이 쏟아져나올지도 모르지만, 그 나라에서 자라는 아이들은 한참이 지나도 그날이 그날이고 여전히 같은 아이들이다. 우리에게는 학교라는 것이 없지만, 우리 종족에서는 대단히 짧은 간격을 두고 헤아릴 수 없을 정도로 많은 무리의 아이들이 쏟아져나온다. 아직 찍찍거리지 못하는 동안에는 즐겁게 색색거리거나 식식거리고, 아직 달리지 못하는 동안에는 이리저리 뒹굴거나 그 압력으로 데굴데굴 굴러가기도 하고, 아직 앞을 보지 못하는 동안에는 한 덩어리를 이룬 무리 속을 서툰 동작으로 헤집으며 뭐든지 걸리는 대로 잡아챈다. 이것이 바로 우리 아이들이다! 그리고 학교에 다니는 다른 종족의 아이들처럼 늘 같은 아이들이 아니다. 그렇다, 아니, 언제나, 거듭 새로운 아이들이고, 끝도 없이 꼬리에 꼬리를 물고 새로운 아이들이 생겨난다. 아이는 태어나자마자 더는 아이가 아니다. 그 아이들 뒤로 어느새 새로운 아이들이 행복에 겨워 발그레한 얼굴로 밀려나온다. 급속히 많은 수로 밀려나오는 바람에 도저히 얼굴을 구별할 수 없다. 물론 아름답기 그지없고 다른 종족들이 마땅히 부러워 마지않을 광경이더라도, 우리는 우리의 아이들에게 진정한 어린 시절을 줄 수가 없다. 그 결과 필연적인 영향이 나타나는데, 우리 종족은 철부지 같다고나 할 특성을 속속들이 갖게 되어 소멸되지도 근절되지도 않는 것이다. 우리의 가장 큰 장점이라 할 똑 부러지는 실용적인 이성과는 정반대로 우리는 한심하기 짝이 없는 행동을 할 때가 가끔 있다. 어린아이들이 하는 철없는 행동과 조금도 다르지 않다. 허황된 일을 벌이고, 씀씀이가 헤프고, 통 크게 놀고, 무분별하게 행동하는데, 이 모든 행동은 한낱 소소한 재미를 위한 것일 때가 많다. 우리가 그런 철없는 행동을 하면서 느끼는 즐거움에는 물론 더이상 아이들이 즐거워할 때처럼 충만한 힘은 없지만, 그 힘 중 일부는 분명히 아직 그 즐거움 안에 살아 있다. 요제피네도 진작부터 우리 종족의 이 철부지 특성 덕을 보고 있다.

그러나 우리 종족은 어린아이 같을 뿐만 아니라 어느 정도는 일찍 늙는 경향도 있다. 유년기와 노년기가 우리 경우에는 다른 종족들의 경우와는 달리 진행된다. 우리는 청소년기 없이 곧바로 어른이 된다. 그래서 너무 오래 어른으로 산다. 그로 말미암아 뭐랄까 일종의 피로감과 절망감 같은 것이, 전체적으로는 그래도 매우 끈질기고 낙관적 성향이 강한 우리 종족의 본질을 관통하며 폭넓은 흔적을 남긴다. 우리의 비음악적 특성도 아마 그것과 연관이 있을 것이다. 음악을 즐기기에는 우리가 너무 늙은 것이다. 음악이 주는 흥분과 비상의 기운도 우리의 노둔한 감각에는 맞지 않는다. 우리는 피곤한 손짓으로 음악을 거부한다. 우리는 찍찍거리는 것으로 물러나 안주했다. 가끔씩 얼마간 찍찍거리기, 그 정도가 우리에게는 제격이다. 우리 중에도 음악적 재능을 지닌 자가 있을지 누가 알겠는가. 그러나 설령 있다 하더라도 우리 종족의 특성상 틀림없이 재능을 펼쳐보기도 전에 억눌러버렸을 것이다. 이와 반대로, 요제피네는 자기 마음대로 찍찍거리거나 노래 부른다. 그녀가 그것을 뭐라고 하든, 우리한테는 거슬리지 않는다. 그것은 우리에게 맞는다. 참고 들어줄 만하다. 거기에 무언가 음악적 요소가 있다면, 그야말로 하찮은 것이라고 할 수 있다. 그로써 음악적 전통이랄까 하는 것이 보존되겠지만, 그것이 우리를 조금도 부담스럽게 하지는 않는다.

그런데 요제피네는 이런 분위기의 우리 종족에게 더욱 많은 것을 가져다준다. 그녀의 음악회에서는, 특히 아주 심상치 않은 시기에는 아주 젊은 청중만이 가수 그 자체로서의 그녀에게 관심을 보인다. 그녀가 입술을 오므리고 귀여운 앞니 사이로 숨을 내뿜는 모습, 자신이 만들어내는 소리에 감탄하며 차츰 시들어가다가 실신할 것 같은 이 도취 상태를 이용해 그녀 자신도 점점 알 수 없는 새로운 예술적 경지를 향해서 스스로 기운을 고취시켜나가는 모습을 놀라워하며 바라보는 것은 그들뿐이다. 그러나 대다수의 군중은—이는 역력히 알아볼 수 있다—움츠러들어 자기 자신에게 몰입한다. 생존 투쟁 막간의 이 빠듯한 휴식시간에 이 종족은 꿈을 꾼다. 개개인이 사지에서 힘이 풀리는 듯한 느낌에 빠져들고, 늘 불안감에 시달리던 자가 종족의 크고 따뜻한 침대에서 한번 마음껏 몸을 쭉 펴고 팔다리를 뻗어도 될 것 같은 기분에 빠져든다. 그리고 이 꿈속으로 간간이 요제피네의 찍찍거리는 소리가 들려온다. 그녀는 그것을 옥구슬 굴러가는 소리라 하고, 우리는 그것을 고막 찌르는 소리라 한다. 하지만 어쨌거나 그녀의 소리는 여기가 제격인 자리다. 그 어디에도 없고, 마치 음악이 언젠가 자신을 기다리는 순간을 만난 것처럼 딱 들어맞는 자리다. 여기에는 애처롭고 짧은 어린 시절도 조금 깃들어 있고, 잃어버려 다시는 찾을 길 없는 행복도 조금 깃들어 있다. 바삐 돌아가는 오늘의 삶도 약간 있고, 이해할 수는 없지만 그럼에도 엄연히 존재하며 결코 없앨 수 없는 조그만 활기도 얼마간 있다. 그리고 이 모든 것은 사실 큰 소리로 표현되지 않고, 가볍게, 속삭이듯, 은밀하게, 때로는 약간 목쉰 소리로 표현된다. 물론 그것은 찍찍거리는 소리다. 어떻게 아닐 수 있겠는가? 찍찍 소리는 우리 종족의 언어다. 평생 찍찍 소리만 내면서 그런 사실을 모르는 자도 많다. 그러나 여기서는 찍찍거리는 소리가 일상생활의 질곡에서 해방되고 잠시나마 우리도 해방시켜준다. 확실히, 이런 공연을 우리는 놓치고 싶지 않다.

하지만 여기서부터, 자신은 이런 시기에 우리에게 새로운 힘을 불어넣어준다느니 어쩌니 하는 요제피네의 주장까지는, 아직 엄청난 괴리가 있다. 물론 이는 평범한 대중에게 해당되는 말이고, 요제피네의 아첨꾼들에게는 얘기가 다르다. "그게 어떻게 사실이 아닐 수 있겠어"—그들은 조금도 거리낌없이 당당하게 말한다—"몰려오는 그 엄청난 인파를 달리 어떻게 설명할 수 있겠어. 특히나 위험이 코앞에 닥친 상황에선 말이야. 더군다나 그런 인파 탓에 이 위험을 제때 충분히 예방하는 일까지 벌써 여러 번 방해받았는데." 그런데 이 마지막 말은 유감스럽게도 맞는 말이다. 그것이 요제피네의 명성을 드높일 만한 일은 아니지만 말이다. 게다가 이런 일들까지 있었으니 더욱 그러하다. 그런 집회의 청중이 적으로 인해 예기치 않게 해산하면서 그때 우리 가운데 많은 수가 목숨을 잃어야 했을 때, 모든 책임을 져야 할 요제피네가 어쩌면 자신의 찍찍 소리로 적을 불러들였을지 모르는 처지인데도 언제나 가장 안전한 자리를 차지하고 있다가 추종자들의 보호를 받으며 아주 조용히 제일 먼저 잽싸게 빠져나갔던 것이다. 하지만 이 또한 사실 모두가 아는 얘기고, 그럼에도 얼마 안 가 요제피네가 제 마음대로 노래를 부르기 위해 일어나면 언제든 어디든 다시 부리나케 달려간다. 이런 사실로부터, 요제피네는 거의 법의 테두리 밖에 존재한다고, 그래서 설령 전체를 위험에 빠뜨리는 일이라 해도 그녀가 원하면 해도 되고 무슨 일이든 그녀가 하면 용서된다는 결론을 내릴 수 있다. 만약 그렇다면 요제피네의 까다로운 요구도 완전히 이해될 수 있다. 그렇다, 말하자면 우리 종족이 그녀에게 주는 이 자유, 그녀 외에는 누구에게도 준 적 없는, 사실 법에 저촉되는 이 특별한 선물은 다음과 같은 그녀의 주장을 우리가 어느 정도 인정한다는 것으로 볼 수 있을지 모른다. 즉 우리 종족은 그녀를 이해하지 못하며, 그녀의 예술을 무력하게 바라볼 뿐이고, 그것을 누릴 자격이 없다고 느끼며, 그로써 요제피네에게 가해지는 이 고통을 거의 필사적인 봉사로 상쇄하고자 하고, 그녀의 예술이 우리의 이해력 밖에 있듯이 그녀의 인격과 요구도 우리의 권한 밖에 있다는 주장 말이다. 그런데 이 주장은 물론 전혀 맞지 않는다. 어쩌면 우리 종족은 개별적으로는 요제피네에게 너무 쉽게 항복하는지도 모른다. 하지만 우리 종족은 그 누구에게도 무조건 항복하지는 않으므로 그녀에게도 마찬가지다.

이미 오래전부터, 어쩌면 가수생활을 시작할 때부터, 요제피네는 노래에 전념할 수 있도록 일체의 노동을 면제받으려고 싸워왔다. 따라서 일용할 양식에 대한 걱정을 비롯해 우리의 생존 투쟁과 관련된 그 밖의 모든 일을 가져가서—있을 법한 일이다—종족 전체가 떠맡아달라고 요구했다. 요제피네에게 한눈에 반한 자라면—그런 자들도 있었다—이 요구가 별나다는 점, 그런 요구를 생각해낼 수 있는 그녀의 정신 상태가 남다르다는 점만으로도, 벌써 그 요구에는 내적 타당성이 있을 거라는 결론을 이끌어낼 것이다. 그러나 우리 종족은 다른 결론을 내리고 그 요구를 조용히 거절한다. 요구의 근거를 반박하는 일도 그리 어렵지 않게 해낸다. 예를 들어 요제피네는 힘든 노동을 하면 목소리에 해롭다는 점을 지적한다. 노동에 드는 힘은 노래할 때에 비하면 아무것도 아니지만, 노동을 할 경우 노래가 다 끝나고 충분히 휴식을 취하면서 새로운 공연을 위해 힘을 축적해야 하는데 그럴 수가 없으며, 그렇게 되면 완전히 녹초가 될 수밖에 없고, 그런 상태로는 최고의 실력을 절대 발휘할 수가 없다는 것이다. 우리 종족은 그녀의 말을 경청하고는 무시한다. 우리는 아주 쉽게 마음이 움직이는 종족이지만 때로는 전혀 마음이 움직이지 않을 때도 있다. 이 거절이 때로는 너무 단호해서 요제피네조차 놀라 주춤할 정도다. 그녀는 순응하는 듯이 보인다. 적당히 노동하고, 할 수 있는 만큼 노래도 하면서. 하지만 그런 생활은 한동안일 뿐이고, 그러고 나서는 새로 힘을 내—그럴 힘이 그녀에게는 무한정 많은 것 같다—다시 싸움을 시작한다.

그런데 여기서 분명한 점은, 요제피네가 실제로 얻고자 하는 것은 그녀가 말로써 요구하는 것이 아니라는 점이다. 그녀는 분별력이 있고 노동을 회피하지 않는다. 그렇다, 우리에게 노동 회피란 아예 낯선 개념이다. 우리가 그녀의 요구를 들어준다 해도, 분명 그녀는 예전과 다르게 살지 않을 것이다. 노동은 그녀의 노래를 결코 방해하지 않을 것이고, 물론 노래가 더 아름다워지지도 않을 것이다—그러니까 그녀가 얻고자 하는 것은 오직 자신의 예술에 대한 공식적이고 분명한 인정이고, 시대를 초월해 지속되는 인정, 지금까지 이름난 모든 것을 훨씬 뛰어넘는 인정이다. 다른 모든 것은 거의 얻을 수 있을 것으로 보이는 반면, 이것만은 끝까지 그녀의 뜻대로 되지 않는다. 어쩌면 그녀는 애초에 공격 방향을 다른 쪽으로 돌렸어야 했는지도 모른다. 아마 지금은 그녀 자신도 무엇이 잘못인지 알 것이다. 그러나 이제는 뒤로 물러날 수 없다. 후퇴는 곧 자기 신념을 저버리는 일이 될 테니까. 이제 그녀는 이 요구와 함께 흥하거나 망하는 수밖에 없다.

그녀의 말대로 그녀에게 정말로 적이 있다면, 그들은 손가락 하나 까딱하지 않고도 이 투쟁을 흥미롭게 지켜볼 수 있을 것이다. 그러나 그녀는 적이 없다. 가끔 그녀에게 반대하는 자는 있지만 아무도 이 투쟁을 흥미로워하진 않는다. 이 경우 우리 종족이 재판관 같은 냉정한 태도를 보이기 때문이라는 이유만 봐도, 그런 자는 없다. 보통 우리에게서 그런 태도를 볼 수 있는 경우는 대단히 드물다. 그리고 누군가 이 경우 그런 냉정한 태도를 보이는 데 동조한다 해도, 이 종족이 언젠가 자기 자신에 대해서도 비슷한 태도를 취할지 모른다는 생각만으로도 이 투쟁에 대한 흥미 따위는 싹 달아날 것이다. 이런 요구에서와 비슷하게 거절의 경우에서도, 관건은 사안 그 자체가 아니라 이 종족이 한

동포를 철저히 배척할 수 있다는 점이며, 평소에는 이 동포를 아버지처럼, 아니 아버지보다 더 헌신적으로 돌보는 종족이기에 그만큼 더 철저히 등돌릴 수 있다는 점이다.

종족이 아니라 개별 존재가 이런 상황에 처해 있다고 가정해보면 어떨까. 이 사람은 그동안 쭉 요제피네에게 양보해왔고 그러면서도 이렇게 양보만 하는 일에 마침내 종지부를 찍고 싶다는 간절한 열망을 품고 있다고 생각해보자. 그는 초인적으로 많은 것을 양보해왔지만 이 양보에도 마땅한 한계가 있을 거라는 확고한 믿음을 지니고 있다고 말이다. 그리고 그가 필요 이상으로 양보해온 것은 그저 일을 빨리 진척시키기 위해서고, 요제피네의 응석을 받아주면서 계속 새로운 소망을 피력하게 만들다가, 정말로 이 마지막 요구를 제기하도록 유도하기 위해서였다고 말이다. 그래서 그는 이제 오랫동안 준비했던 일이므로 매몰차게 최종적인 거절을 단행한 것이라고 생각해볼 수 있다. 그런데 실상은 이와 전혀 다르다. 이 종족은 그런 술책 같은 것이 필요 없다. 게다가 이 종족의 요제피네에 대한 숭배는 진심이며 믿을 만한 것이다. 다만 요제피네의 요구가 아무것도 모르는 어린아이도 결말을 내다볼 수 있을 만큼 심한 것일 뿐이다. 그럼에도 요제피네가 이 일에 대해 갖고 있는 견해에는 그런 추측들도 함께 작용해서, 거절당한 그녀의 고통에 쓴맛을 더하고 있을지 모른다.

그러나 설령 그녀가 그런 추측을 한다 하더라도 그 때문에 겁먹고 투쟁을 그만둘 그녀가 아니다. 최근에는 심지어 그 투쟁이 더 격렬해지고 있다. 지금까지는 말로만 싸웠다면 이제는 다른 수단을 동원하기 시작한다. 그녀가 생각하기에는 더 효과적인 수단이라지만 우리가 보기에는 그녀 자신을 더 위태롭게 만드는 수단이다.

어떤 자들은 요제피네가 이토록 집요하게 나오는 이유를 그녀 자신이 나이들어간다는 것을 느끼기 때문이라고 생각한다. 목소리가 약해지고 있고, 그래서 지금이 인정을 얻기 위한 최후의 투쟁을 벌일 절호의 때로 여겨지기 때문이라는 것이다. 나는 그렇게 생각하지 않는다. 만약 그 말이 맞는다면 요제피네는 더이상 요제피네가 아니다. 그녀에게 늙는다거나 목소리가 약해지는 일 따위는 없다. 그녀가 무언가를 요구한다면 그것은 외적인 것들이 아니라 내적인 일관성에서 나온 것이다. 그녀는 가장 높은 곳의 월계관을 잡으려고 한다. 그것이 마침 약간 낮은 곳에 걸려 있어서가 아니라 현재로서는 가장 높은 곳에 걸려 있기 때문이다. 만일 그럴 힘이 있다면 그녀는 월계관을 더 높은 곳에 걸 것이다.

이처럼 외적인 난관을 무시한다고 해서 그녀가 치졸하기 짝이 없는 수단들을 사용하기를 마다하는 것도 물론 아니다. 그녀에게 자신의 권리란 의심의 여지가 없는 것이다. 그래서 그녀가 그것을 어떻게 얻는가 하는 것이 중요한 문제다. 더구나 그녀가 보기에 이 세상에는 점잖은 수단이 통하지 않기 때문이다. 심지어는 바로 그 때문에, 그녀가 자신의 권리를 얻으려는 투쟁의 영역을 노래에서 자신에게 덜 소중한 다른 것으로 옮겼는지도 모른다. 그녀의 추종자들이 널리 퍼뜨린 그녀의 말에 따르면, 그녀는 가장 은밀한 반대파까지 포함해 이 종족의 모든 계층이 진정한 즐거움을 느낄 수 있도록 노래 부를 능력이 얼마든지 있다고 자부한다. 대중은 오래전부터 요제피네의 노래에서 그런 즐거움을 느끼고 있다고 주장하는데, 진정한 즐거움이란 그런 대중적 의미의 즐거움이 아니라 요제피네가 갈망하는 의미의 즐거움을 말한다. 그러나 거기에 덧붙여 말하기를, 그녀는 고귀한 것을 위조할 수도 없고 천박한 것에 아첨할 수도 없으므로, 지금의 이 상태 그대로 계속할 수밖에 없다는 것이다. 그런데 노동을 면제받기 위한 그녀의 투쟁에서는 사정이 다르다. 이 또한 그녀의 노래를 위한 투쟁이지만 그녀는 이 투쟁에서 노래라는 귀중한 무기를 가지고 직접 싸우지는 않는다. 그런 까닭에 그녀가 사용하는 수단은 어떤 것이든 얼마든지 괜찮다.

그래서 예컨대 요제피네는 우리가 자신의 뜻에 따르지 않으면 콜로라투라*를 줄일 생각이라는 소문이 나돌았다. 나는 콜로라투라에 대해 아무것도 모르고 그녀의 노래에서 콜로라투라 같은 것을 알아차린 적도 없다. 하지만 요제피네는 콜로라투라를 줄이려고 한다. 일단 없애지 않고 줄이기만 하겠다는 것이다. 그녀는 자신의 협박을 말로만 그치지 않고 실행에 옮겼다는데, 물론 내게는 예전 공연들에 비해 별반 차이가 느껴지지 않았다. 종족 전체가 콜로라투라에 대해서는 아무 말도 하지 않고 늘 그랬던 것처럼 귀를 기울였고, 요제피네의 요구를 다루는 태도 또한 변하지 않았다. 그런데 요제피네에게는 그녀의 모습 못지않게 때로는 그녀의 생각도 꽤 우아한 데가 있음을 부인할 수 없다. 이를테면 그녀는 예의 공연이 끝난 후 콜로라투라에 대한 자신의 결심이 대중에게는 너무 가혹하거나 너무 갑작스러웠나 싶어서 다음엔 콜로라투라를 다시 온전하게 노래할 거라고 선언했다. 그러나 다음번 음악회 후에는 다시 생각이 바뀌어, 이제 콜로라투라는 완전히 끝이며 그녀에게 유

---

* 오페라 아리아 등에서 사용되는 화려하고 기교적인 장식음.

리한 결정이 내려지기 전에는 콜로라투라를 다시 쓰는 일은 없을 거라고 했다. 그런데 이 종족은 마치 생각에 잠긴 어른이 아이의 재잘거리는 소리를 흘려듣듯이 이 모든 선언과 결정과 결정 번복을 흘려듣는다. 기본적으로 호의는 있지만 마음을 움직이지는 않는다.

하지만 요제피네는 뜻을 굽히지 않는다. 예컨대 최근에는 노동중에 발을 다치는 바람에 노래 부르는 동안 서 있기가 힘들고, 그녀는 서서만 노래 부를 수 있으므로 이젠 심지어 노래까지도 줄이지 않을 수 없다고 주장했다. 그녀가 절룩거리며 추종자들의 부축을 받지만 정말로 다쳤다고는 아무도 믿지 않았다. 그녀의 조그만 몸이 특별히 민감하다는 점은 인정하더라도, 우리는 노동의 종족이고 요제피네도 같은 종족이다. 우리가 찰과상을 입을 때마다 절룩거리려 한다면 종족 전체가 한시도 그치지 않고 절룩거리게 될 것이다. 그러나 그녀가 절름발이처럼 행동하든 말든, 그 애처로운 모습으로 평소보다 더 자주 대중 앞에 나타나든 말든, 이 종족은 그녀의 노래를 예전처럼 감사하는 마음으로 넋을 놓고 들으며, 공연 시간이 단축되었다는 이유로 큰 소란을 피우는 일도 없다.

계속 절룩거릴 수는 없는 노릇이므로 그녀는 다른 방도를 생각해낸다. 그래서 피곤한 척, 기분 나쁜 척, 허약한 척하기로 한다. 우리는 이제 음악회 외에 연극도 보게 된 것이다. 우리는 추종자들이 요제피네 뒤에서 노래를 불러달라며 간청하고 애원하는 모습을 본다. 그녀는 노래를 부르고 싶지만 부를 수 없다고 한다. 추종자들이 그녀를 위로하고, 비위를 맞추고, 노래 부르도록 미리 물색해둔 곳으로 그녀를 거의 나르다시피 데려간다. 마침내 그녀는 뜻 모를 눈물을 보이며 뜻을 굽힌다. 그녀는 노래를 시작하려고 분명 젖 먹던 힘까지 짜내보지만 기운이 없는지 평소처럼 양팔을 활짝 벌리지 않고 맥없이 축 늘어뜨리고 있는데 그때 청중은 그녀의 팔이 너무 짧은 게 아닌가 하는 인상을 받는다―이런 모습으로 노래를 시작하려 하지만 다시 잘되지 않는다. 화가 난 듯 머리를 홱 움직이는 동작에서 이를 알 수 있다. 그 순간 그녀는 우리 눈앞에서 픽 쓰러져버린다. 그러고는 물론 다시 애써 몸을 벌떡 일으켜 노래하는데 내 생각에는 평소와 별반 다른 것 같지는 않다. 아마도 아주 미세한 뉘앙스까지 식별할 줄 아는 귀가 있는 자라면 다소 이례적인 흥분 상태를 감지해낼지 모른다. 하지만 이런 흥분은 사태에 도움이 되는 작용을 할 뿐이다. 끝에 가서는 오히려 그전보다 덜 피곤한 모습이다. 그리고 그녀는 도움을 주려는 추종자들의 손길을 모두 뿌리치고 경외심에 차서 길을 내주는 군중을 차가운 시선으로 훑어보면서, 특유의 획 지나가는 듯한 총총걸음을 이렇게 부를 수 있다면, 말인즉슨 견고한 걸음걸이로 멀어져간다.

이는 얼마 전의 일이었다. 그런데 가장 최근 사건은 그녀가 노래를 부르기로 정해진 시간에 사라져버린 일이었다. 그녀의 추종자들뿐만 아니라 많은 수가 수색에 나섰지만 허사였다. 요제피네는 사라졌다. 그녀는 노래를 부르고 싶지 않고, 그런 부탁조차 받고 싶지 않은 것이다. 이번에는 그녀가 우리를 버리고 아주 떠나버렸다.

그녀가 계산을 잘못하다니 참으로 이상한 일이다. 그 영리한 여자가 말이다. 어찌나 계산을 잘못하는지, 그녀가 계산이란 걸 아예 하지 않고 우리 세계에서는 매우 슬픈 운명이 될 수밖에 없는 자신의 운명 탓에 계속 내몰리기만 할 뿐이라고 생각해야 할 정도다. 그녀 스스로 노래를 멀리하고, 대중의 마음을 사로잡았던 힘을 스스로 파괴한다. 대중의 마음을 그토록 모르면서 그녀는 어떻게 그런 힘을 얻을 수 있었을까. 그녀는 모습을 감추고 노래를 부르지 않는다. 그러나 이 종족은 조용하고, 실망의 기색 없이, 당당하고, 내면으로 침잠하는 자들이다. 겉보기와는 달리 그야말로 선물을 주기만 할 뿐 받을 줄 모르는, 요제피네가 주는 선물조차 받을 줄 모르는 이 종족은 계속해서 제 길을 갈 뿐이다.

그러나 요제피네는 내리막길을 걸을 수밖에 없다. 머지않아 그녀의 마지막 찍찍 소리가 울리다가 잠잠해지는 때가 올 것이다. 그녀는 우리 종족의 유구한 역사 속에서 하나의 작은 에피소드이며, 우리 종족은 그 에피소드의 상실도 이겨낼 것이다. 물론 쉽지는 않을 것이다. 완벽한 침묵 속에서 열리는 집회가 어떻게 가능하겠는가? 물론 요제피네가 있을 때도 집회는 침묵이 흐르지 않았던가? 그녀가 실제로 냈던 찍찍 소리가 우리가 그것에 대해 갖게 될 기억보다 훨씬 더 크고 생기 넘치는 것이었을까? 그녀가 아직 살아 있는 동안에는 과연 그것이 단순한 기억 그 이상이겠는가? 오히려 이 종족은 지혜롭게도 바로 요제피네의 노래가 이런 식으로 잊히지 않았기 때문에 그것을 그렇게 한껏 치켜세우지 않았을까?

그러니까 우리는 아마 그다지 아쉬워하지 않을 것이다. 그러나 본인 말로는 선택된 자들에게 주어진다는 지상의 고통에서 구원받은 요제피네는 기쁜 마음으로 우리 종족의 수많은 영웅 무리 속으로 사라질 테고, 머지않아 더 높은 단계로 구원받아, 우리는 역사를 기록하지 않는 종족이므로 다른 모든 영웅과 마찬가지로 잊히고 말 것이다.

죽음에 이르는 글쓰기, 카프카의 길

20세기 초반 독일어권 문학을 대표하는 작가 중 하나로 손꼽히는 체코 프라하의 작가 프란츠 카프카(1883~1924)는 올해 6월 3일 서거 100주기를 맞이한다. 생일이 7월 3일이므로 그는 정확히 사십 년 십일 개월 동안 이 세상을 살다가 갔다. 이렇게 젊은 나이에 죽음을 맞이한 까닭은 그의 치명적인 지병 때문이었다. 병의 근본 원인은 오랜 기간 낮의 직장생활과 밤의 글쓰기 생활을 병행하는 무리한 이중생활*로 인한 면역력 저하로 추정된다. 글쓰기에 대한 애착이 집착을 넘어 병까

---

* 법학 박사인 그는 준국영기업인 프라하의 노동자재해보험공사를 1908년에서 1922년까지 십사 년간 다녔다. 오전 여덟시 출근, 오후 두시 퇴근인 속칭 '신의 직장' 수준이었다. 오후 세시부터 일곱시까지 잠자기, 밤 열시에서 열한시부터 새벽 두세시까지 글쓰기 생활을 반복했다. 직장에서 그는 유능한 직원으로 인정받아 세 차례 승진했고, '대체 불가의 인력'이라는 이유로 회사측 요청에 따라 1차대전 때 징집 대상에서 면제될 정도였다.

지 된 셈이다. 1917년 8월 처음 각혈을 하고 9월에 폐결핵 진단을 받은 후, 프라하를 떠나 여러 시골 마을과 요양소를 전전하며 요양생활과 직장 복귀를 반복하면서 건강을 돌보는 일에 치중했으나, 약 칠 년에 걸쳐 전체적으로 그는 차츰 시들어갔다. 폐결핵은 당시 불치병이었다. 1918년 10월 세계적 대유행을 시작한 20세기 최대의 팬데믹, 이른바 스페인 독감에도 걸려, 여러 주 사경을 헤매다가 가족의 극진한 간병 덕에 가까스로 살아났다. 이 일로 그전까지 상당히 호전된 상태였던 그의 몸은 치명타를 입는다. 이 독감 병상에서 그는 1차대전 종전과 함께 오스트리아-헝가리 제국의 몰락과 체코슬로바키아 공화국의 탄생을 목도했다.

1924년 들어 그의 병세는 빠르게 악화된다. 3월에 약 육 개월간의 베를린 생활을 접고 프라하로 돌아온 후, 4월에는 오스트리아의 폐결핵 전문 대규모 요양소인 비너발트 요양소*를 거쳐 빈대학 병원의 저명한 하예크 이비인후과에 입원해, 예상대로 카프카는 폐결핵이 후두 부위로까지 진전된 후두결핵 확진을 받았다. 엄청난 고통 때문에 음식은 물론 음료조차 삼키기 어려웠고 말하기도 힘든 상태였다. 이렇다 할 치료도 받지 못한 채 죽음을 기다려야 하는 차갑고 엄격한 병원 분위기를 견디지 못하고, 카프카와 그의 마지막 연인 도라 디아만트(1898~1952)는 원장의 강력한 반대에도 불구하고 4월 19일 빈 북쪽의 소도시 키얼링에 위치한 3층짜리 소박한 규모의 호프만 요양소

---

* 카프카의 외삼촌인 '시골 의사' 지크프리트 뢰비가 이 요양소의 소장과 친분이 있어 체재비와 치료비의 10퍼센트를 할인받기로 약속되어 있었다. 체코 남부 트리시에서 개업한 지크프리트 외삼촌은 바로 단편 「시골 의사」의 모델이 된 인물이다.

로 거처를 옮긴다. 이 키얼링 요양소는 간병인이 자유롭게 머물 수 있는 편안한 곳이었고, 카프카는 생의 마지막 한 달 반을 여기서 보내게 된다. 끝까지 임종을 지킨 사람은 베를린 생활을 함께했던 도라 디아만트와 마틀리아리 요양소의 폐결핵 동기이자 젊은 의학도인 로베르트 클롭슈토크(1899~1972)였다. 마침 다시 요양소에 있던 로베르트는 도라의 연락을 받고 단걸음에 달려왔다. 두 사람의 지극한 간병은 눈물겹도록 헌신적인 것이었다. 부모에게는 감춘 채 카프카의 가족과 친구들이 마지막 인사차 문병을 다녀갔고, 카프카는 죽기 전날까지 그의 마지막 책『단식 광대』의 교정쇄를 붙들고 있었다. 거의 평생을 프라하에서 살았던 그는 이렇게 객지에서의 죽음으로 최후를 맞았다.*

카프카가 세상을 떠난 지 백 년, 그사이 그는 세계적인 명성을 지닌 작가로 우뚝 섰다. 사망할 당시엔 그의 명성이 그리 대단한 것이 아니었다. 몇 편의 중단편 소설과 산문집을 세상에 내놓은 것이 전부였다.** 그러나 이제 그의 이름은 20세기를 넘어 오늘날까지도 그 빛을 잃지 않고 오히려 갈수록 세계문학의 하늘에 더욱 밝게 빛나는 일등별 중 하나가 되었다. 그가 이런 반열에 오르게 된 것은 다름 아닌 그의 절친

---

* 카프카는 여섯 가족 중 제일 먼저 프라하의 신新유대인공동묘지 내 가족묘에 묻혔다. 이어서 아버지와 어머니가 묻혔고, 여동생 셋은 모두 나치의 홀로코스트에 희생되어 묘지에 명판만 있다.

** 카프카는 모두 일곱 권의 책을 냈다. 산문집『관찰』(1912), 중편『화부』(1913), 중편『변신』(1915), 단편『선고』(1916), 중편『유형지에서』(1919), 단편집『시골 의사』(1920), 단편집『단식 광대』(1924)가 그것이다.『단식 광대』는 그가 죽고 두 달 후에 발간되었다. 그의 전체 작품의 90퍼센트가량은 사후에 출간되었다.

한 친구 막스 브로트(1884~1968)의 결정적인 공 덕분이었다. 널리 알려진 일화로, 아직 출판되지 않은 작품들의 원고, 일기, 편지 등을 모두 불태워 없애달라는 카프카의 유언*을 거스르고 브로트가 유고 관리인을 자처하며 출판을 서둘렀기 때문이다. 그 덕분에 카프카 문학의 근간을 이루는 세 편의 장편소설과 기타 중요한 단편소설 등이 세상의 빛을 보게 되었다.

두 사람의 인연은 프라하대학교 2학년 때인 1902년 가을로 거슬러 올라간다. 동아리 활동** 중 브로트가 쇼펜하우어와 니체에 대한 강연을 하는 자리에서였다. 둘 다 독일어를 사용하는 유대계 집안 출신이었고 법학 전공자였지만 문학과 예술에 대한 관심이 지대했다. 브로트는 60대까지도 작곡가이자 피아니스트로 활동했고 음악비평, 연극비평, 철학 저술 등 여러 방면으로 활발한 에너지를 분출했으며, 문학 쪽으로도 많은 작품을 써서 일부는 상당한 성공을 거두기도 하여 카프카 생전엔 더 이름난 작가였다. 이처럼 브로트는 카프카와 달리 매우 활동적이고 사교적인 성품이어서, 이후 카프카는 친구와 지인들 대부분

---

* 카프카는 브로트에게 두 통의 유언 편지를 남겼는데, 모두 카프카 사후에 그의 책상 서랍에서 발견되었다. 1921년 가을 또는 겨울 작성으로 추정되는 것은 모든 글을 불태워 달라는 내용이고, 1922년 11월 것은 당시까지 출간된 책 여섯 권과 최근작인 『단식 광대』 원고를 제외한 나머지를 전부 불태워달라는 내용이었다. 당시엔 그가 병상에 완전히 드러눕기 전이라 마음만 먹으면 원고를 스스로 불태울 수도 있었는데 왜 친구에게 그런 부탁을 했는지는 의문이며, 이에 대한 심리 분석과 해석이 분분하다.

** 카프카와 브로트가 가입했던 '독서와 강연 홀(Lese- und Redehalle der deutschen Studenten in Prag)'은 독일어를 쓰는 진보적이고 온건한 성향의 프라하 대학생 동아리로, 당시 반세기가 넘는 역사를 지녔고 자체 도서관을 갖추고 있었다. 브로트는 그때 이미 철학 강연을 할 정도로 조숙한 면모를 보였다.

을 브로트를 통해 알게 되었다. 카프카의 첫번째 연인 펠리체 바우어 (1887~1960)를 만난 것도 브로트를 통해서였다. 1913년 브로트가 결혼할 때까지 두 사람은 영혼의 단짝처럼 거의 매일같이 붙어다녔을 정도다. 일찍부터 카프카의 문학적 천재성을 알아본 브로트는 글을 쓰도록 항상 격려해주었고 책을 낼 수 있도록 출판인도 소개해주었다. 카프카에게 브로트는 평생 친구이면서 멘토와도 같은 존재였다. 또한 브로트는 글쓰는 친구 둘*을 더 끌어모아 이른바 '프라하 동아리'**를 결성하였으니, 이들 네 사람은 각자 쓴 글로 정기적 독회를 열어 토론도 하고 음악 연주도 즐겼다.

카프카의 공식 국적은 오스트리아와 체코슬로바키아였다. 제국의 멸망과 공화국의 탄생 이후 마지막 약 오 년 반 동안은 체코슬로바키아 공화국의 시민이었고, 그 이전 대략 삼십오 년간은 오스트리아-헝가리 이중제국의 신민이었다. 그러나 그는 어느 쪽에도 소속감을 느끼지 못했다. 주로 독일어***로 글을 쓰고 말을 했지만—그는 체코어에도

---

* 오스카르 바움(1883~1941)과 펠릭스 벨치(1884~1964)였다. 바움은 시각장애인으로 오르간 연주자이자 피아노 교사였고 1907년 결혼 이후 바움 부부의 집이 정기적인 모임 장소가 되었다. 이 두 친구도 유대인 집안 출신이었고 독일어로 글을 썼다. 카프카는 죽을 때까지 벨치가 약 이십 년간 편집장으로 일했던 유대인 주간지 『젤프스트베어』의 정기 구독자였다.

** 브로트는 말년에 『프라하 동아리Der Prager Kreis』라는 책을 썼다. 좁은 의미로는 위의 사인방 모임을 가리켰고, 넓은 의미로는 카페 아르코를 중심으로 독일어를 쓰는 프라하의 문인과 언론인들이 활발히 교류한 모임을 가리켰다. 그들 대부분은 유대계였다. 소위 이 '아르코호'에서도 대원들인 '아르코나우트'를 이끄는 선장 역할은 막스 브로트가 맡았고, 일찍부터 명성을 얻기 시작한 프란츠 베르펠(1890~1945)이 중요한 역할을 했다. 프라하 독일문학은 이 모임을 중심으로 형성되었다.

*** 독일어를 쓰는 유대인 사회에서 나고 자란 카프카에게 독일어는 모어였다. 당시 프

능통했다―독일인도 오스트리아인도 아니었고, 거의 평생을 프라하에서 살았지만 자신을 체코인으로 여기지 않았다. 프라하가 카프카의 고향 도시이듯 흔히 '프라하의 작가'로 불리며 이 도시가 배출한 최고의 작가*로 손꼽히지만, 정작 카프카 자신은 프라하에 그리 애착을 느끼지 못했고 프라하를 영원히 벗어나기를 소망했다. 혈통으로 보면 유대인이었지만 청소년기에는 유대 문화를 외면하고 유대 전통과 거리를 두었다. 서구 문화에 동화되어 물질적 성공을 지향하던 세속적인 유대인 집안에서 성장한 탓으로 볼 수 있다. 20대 말 우연히 동유럽 유대인 유랑극단의 연극을 접하고 동구 유대인들에게 살아 있는 전통적 유대 문화에 감화되면서부터는 유대 전통에 조금씩 관심을 갖기 시작했다. 정체성 문제는 그에게 평생의 화두였다. 어디에도 속하지 못하고 끊임없이 겉도는 정체성의 결핍, 주변인 내지 경계인으로서의 생활감정은 그의 문학세계 저변에 흐르는 불안 정서의 근원이었다. 현실과 비현실의 경계를 넘나들고 일상과 환상이 뒤섞이는 카프카 문학의 경향성 역시 같은 '뿌리'에서 연원하는 것으로 추정된다. 유대인 정체성을 놓고 고

라하는 세 민족(독일인, 유대인, 체코인)으로 구성되고 두 언어(독일어, 체코어)를 쓰는 도시였다. 전통적으로 프라하의 도심지역은 독일어가 지배적이었고 유대인 게토인 요제포프는 도심에 위치해 있었다. 유대인들은 대부분 생존과 출세에 유리한 독일어를 사용하였다. 19세기 중반 이후 산업혁명과 더불어 체코 노동자들이 프라하 변두리 지역에 대거 정착하기 시작하면서 프라하 전체는 독일적인 도시에서 점차 체코어가 우세한 체코적인 도시로 변모해갔다.

* 프라하 출신 유명작가로 카프카 외에 라이너 마리아 릴케(1875~1926), 프란츠 베르펠, 구스타프 마이링크(1868~1932), 에곤 에르빈 키쉬(1885~1948) 등을 들 수 있다. 이 중 릴케는 카프카와 더불어 가장 유명한 인물이지만 국제적 명성을 얻으면서 주로 외국에서 활동했다.

심을 거듭하며 회의적 자세를 유지하던 그는 병든 후부터 본격적으로 관심을 갖고 히브리어를 배우기 시작했다. 당시 유럽에서 한창이던 시온주의 운동과는 비판적 거리를 두었지만, 말년에는 디아만트와 함께 팔레스타인 이주를 계획하기도 했다. 프라하 사인방 중 실제로 브로트와 벨치는 팔레스타인행을 결행하여* 각각 텔아비브와 예루살렘에 정착한다. 그 밖에 카프카가 친밀하게 지냈던 친구나 지인들 역시 거의 모두가 유대계 출신이었다. 이러한 배경에서 그의 작품들 속에 녹아 있는 유대 문화적 요소들을 밝혀내고 해석하는 작업은 카프카 연구사에서 주요한 한 갈래 흐름을 이룬다.

카프카가 주로 작품활동을 하던 1910년대와 1920년대 초반의 십여 년은 문학사에서 바로 표현주의 시기와 거의 일치한다. 최초의 세계대전이 발발했고, 전쟁중에 러시아혁명이 일어나 세계 최초의 공산정권이 수립되었으며, 전쟁의 여파로 프로이센 제국과 오스트리아 제국이 동시에 몰락했고 각각 공화국이 수립되던 엄청난 파국과 혼란의 시대였다. 그리고 서양 문명 전체의 위기와 몰락이 거론되던 때였다.** 이러한 시대적 분위기를 배경으로 표현주의 문학사조는 전쟁, 대도시, 데카당스, 불안, 자아 상실, 세계 몰락 등의 주제를 광기와 도취의 격정적인 언어 또는 꿈과 무아의 그로테스크한 언어로 다루었다. 가속화하는 산

---

* 이 두 친구는 1939년 3월 나치 독일의 군대가 프라하를 접수하기 바로 전날 팔레스타인을 향해 가족과 함께 기차에 올라 가까스로 프라하를 탈출한다. 브로트는 카프카의 유고 뭉치를 직접 수하물로 꾸려서 들고 갔다.

** 계몽주의 이후 서양의 진보적 역사관을 정면으로 반박한 오스발트 슈펭글러의 역사철학서 『서구의 몰락』 1권과 2권이 각각 1918년, 1922년 발표되어 지식인 사회에 큰 반향을 불러일으켰다.

업화와 대도시화가 빚어내는 인간의 기계화와 비인간화를 규탄하고, 군국주의 문화의 확산으로 인한 사회 전반의 가부장적 권위주의 질서에 저항하는 분위기였다. 카프카의 문학도 이러한 시대적 맥락에서 크게 벗어나 있지 않았고, 비록 문체와 기법 등의 면에서는 차이가 크지만 주제 면에서는 표현주의 사조와 맞닿아 있었다. 생전에 간행된 그의 책 여섯 권 중 다섯 권이 당시 표현주의 계열의 동일 출판사에서 발간되었다는 사실이 이를 뒷받침해준다.*

글쓰기는 그의 숙명이자 그와 한몸이었다. 한편으로는 카프카 역시 다른 친구들처럼 결혼해서 가장이 되는 시민적 삶의 길을 꿈꾸기도 했다. 가정을 이루어 스스로 아버지가 되는 것이 아버지로부터 벗어나는 길이었기 때문이다. '아버지 그늘에서 벗어나기'는 그의 평생 프로젝트이자 숙원 사업이었다. 그러나 그는 시민적 삶과 작가적 삶의 기로에서 번번이 후자를 택한다. 그에게 시민적 삶은 작가적 삶을 잠식하는 것으로 여겨졌고, 둘은 양립 불가능한 관계였던 것이다. 그 결과로 세 번의 약혼에 이은 파혼이라는 특이한 이력을 남기게 된다. 카프카는 끝내 한 가정의 아버지가 되지 못하고 '영원한 아들'로 남는다. 다음의 일기 구절은 그에게 글쓰기가 어떤 것이었는지를 잘 보여주는 한 예다. "내 안에서 글쓰기로 향하는 집중은 뚜렷이 인식될 수 있다. 내 유기체 안에서 글쓰기가 내 존재의 가장 풍요로운 방향이라는 것이 분명해졌을 때

---

* 카프카의 책 다섯 권을 발간한 라이프치히와 뮌헨의 쿠르트 볼프 출판사는 당시 주로 표현주의 작가들의 작품을 출판했다. 첫번째 책『관찰』을 발간한 에른스트 로볼트 출판사도 실은 쿠르트 볼프 출판사의 전신前身이다. 사후에 출간된 마지막 책『단식 광대』만 베를린의 디 슈미데 출판사에서 출간되었다.

모든 것이 그쪽으로 몰려갔고, 섹스와 먹고 마시기의 기쁨, 음악에 대한 철학적 사색의 즐거움 쪽으로 앞서서 달려가려는 모든 능력은 비워지게 했다. 나는 이 모든 방향으로는 불모가 되어갔다."* 글쓰기가 그의 전부임을 말해주는 이런 문장들은 그의 일기, 편지 등에 수없이 널려 있다.** 그에게 글쓰기는 먹고 마시기와 같은 일상적 즐거움의 포기와 희생 속에서 이루어지는 치열하고 처절한 싸움이었고, 그 싸움의 대가로 주어지는 가장 생산적이고 풍요로운 결실이었다. 특히 발병 이후부터는 삶의 모든 에너지를 오로지 글쓰기에 쏟고자 하는 그의 노력은 점점 필사적인 것이 되어갔다. 생의 마지막 기운이 소진하고 죽음에 이를 때까지 글쓰기를 놓지 않던 그의 자세는 바로 마지막 순간까지 단식을 포기하지 않고 굶어죽는 '단식 광대'를 닮았다. 그가 말년에 써낸 '단식 광대'의 몸처럼 그의 몸도 서서히 말라가며 굶어죽어간다. 글쓰기는 그에게 '죽음에 이르는 병'이었다.

일찍이 카프카의 진가를 알아본 헤르만 헤세는 그의 때 이른 죽음을 안타까워하며 '알려지지 않은 독일 산문의 왕' '독일어의 숨은 대가'라고 칭하면서 열광적인 지지의 글을 남겼지만, 당시 그는 별로 주목받지 못했다. 지금은 어떠한가? 카프카라는 밭을 일군 창업자 브로트조차 이렇게까지 번창할 줄은 예상치 못했을 것이다. '카프카 산업'이라는 말이 생겨날 만큼 전 세계가 들썩이지 않는가. 어제오늘의 일이 아

---

* 1912년 1월 초의 일기. 당시는 카프카가 작가로서 이제 막 알려지기 시작하던 때로, 글쓰기에 대한 그의 남다른 자세가 매우 인상적이다.

** 다른 예들로, 펠리체에게 보내는 편지에서 그는 "나의 전 존재는 문학을 향해 있다오" "나는 문학에 관심이 있는 것이 아니라 문학으로 만들어져 있으며, 다른 그 무엇도 아니고 다른 그 무엇도 될 수 없다오"라고 말한다.

니니, 카프카가 '문학 동네'를 훨씬 뛰어넘어 문화예술 관련 온갖 분야에서 인기 상품의 목록에 오른 지는 이미 오래되었다.* 그 식지 않는 매력과 인기의 비결은 무엇일까? 암울하고 절망적인 분위기의 기이한 이야기들이 일종의 호러물처럼 대중의 호기심을 자극하고 구미를 당기는 것일까. 대중의 수용이 어떻든 카프카는 전통적인 소설 문법에 도전하였고 다양한 방식으로 새로운 글쓰기를 시도한 모더니즘 문학의 개척자로 손꼽힌다. 현실과 비현실, 일상과 환상이 뒤섞이는 환상적 리얼리즘의 원조로도 일컬어진다. 그를 빼놓고 20세기 현대소설의 역사를 이야기할 수 없을 정도로 그의 영향력은 지대하다. 카뮈, 사르트르, 베케트, 카네티, 보르헤스, 마르케스, 쿤데라, 하루키** 등 기라성 같은 세계적 작가들이 카프카의 세례를 입은 것으로 알려져 있다. 그의 영향은 문학의 영역을 넘어 철학에까지 미친다. 카뮈, 사르트르 외에 아도르노, 벤야민, 블랑쇼, 데리다, 들뢰즈 등 수많은 현대의 철학자와 사상가가 카프카 문학에 대해 깊은 관심을 가지고 논의해왔다.

이 책은 카프카 타계 100주기를 기념하여 편집되었다. 그의 수많은 중단편 가운데 카프카가 작가로 발돋움하는 데 큰 생장점이 되어준

---

* 지난 수십 년간 영화, 연극, 음악, 미술 등 다양한 분야에서 카프카 관련 작품, 공연, 행사가 세계 각지에서 끊임없이 만들어지고 있다. 일례로 한국에서는 카프카의 유고를 둘러싼 소송 실화를 각색한 창작 뮤지컬 〈호프: 읽히지 않은 책과 읽히지 않은 인생〉이 2019년부터 세 차례 공연되었다. 이 작품에서 카프카는 요제프 클라인이라는 이름으로 나오는데, 장편소설 『소송』의 주인공 요제프 K.로부터 따온 것이며, 브로트는 베르트라는 이름으로 나온다. 뮤지컬의 주인공 에바 호프는 브로트의 비서이자 애인이던 에스터 호페의 딸이 모델이다.
** 무라카미 하루키는 소설 『해변의 카프카』(2002)로 2006년 프라하시가 후원하는 프란츠 카프카 문학상을 수상했다.

세 편과 그가 죽음의 병상에서도 마지막까지 심혈을 기울여 교정작업을 했던 네 편의 이야기를 한 권으로 묶었다. 앞의 세 편 「선고」「화부」「변신」은 모두 같은 시기인 1912년 가을에 집필되었고, 나중에 이른바 '아들' 삼부작이라고 불리게 된 작품들이다. 뒤의 네 편 「최초의 고뇌」「작은 여자」「단식 광대」「가수 요제피네 또는 쥐 종족」*은 말년인 1922년 봄과 1924년 봄에 걸쳐 집필되었고 『단식 광대』로 사망 직후 한 권에 묶여 출간된, 그의 마지막 책이 된 작품들이다. 1913년 봄 카프카는 브로트를 통해 소개받은 출판인 쿠르트 볼프와의 교신에서 앞의 세 편을 묶어 '아들들'이라는 제목의 책을 내고 싶다는 의사를 표했으나 뜻을 이루지 못하고 그해 5월 세 편 중 「화부」만 따로 출간했다. 이 세 편에서 아들들은 각기 아버지의 '권력'하에서 국외로 추방되거나 죽도록 방치되거나 심지어는 죽음을 선고받는다. 아버지의 권력과 갈등을 벌이는 아들의 스토리는 바로 카프카 자신의 이야기이면서 카프카 문학의 유명한 주제이기도 하다. 그리고 뒤의 네 편은 각기 공중그네 곡예사, 작은 여자, 단식 광대, 쥐 종족의 여가수를 주인공으로 내세워 문학과 예술에 대한 카프카의 통찰과 성찰을 곳곳에 녹여낸 이야기다. 생의 막바지에 작가가 자신의 문학 인생을 돌아보며 갈무리하는 의미 있는 작품들로 이해된다.

---

* 이하 「가수 요제피네」로 약칭함.

선고

1912월 9월 23일자 일기에 따르면, 카프카는 이 작품을 22일 밤 열
시에서 다음날 아침 여섯시까지 불과 여덟 시간 만에 집필했다. 그야말
로 폭풍처럼 써내려간 글이고, 세계적인 작가가 탄생한 밤이었다. 그는
집필하는 동안 "육체와 영혼의 완전한 열림"의 상태를 맛보았고, 이 이
야기는 "오물과 점액으로 뒤덮인 실제의 출산 때처럼" 그의 몸에서 빠
져나왔다고 묘사했다. 그동안 십 년 가까이 수천 쪽에 달하는 원고*를
썼지만 이렇다 할 작품을 내놓지 못했던 그가 하룻밤 만에 완결된 작
품을 쓴 것은 말 그대로 기적과도 같은 극적인 사건이었다. 그날 아침
너무도 감격한 나머지 밤을 꼬박 새웠는데도 여동생들을 모아놓고 갓
태어난 이 작품을 읽어주었다고 한다. 이렇게 완성도 높은 작품은 비
록 단편이지만 처음이었으며, 카프카가 출판인에게 보내는 한 편지에
서 자신의 작품들 중 가장 애착을 느낀다고 고백한 이유다. 그만큼 이
작품은 그의 문학 역정에서 차지하는 위치와 비중이 각별하며, 주변의
뜨거운 반응과 문단의 호평에 힘입어 그가 작가로서 입지를 세우는 데
자신감을 갖도록 해주었다. 그리고 이 작품은 무엇보다 카프카 문학의
영원한 주제인 아들과 아버지의 대결, 부자간의 갈등 구조를 선명하게
형상화하고 있어, 이후 소설들의 선구적이고 원형적인 모델이 된 작품
이라 할 수 있다.

---

* 이 초기 원고들 대부분은 버려져 소실되었고, 「어느 투쟁의 기록」 「시골에서의 혼례 준
비」, 그리고 스무 편가량의 산문 소품 정도만 남아 카프카의 초기 문학세계를 가늠하게
해준다.

1912년 가을은 카프카의 문학과 인생에서 분수령을 이루는 시기다. 그 이전과 이후가 크게 달라져 이제 새로운 차원이 전개되기 때문이다. 「선고」를 집필한 지 이틀 후부터 대략 오십 일간 첫 장편소설 『실종자』를 마치 봇물 터지듯 써내려갔으니 말이다. 1장 「화부」에서 6장 「로빈슨 사건」까지 소설 전체의 3분의 2가량이 이때 집필되었다. 『실종자』 집필을 잠시 중단하고 이어 그 유명한 「변신」을 약 이십 일 만에 완성한 것도 이때다. 막혔던 물꼬가 트여 분출하는 듯한 기세로 그의 주요 작품 세 편이 석 달도 안 되어 탄생했다.* 「선고」 집필 이틀 전은 8월 중순 브로트의 집에서 우연히 만났던 펠리체 바우어**에게 오 주 반 만에 처음으로 편지를 보낸 날이다. 이후 그녀와 수백 통의 편지를 주고받으며 1917년 말 최종적으로 결별할 때까지, 약혼에 이은 파혼을 두 번 거듭하게 될 두 사람의 역사가 시작된다. 그녀와의 관계를 통해 카프카는 결혼해서 새 가정 일구기와 함께 아버지의 그늘에서 벗어나기를 꿈꾸며 일반 시민들의 인생행로로, 즉 시민적 삶의 길로 들어서는 계획을 무성하게 세우고 허물기를 반복한다. 「선고」의 주인공 게오르크 벤데만

---

* 카프카의 문학 인생은 크게 세 시기로 구분될 수 있다. 1912년 가을을 기준으로 그 이전이 전기, 1912년 가을부터 폐결핵 진단을 받은 1917년 가을까지의 오 년간이 중기, 이후 요양생활을 거듭하다가 1924년 사망하기까지가 후기다. 이중 중기가 가장 왕성했던 시기로, 위의 세 작품 외에 주요 작품으로 두번째 장편 『소송』, 중편 『유형지에서』, 단편 「시골의사」 「학술원에 드리는 보고」 등이 이 중기에 집필된다.

** 카프카의 첫 여자친구이자 약혼녀가 되는 펠리체 바우어는 막스 브로트와 인척 관계였는데, 브로트의 매제 즉 여동생 남편이 그녀의 사촌이었다. 당시 그녀는 베를린의 한 축음기 회사에서 속기 타자수로 일하며 가족을 부양하던 활달하고 씩씩한 여성이었다. 결혼하여 훗날 미국으로 이주한 그녀는 말년에 병들고 생활고에 시달리다 못해 카프카가 자신에게 보냈던 편지 삼백여 통을 한 출판사에 팔아넘겼다. 그녀가 카프카에게 보낸 편지들은 카프카가 모두 폐기해버린 것으로 알려져 있다.

의 이야기*와 겹쳐지는 대목이다. 그러나 「선고」를 쓰던 그날까지 그는 펠리체로부터 아직 답장을 받지 못했는데도—편지를 보낸 지 이틀밖에 안 됐고 편지 내용도 둘이 처음 만난 날의 기억을 되살리는 정도였다—작품에서는 주인공이 벌써 약혼을 하고 아버지의 반대에 부딪혀 좌절하는 등 너무 앞서가고 있다. 아니면 예술가에게 창작욕을 샘솟게 하고 무한한 영감을 불러일으키는 뮤즈의 역할을 그녀가 했던 것일까? 이처럼 1912년 가을은 그에게 여러 의미에서 돌파구가 열리는 시간이었다.**

이 소설은 크게 전반부와 후반부로 구분된다. 전반부는 주인공인 젊은 사업가 게오르크 벤데만이 러시아로 간 친구에게 약혼 사실을 알리며 결혼식에 초대한다는 내용의 편지를 쓰고 나서 회상에 잠겨 털어놓는, 그동안 그 친구에 대해 품어온 복잡미묘한 속마음을 카프카 특유의 섬세하고 치밀한 심리묘사와 함께 전통적인 소설 문법에 충실한 사실

---

* 카프카 스스로 일기에서 주인공 이름이 자기 이름을 염두에 두고 변형시킨 것임을 밝히고 있다. 먼저 게오르크Georg는 프란츠Franz와 글자 수가 같고, 벤데만Bendemann의 경우에도 사람을 뜻하는 만Mann을 뺀 벤데Bende가 카프카Kafka와 글자 수 및 자모 배열이 같다고 상세히 설명하고 있다. 그리고 약혼녀의 이름 프리다 브란덴펠트도 장차 실제의 약혼녀가 될 펠리체 바우어와 F와 B로 이니셜이 같으며, 프리다Frieda는 펠리체Felice와 글자 수가 같고, 브란덴펠트의 펠트Feld는 바우어Bauer와 밀접한 의미 연관성을 갖는다고까지 말한다. 독일어로 펠트는 '들판'이고 바우어는 '농부'이기 때문이다. 이처럼 카프카는 자신의 작품에서 자전적 요소를 암호화해두었다. 나아가 이후 소설들에서는 카프카 자신을 뚜렷이 연상시키는 K를 주인공 이름으로 사용한다.
** 1913년 2월 『실종자』를 완성시키지 못한 채 중단한 이후, 1914년 8월 『소송』 집필에 착수할 때까지 꼬박 일 년 반 동안이나 거의 작품을 쓰지 못하고 슬럼프에 빠지는 바람에, 1912년 가을이 갖는 돌파구로서의 의미는 퇴색하고 잠시 반짝했던 기간쯤으로 변질되는 느낌이 있지만 말이다.

주의적 언어로 그리고 있다. 이해하는 데 별 어려움이 없고 전개상 큰 무리 없이 읽힌다. 후반부는 주인공이 이 편지를 주머니에 넣고 아버지의 방으로 건너가 편지와 친구에 대해 아버지와 대화하면서 전개된다. 소설의 중심 부분은 바로 이 후반부에 있다. 이야기는 갈수록 점점 기이하게 흘러간다. 러시아에 사는 친구에 대해 아버지가 처음엔 누군지 모르겠다고 했다가, 나중에는 자신의 진정한 아들이라는 둥 자신은 그 친구의 대리인이라는 둥 하면서, 도무지 납득할 수 없는 말들이 난무하고 표현주의 영화 장면들이 연상되는 이미지들이 등장한다. 일례로 연로한 아버지의 건강을 염려하면서 게오르크가 아버지를 안고 침대로 데려가 눕히고 이불을 덮어주는데 아버지가 침대에서 벌떡 일어나 게오르크에게 호통치는 장면은 압권이다. 게오르크가 늙은 아비인 자신과 멀리 사는 불쌍한 친구를 기만했다고 비난하면서 게오르크의 결혼은 아버지에 대한 배신이자 죽은 어머니에 대한 모욕이라고도 한다. 아들의 이러한 죄과에 대해 아버지는 스스로 물에 빠져 죽으라는 익사형 선고를 내린다. 이에 아들은 아버지의 선고를 순순히 받아들여 밖으로 냅다 달려나가 강물에 몸을 던진다. 홧김에 내지르는 소리가 아니라면 세상 어느 아버지가 아들에게 익사형이라는 사형선고를 내리며, 또 어떤 아들이 아버지가 나가 죽으라 했다고 그대로 나가 죽는가. 도대체 이 아들은 아버지에게 무슨 대역죄를 지었기에 그런 무참한 말을 듣고 그런 처벌을 받아야 하는가. 부조리하고 모순적이며 비현실적이다. 현실적인 전반부와 비현실적인 후반부가 극명한 대조를 이루며, 사실주의적 서술로 잔잔하게 흘러가던 서사가 표현주의적 악몽처럼 변해가며 파국으로 치닫는다.

이로써 이 그로테스크한 꿈 같은 이야기를 이해하기 위해 소설 전체를 주인공의 내면세계에서 벌어지는 자아분열 및 내면 갈등의 드라마로 읽어내는 독법이 상당한 설득력을 갖는다. 이를테면 꿈속에 등장하는 인물이나 사물을 모두 꿈꾸는 자의 부분 또는 분신으로 볼 수 있듯이, 그렇게 소설을 이해하는 것이다. 프로이트의 이론에 근거한 정신분석학적 해석 방법이다. 카프카 자신도 「선고」와 관련해 "당연히 프로이트를 생각했다"고 일기에 적고 있다. 당대의 젊은 작가들 대부분은 오이디푸스콤플렉스와 같은 프로이트의 정신분석학 개념을 알고 있었다. 이러한 해석에 따르면 친구도 아버지도 모두 주인공 게오르크의 분신인 셈이다. 내 안에 내가 너무 많다는 말이 있듯이 '나'는 이 둘 말고도 여럿일 수 있다.

러시아에서 독신자로 외롭게 살고 있는 친구는 어린 시절과 연결되어 있는 게오르크의 순수한 자아, 또다른 자아, 분열된 자아로, 어쩌면 이상적인 자아로도 해석된다. 그러할 때 현실 속의 게오르크는 사업적으로 성공하고 유복한 집안의 딸과 결혼해 어엿한 가장이 되기를 꿈꾸지만, 내면 깊은 곳의 게오르크는—즉 게오르크의 무의식은—회사나 가정 같은 현실에 얽매이지 않고 고독하지만 자유롭게 살고 싶은 전혀 다른 소망을 품고 있는 것이다. 얼핏 카프카 자신이 평범한 시민의 삶을 지향하는 시민적 자아와 작가적 삶을 꿈꾸는 예술가적 자아로 분열되어 서로 갈등하고 대립하는 양상으로도 읽힌다. 이름조차 언급되지 않는 페테르부르크의 친구는 사업도 잘되지 않고 병색이 완연한데다 사회로부터 고립된 생활을 하는 인생 낙오자 같은 모습으로 그려진다. 왠지 낭만주의 이래 가난하고 병든 창백한 얼굴의 전형적인 예술가상이 겹쳐 보이기도 하지만, 친구의 이러한 피폐한 모습은 게오르크가 내면 깊이 지니고 있는 자신의 이상적인 상을 돌보지 않고 방치하고 외면하고 있기 때문인 것으로도 이해된다. 친구는 곧 프로이트의 이론 구조 속에서 이상적인 자아상과 유사한 의미의 '자아 이상Ichideal'으로 볼 수 있다.

이 친구에 대해 이야기하면서 게오르크가 약혼 소식도 아직 알리지 않았다고 하자, 약혼녀인 프리다의 반응이 뜻밖에도 과격하다. "당신에게 그런 친구들이 있다면, 게오르크, 약혼 같은 건 하지 말았어야 해." 멀리 사는 외로운 친구 때문에 약혼 또는 결혼을 포기해야 한단 말인가? 이 또한 게오르크 내면의 또다른 목소리로 파악해보면 어느 정도 납득이 된다. 말하자면 마음속 깊은 데서 양심의 목소리가 자신을 질타하는 것, 즉 어쩌면 진짜 모습인 또다른 자기 모습을 은폐하고 결혼을 시도하는 것은 약혼녀를 기만하는 위선적인 행동이라고 말하고 있는 것이다. 게오르크가 그동안 친구에게 보내는 편지에서 별 대수롭지 않은 소식만 알리고 정작 알려야 할 중요한 소식을 감췄던 것은, 자신의 또다른 순수한 자아와의 대화를 회피하고 그러한 자아의 존재를 의식의 수면 아래로 억압하는 행위라고 할 수 있다. 이에 반해 게오르크를 제대로 알고자 하는 약혼녀는 "그래도 난 당신 친구들 모두와 알고 지낼 권리가 있는데"라고 주장하면서 게오르크가 친구에게 약혼 사실을 알리지 않은 데 불만을 표한다. 약혼녀의 이런 불만과 면박을 게오르크는 입맞춤으로 무마하면서 그녀와 진실한 관계를 맺으려 하지 않는다.

그렇다면 게오르크를 심하게 몰아세우고 결국에 사형선고까지 내리는 아버지는 게오르크의 초자아일 것이다. 봄날의 햇살 가득한 게오르크의 방과 대조적으로 지나치게 어두운 아버지의 방은 초자아가 위치한 어두운 무의식 속 심연을 상징한다. 게오르크가 아버지에게 건너가는 것은 의식의 세계에서 무의식의 세계로 진입하는 것이며, 소설 후반부에서 우리는 합리적 의식 세계의 약한 고리를 뚫고 부조리하고 광적이며 환상적인 무의식 세계가 솟아나오는 과정을 목격하게 된다. 그러할 때 아버지와 친구가 오래전부터 서로 소통하고 있고 긴밀한 유대관계를 맺고 있다는 내용도 어렵지 않게 이해된다. 프로이트에 따르면 자아 이상은 초자아의 한 부분으로, 자아가 모범으로 삼는 이상으로서 기능하기 때문이다. 초자아는 자아 이상을 포함하는 포괄적인 개념이다. 게오르크가 아버지를 찾아가는 목적도 자신의 이상적 자아가 원치 않는 결혼을 시도했기에 양심의 가책을 느껴 벌을 받기 위한 것으로 이해된다. 말하자면 자기처벌의 의미다. 소설 앞부분에서 편지를 다 쓰고 나서 장난하듯 천천히 봉한다든가 아는 사람의 인사에도 제대로 응대하지 못하고 멍하니 앉아 있는 석연치 않은 장면도, 그 편지가 그에게 운명적인 의미가 되리라는 것을 어렴풋이 예감하기 때문이라고 볼 수 있다. 또한 게오르크가 아버지를 안고 침대로 가는 장면에서 아버지가 자신의 가슴께에 늘어진 시곗줄을 만지작거리며 장난치는 것을 알아차리고 섬뜩한 느낌을 받는데, 이는 바로 아버지가 자신의 시간 즉 운명을 손에 쥐고 있음을 무의식중에 예감하기 때문인 것으로 보인다.

게오르크는 이제 죽음으로 어머니를 잃은 대신 한 여자를 아내로 얻어 아버지를 대신해 가장의 역할을 하려 하고, 아버지가 쇠약해진 틈을 타서 사업에서도 자신의 영역을 확장해 아버지의 자리를 차지하려 한다. 아버지 즉 초자아의 영향력에서 벗어나 마음껏 자신의 욕구대로 행동하고 싶은 게오르크는 쇠약해진 아버지의 건강을 빌미로 그를 침대에 눕히고 이불을 덮어 재우려고 한다. 정신분석학적 관점에서 이불을 덮어주는 아들의 자상한 행동 뒤에는 아버지에 대한 은밀한 살해 욕망이 숨어 있다. 저 유명한 오이디푸스콤플렉스의 부친 살해 충동이 이불 덮어 재우기로 형상화되어 나타난 것으로 해석된다. 이불은 관, 이불 덮기는 관뚜껑 닫기가 전위된 것이다. "이제 아버지는 몸을 앞으로 숙일 거야. (……) 굴러떨어져 박살나버렸으면!"이라는 게오르크의 생각에서 그러한 욕망이 분명히 드러난다.

이에 아버지는 이불을 걷어차버리고 침대 위에 우뚝 서서 "네가 나를 덮으려 했다는 거 안다, 이 고얀 녀석아. 하지만 난 아직 덮이지 않았어"라는 말과 함께 자신의 건재함을 알리며 호통치기 시작한다. 아버지 방에 들어설 때부터 이미 게오르크는 "아버지는 여전히 거인이야"라고 생각하며 아직 건재한 아버지의 강력한 힘을 직감한다. 게오르크의 자아는 결국 이렇게 강력한 초자아를 억압할 수도, 초자아의 영향력에서 벗어날 수도 없다. 아버지의 호통은 바로 자신의 내면에 잠들어 있던 양심의 소리가 깨어나 자신을 질책하는 소리다. 게오르크는 결혼해서 아버지처럼 가장이 되고 싶지만 독신으로 살고 싶어하는 무의식 속 깊은 곳의 이상 또한 저버릴 수 없다. 이렇게 분열된 자아를 지닌 게오르크는 약혼녀에게 진정한 관심을 가질 수도 없고 진실할 수도 없다. 그녀가 유복한 가정의 딸로서 자신의 사업 성공에 도움이 되고 남들에게 보기 좋은 신붓감이란 것 외에 그녀에게 별다른 관심은 없는 듯하다. 그녀와는 단지 갈등 없는 표면적인 관계만을 원하며 그녀의 가정환경, 재산, 육체만이 중요할 뿐이다. 그래서 아버지가 자신의 약혼녀를 두고 "그 더러운 년"이라며 매춘부처럼 취급하고 자신을 향해 원색적인 비난을 쏟아내지만 게오르크는 꿀 먹은 벙어리처럼 아무 반박도 하지 못하는 것이다. 그는 친구를 생각하는 척하면서 기만하려 했고 아버지의 건강을 염려하는 척하면서 아버지를 사업에서 물러나게 하려고 한다. 자신의 이러한 거짓된 모습과 부끄럽기 짝이 없는 민낯을 대면하면서 그는 가차없는 양심의 질책을 받고 있다. 이처럼 자신의 이상적 자아를 억압하고 표면적이고 거짓된 삶을 살고 그러한 삶을 합리화하려는 것이 바로 그의 죄이며, 이 죄에 대해 아버지로부터 선고받는 익사형은 그 자신이 죄책감으로 스스로에게 내리는 벌이다. 죄책감은 엄격한 초자아의 요구와 자신의 현재 모습의 격차에서 온다. 자기처벌치고는 상식적으로 너무 심하다는 생각이 들지만, 이렇게 지나치게 엄격한 초자아에서 비롯하는 격심한 양심의 가책은 자기를 파괴하고자 하는 죽음의 욕망으로 발전한다. 그래서 그는 기다렸다는 듯이 초자아가 내린 형벌을 재빨리 받아들인다.

따라서 이 소설은 게오르크의 내면에서 그의 부분들인 자아, 이상 자아, 초자아 간에 벌어지는 심리 드라마로 읽을 수 있다. 그의 자아가 서로 한편인 이상 자아와 초자아를 상대로 갈등과 대결을 벌이는 드라마. 이 드라마에서 게오르크는 결국 자아의 욕망과 초자아 및 자아 이상의 요구를 조정하지 못하고 초자아의 명령에 절대적으로 복종하며 그의 자아는 지나치게 엄격한 초자아에 짓눌려 수축한다. 게오르크가 겪는 자아분열, 자기기만과 자기합리화, 그리고 죄책감과 자아의 수축 등은 매우 사적이지만 누구나 경험하는 내면의 문제다. 이러한 점에서 누구보다도 내면 갈등을 치열하게 그리고 있는 카프카의 작품은 사적

차원을 넘어 세계적 보편성을 얻는다.

작품은 게오르크가 강물로 몸을 던지는 순간 "다리 위로는 정말 끝없이 이어질 것 같은 차량의 왕래가 계속되고 있었다"라는 문장으로 끝난다. 여기서 '차량의 왕래'로 번역된 독일어 'Verkehr'는 문자 그대로 교통을 뜻하기도 하지만, 사회적 교류, 경제적 거래, 상호간 의사소통, 이성과의 교제, 성교 등을 두루 가리키는 말이다. 그리고 먼저 차량의 왕래 속에서 그가 "물에 떨어지는 소리를 지나가면서 가볍게 덮어버릴 버스 한 대"의 모습이 그의 눈에 들어온다. 성공을 앞두고 있는 듯했으나 급작스럽게 뜻밖의 파멸로 끝나버리는 이 비극적 스토리도 어느 봄날의 한낱 꿈같은 허망한 것으로 축소되고, 온갖 교류와 소통의 무한반복처럼 이루어지는 세상사의 도도한 흐름 속에 묻혀 속절없이 사라져버릴 것임을 암시하는 듯하다.

전기적 해석의 관점에서 볼 때 러시아로 간 친구의 모습 뒤에는 여러 면에서 작가 자신의 모습이 숨어 있다. 카프카 자신도 그동안 변변한 작품을 쓰지 못하고 문학에 대해 확신을 가지지 못했듯이, 이 친구는 사업이 기울었고 병에 걸린 모습이며 사회와 접촉이 없는 생활을 하고 있고 무엇보다 독신자로 살고 있다. 반대로 시민적 삶을 성공적으로 살아가는 주인공 게오르크는 바로 카프카의 아버지가 바라던 아들상이다. 평소 아들의 문학활동을 늘 못마땅해하던 카프카의 아버지 헤르만 카프카는 시민사회에서의 성공과 출세를 지향하던 인물이므로 작품 속 아버지와는 전혀 딴판이지만 말이다. 다만 작품 속에서 아버지가 버럭 소리를 지르며 아들을 단죄하는 장면에서는 카프카의 실제 아버지 모습이 어느 정도 투영되어 있는 듯하다.

이 작품이 1913년 말 친구 브로트가 편집한 문학 연감 『아르카디아』
에 발표되었을 때, 카프카는 헌사 부분에 "펠리체 B. 양에게"라고 적어
이 작품을 이제 자신의 애인이 된 펠리체 바우어에게 헌정했다. 작품의
결말부 내용에 비추어볼 때 헌정의 의미는 그녀와의 파혼을 예고하는
듯 예사롭지 않게 느껴진다. 실제로 이듬해 6월 초에 약혼했다가 7월
중순에 파혼했다. 이와 관련해 일기의 한 대목에는 이렇게 적혀 있다.
"「선고」에서 나온 결론은 나에게도 해당된다. 그 이야기는 간접적으로
는 그녀 덕분이다. 그러나 게오르크는 그 신부 때문에 몰락하고 만다."

화부

이 작품은 앞에서도 언급했듯이 카프카 사후에 출간된 그의 첫 장
편소설 『아메리카』(1927)*의 첫 부분에 해당되며, 출판사의 뜻에 따라
1913년 5월 '최후의 심판일' 시리즈**의 제3권으로 출간된 카프카의
두번째 책이다. 「선고」를 단숨에 집필한 지 약 열흘 만인 1912년 10월
1일에 완성된 것으로 알려져 있다. 작품은 함부르크를 출발한 배가 뉴
욕항으로 서서히 접근하는 장면으로 시작된다. 갑판 위에 서 있는 주인
공 카를 로스만의 시선은 이미 꽤 오랫동안 자유의 여신상을 향해 있

---

* 브로트가 1927년 출간 당시 임의로 붙인 제목이며, 이후 카프카의 일기에 근거해 '실종
자'로 제목이 바뀐다.
** 쿠르트 볼프 출판사가 브로슈어 형태로 기획한 표현주의 문학 시리즈물의 이름으로,
1913년부터 1921년까지 총 86권을 발간했다.

었다. 미국 즉 아메리카 도착이 임박한 것이다. 나이 열여섯*의 미성년 주인공 로스만이 가족 없이 혼자서 배를 타고 대서양을 건너오는 이유는, 고향집에서 하녀의 유혹에 넘어가 아이를 갖게 한 불미스러운 일로 부모가 그를 배에 태워 미국으로 추방했기 때문이다. 로스만이 하녀와 성관계를 갖게 된 상황은 뒷부분에서 로스만에 대한 하녀의 성폭행으로 묘사된다. 그런데 자유의 여신상이 손에 횃불 대신 칼을 들고 있다. 얼핏 지나칠 수 있는 대목이지만 '칼을 든 자유의 여신'은 예사롭지 않다. 고향집에서의 수치스러운 사건에 대한 죄책감과 자괴감, 부모에게 버림받았다는 좌절과 절망감 등이 뒤엉킨 복잡한 심경이 무의식적으로 여신상에 투사되어 혹시 착시를 일으킨 것은 아닐까? 착시가 아니라면 그런 심경에서 순간 자기처벌의 이미지가 여신상에 덧씌워진 것으로 해석될 수도 있을 것이다. 칼은 죄에 대한 처단의 이미지를 지니고 있기 때문이다. 그러나 이 대목은 이 작품 「화부」에 이어지는 『실종자』의 전체 내용과 관련해 훨씬 풍부한 상징적 함축을 가지고 있어 매우 다양한 해석을 낳고 있다.**

작품은 내용상 크게 두 부분으로 나뉜다. 앞부분은 로스만이 배 아래에서 우연히 한 화부***를 만나 이야기를 나누는 내용이다. 위의 첫 장면에 이어, 로스만은 배에서 내리려는데 아래 선실에 우산을 두고 온

---

* 『실종자』와 달리 번역의 저본으로 삼은 중편 「화부」에서는 카를 로스만의 나이가 열일곱이 아니라 열여섯 살로 나온다.
** 프란츠 카프카, 『실종자』, 이재황 옮김, 문학동네, 2023, 356~358쪽 참조.
*** 기선이나 기차의 엔진을 돌리기 위해 석탄을 다루어 불을 때고 조절하는 불일을 하던 사람. 선박의 경우, 그의 작업장은 배의 가장 밑바닥인 보일러실이었다. 엄청난 열기, 석탄 먼지와 재, 땀냄새가 뒤범벅되는 최악의 작업환경이었다.

걸 깨닫고―여행가방은 배에서 알게 된 젊은 남자에게 맡겨놓은 채―우산을 찾으러 내려가면서 길을 헤매다 독일 출신 화부를 만난 것이다. 화부는 어린 나이에 혈혈단신으로 낯선 미국 생활을 해야 할 로스만에게 나름의 충고도 하고 자신의 불평도 늘어놓는데, 특히 루마니아 출신의 일등기관사인 슈발에게서 부당한 대우를 받고 있다고 호소하며 이 배를 떠나고 싶다고 말한다. 여행가방은 필경 잃어버렸을 거라는 화부의 말에 로스만은 대서양을 건너오는 닷새 밤 동안 여행가방을 노리던 슬로바키아인을 떠올린다. 화부는 직접 선장을 찾아가 자신의 권리를 주장하는 데 도움이 되리라 생각해 로스만을 데리고 간다. 이제 전체의 4분의 3 분량인 뒷부분은 바로 선장실에서 전개되는 이야기다. 선장실에는 선장을 비롯해 부하 선원인 항해사와 회계주임, 항만청 직원들, 사환 그리고 대나무 막대를 든 신사까지 모두 일곱 사람이 있는데, 신사만 사복 차림이고 다른 사람들은 모두 제복 차림이다. 거기에다 나중에 바로 문제의 슈발이 등장한다. 화부와 로스만이 한편을 이루어 그들과의 사이에서 소란스러운 항의와 언쟁이 오래도록 벌어지고, 그동안 이 소란에 무관심하던 대나무 막대의 신사가 끼어들면서 놀랍게도 그가 바로 로스만의 미국 외삼촌인 에드바르트 야코프임이 밝혀진다. 그는 미국 사회에서 자수성가하여 성공한 기업가이자 정계로도 진출하여 상원의원이 된 인물로, 당연히 로스만도 들어서 알고 있다. 그런데 고향과 소식이 끊긴 지 오래인데도 조카인 로스만이 미국으로 오게 된 일을 그는 소상히 알고 있다. 고향집 하녀인 요하나 브루머가 배 이름까지 적어 몰래 외삼촌에게 편지를 보내둔 것이다. 편지에는 그녀가 사내아이를 낳았고 아이에게 상원의원의 이름과 동일한 야코

프라는 세례명을 붙였다는 내용도 있다. 이제 로스만은 졸지에 "아이의 아버지"가 된 것이다. 외삼촌 야코프는 그에게 "두 기관사 간의 이 사소한 싸움"에 더이상 참견하지 말라고 충고한다. 그것은 "정의의 문제"가 아니고 "규율의 문제"이니 선장에게 맡겨야 할 일이며 어서 여기를 떠나자고 한다. 선장의 지시에 따라 선원의 안내를 받으며 외삼촌은 조카인 로스만의 손을 잡고서 배를 떠난다. 마지막에 로스만은 울면서 화부와 작별하고, 화부는 이제 혼자서 자신을 지켜야 한다.

그러니까 이 작품은 주인공 로스만이 아직 미국 땅을 밟기도 전에 겪는 이야기다. 우산 때문에 화부를 알게 되고 그의 일에 휘말려들어 선장실까지 가서 뜻밖에도 외삼촌을 만나게 된다는 스토리는 앞으로 아메리카에서 전개될 이야기도 그런 식으로 흘러갈 것임을 암시하는 듯하다. 찾으려던 우산은 어떻게 됐는지 목표와 초점을 상실한 채 이리저리 표류하는 느낌이다. 처음에 화부에게 내려가는 길부터가 이미 그 전조를 보여준다. "수많은 작은 공간들과 끊임없이 구부러지는 통로들, 연속적으로 나타나는 짧은 계단들"로 이루어진 미로 구조 속에서 길을 잃고 헤매는 모습 자체가 바로 '실종자'의 모습이다. 한마디로 아메리카 이야기의 예고편이자 축소판으로 읽힌다.

주인공 로스만은 열여섯이라는 나이에서 짐작되듯 소년의 모습과 청년의 모습을 함께 지니고 있다. 화부의 억울한 사정 이야기를 듣다가 꾸벅꾸벅 조는 장면에서 순진무구한 소년 로스만의 모습을 엿볼 수 있다면, 이어서 함께 선장실을 찾아가 화부를 대변하기 위해 이리저리 적들에 맞서 논쟁을 벌이는 장면에서는 정의감 넘치고 상황에 맞게 대처해나가는 매우 이성적인 청년 로스만의 모습을 만나게 된다. 카프카는 일기에서 로스만을 "결백하고 순진한 자"로 규정하고 있다. 발터 벤야민도 「프란츠 카프카에 대하여」라는 글에서 로스만을 "전혀 비밀이 없고 순수하고 투명한 인물"로 지칭한다. 이 작품에서 그는 시종일관 선한 의지를 지닌 순진하고 순수한 캐릭터다. 이는 배에서 잠깐 친하게 지냈지만 생면부지인 사람에게 자신의 유일한 재산인 여행가방을 맡기는 대목이라든가, 역시 처음 보는 화부의 이야기를 듣고 그에게 깊은 믿음과 연민을 보여주는 모습 등에서 잘 드러난다. 그런가 하면 화부와 함께 선장실에 들어가 '정의'를 위해 그가 겪은 '불의'에 맞서 온 힘을 다해 화부를 대변해주는 장면은 로스만이 그저 순진하기만 한 캐릭터가 아님을 보여준다. 항의와 언쟁이 진행되면서 화부의 이야기가 그의 일방적인 주장일 수도 있음이 드러나지만, 화부에 대한 로스만의 신의와 연대의식은 전혀 흔들리지 않는다. 로스만은 자신의 정당성을 입증하는 데 어려움을 겪는 화부를 위해 적극적으로 나서서 대변하는 한편, 점점 불리해져가는 화부의 상황을 객관적으로 관찰하고 분석하며 화부가 어떻게 자신을 정당화해야 하는지 논리적으로 설명한다. 절망적인 상황 앞에서 울상이 되어가는 화부를 보며 로스만은 좀더 신중하고 용의주도하게 행동하지 못한 것에 대해 자기반성을 하기도 한다. 이와 같이 야무지고 치밀한 모습은 로스만이 무엇보다 이성적인 존재임을 드러낸다. 그는 자신이 빠져든 상황의 주인이 되기 위해 끊임없이 분석하고 "명석한 판단력"을 잃지 않도록 애쓴다. 화부의 상관으로 등장해 자기변호를 하며 화부를 공격하는 슈발의 "훌륭한 발언" 안에 "허점이 여러 군데 있다는 것"을 깨닫고 그의 발언을 침착하게 분석하는 장면은, 벤야민이 적시한 로스만의 순수함과 투명함이 그의 이런 이성적 캐릭터의 감정적 측면임을 보여준다. 선장을 포함한 주변 사람들을 설득시키는 슈발의 "명쾌한 발언"을 뒤집고자 가장 유리한 순간과 지점을 찾으려고 치밀하게 계산하는 로스만의 이성과, 작품 마지막에 화부와 헤어져 삼촌을 따라가며 어린아이처럼 "격한 울음"을 터뜨리는 그의 순수한 감정은 이율배반적이지 않다. 이처럼 따뜻함과 냉철함을 함께 지닌 미성년자 로스만은 앞으로 무한한 성장과 발전이 기대되는 '성장 서사'의 주인공으로 충분해 보인다. 순수함과 투명함, 이성, 합리성은 이야기의 끝까지 주인공 로스만이 일관되게 구현하는 캐릭터의 본질이다. 하지만 이야기는 그의 의도와는 전혀 다르게 진행되고, 우연이 지배하는 세계는 그에게 해독 불가능하다. 만일 로스만이 우산을 찾으러 다시 배 안으로 방향을 바꾸지 않았더라면 화부를 만나지 못했을 것이고―하녀의 편지에도 불구하고―외삼촌도 만나지 못했을 것이다. '우산'은 곧 주인공을 화부와 외삼촌에 연결시키는 서사적 수단이자 세상사는 우연의 연속임을 넌지시 드러내는 소도구인 셈이다. 그 우산은 자신의 소임을 다한 뒤 주인공의 기억과 우리의 시야에서 사라진다. 여행가방 또한 행방이 묘연하다.

외삼촌 야코프라는 인물은 "뼛속까지 미국 시민"이 되어 아메리칸드림을 성취한 성공 신화의 장본인이다. 그러한 외삼촌의 조카로서 이제 "눈부신 인생이 (……) 기다리고" 있는 로스만은 장차 또다른 성공 신화를 써나갈 유력한 후보자로 떠오른다. 외삼촌은 조카를 만나기도 전에 조카가 지낼 방까지 마련해놓았다. 로스만은 "이미 그를 기다리고 있는 자신의 방에서 조용히" 미국 생활을 시작하면 된다. 신세계 아메리카에서 과연 정말로 그를 기다리고 있는 것은 무엇일까? 한편 화부의 문제와 관련해 외삼촌은 성공 신화의 주인공답게 '정의'보다 '질서'의 편에 선다. "정의의 문제가 중요할지 모르지만, 동시에 규율의 문제도 중요해. 둘 다, 그리고 특히나 후자는 여기서 선장님의 판단에 따르는 문제야"라고 그는 단호히 선을 긋는다. 정의가 중요하더라도 배에서 정의가 무엇인지는 선장이 정한다는 것을 말하고 있다. 정의란 힘있는 자가 정하는 것이며, 또한 정의는 질서를 유지하기 위해서는 희생되어야 하는 무엇이라는 의미다. 미국 사회를 움직이는 법과 원칙도 이와 유사할 것이다.

이 작품에서 아들과 갈등하는 아버지는, 아들을 고향에서 추방한 존재로서 이야기 표층에 등장하지 않고 배경에 머물러 있다. 외삼촌은 하녀 브루머의 편지를 근거로 "조카의 부모는 양육비 부담과 추문을 피하기 위해 (……) 자신들의 아들을 보시다시피 무책임하게 충분한 채비도 갖추어주지 않은 채 미국으로 떠나"보낸 사람들이라고 추방의 근본적인 이유를 적시하며 선장실의 여러 사람 앞에서 로스만의 부모를 공공연하게 비난한다. 외삼촌의 말에 따를 때, 예전에 로스만의 부모는 자신에게 "두 통의 구걸 편지"를 보냈지만 거기에 답장하지 않았고 "그 편지들이 지금까지 통틀어 그들과 나의 유일하고도 일방적인 서신 연락"이었다는 내용*으로 미루어 외삼촌 야코프와 그의 여동생 부부 즉 로스만의 부모는 절연한 사이인 듯하다. 답장하지 않은 이유를 밝히지는 않았지만 성공한 미국인 기업가이자 상원의원의 자리까지 오른 외

---

* 이 내용은 『아메리카』에는 나오지 않고 『실종자』에만 나온다. 아마 가독성을 목적으로 카프카의 유고를 주무르다시피 수도 없이 '손질'한 브로트가 이 내용을 아예 삭제한 것일 테다.

삼촌 야코프는 자수성가한 사람답게 '구걸'하여 남의 힘에 의지하려는 자들에 대해 단호히 선을 긋고 아예 응대조차 하지 않는 매몰차고 냉정한 성품의 인물로 여겨진다. 외삼촌은 이렇게 자신의 과거와 고향을 철저히 외면했던 사람인데, 하녀 브루머의 편지가 어떤 감동적인 내용이기에 조카인 로스만을 그토록 환대하는지는 다소 의아하지만, 앞으로 로스만의 보호자가 되어 그를 자신의 '권력'하에 두고 아버지 역할을 할 인물임은 틀림없어 보인다. 부자 갈등 모티브가 외삼촌과 조카의 관계 구조로 변형되어 재생산되고 있는 것이다.『실종자』의 이어지는 내용을 보면 그 실체가 드러난다.

변신

「변신」은 커다란 벌레로 변한 한 인간의 이야기다. 그는 다시 인간으로 돌아오지 못하고 냉혹한 사회 현실을 배경으로 가족의 냉대와 무관심 속에 비참하게 죽어간다. 충격적이고 그로테스크한 이야기가 아닐 수 없다. 작품에 나와 있는 묘사로 볼 때 변신한 그의 몸은 벌레 중에서도 얼핏 갑충의 형상에 가까워 보인다. 단단한 등껍질, 각질의 칸들로 나뉜 배, 큰 덩치에 비해 매우 작은 머리 등이 딱정벌레나 풍뎅이 같은 갑충류를 연상시키기 때문이다. 하지만 수없이 많은 가느다란 다리를 지닌 특징은 지네 같은 다족류에 해당된다. 소설 후반부에 등장하는 파출부 할멈의 입을 통해서는 그에게 역시 갑충에 속하는 '말똥구리'라는 이름이 붙여지기도 한다. 작가는 이 벌레를 특정한 종류로 고정시켜 상상하지 않도록 일부러 그렇게 묘사한 것으로 보인다. 당시 출판사가 벌레 그림을 삽화로 넣으려 했을 때 카프카가 한사코 반대했다는 일화가 그런 추측을 뒷받침해준다. 이 의문의 존재를 끝까지 불가해한 수수께끼로 남겨두기를 원했던 것이다. 그러므로 이 수수께끼를 푸는 것이 바로 작품 이해의 관건이자 열쇠라 할 수 있다. 작가가 '벌레'나 '곤충'을 뜻하는 일반적인 단어 'Wurm' 또는 'Insekt' 대신 다소 특수한 단어인 'Ungeziefer'*를 선택한 것도 흥미롭다. 그 말뜻에 따라 벌레로 변한 주인공이 앞으로 가족들에게 해를 끼치고 가정을 위태롭게 할 것임을 염두에 둔 선택이 아닌가 하는 해석도 있다.

주인공 그레고르 잠자는 벌레로 변신했지만 여전히 인간의 의식과 인지능력을 갖고 있다. 그래서 가족들의 말을 변신하기 전과 다름없이 알아듣는데, 반대로 가족들은 그의 말을 전혀 알아듣지 못한다. 그는 말을 한다고 하지만 가족들에게는 피잇피잇거리는 벌레 소리로밖에 들리지 않는다. 몸은 완전히 벌레인데 그 안의 의식만 인간인 '벌레 인

---

* 이 단어는 사전적으로 벼룩, 빈대, 모기, 쥐 등 병을 옮기고 사람을 괴롭히는 해로운 작은 동물을 두루 가리키는 말이다. (말뜻에 충실하자면 '해충'이나 '독충' 정도로 번역하는 것이 맞겠지만 어감이 너무 세고 직설적이어서, 이 책에서는 포괄적이고 무난해 보이는 단어인 '벌레'로 옮겼다. 이것이 카프카의 뜻에도 부합하는 번역어일 것이다.) 원래 Ungeziefer는 Geziefer의 반대말로, 어원적 의미로는 '제물로 바치기에 부적합한 동물' '부정한 동물'을 뜻했다고 한다. 카프카의 아버지가 카프카의 친구 이츠하크 뢰비를 두고 이 단어로 욕설을 퍼부었다는 일화가 잘 알려져 있다. 우리말로 '버러지 같은 놈' '버러지만도 못한 놈' 정도가 되겠다. 뢰비는 동구 유대인 유랑극단의 배우로, 카프카와는 1911년 말 프라하 공연을 계기로 알게 된 후 친해지면서 특히 동유럽의 정통 유대인 문화와 관련해 카프카에게 큰 영향을 미친 인물이다. 이 단어는 일반적으로 유대인을 욕할 때 쓰는 말이기도 하다. 따라서 유대인인 카프카가 이 단어를 작품에 쓴 것은 의미심장하다. 자기비하적 의미의 패러독스로 읽힐 가능성을 배제할 수 없다.

간'이 된 것이다. 이른바 이질적인 두 가지가 합체된 하이브리드적 존재라 할 수 있다. 이로써 인간과 동물, 자아와 타자 사이의 안정적인 경계선이 무너진다. '변신'은 곧 인간 세계 속으로 벌레 모습의 타자가 침입한 사건이다. 하지만 벌레의 몸과 인간의 의식의 경계도 명확하지 않으며, 벌레의 몸으로 살게 되자 그 습성과 생리가 인간적 의식에 점점 영향을 미친다. 이렇게 벌레의 몸을 갖게 된 '벌레 인간' 그레고르, 그는 어쩌다가 그 같은 존재로 '변신'하게 된 것일까? 이 소설이 던지는 근본적인 질문이다.

사람이 동물 등으로 변하는 '변신' 모티브는 사실 고대에서 현재에 이르기까지 온갖 서사에 자주 등장한다. 옛날의 신화, 동화, 민담 등 전통적 서사부터 오락성과 재미를 추구하는 영화, 만화, 애니메이션 등 현대의 서사까지 변신 이야기는 차고 넘친다. 그러나 흥미 위주가 아닌, 진지한 의미와 예술적 가치를 추구하는 본격 소설에서 사람이 동물로 변하는 변신 이야기란 매우 드물다. 카프카의 변신 이야기 역시 사뭇 진지한 긴장감을 유지하면서 정교하게 진행된다. 주인공 그레고르는 처음부터 이미 변신한 벌레의 모습으로 등장하여 내내 벌레의 몸으로 살다가 끝내 벌레의 존재로 숨을 거둔다. 변신 전 인간의 모습은 회상을 통해 그의 기억 속에만 존재할 뿐이다. 그런데 작가는 그 많은 동물 가운데 왜 하필 벌레를 택한 것일까? 이는 인간의 지각과 사고가 도저히 닿을 수 없고 인간다움과는 거의 대척적이라 할 가장 비인간적인 상태를 상정하고 그것을 벌레에 투사하여 비유한 것이라 볼 수 있다. 곧 극도의 소외 상태를 가리키기 위함이다.

이야기는 벌레로 변한 그레고르의 시점으로 전개된다. 화자는 거의 대부분 그레고르의 관점에서 이야기하고 별도의 설명을 덧붙이지 않으며, 나중에 벌어질 사건이나 결말을 미리 암시하지도 않는다. 화자와 그레고르가 하나로 밀착되어 마치 일인칭시점에서처럼 그레고르가 보고 듣고 느끼고 생각하고 기억하는 것이 곧 소설 내용의 대부분을 구성하게 된다. 그 대신 우리는 그의 시야 안에 갇혀 있어, 그 바깥은 내내 미지의 상태로 남는다. 물론 그레고르가 죽고 나서는 화자가 그에게서 벗어나 그의 가족을 따라 교외로 나서긴 하지만, 대개 이처럼 화자가 작중인물의 시점을 벗어나지 않는 서술 방식은 카프카 소설의 중요한 특징이다. 또한 어떻게 변신이 이루어졌는지는 알 수 없으나 주인공이 어느 날 갑자기 벌레로 변신했다는 비현실적인 사실을 제외하고는 철저히 사실적인 공간과 현실적인 토대 위에서 리얼리즘적 서술 방식으로 이야기가 진행된다. 따라서 거기에는 도저히 인간을 벌레로 변하게 한다든가 아니면 그 반대의 경우를 초래할 만한 어떤 초월적인 힘의 개입도 불가능해 보인다. 그러나 서사적 바탕의 이러한 현실성은 결국 변신이라는 비현실적 전제 위에서 성립한다. 이러한 점에 바로 카프카 문학 특유의 부조리성 또는 패러독스 구조가 놓여 있다. 「변신」뿐만 아니라 대개 그의 다른 소설들도, 이야기를 따라가다보면 다분히 현실적인 풍경이 전개되는 듯하다가 어느 순간 딛고 있는 바닥이 갑자기 꺼져버릴 듯 불안한 느낌이 섬뜩하게 다가오는데, 이런 특성은 바로 그러한 모순적 구조에서 연유한다.

작품에 구분되어 있는 대로 전체 이야기는 세 부분으로 분명하게 나뉘어 마치 3막의 고전적인 드라마처럼 역동적으로 전개된다. 1부에서는 주인공 그레고르가 벌레로 변하는 바람에 회사에 출근할 수 없게 되면서 벌어지는 초반 갈등이 다루어진다. 그동안 그레고르는 아버지를 대신해 가족을 부양하는 가장 역할을 했다. 결근한 그레고르의 사정을 파악하려고 찾아온 직장 상사는 거실로 기어나오는 그레고르를 보고 식겁해서 도망치고, 아버지는 그레고르를 위협하다가 걷어차서 방안으로 날려보낸다. 그레고르는 상처를 입은 채 자기 방안에 갇힌다. 2부에서는 혼란이 가라앉고 시간이 흐르면서 그레고르가 가족 내에서 고립되는 상황이 그려진다. 방에 감금되다시피 한 상태에서 그레고르는 여동생이 가져다주는 음식물을 먹으며 생존한다. 그레고르가 자유롭게 기어다닐 수 있도록 여동생이 방안의 가구를 치우는 과정에서 두 번째 소동이 벌어진다. 거실로 나오게 된 그레고르는 아버지가 던진 사과가 등에 박히는 중상을 입고 다시 자기 방에 갇힌다. 마지막 3부에서는 그레고르가 여동생의 바이올린 연주에 마음이 끌려 거실로 나왔다가 하숙인들에게 발각되어 세번째 소동이 벌어지고 결국 죽음에 이르는 상황이 서술된다. 세 명의 하숙인은 당장 집에서 나가겠다며 아버지에게 항의하고, 그동안 그레고르를 보살피는 일을 도맡았던 여동생은 이 사건으로 그레고르가 없어져야 한다고 독설을 퍼붓는다. 절망감 속에서 음식을 거부해온 그레고르는 그날 밤 굶어죽는다. 그레고르가 죽은 후 무거운 짐에서 해방된 가족들이 따스한 봄날 교외로 소풍을 나가는 장면으로 작품이 끝난다. 그때 아버지와 어머니는 딸이 그새 어엿한 여자로 성숙한 모습을 보며 신랑감을 구해줘야겠다고 생각한다. 이처럼 작품 전체는 각 부마다 벌레로 변신한 주인공이 자기 방에서 거실로 기어나왔다가 도로 쫓겨 들어가는 큰 소동이 한 차례씩 벌어지고, 마지막 소동 끝에 죽어가는 구조로 되어 있다.

소설 「변신」에서는 카프카의 다른 작품들에 비해 과장된 제스처와 희극적인 동작 묘사가 두드러지게 구사된다. 벌레로 변한 그레고르의 모습에 놀라 다들 혼비백산하는 장면, 아버지 잠자 씨가 아들 그레고르에게 사과 폭탄 세례를 퍼붓는 장면, 여동생 그레테의 바이올린 연주 때의 소동 장면 등등. 이러한 희극적 요소들은 지극히 사실적인 정밀 묘사를 통해 견고하게 구축된 가상적 현실을 희화적으로 드러내거나 그로테스크하게 일그러뜨리는 효과를 낸다. 이와 같은 사실적 묘사와 희화적 묘사는 이 작품의 주된 문체적 특성이다. 카프카는 이러한 서사적 수단을 통해 실제의 현실세계 자체를 문제시하고 있다. 너무나도 견고한 현실 속에서 너무나도 무력한 개인, 현실생활의 중압감에 짓눌려 해방적인 틈을 갈구하는 개인, 그에게 현실은 악몽 그 자체다. 그 악몽과도 같은 현실은 곧 우리 자신도 속해 있는 자본주의적 현실이다. 카프카 당시와 지금은 백 년 정도의 간극이 있지만 그 본질은 별로 변하지 않았고 오히려 자본주의의 시스템은 훨씬 더 정교하고 교묘하고 은밀하게—즉 '악마적'으로—작동되고 있는 듯하다.

전업작가가 아닌 카프카는 직업인으로서 20세기 초의 자본주의 현실에 밝은 편이었다. 법학 박사로 노동자재해보험공사에서 십사 년간 재직한 그는 공사의 법률 관련 일 외에 「변신」의 그레고르처럼 업무상 출장이 잦았다. 주로 체코 북부의 공업지대로 출장을 다니며 그곳 공장들의 감독 일을 맡아 공장의 노동 현장을 직접 접하고 그 열악한 작업환경을 피부로 느낄 수 있었다. 한때 사회주의 운동에도 관심을 가졌던 작가는 노동자들의 권익 보호에도 관심이 많아 산업재해 개선을 위해 기계장치의 문제점을 보완한 구체적인 아이디어를 고안하여 제출하기도 했다. 이러한 직업생활을 통해 그는 관료기구의 횡포와 무자비성, 노동자들에 대한 가혹한 처우와 그들의 비참한 생활상 등을 직접 체험하고 작가로서의 예민한 촉각을 세워 당대 유럽 자본주의사회의 내면과 이면을 속속들이 감지할 수 있었을 것으로 짐작된다.

출장 영업사원이라는 주인공 그레고르의 직업은 자본주의사회의 비인간적 현실을 단적으로 보여준다. 그가 흡사 갑충의 형상으로 변신한 후 자신의 직업에 대해 성찰하는 몇몇 대목에서 우리는 그가 지난 오 년간 겪어왔던 직업생활의 압박과 스트레스가 얼마나 컸는지를 엿볼 수 있다. 오 년 전 아버지의 사업이 파산하여 아버지는 그레고르가 다니는 회사의 사장에게 큰 빚을 지게 되었고 그때부터 그레고르는 가족인 부모님과 여동생을 부양하고 아버지의 빚을 갚기 위해 말 그대로 뼈빠지게 일을 해야 했다. 늘 일과 시간에 쫓겨야 하고 식사시간도 불규칙하며 지속적인 인간관계도 맺을 수 없는 그의 직업생활은 그에게 사적인 영역을 포기하고 오직 회사라는 조직을 위해서만 살아가는 존재가 되기를 요구한다. 그러한 요구에 충실하여 퇴근 후 집에 와서 외출도 하지 않고 어머니의 말처럼 "머릿속엔 오통 회사 일뿐"이고 지난 오 년간 단 한 번도 결근하지 않았던 그는 바로 '일벌레'였던 것이다. 그레고르의 '변신'은 사실상 이미 오래전부터 진행되었던 셈이다. 실제로 벌레가 된 후에도 그는 이 끔찍한 사태에 대처할 걱정을 하기보다 어떻게든 회사에 출근할 궁리만 하는데, 이러한 그의 행동과 태도는 그가 얼마나 심각한 '일벌레' 상태인지를 여실히 보여준다. 그가 기꺼이 '일벌레'가 될 수 있었던 것은 사업에 실패한 아버지를 대신해 가족의 생계를 해결해야 하는 책임감과 무엇보다도 가족에 대한 사랑 때문이었다. 그러나 가족들은 곧 그의 그러한 역할에 익숙해져 그를 돈 벌어오는 존재로만 인정할 뿐 따뜻한 교감이나 인간적 대화 따위에는 별 관심이 없다. 이러한 현실 속에서 인간으로서의 정체성은 점점 희미해져가고 삶은 황폐화, 기계화, 비인간화되어갈 뿐이다. 변신으로 인해 직장을 잃고 자신의 방에 갇혀 일종의 사육을 당하는 신세가 된 그레고르는 하는 일 없이 놀고먹는 존재 즉 '식충'이 된다. 변신 전에는 '일 벌레'였다가 변신 후에는 이제 '밥벌레'로 옮겨가는 것이다.

이와 같이 인간에게 비인간이 되기를 강요하는 폭압적 현실 자체가 곧 변신의 유력한 원인이라고 할 수 있다. 반대로 그러한 비인간적 현실로부터 벗어나기를 바라는 무의식 차원의 강렬한 소망이 변신을 초래한 것으로 이해되기도 한다. 예컨대 정신분석학적 해석에 따르면, 그레고르는 자신의 본래적 충동과 욕망을 철저히 억압한 인물이며 그러한 자신의 내면적 진실을 기만하고 계속 무의식으로 밀어내는 인간형이다. 그렇게 내면 깊이 억압되어 있던 것이 의식의 표층으로 돌출된 것이 흉측한 벌레의 형상이라고 해석한다. 현대사회에서 그에게 부과된 가혹한 노동 현실이 그를 본래적 욕망에서 소외시켰고, 그러한 노동을 거부하는 무의식적 욕망이 의식의 세계에 벌레의 형태로 나타난 것이다. 그러할 때 '변신'은 곧 일종의 파업 행위에 해당하는 셈이다. 그런데 억압된 무의식적 욕망도 결국엔 억압적 현실로부터 비롯한 것이므로, 그레고르를 벌레로 변신시킨 원인은 현실 자체인 동시에 현실로부터의 탈출 충동이라고 볼 수 있다.

변신은 그레고르에게 가족이나 사회가 주는 부담과 압박에서 벗어나 본래적 충동에 따라 살 수 있는 새로운 기회와 조건을 의미한다. 거기에는, 단순한 밥벌이 이상의 의미를 갖기 힘든 직업생활에서 삶의 의미를 찾지 못한 채 글쓰기에 대한 열망을 실현시키고자 하는 카프카 자신의 소망이 투영되어 있다고 볼 수 있다. 벌레로 변한 그레고르는 새로운 몸과 새로운 생활 조건에 적응하면서 벽과 천장을 기어다니고 여동생이 가져다주는 음식을 먹으며 소파 밑에서 대부분의 시간을 보낸다. 혼자만의 고독한 공간과 이러한 기생적 삶은 작가가 원하던 것이기도 하다. 카프카가 1913년 1월 중순 연인 펠리체 바우어에게 보낸 편지에는 그러한 삶에 대한 소망이 인상적으로 표현되어 있다. "나에게 가장 좋은 삶의 방식은 필기도구와 램프를 가지고서 지하실에서 가려져 있는, 가장 안쪽 공간에서 사는 것이오. 누가 먹을 걸 가져와 내 공간에서 멀리 떨어진 맨 바깥문 뒤에다 갖다놓는 겁니다. 잠옷 바람으로 지하실 방을 모두 통과해 음식을 가지러 가는 길이 내 유일한 산책이 될 테지요. 그러고 나면 나는 책상으로 돌아와서 천천히 경건하게 음식을 먹고 다시 곧장 글을 쓸 거요. 그러면 뭘 쓰게 될까. 얼마나 깊은 곳에서 그것을 끄집어내게 될까." 카프카는 방구석에 처박혀 오직 글쓰기만 하면서 그렇게 기생적 존재로 살고 싶은 자기 자신을 자연히 기생충 또는 벌레의 이미지로 연결시켰을 법하다. 게다가 집안의 기대를 저버리고 예술활동에 전념했던 친구 이츠하크 뢰비를 '벌레'라고 부르며 경멸감을 드러냈던 카프카 아버지의 눈에도, 카프카는 친구와 마찬가지로 한 마리의 커다란 '벌레'로 보였을 것이다. 따라서 그레고르의 변신 스토리는 인간을 벌레로 지칭하는 은유가 이야기의 형태로 확장되어 묘사된 것이고, 그레고르가 변신한 벌레는 카프카의 작가적 실존이 은유적으로 응축된 것이라 할 수 있다. 그레고르가 벌레의 생리에 적응

할수록 더 편안하고 쾌감까지 느끼는 것 역시 창작에만 전념할 수 있기를 바랐던 카프카의 소망과 합치된다. 여동생의 바이올린 연주에 "열망하던 미지의 어떤 양식"을 떠올리며 깊은 감동을 느끼는 대목은, 생존을 위한 생존을 넘어서서 예술적 쾌감이 그의 영혼을 살리는 자양분임을 일깨워준다. 그레고르의 등에 박힌 사과는 카프카의 아버지가 소설가인 아들을 인정하지 않았다는 사실에 대한 은유적 상징이면서, 훌륭한 문학작품은 상처받은 삶에 대한 성찰의 결과물일 수도 있음을 상기시켜준다. 나아가 그레고르가 벽과 천장을 이리저리 기어다니면서 끈적끈적한 흔적을 남기는 것은 종이와 펜으로 이루어지는 글쓰기 과정에 견줄 수 있다. 작가는 자신의 몸으로 글을 써내는 것이고, 글은 그의 몸에서 비롯되는 것임을 형상화하고 있다.

이와 같이 '변신'은 인간다운 삶의 가능성을 말살하는 정신적 육체적 혹사가 초래한 비인간적 소외의 극단을 보여주는 은유인 동시에, 작가 카프카가 창작을 방해하는 직업세계로부터 해방되고자 했던 소망을 함축하고 있다. 그리고 '벌레'는 현실의 폭압적 힘 탓에 인간적 알맹이를 상실하고 비인간적 껍데기만 남은 동물적 인간 존재를 형상화한 것이자, 비인간적 현실에 아직 훼손당하지 않은, 물질과 돈의 힘에 지배당하지 않는 인간의 고유한 부분, 즉 주인공의 본래적 자아가 투사된 것이라고도 할 수 있다. 다만 그것은 그동안의 폭압적 삶으로 겉모습이 심하게 일그러져 벌레와도 같은 몰골을 하게 된 자다. 변신의 의미는 결코 어느 하나로만 고정될 수 없으며, 그 하나의 의미도 이야기의 맥락과 상황에 따라 변화를 겪을 수 있다. 가령 변신의 해방적 의미는 벌레라는 새로운 몸을 얻음으로써 현실의 파괴적 영향으로부터 고유한 인간성을 지켜낼 수 있게 된다는 점에서 부분적으로는 탈현실의 긍정적인 의미이겠으나, 세상과의 소통 불능, 가족들의 몰이해, 변신의 고착화 등으로 점차 벌레의 몸안에 갇힌 고립된 해방으로 의미가 축소되고 희미해지다가, 결국엔 무의미한 죽음과 함께 완전한 소멸로 이어진다고 할 수 있다. 이처럼 카프카의 문학은 고정된 의미로 환원되지 않는 다층적 다의성을 구축한다. 그 다의성은 단순히 관념적 구성물이 아니라 우리의 삶처럼 살아 꿈틀대는 '생물'의 복잡성에 연유한다. 예컨대 처음에는 낯설고 제어되지 않던 벌레의 몸이었지만, 어느 순간부터는 마음까지도 벌레의 생리에 적응해나가는 것이다. 즉, 벌레라는 은유 자체도 계속 살아 움직이며 변신하는 것이다.

다시 정신분석학적 관점에서 고레고르의 변신을 무의식 세계의 갑작스러운 출현으로 볼 때, 이 소설은 시민적 합리성이 지배하는 의식 세계와 비합리적이고 초현실적인 무의식 세계의 대립으로도 읽힌다. 변신 이후 주인공이 죽음에 이를 때까지 두 세계는 기묘한 공존 상태로 지속된다. 의식 세계를 대표하는 그레고르 가족은 무의식 세계를 표상하는 벌레가 된 그레고르를 철저하게 방안에 가둠으로써 가까스로 집안의 평화를 유지하며 불안하게 현실적 삶을 이어간다. 그레고르의 감금은 문제를 덮어두는 임시변통의 해결책일 뿐이며, 가족들은 감금을 통해 얻은 어정쩡한 평화를 일상화한다. 그러한 태도는 그레고르 자신에게서도 나타난다. 위에서 언급했듯 그레고르는 가족의 경제 상황에 대한 걱정에 몰두할 뿐, 벌레로서의 자기 실존에 대한 고민은 조금도 하지 않는다. 그의 의식 역시 자신의 무의식 세계를 억압하고 있는 것이다. 하지만 억압된 무의식 세계는 주기적으로 경계선 너머로 분출하며 의식이 지배하는 시민적 일상 세계를 위협한다. 그레고르의 방과 가족의 거실 사이가 그 경계선이다.* 그레고르는 자신의 방 밖으로 세 번 기어나와 식구들을 경악하게 한다. 현실적 세계에서 일탈한 그레고르의 방은 「선고」에서 게오르크 아버지의 어두운 방만큼이나 불안과 공포를 유발한다. 이때 그레고르의 방은 일시적이나마 비인간적이고 답답하고 지루한 일상적 현실세계 너머에 있는 탈출구나 해방의 공간으로도 해석된다. 이처럼 그레고르의 초현실적인 무의식 세계는 현실적인 의식 세계를 위협하는 불안과 공포의 요인이자, 이 세계의 굴레를 벗어날 수 있는 구원의 가능성으로 나타나기도 한다.

그레고르의 무의식 세계를 구성하는 것 중에는 성적 충동이 있다. 그는 이성과의 관계를 맺을 여유나 성적으로 즐길 엄두를 내지 못한다. 그에게 이성에 대한 추억이라고는 지방 어느 호텔의 청소하는 아가씨, 어느 모자 가게의 점원 정도였다. 그의 성적 욕망이 억압되었음을 상징적으로 보여주는 것은 벽에 걸려 있는 액자 속의 여자 사진이다. 그의 유일한 소일거리는 실톱을 가지고 직접 액자를 만드는 것인데, 거기에다 잡지에서 오려낸 여자 사진을 넣어 책상 위에 걸어둔 것은 현실에선 충족 불가한 욕구에 대한 대리만족이다. 나중에 여동생 그레테가 어머니와 함께 벌레로 변신한 그레고르가 방에서 자유롭게 움직일 수 있도록 방의 모든 가구를 치우려고 했을 때, 그레고르는 그 액자가 가장 소중한 애장품인 양 결사적으로 방어한다. 그는 액자를 완전히 감싼 채

---

* 그레테는 오빠인 그레고르의 방을 드나든다는 점에서 경계선을 넘어서는 인물로 보일 수도 있지만, 어떤 경우에도 오빠의 모습을 보려고 하지 않으며, 이런 그녀의 태도 때문에 그레고르와 그레테 사이에는 보이지 않는 경계선이 암묵적으로 형성된다.

액자 유리에 뜨거운 배를 찰싹 붙이고 몸을 밀착해서는 그것을 내주지 않는다. "차가운 유리는 그의 몸에 찰싹 붙어 뜨거운 배를 기분좋게 해주었다." 자위적 행동을 연상시키는 이 장면은 억눌린 성적 욕구의 표현으로 보인다.

그레고르의 변신은 가족들의 '변신'을 불러온다. 그동안 가족을 부양해오던 그레고르가 벌레가 됐으니, 생계가 막막해진 가족들 역시 각자 나름대로 '변신'을 꾀하지 않을 수 없기 때문이다. 그레고르의 변신 이후 가족들이 보이는 변화가 이 작품의 또다른 주요 내용이다. 아버지는 은행안내원으로 취직하고, 어머니는 삯바느질을 하며, 여동생은 가게 점원으로 일한다. 이전의 아버지 잠자 씨는 무기력하고 거세당한 노인의 모습으로 묘사되지만, 그레고르가 벌레로 변신한 후에는 그동안 자신의 자리를 차지하고서 대신 가장 역할을 해오던 아들에 대해 노골적으로 적대감을 드러내고 급기야는 폭력을 행사하기까지에 이른다. 사과 폭탄 장면은 다시 권력을 되찾은 아버지와 권력을 빼앗긴 아들의 대결 상황을 극적으로 묘사한 것이다. 아들의 변신을 계기로 아버지는 허약한 노인네에서 탈바꿈하여 제복을 입고 직장생활을 활기차게 하는 가부장으로 거듭나는 것이다. 이처럼 「변신」에는 부자가 무의식의 은밀한 차원에서 권력관계의 역전과 반전 드라마를 펼치는 내용이 나오며, 작가 자신의 오랜 자전적 테마인 부자 갈등의 모티브가 아버지 잠자 씨와 아들 그레고르 간의 관계 변화에 대한 묘사를 통해 형상화되어 있다. 여동생 그레테의 변화도 극적이다. 처음에 여동생은 벌레로 변한 오빠에 대해 불쌍한 마음을 갖고 그레고르의 수발을 도맡는다. 이 일로 여동생을 어린애처럼 취급하던 부모님도 그녀를 칭찬하며 그레고르 문제의 '전문가'로 인정한다. 하지만 그런 여동생도 하숙인들 앞에서의 바이올린 연주 당시 대소동이 벌어진 후에는 그레고르를 '저것'이라 칭하며 더이상 사람으로 여기지 않고 '저것'은 없어져버려야 한다고 극언하며 표독스럽게 돌변한다. "저런 괴물 앞에서 오빠의 이름을 입 밖에 내고 싶지 않아요. 그러니까 제가 말씀드리고 싶은 건 오직 한 가지, 우리가 저것에서 벗어나야 한다는 거예요." 그레고르는 여동생의 말에 동의하며 죽어간다. "그가 사라져야 한다는 생각은 아마 여동생보다 그 자신이 더욱 단호할 것이다."

그레고르가 음식을 거부하고 굶어죽기를 결심하는 것은, 여동생의 표독스러운 발언으로 결정적인 타격을 입기 이전으로 소급된다. 그레고르를 건사하는 일이 새로 고용한 파출부의 손에 넘겨진 직후부터 그는 "거의 아무것도 먹지 않았다". 파출부 할멈은 그를 말똥구리라고 놀리며 그의 방 청소도 하지 않는다. 하숙인들을 들인 후부터는 집안의 온갖 잡동사니가 버려지면서 그레고르의 방은 쓰레기장이 된다. 방을 기어다니며 온몸에 먼지를 뒤집어쓴 그레고르도 이제 사실상 쓰레기나 마찬가지다. 이런 상황에서 그레고르가 음식을 끊고 굶기 시작하는 것은 죽음만이 인간의 존엄을 지키는 유일한 길임을 자각했기 때문일 것이다. 앞에서도 언급한 여동생 그레테의 바이올린 연주 장면에서 음악에 감동하는 것은 인간 그레고르의 마지막 자존심이 죽음을 앞두고 고개를 쳐든 순간이었다. "이렇게나 음악에 감동받는데도 그가 짐승이란 말인가?" 그는 죽기 직전에 가족들에 대한 사랑을 느끼며 마음속으로 화해한다. 그레고르가 죽는 장면을 집필한 후, 카프카는 약혼녀 펠리체 바우어에게 보내는 편지에서 내 이야기의 주인공이 좀전에 죽었으니 울어달라고 호소하며, "가족들과 화해하고 죽었으니" 위안으로 삼으라고 덧붙인다.

세 식구가 소풍 가는 마지막 장면은 그레고르의 변신 이후 시종 어둡고 무겁기만 하던 이전과 너무나 대조적으로 밝고 가벼운 분위기다. 카프카 자신도 이 마지막 장면을 "도저히 못 읽어주겠다"고 했듯이, 그레고르라는 무거운 짐에서 벗어났다고 이렇게 금세 분위기가 달라져도 되는지 마음이 불편하고 언짢은 독자들도 있을 것이다. 그런데 세 식구는 그레고르라는 골칫덩어리에서 벗어났을 뿐만 아니라 그레고르에게만 의존해 살던 상태에서도 벗어나 모두가 일거리를 얻어 자립적인 존재로 거듭난 셈이다. 그래서 그들은 소풍을 가면서 밝은 미래를 예감하며 새로운 전망을 이야기한다. 잠자 씨 부부의 희망은 그사이 몰라보게 성숙해진 그레테를 향한다.

「변신」은 현대인의 실존적 위기를 주제로 한 일종의 현대적 우화로도 읽힌다. 예컨대 실직이나 사고 등으로 경제적 능력을 상실할 경우 삶 전체가 위기에 처하게 되는 현대인의 상황을 벌레의 형상을 빌려 우화적으로 묘사하고 있는 작품으로도 볼 수 있을 것이다. 그때 벌레의 형상은 생활 전선에서 필수인 인간의 경제적 능력이라는 알맹이가 빠지고 남은 껍데기일 것이다. 또한 변신한 그레고르의 언어에 주목하자면, 그의 벌레 언어는 세상과 소통할 수 없는 자신만의 고독한 언어를 상징적으로 나타내는 것으로, 진정한 소통과는 거리가 먼 현대인의 소통 단절 내지 대화 부재 상황을 다루고 있는 작품으로 이해해볼 수도 있다. 그런가 하면 벌레의 몸이라는 새로운 육체적 실존 상황에서 인간의 의식이 여러 곡절과 굴절을 거치며 오디세이적 체험을 펼쳐나가는,

실험적 심리 드라마의 측면을 보여주기도 한다.

20세기 초 세계문학의 지평 위에 홀연히 등장한 그레고르라는 이름의 이 벌레는 과연 무엇인가? 끊임없이 다시 처음의 의문으로 돌아가게 만드는 그 힘은 어디에서 오는가? 그 정체를 밝히고자 이제껏 수많은 글이 쓰였고 나름의 답들도 제출되었으나, 이 괴물 같은 존재는 어떠한 답도 거부한 채 우리의 의식 너머에 수시로 출몰하여 조롱하듯 어른거릴 뿐이다. 소설 속에서 결국 그는 숨을 거두었으나 우리의 의식 속에서는 영원히 살아 있을 모양이다.

소설 「변신」은 1915년 10월 월간 문학지 『디 바이센 블래터』*에 처음 발표되었고 같은 해 12월 '최후의 심판일' 시리즈에 포함된 책으로 출간되었다.**

최초의 고뇌

이 작품의 집필 시기는 카프카의 『성』 집필이 막혔을 때인 1922년 3월 초가 유력시된다.*** 두 달 뒤쯤 비슷한 상황에서 「단식 광대」의 집필이 이루어진다. 주인공은 대형 버라이어티 극장의 공연단에 소속된

---

* 당시 헤르바르트 발덴의 『슈투름』, 프란츠 펨페르트의 『악치온』과 함께 독일 표현주의를 대표하는 문학지였다.

** 「변신」은 이 시리즈의 제22권과 제23권으로 출간되었다. 이 시리즈의 책은 브로슈어 형태로 제작되었기 때문에 상당한 분량의 작품은 두 권으로 분철되었다.

*** 처음 발표된 곳은 1923년 1월 쿠르트 볼프가 발행하는 뮌헨의 문학지 『게니우스』였다.

공중그네 곡예사다. 버라이어티쇼는 서커스 공연이 각종 극장 쇼와 결합되어 더욱 다양한 볼거리로 확장된 형태다. 그의 공중그네 곡예는 "거대한 버라이어티쇼 무대의 둥근 천장 아래"에서 행해진다. 이 작품은 예술과 예술가 문제를 다루는 뒤의 다른 두 작품 「단식 광대」 「가수 요제피네」와 다르게, 예술가에 해당하는 주인공 곡예사와 그의 주변 이야기만 다루고 그의 예술인 곡예를 구경하는 관객과 대중은 다루지 않는다.

곡예사는 공중그네가 있는 둥근 천장 아래의 높은 곳에서만 지내기를 원하며 아래 바닥으로 내려오기를 싫어한다. 말 그대로 공중에서만 살고자 한다. 위에서 사는 데 꼭 필요한 것들은 아래에서 "특별 제작된 용기에 넣어 올려보내고 내려받는 일"을 하는 급사들에게 조달받는다. (작품에는 나오지 않지만 아마 용변이나 씻는 일도 그런 식으로 해결하는 것 같다.) 그가 그렇게 사는 이유는 지속적인 연습을 하기 위해서이고 "그렇게 해야만 기예를 완벽한 수준으로 유지할 수" 있기 때문이다. 그의 공중그네 곡예는 "인간이 해낼 수 있는 것을 통틀어 가장 어려운 것 중 하나"인 것이다. 물론 공연단장은 그의 이런 생활방식을 용인하며 그를 적극 지원한다. "그는 대체 불가의 일류 곡예사였기 때문이다." 그가 접촉하는 사람들은 줄사다리를 타고 직접 그에게 올라오는 동료 곡예사들, 둥근 천장 근처에서 천장을 고치거나 시설 점검을 하는 사람들, 그리고 공연단장이 전부다.

문제는 순회공연을 위해 공연단이 장소를 바꾸어 이동해야 할 때다. 단장은 조금이라도 그의 불편과 고통을 줄여주기 위해 온갖 편의와 배려를 아낌없이 제공하며 그의 모든 요구를 수용한다. 가령 도시 안에서 이동할 때는 이동 시간을 줄여주려고 경주용 자동차를 그에게 내주었고, 도시에서 도시로 이동할 때는 열차의 "객실 한 칸을 통째로 예약해" 그가 위에서 지내는 평소 생활에 되도록 가깝게 하려고 우스꽝스럽지만 객실 안의 "그물 선반에 올라가 지낼 수 있게 했다". 카프카 특유의 희화화가 역시 유감없이 발휘되고 있다. 공연단장에게 "생활 중 가장 아름다운 순간"은 공중그네 곡예사가 "마침내 다시 공중그네에 매달리는 때"였다.

여행은 그만큼 공중그네 곡예사에게 "너무 큰 스트레스"였고 "신경을 파괴하는 일"이었다. 그런 여행중에 곡예사는 단장에게 공중그네가 하나 더 필요하다는 말을 한다. "이제는 어떤 상황에서도 공중그네 하나로는 절대 연기를 하지 않을 거라고" 단호한 자세를 보인다. 이에 단장은 동의한다는 뜻을 거듭 표한다. 그러자 곡예사는 갑자기 울기 시작하고, 놀란 단장이 일어나 곡예사를 달래며 얼굴을 갖다대자 "곡예사의 눈물이 단장의 얼굴로도" 흘러내린다. 단장은 당장 다음 공연 장소에 전보를 쳐 공중그네를 하나 더 설치하도록 부탁하겠다고 약속한다. 마침내 곡예사의 마음은 진정되었으나 단장은 "깊은 수심에 잠겨" 점점 늙어갈 곡예사의 앞날을 걱정한다. 이제 잠든 듯한 곡예사의 "이마 위에 첫 주름살"이 새겨지는 듯이 보인다.

이와 같이 이 작품은 기승전결의 스토리 라인이 부재한 매우 짧은 산문작품으로, 카프카 자신이 브로트에게 보내는 엽서에 적었듯 "혐오스러운 작은 이야기"라고 못마땅하게 여겼지만 그럼에도 작품집 『단식 광대』에 실리게 되었다. 이 작품집에 실린 다른 두 작품 「단식 광대」나 「가수 요제피네」처럼 강렬한 인상이나 감동적인 핵심, 다층적인 깊이가 거의 느껴지지 않는다는 점에서—그러기엔 작품의 길이가 너무 짧기는 하지만—카프카 자신의 말에 어느 정도 공감하지 않을 수 없다. 그러나 주제 면에서 이 작품은 예술가 주제를 다루는 작품집 색채에 부합한다. 아래로 내려와 땅 밟기를 기피하고 공중에서 살기만을 고집하는 주인공 공중그네 곡예사의 모습은 바로 현실과 절연한 채 오직 자신의 예술만을 추구하려는 외골수 예술가를 상징한다고 할 수 있다. 반면 이동 공연을 위해 어쩔 수 없이 내려와야 하는 상황은 피하고 싶고 귀찮은 일상의 요구들에 해당한다.

  물론 이 곡예사의 모습에는 카프카 자신의 작가적 실존도 녹아 있다. 현실과의 접촉을 피하고 자기만의 세계를 구축하려는 자세는 어떻게 보면 작가나 예술가에게 불가피하고 필연적으로 요구되는 것이리라. 공중그네 곡예사와 같은 '공중 체류'는 글쓰기 작업을 위해 필수적이며 '문학적 삶'을 사는 데 필요한 조건이라고 할 수 있다. 카프카는 공중그네 곡예사처럼 공중에 머물며 전체를 조망할 수 있고 상상할 수 있는 자기만의 고유한 내면 공간을 중요시한 것 같다. 그곳은 사회에서 외따로 떨어진 고독의 공간이지만 사회에 어떤 신호와 경고음을 내보낼 수도 있는 발신의 공간, 즉 카프카 말대로 "고독과 공동체 사이에 있는 경계지역"이다. 땅에 발을 디디고 현실 속으로 들어가 섞이기를 거부하는 곡예사의 지나친 현실 회피적인 모습은 빗나가고 왜곡된 예술가 정신을 꼬집는 희화화로도 읽힌다. 곡예사가 두번째 그네를 요구하는 내용은, 단장의 동의에 아랑곳하지 않고 어린애처럼 울음을 터뜨리며 떼를 쓰는 식으로 묘사되는 것으로 미루어 그런 예술가 정신이 더 심화된 것으로 볼 수 있다. 두 개의 그네를 가지고 공중생활을 더욱 강화된 형태로 계속해나가겠다는 뜻으로 들리는 것이다. 즉 두번째 공중 그네는 그리 중요한 함의가 없고, 공중그네의 막대기 하나에 매달려 사는 곡예사의 삶 자체가 너무나 일면적이고 치우친 삶에 대한 은유인 듯하다. 이 곡예사의 공중생활 모습에 빗대어, 유대 전통과 종교라는 기반을 상실한 채 서구 문화의 주변부에서 겉돌며 부유하는 서유럽 유대인을 상징하는 것으로 해석하는 연구들도 있다.

한편 곡예사를 지나치게 배려하고 염려하는 단장은 카프카의 친구 막스 브로트를 연상시킨다. "곡예사를 쓰다듬으며 그의 얼굴에 자기 얼굴을 갖다"대고 곡예사의 눈물과 슬픔에 공감하려는 단장의 애틋한 모습에서, 평소에 늘 카프카를 따뜻하게 대하고 살뜰하게 챙기던 브로트의 절절한 우정이 읽힌다. 특히나 이 작품을 쓰던 무렵은 카프카의 일기나 편지에 죽음의 공포가 빈번히 언급되던 때다. 폐결핵이 심해진데다 신경쇠약증까지 겹쳐 심각한 위기 상황이었다. 작품 마지막에 공연 단장이 전에 없이 울음을 터뜨리고 다소 억지를 부리는 듯한 곡예사의 모습에서 몰락의 징후를 읽어내는 장면은—"그런 생각이 생존 자체를 위협하지는 않을까?"—죽음의 예감 속에서 카프카의 병세를 안타깝게 바라보는 브로트의 그림자가 어른거리는 듯하다.

그렇다면 '최초의 고뇌'는 누구의 고뇌를 가리키는가? 공중그네 곡예사의 이마에 '첫 주름살'이 새겨지는 듯하다는 마지막 문장으로 보아 바로 곡예사의 고뇌를 의미하는 것 같지만, 단장이 앞으로 늙어갈 곡예사의 미래를 걱정하며 그의 이마에서 어두운 징후를 보는 장면이므로 그 고뇌는 단장의 것으로 볼 수도 있을 것이다. 하지만 단장은 그동안 공연단을 운영하면서 수많은 고뇌를 하지 않을 수 없었을 것이므로

'최초의 고뇌'는 그의 것이 맞지 않는 것 같다. 이 앞 장면에서 느닷없이 터뜨린 곡예사의 울음은 텍스트에 분명하게 표현되어 있지는 않지만 틀림없이 자신의 처지나 미래에 대한 불안과 절망감의 표현으로 볼 수 있을 것이다. 단장도 그의 그런 모습을 처음 보기 때문에 깜짝 놀라며 자리에서 벌떡 일어난 것이다.

네 편의 이야기로 구성된 카프카의 마지막 작품집 『단식 광대』는 예술과 예술가 주제를 다루고 있다. 표층적 이야기로만 볼 때 「작은 여자」만이 예외로 보인다. 나머지 세 편은 주인공들인 공중그네 곡예사, 단식 광대, 여자 가수가 각기 자신의 '예술'에서 최고의 완성도를 추구하는 '예술가'로 등장한다. 이들은 모두 자신의 몸 전체로 예술을 하는 행위적 공연 예술가인 셈이며, 다들 자신의 삶 전체를 전적으로 '예술'에 바치는 자들로 예술적 완성을 위한 그들의 의지와 갈망은 절제와 중용을 모르고 끝없이 계속된다. 죽음의 종말을 향한 카프카 자신의 치명적인 글쓰기 정신을 연상시키는 인물들이다. 그들 모두가 카프카처럼 강인하고 집요하면서도 여리고 연약한 모습으로 그려진다.

작은 여자

이 작품의 '작은 여자'는 1923년 9월 24일부터 카프카가 인생길 마지막 동반자였던 도라 디아만트와 베를린에서 동거를 시작했을 당시 그들과 돈 문제로 갈등과 마찰이 심했던 첫번째 집주인 여자*를 모델로 가공해낸 인물로 알려져 있다. 창작 시기는 1923년 12월 말쯤이 유력시되며, 이듬해 4월 20일 프라하 최대의 독일어판 일간지 〈프라거 타그블라트〉에 처음으로 실렸다. 그러나 작품에 묘사된 그 외모나 특성 등으로 볼 때 '작은 여자'는 아무래도 여주인과 거리가 먼 듯하다.

이 소설은 앞에서도 언급했듯 작품집 『단식 광대』에서 예외적인 작품으로 보인다. 적어도 첫눈에 보기엔 '예술' 주제와 무관한 것 같기 때문이다. 작품은 남성인 일인칭 화자 '나'가 제목의 주인공인 '작은 여자'에 대해 이야기하는 내용으로 이루어져 있다. 그런데 '그녀'와 '나' 사이에는 사이라고 할 것이 없다. 서로 아는 사이도 아니고 인사조차 나누지 않는다. 그저 서로를 보기는 하는데 스쳐지나가는 사이, 면식만 있는 정도의 사이일 뿐이다. 처음엔 그랬지만 무슨 계기나 사건으로 둘 사이에 접촉이 이루어져 대화를 나누며 알게 된다거나 하는 변화도 전혀 없다. 처음부터 끝까지 둘 사이에는 아무 변화가 없다. 한마디로 스토리가 없는 이야기다.

그런데도 이 여자는 화자인 '나'를 몹시 못마땅해하며 '나'에게 늘 화를 낸다는 점이 문제다. 아무리 요모조모 따져봐도 화자는 그녀가 자신에게 화를 낼 만한 이유를 찾지 못한다. 자신의 어떤 점이 그녀에게 못마땅하고 그녀를 화나게 하는지 도대체 알 수가 없다. 화자는 자신의 존재 자체가 그녀의 삶을 힘들게 하고 그녀를 화나게 하는 것 같다고 묘사한다. 둘 사이에는 "나 때문에 그녀가 괴로워해야 할 아무런 관계"도 없다. 말 그대로 두 사람은 "생판 모르는 남"이다. 둘 사이의 유일한 관계는 화자가 "그녀에게 화를 안겨주는" 사이라는 것이다. "더 정확히

---

* 카프카는 약 육 개월간의 베를린 시절에 두 번 이사했다. 세 군데의 셋집은 오늘날 베를린자유대학이 위치한 베를린의 서남쪽 지역 슈테글리츠와 첼렌도르프에 있었다.

말해" 그녀는 화자가 "자기에게 화를 안겨주도록 놔두는" 그런 사이다. 그렇다면 그녀는 '화'를 즐기는 것인가? 말장난을 하는 듯한 패러독스가 난무한다. 둘 사이에 유일하게 존재하는 "그 관계라는 것도 그녀가 만들어낸 것일 뿐"인 허구라는 것이다. 그럼에도 그녀는 이 '화'로 인해 "육체적으로도 고통을" 겪고 있다. 말하자면 '화'가 신체화되어 나타나는 '화병'을 앓는 것이다. 화자는 그녀가 뜬눈으로 밤을 지새운 탓에 아침이 되면 얼굴이 창백하고 두통 때문에 거의 일을 못할 지경이라는 소문을 듣는다. 이 대목에서, 밤에 장시간 작품을 쓰고 난 후 탈진 상태가 되고 그로 인해 사무실 일을 감당할 수 없을 것 같아 두려움을 느끼던 카프카의 모습이 연상된다.

화자는 끊임없이 문제의 인물인 여자를 자세히 살피면서 사려 깊고 분별심 있고 신중하고 차분한 태도를 유지하는 반면, 여자는 성마르고 과도하고 무절제하고 사납다는 느낌을 준다. 어디로 어떻게 튈지 도깨비불처럼 종잡을 수 없고 가늠하기가 어렵다. 이런 점에서 몇몇 연구는 「가장의 근심」에 나오는 정체불명의 존재 오드라데크와의 유사성* 내지 인척 관계를 언급하기도 한다. 여자의 이런 별스러운 태도와 행동 때문에 화자는 계속 신경이 쓰이며 눈길을 뗄 수 없다. 동시에 여자로부터 자신에게 일방적으로 가해지는 압박을 계속 밀어내면서 어떻게든 떨쳐내려고 애쓰는 자세를 보인다. 여자는 화자에게 계속 화만 낼 뿐 무슨 구체적인 요구 같은 것을 하지는 않는다. 여자와 화자의 이러한 관계 아닌 관계는 오랜 기간에 걸쳐 형성된 것으로 서술된다.

---

* 외모 면에서도 오드라데크는 나무로 된 인상을 주고, 작은 여자는 나무 색깔의 옷만 입고 다닌다는 유사성이 있다.

친구의 충고처럼 여행을 떠나본다거나 아예 집을 옮긴다거나 해서 끊어낼 수 있는 그런 관계가 아니다. "나에 대한 그녀의 불만은 어떤 근본적인 것이다. 그 불만을 없앨 수 있는 것은 아무것도 없으며, 나 자신을 없애버린다 해도 불가능하다." 그런가 하면 그녀는 솔직하고 진실하며, "설득력 있는 판단과 끈기 있는 추론"을 펼칠 수 있는 긍정적인 성품의 소유자로도 묘사된다. 여자다운 영리함, 강인하고 끈질긴 성격, "투쟁적 기질"도 그녀의 특성으로 언급된다.

또한 그녀는 자존심이 너무 세서 화자 때문에 겪고 있는 자신의 고통을 "불미스러운 일"로 여겨 주변 사람들에게조차 발설하지 않는다. 그 대신 그 고통으로 인한 외적인 증상들만을 사람들 앞에 드러내 "이 사건을 대중의 법정 앞에 세우려는 것"이라고 추측한다. 즉, 그녀는 세상 사람들이 자연스럽게 이 일에 개입하도록 하여 그들의 심판을 유도하려는 의도가 있다는 것이다. 그러나 세상은 그녀의 의도대로 호락호락 움직이지 않을 것이고, "대중은 그런 역할을 떠맡지 않을 것이다". 화자는 오히려 대중과 세상의 눈에 이 일은 사랑싸움으로 비치지 않을까 염려하며 그런 사태만은 막아야겠다고 생각한다. 이런 경우 "둘 사이에 연애 관계가 있는 것 아니냐는 의혹"을 갖기 마련인 대중적 심리에 맞서 화자는 위에서 언급한 그녀의 긍정적인 성품에 은근히 기대를 걸기도 한다. 대중 또는 세상은 이 사건에 대한 결정 권한이 없다고도 말한다. 또한 세상은 "이 사소한 일"에 주의를 기울일 만큼 한가롭지 않으며, 자신을 대중 사이에서 나름대로 신망이 높은 존재라고 하면서 세상이 결코 섣부른 '판결'을 내리지 않을 것임을 믿는다.

끝까지 갈피를 잡기 힘들고 도무지 정체를 알 수 없는 이 '작은 여자'

는 과연 누구인가? 어쩌면 사람이 아닐지도 모르겠다는 의혹이 들 정
도다. 이게 뭐지 싶은 존재 말이다. 카프카 문학이 내놓은 또하나의 수
수께끼, 역시나 답이 없고 답을 거부하는 그나마 '작은' 수수께끼다. 그
렇다면 "도꼬마리처럼 아주 성가시게 달라붙는" 이 존재에 대해 추측
과 의심을 반복하며 뭉게뭉게 이야기를 늘어놓은 '나'의 정체는 손에
잘 잡히는가? 그 또한 오리무중이라 할 수 있다. 그럼에도 '작은 여자'
의 '화'라는 것이 그녀가 지어낸 허구라는 점, 화병으로 지친 그녀의 피
폐한 모습에서 부분적으로 카프카 자신의 모습이 겹쳐 보인다는 점 등
을 단서로, 이 작품의 주제가 문학의 영역과 관련되어 있다는 추리가
그럴듯해 보인다. 그렇다면 '작은 여자'를 카프카 문학과 관련된 상징
으로 보는 것도 그리 무리는 아닐 것이다. 이 '작은 여자'를 카프카의
문학적 이상에 대한 알레고리로 본다든가 나아가 카프카의 문학 노트
를 닮았다는 해석이 나오는 이유다. 카프카는 여러 군데에서 고백하듯
문학의 요구를 충분히 충족시킬 수 없었다. 문학의 요구를 여기서는 수
시로 '화'를 내며 작가를 다그치는 '작은 여자'로, 작가 자신은 화자인
'나'로 형상화한 것은 아닐까? 뒷부분에서 대중과 세상의 간섭이나 역
할이 자주 언급되는 것도 문학세계와 연관이 있는 것 같다. "개입의 가
능성"을 찾아 동네 "길모퉁이에 서서 건들거리며" 코를 벌름거리는 "후
각의 소유자"들은 문단의 원로, 비평가, 출판업자 등을 희화화한 형상
화로도 해석된다. 이러한 의미에서 이 작품 역시 『단식 광대』의 예술
주제의 맥락에서 벗어나지 않으며 예외적이라 할 수 없다. 카프카가 이
작품을 공연히 작품집에 포함시켰을 리 없다.

단식 광대

이 작품은 1922년 5월 말 카프카가 말년의 역작 『성』 집필을 잠시 중단한 시기에 완성되었고, 같은 해 10월 권위 있는 계간 문학지 『노이에 룬트샤우』에 실렸다. 앞의 「최초의 고뇌」에서처럼 예인이 주인공이다. 예인 또는 광대는 여러 가지 기예나 재주를 연마하여 관객에게 보여줌으로써 즐거움과 신기함, 감탄 또는 웃음을 제공하는 쇼맨이다. 단식 광대가 보여주는 기예는 오랜 기간 먹지 않는 기예 아닌 기예, 바로 단식 기술이다. 많이 먹는 것을 보여주는 요즘의 속칭 '먹방' 예능인과 정반대로 단식 광대는 아무것도 먹지 않는 것, 굶는 것을 보여주는 예인이면서 나름의 예술가 면모도 있다. 독일어 원제목대로 '굶주림의 예술가Hungerkünstler'다. 마치 가난에 굶주리는 예술가의 이미지를 떠오르게 하는 말로도 읽히지만 물론 그것과는 무관하다. 그가 만드는 작품이라면 굶어서 말라가는 몸 그 자체이며, 굶는 기술로 자신의 몸을 그렇게 '조각'해나가는 것이다. 심지어 그는 관객들에게 자신의 작품인 "우둘투둘한 갈비뼈가 앙상하게 드러나"는 마른 몸을 만져볼 수 있게도 해준다. 단식하는 '몸'을 퍼포먼스로 보여주는 일종의 행위 예술가이며 몸 예술가라 할 수 있다. 아무런 행위도 하지 않는, 즉 먹지 않는 행위를 하는 행위 예술가인 셈이다.* 얼핏 수행을 쌓는 구도자 내지 고행자의 풍모도 엿보인다. 물론 진리나 깨달음의 경지를 추구하는 것이

---

* 이런 점에서 '단식 광대' 대신 '단식 예술가'로 번역할 수도 있겠지만, 단식 공연은 서커스 공연이라는 맥락 속에서 '단식 쇼'로 진행되는 것이기에 예술가보다는 광대 쪽으로 기운다.

아니라 단식의 최고 경지를 추구하여 인간 한계의 극점에 도달하려는 자세가 자못 진지하고 엄숙하며 남다르기 때문이다. 그는 "모든 시대를 통틀어 (⋯⋯) 가장 위대한 단식 광대"가 되겠다는 기염을 토하기까지 한다.

단식 공연은 실제로 미국에서 시작되어* 19세기 말부터 1차대전 전까지 특히 유럽에서 상당한 인기를 끌었다. 스타 연예인급의 인기 단식 광대는 유럽 전역을 도는 투어 공연을 벌였고 신문에 대대적으로 보도됨에 따라 더욱 큰 유명세를 떨쳤다. 그러다 여러 차례 사기 단식 사건이 발각되어 신빙성을 잃으면서 단식 '쇼'는 점차 시들해져갔다. 세계대전 이후 단식 공연이 다시 부활하는 듯했으나 예전만 못했고 카프카가 이 작품을 쓸 즈음에는 거의 사양길로 접어들고 있었다. 따라서 작품 내용은 상당 부분 이러한 역사적 사실성에 부합한다.

작품의 내용은 크게 세 부분으로 구분된다. 첫 부분은 이제는 쇠퇴해버린 단식 공연의 인기가 전성기를 구가하던 호시절을 회고하는 이야기다. 당시에는 온 도시가 단식 광대에게 뜨거운 관심을 보일 정도로 인기가 대단하여 단독 공연을 벌이기도 했다. 단식 광대는 사십 일 동안 단식하고, 매니저는 단식 성공을 자축하는 행사를 벌이는 한편 단식 광대에게 음식을 떠먹인다. 다음 부분에서는 단식 공연의 인기가 거의 꺼져버려 단식 광대가 찬밥 신세로 전락한다. 대형 서커스단에 헐값

---

* 1880년 미국 뉴욕시의 의사 헨리 태너가 사십 일간 물만 마시고 음식물을 섭취하지 않겠다고 공개적으로 선언한 후 단식에 들어가, 수천 명의 관람객이 그를 구경차 다녀간 것이 단식 쇼의 기원이다. 태너는 단식으로 여러 질병을 치유할 수 있다고 믿었고 자연적 충동을 이겨낼 수 있는 인간 의지의 힘을 보여주려 했다. 이 실험에 성공한 후 그는 몇 차례 더 공개 단식을 진행했다.

으로 고용된 단식 광대는 동물 우리 근처의 작은 우리를 배정받아 관객을 기다리지만, 서커스 관객들은 공연 휴식시간에 대부분 동물 우리로 몰려갈 뿐 단식 광대의 우리를 지나쳐버린다. 마지막 부분에서는 단식을 끝까지 고집하여 짚더미 속에서 죽어가는 단식 광대가 그를 지켜보는 감독관에게 의외의 고백을 하는데, 자기가 단식을 시작한 이유는 '입에 맞는 음식'을 발견하지 못했기 때문이라는 것이다. 이어서 죽은 단식 광대의 우리에는 어린 표범 한 마리가 들어오고 관객들은 생기 넘치는 이 동물을 구경하러 우리로 몰려든다.

「변신」에도 '단식'이 중요한 모티브로 등장한다. 식욕을 잃은 주인공 그레고르가 점차 음식을 거부하다가 스스로 아사의 길로 가는 대목에서다. 그는 여동생의 바이올린 연주 소리에 이끌려 거실로 기어나와 음악이라는 '미지의 음식' 앞에서 진한 감동을 받는데, 그런 자신의 마음이 바로 자신은 벌레가 아니라 영혼을 지닌 인간이라는 징표임을 마지막으로 확인한다. 그날 밤 그는 그 미지의 음식을 갈망하는 영혼의 허기를 느끼며 숨을 거둔다. 여기서 단식의 의미는 곧 단지 생존만을 위한 음식은 끊고 육체의 허기가 아니라 영혼의 허기를 채워줄 진정한 음식을 향해 손을 뻗는 것으로 이해된다. 카프카 자신에게 그런 진정한 음식이란 어디까지나 문학적 글쓰기다. 그러나 글쓰기의 길은 미지의 어떤 것에—아마도 삶의 희망과 의미 같은 것에—끝내 도달하지 못하고 끊임없이 허기를 느끼면서 결국 굶어죽을 수밖에 없는 운명에서 벗어날 수 없다. 그레고르의 종말과 카프카의 최후가 그렇게 겹쳐지고, 단식 광대의 마지막 모습 역시 유사하다. 그가 그렇게 죽도록 굶는 것은 스스로 고백한 '입에 맞는 음식', 즉 예술에 대한 갈망과 무관하지 않은 것으로 보인다.

「단식 광대」는 카프카의 마지막 책 『단식 광대』의 표제작으로 책의 다른 세 작품처럼 예술과 예술가의 문제를 다룬다. 작품에서 단식 광대는 흥행과 돈벌이를 목적으로 하는 서커스 공연의 맥락 속에서 단식 성공으로 대중적 인기와 명성을 추구하는 한편, 어느 선을 넘어 단식을 예술적 수준으로 밀고 나아가려는 다소 맹목적인 의지를 보인다. 여기서 예술적 수준이란 단식의 최고 경지를 말하며, 그것은 결국 굶는 능력을 최대치로 보여주는 것, 끊임없이 단식 기록을 갱신해나가는 것에 다름 아니다. 그래서 단식 광대가 아니라 단식 예술가가 되겠다는 것이다. 이 지점에서 단식 광대의 예술적 의지는 공연 매니저의 상업적 의지와 충돌하며 갈등한다. 매니저에게 단식 광대는 어디까지나 광대일 뿐이고 광대의 몸은 일종의 '상품'에 지나지 않는다. 하지만 그의 몸은 소중한 상품적 가치를 지니므로 철저히 관리되어야 한다. 매니저는 사십 일간의 단식을 마친 단식 광대의 몸을 계속 돈벌이가 되는 '상품'으로 유지하기 위해 단식 광대에게는 "생각만 해도 구역질"이 나는 음식을 "거의 실신 상태로 비몽사몽간인" 그의 입에 조금씩 흘려넣어 억지로 먹인다. 그런 의미에서 단식 광대는 몸의 상품적 가치가 소멸할 때까지 자신의 의지에 반해서 사육되는 '순교자'다. 이와 같이 단식 광대의 몸 위에서 예술성과 상업성, 예술혼과 상혼이 격돌하여 대립과 갈등이 벌어진다.

매니저가 단식 기한을 사십 일로 정해놓은 것 역시 그의 상업적 계산에서 비롯된 것이다. 광대의 건강을 염려해서가 아니라 경험적으로 사십 일이 지나면 관중의 관심이 현저히 줄어들기 때문이다. 여기에는 예수가 광야에서 악마의 유혹을 이기며 사십 일간 단식한 성서 내용에 대한 패러디도 들어 있다. 예수의 단식을 기념하여 교인들에게 역시 사십 일간 금식과 속죄가 요구되는 부활절 전의 사순절이 동시에 연상된다. 이런 종교적 연관성을 확인시켜주듯 매니저는 단식 사십 일째 되는 날 단식 광대를 우리 밖으로 데리고 나오는 대목에서 마치 종교적 의식을 방불케 하는 연출을 벌여 실소를 자아낸다. 그는 "마치 하늘을 향해 여기 (……) 당신 작품을, 이 가련한 순교자를 한번 보라고 호소하듯이 두 팔을 단식 광대 위로 들어올렸다". 철저히 매니저의 의도에 따라 단식 광대는 이렇게 강제로 단식을 중단당하는 수모를 겪는다. 매니저에게 단식 광대가 정말로 얼마나 오랫동안 먹지 않을 수 있는가 하는 것 따위는 관심 밖이다.

단식 광대가 단식을 제대로 하는지 상주 감시인들을 두는 것도 오직 단식 공연의 상품성을 높이기 위한 영악한 장치다. 단식의 진실성을 입증하여 사람들에게 믿음을 갖게 하려는 것이다. 상품 가치는 고객의 신뢰를 바탕으로 하는 것임을 노회한 매니저는 누구보다도 잘 알고 있다. 하지만 "단식이 정말로 중단 없이 완벽하게 이루어졌는지" 입증한다는 것은 그리 간단한 일이 아니다. 단식 기간 내내 많은 사람이 "단식 광대 옆에 붙어서 밤낮으로 줄곧" 관찰하지 않는 한 단식의 완전 증명은 불가능하다. 오직 단식 광대 자신만이 진실을 알 수밖에 없다. 단식 공연의 역사에서 단식의 진실성을 둘러싸고 많은 의혹과 스캔들이 발생한 이유이기도 하다. 그러니 감시인 장치는 얕은 눈속임일 뿐이다. 특이하게도 감시인들 대부분은 짐승 고기를 다루는 푸주한 즉 도축업자들이다. 깡마른 단식 광대와의 대비 효과를 불러일으키는 카프카의 블랙 유머로 보인다. 야간 감시 임무를 맡은 도축업자들은 "일부러 멀리 떨어진 구석에 모여 앉아 카드놀이에 열중"하면서 감시를 하지 않을 테니 "단식 광대에게 간단한 요기라도 할 수 있는 기회를 주려는 의도"를 노골적으로 드러낸다. 감시인들도 그의 단식을 믿지 않는 것이다. 단식 광대에게 이보다 더 비참하게 여겨지는 일은 없었다. 단식 광대는 이들 감시인들처럼 단식 자체를 믿지 않는 관객들에게 그저 낯설고 신기한 구경거리일 뿐이고 그의 진실인 예술적 의지 같은 것은 철저히 무시된다. 그런 점에서 매니저와 관객은 한통속인 셈이다. 한쪽은 속임수를 그럴싸하게 포장해서 내놓고 다른 쪽은 그런 눈속임을 어느 정도 용인하면서 즐기는 것이다. 한마디로 속이고 속아주는 그런 상호의존적 관계, 가짜들의 구조다. 대중적 인기로 먹고사는 문화산업 전반이 그런 논리와 생리로 굴러간다는 것을 예리하게 포착한 대목이다. 늘 그렇듯이 대중적 인기는 물거품 같은 허상일 뿐이다.

역설적이게도 단식 광대는 단식 공연의 인기가 수그러든 뒤에야 누구의 방해도 받지 않고 진정으로 자신의 '예술'을 추구할 수 있었다. 매니저의 규율과 간섭도 없고 감시인과 관객의 시선도 없는 완전한 자유 속에서 그는 오직 단식의 완성을 향해 예술혼을 불태우며 정진해나간다. 그의 완전한 자유를 불완전하게 만들고 있는 것은 그 자신이 선택한 철창 우리뿐이다. 그러나 아무도 관심을 두지 않고 아무도 보는 사람이 없는 예술은 더이상 예술이 아니다. 오직 자신만이 인정하고 만족하는 그런 예술은 자위적 행위일 뿐이다. 단식 광대는 "그 자신만이 (……) 완전히 만족한 관객"인 그런 예술세계 속에 철저히 고립되고 만다. 그런 완전한 고립의 결과 그는 결국 인간세계 바깥으로 밀려나 굶어죽는다. 단식 즉 예술의 완성은 곧 죽음이라는 또다른 역설이 성립되는 순간이다. 굶어죽는 길에서 단식 광대의 동지는 앞에서도 다루었듯 「변신」의 그레고르 잠자다. 그레고르 역시 폐쇄된 자기만의 공간 속에서 굶어죽는다. 그런 죽음의 동지에 카프카 자신도 포함된다. 다시 카프카의 마지막 모습을 떠올리면, 그는 거의 말도 못하고 음식도 삼킬 수 없는 상태에서 임종 직전까지 『단식 광대』의 교정지를 손에서 놓지 않았다. 도라 디아만트와 함께 끝까지 임종을 지켰던 카프카의 젊은 친구 로베르트 클롭슈토크는 교정작업을 마친 카프카의 모습이 마치 굶어죽은 자의 유령 같았다고 회고한다.

단식 광대가 죽음을 앞두고 감독관에게 유언처럼 남긴 말, 단식을 시작한 이유가 "내 입에 맞는 음식을 찾지 못했기 때문"이라는 고백에는 깊이 새겨지는 상징적 의미가 있다. '입에 맞는 음식'* 외에는 입에 넣지 않겠다는 이 외곬의 결기 속에서 현실세계를 철저히 외면하고 오직 예술적 가치만을 추구하는 현대 예술가의 정신, 현실세계의 극단적 부정이라는 미의 이념이 느껴지기 때문이다. 이런 단식 광대의 말을 감독관이 알아들었을 리 없다. 게다가 그는 아무도 구경하지 않는 단

---

* 참고로 카프카는 대체로 식욕이 없고 음식에 별로 관심이 없는 사람이었다. 그의 부진한 식욕은 어린 시절 아버지의 군대식 식사 예법 교육과 연관 있는 것으로 이해된다. 왕성한 식욕을 자랑하던 아버지는 자식들에게, 음식 투정을 하지 말아야 하며, 식탁에 오른 음식은 남기지 말아야 하고, 식사중에는 얘기하지 말고 신속하게 식사해야 한다는 등의 규율을 부단히 주입시켰다. 강인한 체력을 길러 씩씩하게 생존 투쟁에 나서도록 하기 위함이었겠지만 오히려 카프카의 식욕을 떨어뜨리는 역효과를 가져왔다 할 수 있다.(프란츠 카프카, 『아버지에게 드리는 편지』, 이재황 옮김, 문학과지성사, 1999, 37쪽 이하 참조) 또한 카프카는 생선을 빼째 씹어먹는 아버지의 우악스러운 식습관에 질리고 친할아버지가 백정이었다는 얘기를 들은 이후로 점차 육식을 멀리하면서 채식주의자가 되었다.

식을 계속해온 단식 광대를 미치광이처럼 취급하는 사람이다. 단식 광대는 정말로 입에 맞는 음식이 없어서 세상 사람들이 먹는 음식을 거부한 것이다. 아무도 그가 단식하는 이유를 이해하지 못하고 단식 자체를 믿지도 않는다. "이런 몰이해, 이런 몰상식한 세상에 맞서 싸우기는 불가능"하기에 그는 결국 완전한 고립 속에 스스로 굶어죽는 길을 갈 수밖에 없다. 우리 속에 스스로 갇혀 죽어가는 단식 광대의 초상은 현실세계의 부정을 추구하는 근대적 예술가의 희화적 상징이라 할 수 있다. 거기에는 그런 근대적 예술의 정신, 딜레마, 운명이 함께 녹아 있다.

가수 요제피네 또는 쥐 종족

카프카의 마지막 책 『단식 광대』에서 마지막에 위치한 이 이야기는 작가가 1924년 3월 베를린 생활을 청산하고 다시 프라하로 돌아와 완성시킨 마지막 작품이었다. 죽기 두 달여 전이었고 이젠 더이상 작품을 쓸 수 없는 몸 상태였다. 이 작품이 4월 말 체코의 독일어판 일간지 〈프라거 프레세〉에 실렸을 때*의 제목은 '가수 요제피네'였다. 죽음을 코앞에 둔 병상에서 카프카는 이 작품의 교정을 보면서 뒤의 표현 '또는 쥐

---

* 이 신문의 부활절 특집판 부록인 '문학과 세계'에 실렸다. 카프카가 브로트에게 치료비 마련차 이 작품을 발표할 곳을 알아봐달라는 편지를 써서 성사되었다. 참고로 이 신문은 신생 체코슬로바키아 공화국의 초대 대통령인 토마시 가리크 마사리크가 독일계 소수민족 통합을 목적으로 1921년 창간한 일간지다.

종족'을 덧붙였는데, 자신을 찾아온 브로트에게 새 제목에 대해 다음과 같은 쪽지 메모를 보여주었다. 평생의 두 친구 카프카와 브로트가 마지막 상봉을 하는 자리에서의 일화다. "'또는'을 넣은 제목이 별로 예쁘지는 않지만, 어쩌면 여기에는 특별한 의미가 담길지 모르네. 천칭저울과 같은 의미 말이야." 제목의 모양에 '천칭저울'의 이미지를 부여한 재미있는 발상이다. 저울의 가로대 역할을 하는 '또는'을 중심으로 왼쪽 접시엔 '가수 요제피네'라는 예술가가, 오른쪽 접시엔 '쥐 종족'이라는 공동체가 올라가 있는 형상이다.* 이로써 자연히 이 작품이 예술가와 공동체의 관계를 다루면서 양자를 저울질한다는 함축이 형성된다. 병과 사투를 벌이는 순간에도 재치를 잃지 않고 작품에 대한 애착의 끈을 놓지 않는 모습이 인상적이다.

주인공 요제피네는 쥐 종족의 "우리 가수", 이른바 '국민 가수'이자 유일한 가수 즉 디바다. 그런데 쥐 종족은 음악을 좋아하지 않는 비음악적인 종족이다.** 그럼에도 요제피네의 노래에는 종족을 지배하는 묘한 힘이 있다. 그 수수께끼 같은 영향력의 비밀을 파헤치고자 하는 것이 이 작품의 관건 중 하나다. 쥐 종족이 음악에 무관심한 이유는 그들을 짓누르는 삶의 무게 때문이다. 음악은 그들의 고달픈 일상과 너무 동떨어진 한가한 소리이며, 그들이 가장 좋아하는 음악은 역설적으로 "조용한 평화"다. 그래서 그들의 최대 장점이자 최고의 미덕은 오직 생

---

* 독일어 원제 'Josefine, die Sängerin oder Das Volk der Mäuse'에서는 '또는 oder'을 중심으로 왼쪽과 오른쪽이 어느 정도 균형을 이루는 모습이다.
** 참고로 카프카는 자신의 세번째 애인인 밀레나 예센스카에게 보내는 편지에서 음악과 친하지 않은 자신의 비음악성을 자백한 바 있다.

존에 필수적인 "약삭빠른 현실감각"이다. 그런 종족에서 요제피네만 예외적으로 음악을 사랑하고 노래를 부른다. 그래서 "그녀가 세상을 떠나고 나면 음악은 영영 (……) 우리 삶에서 사라질 것"이라고 한다.

쥐 종족의 일원인 일인칭 화자는 뒤에서 요제피네의 반대파에 "반쯤은" 속해 있다고 고백하듯이 그녀에 대해 시종 비판적 거리 두기를 하지만 요제피네와 쥐 종족 사이에서 되도록 어느 한쪽으로 치우치지 않고 객관적인 균형을 유지하려는 서술 태도를 취한다. 즉 천칭저울의 역할 또는 저울질하는 자의 역할을 하는 것이다. 한쪽으로 기울어졌다 싶다가도 다시 돌아와 평형을 잡고자 한다. 먼저 그는 그녀의 소위 '예술'에 대해 "그게 도대체 노래란 말인가?" 하고 강력한 의심과 근본적인 의문을 제기하며 나름의 예술론을 펼친다. 그가 아무리 문외한이라 해도 지금은 끊어졌지만 예로부터 노래의 전통을 이어온 종족의 후예로서 노래가 무엇인지 어렴풋하나마 어느 정도의 감은 있어서 그녀의 노래는 보통 쥐들이 내는 찍찍 소리와 별반 다르게 들리지 않는다는 것이다. 오히려 보통의 찍찍 소리보다 더 시원찮게 들릴 뿐이라고 한다.

그럼에도 청중이 요제피네의 노래에 감탄하는 이유에 대해 화자는 '호두까기'에 빗대어 설명해보고자 한다. "호두를 까는 일은 알다시피 예술이 아니다. 그렇기 때문에 즐거움을 준답시고 관객을 불러모아 그 앞에서 호두를 까는 일은 아무도 감행하지 않을 것이다. 그럼에도 누군가가 그런 일을 해서 의도대로 관객이 좋아한다면 그 행위는 그저 단순한 호두까기인 것만은 아닐지 모른다." 이 '호두까기 예술'의 본질은 우리가 별생각 없이 행하는 "그 별것 아닌 평범한 것"을 그것이 놓인 평범한 일상의 맥락에서 떼어내 의식적으로 특별한 공간과 상황 속에 보여주는 데 있다는 것이다. 따라서 예술가는 본질적으로 새로운 무언가를 만들어내는 '창조자'가 아니라 잊혀 있거나 은폐되어 있는 기존의 어떤 것을 드러내 보여주는 '제시자'일 뿐이다. 마치 예술에서 중요한 것은 대상을 만드는 것이 아니라 개념을 만드는 것이라는 현대의 개념 예술론을 듣고 있는 듯하다. 바로 현대미술사의 저 유명한 획기적 사건인 마르셀 뒤샹(1887~1968)의 소변기 전시가 1917년의 일이었다. 뒤샹이 한 것은 평범한 소변기에다 'R. Mutt'라는 작가 이름을 서명한 것뿐이다. 예술과 비예술의 차이는 그것이 있는 장소라는 것, 화장실에서는 그냥 변기지만 미술관에서는 예술작품이 된다는 주장이다. 이후 뒤샹의 '샘'은 예술의 정의 자체를 바꿔버린 작품으로 평가된다.

이제 화자는 "지금 그녀가 찍찍거리는 것은 그냥 찍찍거리는 소리가 아니라는 것을 알게 된다"고 하면서 요제피네의 노래는 찍찍 소리이면서 동시에 평범한 찍찍 소리를 넘어선다는 다소 역설적인 의견을 내놓는다. 그녀의 노래 즉 찍찍거림은 종족의 습관적인 찍찍 소리를 멈추게 하는 힘을 발휘한다. 그들은 "쥐죽은듯이 조용하다. 마치 염원하던 평화를 우리 모두가 공유하게 된 듯이, 우리 자신의 찍찍거림만으로도 그 평화를 방해한다는 듯이 우리는 침묵한다". 그러면서 화자는 종족을 매혹시키는 것은 요제피네의 노래가 아니라 그녀의 노래가 가져온 그들의 침묵이 아닌가 반문함으로써 그녀의 노래를 다시 찍찍거림의 차원으로 끌어내린다. 이런 식으로 화자의 생각과 견해는 천칭저울이 중심점 좌우로 오르내리며 균형을 찾아가듯이 수정에 수정을 거듭한다.

그러나 요제피네는 자신의 노랫소리와 종족의 찍찍 소리는 전혀 관계가 없고 차원이 다르며 자신의 노래를 진정으로 이해하는 자는 아무도 없다고 불평하면서 이러한 자신의 종족을 "귀머거리들"이라고 폄하한다. 그녀의 진정한 예술성을 이해하고 인정하는 자는 「단식 광대」에서처럼 요제피네 자신뿐인 것이다. 이에 대해 화자는 진정한 예술성을 지닌 '진짜 가수'를 언급하면서 그녀의 노래는 '진짜'가 아니라는 인식을 다시금 내비친다. 그럼에도 요제피네는 '진짜 가수'가 해내지 못하는 일을 성취하고 있다고 하면서 그녀가 성취하는 일이란 그녀의 종족이 그녀의 노래 아닌 노래에 귀를 기울인다는 것이다. 그리고 곧바로 역설을 구사한다. "우리가 요제피네에게 귀를 기울이는 것은 그녀의 노래를 거부한다는 증거다. (……) 그녀도 아마 짐작은 할 것이다. 그렇지 않다면 왜 우리가 그녀에게 귀를 기울인다는 사실을 한사코 부인하겠는가? 그러나 그녀는 노래 부르기를 멈추지 않고, 찍찍거리면서 그런 짐작을 날려버린다." 이렇게 천칭저울의 좌우 진동은 끝없이 계속된다. 이런 서술 방식 덕분에 해학과 유머, 반어와 역설이 작품 곳곳에서 반짝거린다.

요제피네의 노래가 성공을 거둘 수 있는 것은 "매일이 놀라움과 불안, 희망과 공포의 연속"인 힘겨운 종족 현실, 종족이 살고 있는 현재 상황 즉 '지금 여기hic et nunc'가 그녀의 토대이고, 그녀의 노래는 "이 나라에서는 누구나 낼 수 있는 찍찍 소리"인 "우리 종족의 언어"로 표출되기 때문이다. 여기에 바로 그녀의 노래가 지니는 힘의 비밀이 있다. 그래서 친숙한 종족의 언어로 이루어지는 그녀의 공연은 그들에게 잠시나마 일상의 질곡에서 벗어날 수 있는 해방감을 안겨준다. 바로 이 대목에서는 미학적 가치만 추구하면서 삶의 현실과 유리되어 있는 예술, 그래서 수용자가 없는 예술은 무의미하다는 카프카 자신의 예술관 일부가 바탕에 깔려 있는 듯하다.

요제피네와 쥐 종족은 상호보호 관계에 있다. 종족은 그녀를 "깨질 듯이 연약하고 보살핌을 필요로 하는" 존재로 여기며 "자식을 돌보는 아버지와 같은 방식으로" 돌본다. 반대로 그녀는 고난과 곤경에 처한 "종족의 구원자 행세"를 하며 "마치 폭풍우를 앞둔 양치기처럼 자기 양 떼"인 종족을 지킨다는 의식을 가지고 있다. 종족의 현실은 경제적인 이유로 넓은 지역에 흩어져 살아야 하고 사방의 "적은 너무 많으며, 도 처에 널린 위험은 도무지 예측할 수 없다". 이런 내용에 근거하여 여러 해석자가 쥐 종족을 유대 민족으로, 요제피네를 민족의 인도자로 해석 해왔다. 이미 브로트 자신이 작품에서 늘 위기에 처해 있는 쥐떼의 처 지를 유대 민족의 상황으로 이해했으며, 어떤 연구자는 이야기의 마지 막 부분에 나오는 "우리 종족의 유구한 역사"라는 표현과 "선택된 자 들"이라는 단어를 근거로 요제피네를 구약의 선지자 예레미야로 해석 하기도 한다. 그러나 작품에는 쥐 종족이 역사를 기록하지 않으며 역사 에 대한 의식이 없다는 내용이 나오므로 그러한 해석에 반대하는 입장 도 있다. 예술가가 어느 한 민족에 국한될 수 없듯이 이 작품에서 쥐 종 족도 인류 전체로 확대 해석되어야 한다는 것이다.

이 작품도 「단식 광대」와 유사하게 예술가와 관객의 관계를 다루 고 있지만, 여기서는 관객이 종족 공동체 전체라고 할 수 있다. 요제피 네의 노래는 늘 위기 상황인 종족의 현실에서 종족 공동체를 위로하 고 고양시키는 역할을 한다. 그래서 화자는 그녀의 노래 공연을 종족 의 '집회'로 표현한다. 요제피네의 노래 '예술'은 그저 희한한 볼거리에 불과한 단식 광대의 단식 '예술'에 비해 공동체에 의해 매우 가치 있는 것, 소중한 것으로 받아들여진다. 그렇다면 쥐 종족은 왜 그렇게 요제피네의 주위로 몰려드는가? "가늘게 울어대는 요제피네의 찍찍 소리는 적대적인 혼란의 세계 한복판에 있는 우리 종족의 가련한 처지와도 거의 유사"한 동질성을 지니고 있기 때문이다. 그녀의 소리는 마치 '민족의 복음'처럼 전달되며, 그녀의 음악회는 끝없이 계속되는 생존 투쟁의 막간에 마치 선물처럼 주어지는 달콤한 휴식시간이다. 그 시간에 그들은 '꿈'을 꾼다. 거기에는 그들의 "애처롭고 짧은 어린 시절"의 기억도 깃들어 있다. 그녀의 예술은 잃어버린 유년기의 낙원에 대한 기억을 불러일으키는 역할을 한다.

쥐 종족은 유년기가 너무 짧고 청소년기 없이 곧바로 어른이 된다. 그들이 처한 삶의 조건이 유년기를 허용하지 않기 때문이다. 아이가 조금이나마 달릴 줄 알고 약간이라도 분별력이 생기면 곧바로 생존 투쟁의 현장으로 뛰어들어야 하는 것이 종족의 살아가는 방식이다. 그래서 그들 모두는 어른으로 사는 기간이 너무 길고 일찍 늙어가지만 오히려 철부지 같은 천진난만함이 살아 있다. 화자는 요제피네가 종족의 이러한 "철부지 특성 덕"에 인정을 받는 것이라고 말한다. 그녀는 유년기의 순진무구함을 대표하고 있기 때문이다. 그녀의 이런 대표성은 예외성을 수반한다. 종족은 그녀를 "거의 법의 테두리 밖에" 사는 치외법권적 존재처럼 대하고 그녀에게 "그녀 외에는 누구에게도 준 적 없는 (……) 선물" 같은 자유를 허용한다. 이러한 분위기 속에서 그녀가 오페라의 프리마돈나처럼 우쭐대는 자세를 취하고 스타 의식에 젖어 꼴불견인 행동을 보이는 것은 어쩌면 매우 자연스러운 일이다. 걸핏하면

난동을 부리고 어리광을 피우며 어린애 같은 모습을 보이는 것이다.

그러나 한 가지만은 그녀에게도 허용되지 않는다. 오래전부터 요제피네는 '예술'에 전념할 수 있도록 일체의 '노동'을 면제해달라고 요구해왔는데, 종족은 언제나 단호한 거절로 응답한다. 쥐 종족에게 '노동'은 아이들조차 제외될 수 없는 종족 실존의 필수불가결한 것이자, 그녀를 종족의 일원으로 포함시켜 그들이 운명 공동체임을 확인시켜주는 유일하고도 가장 기초적인 것이기 때문이다. 이 같은 사실은 요제피네도 잘 알고 있어서, 실제로 그녀가 노동에서 벗어나려고 하는 것은 아니다. "그녀가 얻고자 하는 것은 오직 자신의 예술에 대한 공식적이고 분명한 인정"이다. 그럼에도 그녀는 자신의 요구를 관철시키기 위해 온갖 수단을 다 동원한다. 협박을 했다가 회유도 해보고 아무리 밀고 당기기를 계속해도 뜻대로 되지 않자 나중에는 억지와 생떼까지 쓰다가 마지막 카드로 아예 자취를 감춰버린다. 이처럼 화자의 천칭저울식 서술은 끝까지 계속된다.

요제피네의 실종 사건에 대해 화자는 자신의 실존 파괴인 동시에 예술 파괴를 의미하는 어리석은 일로 간주하며 "이 종족은 계속해서 제 길을 갈 뿐"이라고 담담하고 의연한 자세를 보인다. 그리고 그녀의 노래는 종족의 기억 속에 한동안 살아남을 테지만, 종족의 역사에서 "하나의 작은 에피소드"에 불과한 그녀는 종족의 "다른 모든 영웅과 마찬가지로 잊히고 말 것"이라고 마무리한다. 왜냐하면 "우리는 역사를 기록하지 않는 종족"이기 때문이다.

카프카는 생애 마지막까지 예술가와 공동체 문제에 대한 성찰을 내려놓지 않았다. 그러한 성찰이 반영되어 있는 그의 마지막 작품 「가수 요제피네」는 예술가와 공동체 사이의 긴장과 갈등 구도를 그리면서도 양자의 상호의존적 관계와 불가분의 관계를 부각시키고 있는 것으로 이해된다. 그러한 의미에서 요제피네의 노래는 가수 혼자서 부르는 독창이 아니라 그녀의 찍찍 소리와 그 소리를 에워싼 '종족의 침묵'이 어우러진 일종의 합창이라고 할 수 있다. 요제피네는 바로 카프카 자신이며, 그녀의 찍찍 소리는 그의 문학 언어에 해당한다고 할 수 있다. 요제피네의 노래가 종족의 언어인 찍찍 소리를 바탕으로 하듯이, 문학의 언어도 사람들 사이의 의사소통 수단인 실용적 언어에서 출발한다. 그러나 카프카는 이미 작가 생활 초기부터 현실의 언어를 일기의 말처럼 "나의 머릿속에 있는 어머어마한 세계"를 표현하기에는 너무나도 불충분한 것으로 인식했다. 이러한 인식으로부터 그는 그러한 불충분함을 넘어서는 새로운 언어를 모색하는데, 그 고심의 흔적이 요제피네의 노래 언어를 통해 암시적으로 나타나 있는 듯하다. "완벽한 침묵 속에서" 울려퍼지는 그녀의 찍찍거림은 진정한 문학 언어라 할 수 있는 '비언어적 언어' 또는 '침묵의 언어'에 대한 암호로 읽힌다. '침묵은 진리의 속성이다'*는 카프카 자신의 말처럼 침묵의 영역에서 진정한 문학 언어를 찾고 있는 역설적 노력은 카프카만이 아니라 여러 모더니즘 작가가 추구했던 바다. 이에 아도르노는 『미학이론』에서 다음과 같은 말로 호응한다. "예술의 진정한 언어는 말이 없다. 그 침묵의 순간은 의미심장한 문학보다 우세하다."** 작품은 이러한 깊은 성찰을 쥐 가수와 쥐 종족

---

* 카프카의 초기작 「어느 투쟁의 기록」에 나오는 이 말의 본래 표현은 다음과 같다. "말없음은 완전성의 속성이다Stummheit gehört zu den Attributen der Vollkommenheit."
** Theodor W. Adorno, *Ästhetische Theorie*, Suhrkamp, 1972, S. 171.

의 이야기라는 동물 우화적 틀 속에 녹여내 희화와 해학으로 우아하고
익살스럽게 형상화하고 있다.

이재황

1883년   7월 3일, 당시 오스트리아-헝가리 이중제국에 속한 보헤미아의 수도 프라하에서 독일어를 쓰는 유대인 중산층 가정의 장남으로 태어남. 아버지 헤르만 카프카는 보헤미아 남부지방 보세크 출신으로, 사회적 신분 상승과 주류 사회로의 진입을 위해 프라하로 진출해 장신구 가게를 열었고, 어머니 율리에는 뢰비 가문 출신임. 카프카 아래로 다섯 명의 동생이 태어나는데, 남동생 둘은 영아기에 사망하고, 그 아래로 세 여동생, 즉 '엘리'라고 불린 가브리엘레, '발리'라고 불린 발레리에, '오틀라'로 불린 오틸리에가 있었음. 카프카는 특히 막내 여동생과 친하게 지냄. 세 여동생은 후에 아우슈비츠 수용소로 끌려가 사망함.

1889~1893년 프라하 구시가지에 있는 4년제 초등학교(독일계 소년학교)에 다님. 독일계 학교를 다닌 것은 당시 프라하 상류층을 형성한 주류(보헤미아계 독일인들) 사회에 들어가기 위한 부모님의 조치였음. 카프카는 결국 '독일어 사용 유대인'으로서 전통 유대교에도, 기독교 세계에도 완전히 동화될 수 없었고, 프라하 주민의 대다수를 차지했던 체코인에도 속하지 못하는 '이방인'의 실존을 경험함.

1893~1901년 프라하 구시가지에 있는 독일계 김나지움에 다님. 이곳에서 평생의 지기로 지낸 중요한 친구들—사회주의적 지식을 전해준 루돌프 일로비, 같은 초등학교를 다녔던 시온주의자 후고 베르크만, 훗날 부친이 사장으로 있던 '노동자재

해보험공사'에 카프카를 추천해준 에발트 펠릭스 프르시브
람, 막스 브로트를 알기 전까지 카프카와 가장 친했던 오스
카르 폴라크―을 만남. 이 시기에 카프카는 문학에 마음을
두고 몇 번의 습작을 했으나, 이때 쓴 작품들은 일기와 함
께 유실됨.

1900년   여름, 체코 남부 트리시의 시골 의사인 외삼촌 지크프리트
뢰비의 집에서 방학을 보냄(독신으로 살면서 탈무드에 정
통했던 외삼촌은 기인적인 인물로, 후에 카프카가 단편「시
골 의사Ein Landarzt」를 집필하는 데 영감을 줌). 니체의
저작을 읽기 시작함.

1901년   가을, 프라하의 독일계 대학인 카를페르디난트대학에서 학
업을 시작함. 처음에는 화학을 공부했다가 바로 법학으로
바꾸는데, 한 학기 동안은 독문학을 공부하면서 미술사를
수강하기도 함.

1902년   가을, 뮌헨 여행을 하면서 그곳에서 독문학을 전공할 계획
을 세우기도 하지만, 결국 가족의 기대를 저버릴 수 없어
프라하에서 법학 공부를 계속함. 10월 23일, 평생의 지기
인 막스 브로트를 만남. 그는 카프카를 문단에 소개해 작
품이 출판되는 것을 도와주었을 뿐 아니라 카프카 사후에
는 유고들을 직접 출판함. 대학 시절 카프카는 헤르만 헤세
와 귀스타브 플로베르의 작품에 감동하고, 토마스 만의「토
니오 크뢰거」에 매혹되어 문예지『노이에 룬트샤우Neue
Rundschau』에 실리는 그의 작품들을 관심 있게 읽음.

1905년   단편소설「어느 투쟁의 기록Beschreibung eines Kampfes」
(보존되어 있는 카프카의 첫 문학작품) 집필 시작. 아울러
막스 브로트, 오스카르 바움, 펠릭스 벨치와 정기적으로 교
유하는데, 이들은 후에 프라하의 유대계 문인 그룹 '프라하

동아리'를 형성함.

1906년 6월 18일, 막스 베버의 동생인 알프레트 베버의 지도로 프라하대학에서 법학 박사학위 취득. 가을부터 프라하 민사법원과 형사법원에서 1년간 법률 시보로 실습함.

1907년 단편 「시골에서의 혼례 준비Hochzeitsvorbereitungen auf dem Lande」 집필 시작(미완성인 이 작품은 몇 가지 형태로 텍스트가 전해지는데, A형태는 1906~1907년, B와 C 형태는 1908년 집필된 것으로 추정됨). 10월, 첫 직장인 이탈리아계 민간 보험회사 '아시쿠라치오니 제네랄리'의 프라하 지점에 취직하여 9개월 정도 근무함(카프카는 자신의 직업을 자주 '밥벌이'에 비유함).

1908년 3월, 문예지 『히페리온Hyperion』에 '관찰'이라는 제목으로 8편의 산문 소품을 발표함(카프카가 발표한 첫 작품인 이 산문들은 1912년에 다른 소품들과 함께 카프카의 첫번째 책 『관찰Betrachtung』에 수록되어 출판됨). 7월 30일, 프라하 소재 '보헤미아 노동자재해보험공사'로 직장을 옮겨 1922년 7월 조기 퇴직할 때까지 14년 동안 법률가로 근무함. 이곳에서의 업무를 통해 카프카는 관료기구의 무자비성, 산업체 노동자들의 위험하고 열악한 노동여건에 대해 경험하면서 자본주의 체제와 그 체제에서의 개인의 소외와 무력감을 통찰함. 당시 직장에서 카프카는 일에 열성적이고, 작품에서 풍기는 어두운 분위기와는 달리 성실하고 지적이며 유머 있는 사람으로서 평판이 좋았지만, 개인적으로 시민사회에 정착하는 것에서 정체성을 발견할 수 없었고, "꿈과 같은 나의 내면의 삶을 서술하는 것에 대한 의미가 다른 모든 것을 부차적인 것으로 만들었다"고 고백한 것처럼 문학을 자신의 삶에서 유일한 의미요 탈출구로 여기면서 밤늦게까지 글쓰기에 몰두함.

1909년	「어느 투쟁의 기록」의 일부인 「기도하는 자와의 대화 Gespräch mit dem Beter」와 「취한 자와의 대화Gespräch mit dem Betrunkenen」가 『히페리온』에 게재됨.
1910년	본격적으로 일기를 쓰기 시작하여 방대한 분량을 남김. 카프카에게 일기는 자신의 삶을 성찰하는 수단일 뿐 아니라 형상과 비유, 이야기 형태의 문학이었고 문학적 착상을 기록하기 위한 중요한 수단이었음. 5월, 직장에서 중간 법률 고문으로 승진. 선거 집회 및 사회주의 대중 집회에 참석하고, 동유럽 유대인 순회극단의 연극(1910~1912년 프라하에서 공연)을 자주 관람함.
1911년	10월, 프라하 시내 카페 '사보이'에서 동유럽 유대인 극단의 공연 〈배교자〉를 관람하고, 이후 유대인 극단 배우 이츠하크 뢰비와 친밀하게 지내면서 동유럽 유대인들에게 잘 보존되어 있는 종교, 문학세계, 카발라 등 유대교의 전통에 관심을 갖기 시작함. 가을, 아버지의 자금으로 여동생 남편의 석면공장 사업에 동업자로 참여하지만, 시민사회에 정착하는 데 유보적인 태도를 보여 가족들과 갈등을 빚음. 첫 장편소설 『실종자Der Verschollene』(브로트 판에서는 '아메리카'라는 제목으로 1927년에 첫 출간)의 집필에 착수하지만 이듬해 7월 이백 매쯤의 원고를 파기해버림.
1912년	2월, 이츠하크 뢰비와 함께 프라하에서 개최한 강연회에서 유대인 독일어(이디시어)에 관한 강연을 하며 '소수민족 문학론'을 설파함. 8월 13일, 막스 브로트의 소개로 베를린 출신의 펠리체 바우어를 처음 만나고, 9월 20일부터 활발한 편지 왕래를 시작함(이후 펠리체와 5년간 삼백여 통의 편지를 주고받고 몇 차례 만나기도 했으며, 1917년 관

계를 끝낼 때까지 두 번 약혼과 파혼을 함. 카프카는 펠리체와 교제를 시작하면서 결혼을 통해 시민적인 삶에 정착하는 문제를 고민하지만, 그런 삶이 그의 본래적인 관심인 문학을 위협할 것으로 생각해 평생 주저하는 태도를 보임). 카프카가 작가로서의 인생에서 하나의 전환점을 맞은 해로, 9월 22~23일 하룻밤 사이 카프카의 문학 역정에서 '돌파구'로 평가받는 단편 「선고Das Urteil」를 집필하고, 새로이 『실종자』의 본격적인 집필에 착수하여 첫 장인 '화부Der Heizer'에 이어 이후 다섯 장을 완성함. 11~12월, 가장 널리 알려진 작품 「변신Die Verwandlung」을 집필함. 12월, 카프카의 첫번째 작품집 『관찰』(18개의 산문 소품)이 에른스트 로볼트 출판사에서 출간됨. 12월 4일, 프라하 작가 모임에서 「선고」를 낭독하여 재능 있는 작가의 출현을 알림.

1913년   3월, 베를린에 있는 펠리체의 집을 처음으로 방문함. 5월, 『실종자』의 첫 장에 해당하는 「화부」가 별도로 출간되고 (쿠르트 볼프 출판사의 표현주의 문학 시리즈인 '최후의 심판일Der jüngste Tag'에 포함됨), 막스 브로트가 발행하는 문학 연감 『아르카디아』에 「선고」가 실림. 11월, 펠리체의 친구 그레테 블로흐와 만나 서신 교환을 시작하고, 키르케고르의 저작들을 관심을 갖고 읽음.

1914년   6월 1일, 베를린에서 펠리체 바우어와 약혼하지만, 6주 후 (7월 12일) 베를린의 호텔 '아스카니셔 호프'에서 파혼함. 8월 1일, 독일이 러시아에 선전포고를 했는데, 카프카는 노동자재해보험공사의 요청으로 징집에서 면제됨. 8월, 장편소설 『소송Der Prozess』 집필에 몰두함. 10월, 세계대전의 암울한 분위기에서 중편 「유형지에서In der Strafkolonie」와 『실종자』의 '오클라하마Oklahama' 장을 집필함. 12월,

나중에 소설 『소송』에 삽입될 핵심적인 비유담 「법 앞에서 Vor dem Gesetz」를 집필해 다음해 별도로 출간함.

1915년   1월, 몇 작품의 집필에 계속 매달리지만, 『소송』의 집필은 중단함. 파혼 후 펠리체와 처음으로 재회함. 3월, 서른한 살의 나이에 프라하 시내에 처음으로 자기 방을 얻어 독립함. 10월과 11월, 중편 「변신」이 잡지 『디 바이센 블래터 Die weißen Blätter』에 발표되고 뒤이어 쿠르트 볼프 출판사에서 '최후의 심판일' 시리즈의 하나로 출간됨. 독일 작가 카를 슈테른하임이 카프카의 문학적 자질을 인정하여 폰타네 상을 양보함으로써 1913년 출판된 「화부」로 이 문학상을 수상함.

1916년   4월, 오스트리아 작가 로베르트 무질이 프라하에 와서 카프카를 방문함. 7월, 펠리체와의 관계가 회복되어 체코의 휴양지 마리엔바트에서 열흘간 함께 휴가를 보냄. 10월, 「선고」가 쿠르트 볼프 출판사의 '최후의 심판일' 시리즈로 출간됨. 11월, 펠리체와 뮌헨을 여행하면서 그곳에서 작품 「유형지에서」로 두번째 공개 낭독회를 가짐. 11월, 막내 여동생 오틀라가 제공한 프라하의 작은 집에서 6개월 정도 머물면서 작품집 『시골 의사』에 수록될 단편들(「회랑에서 Auf der Galerie」 「이웃 마을 Das nächste Dorf」 「황제의 전언 Eine kaiserliche Botschaft」 등)을 집필함.

1917년   3월, 히브리어 공부를 시작함. 7월, 펠리체와 부다페스트를 여행하고 프라하로 돌아와 두번째 약혼을 함. 8월 9~10일, 처음으로 각혈을 하면서 폐결핵 증세를 보임. 9월 4일, 당시로서는 불치병인 폐결핵 진단을 받고 펠리체와 파혼하기로 결심함. 9월, 요양을 위해 오틀라가 작은 농장을 경영하는 북부 보헤미아의 취라우에서 이듬해 5월까지 8개월간 머물

면서 「세이렌의 침묵Das Schweigen der Sirenen」과 다수
의 '잠언'을 쓰는데, 이 시기에 나온 잠언들에는 죄와 고통,
희망, 참된 길 등 종교적 주제가 강하게 나타남. 12월 25일,
프라하에서 펠리체와 만나 두번째 파혼을 함. 같은 날, 오
스트리아 조간신문에 인간이 되는 길을 걸어온 원숭이 '빨
간 피터'의 이야기 「학술원에 보내는 보고서Ein Bericht für
eine Akademie」가 게재됨.

1918년 5월, 다시 프라하로 돌아와 직장생활을 계속함. 10월, 1차
대전 후 오스트리아-헝가리 이중제국이 해체되면서 체코
공화국(10월 28일)이 탄생함. 12월, 프라하 북쪽에 있는 셸
레젠에서 4개월간 요양함.

1919년 5월, 「유형지에서」가 쿠르트 볼프 출판사에서 출간됨. 9월
중순, 아버지의 반대에도 불구하고 셸레젠에서 만난 체코
의 유대인 수공업자 집안의 딸 율리에 보리체크와의 약혼
을 발표함. 이 약혼 역시 아버지의 반대로 1920년 7월 취소
하게 되는데, 이러한 갈등을 계기로 1919년 쓴 『아버지에
게 드리는 편지Brief an den Vater』는 개인적으로 안고 있
었던 '부자 갈등'에 관한 장문의 기록물로서 카프카 문학을
이해하는 데 중요한 자료가 됨.

1920년 3월, 직장 동료의 아들 구스타프 야누흐가 카프카를 자주
찾아와 함께 산책하고 대화를 나눔(야누흐는 1951년 회상
형식으로 『카프카와의 대화Gespräch mit Kafka』라는 중
요한 자료를 출간함). 체코 출신의 기자이자 카프카의 작
품을 체코어로 번역한 밀레나 예센스카와 서신 왕래를 시
작함. 5월, 두번째 단편집 『시골 의사』가 쿠르트 볼프 출
판사에서 출간됨(같은 제목의 소품을 포함해 14편의 단
편 수록). 12월, 슬로바키아 타트라 산지의 마틀리아리 요

양소에서 9개월간 지내는데, 이 시기에 우화적 단편 「귀향 Heimkehr」 「작은 우화Kleine Fabel」를 집필함. 이곳에서 동료 환자이자 의대생이던 로베르트 클롭슈토크를 알게 되어 친교를 맺음.

1921년   8월 말, 다시 프라하의 생활로 돌아가 약 2개월간 직장에 근무하다가 다음해 은퇴할 때까지 장기 휴가를 얻음. 10월 초, 밀레나 예센스카에게 10년간(1910~1920년)의 일기를 모두 건네주고, 일기를 새로 쓰기 시작함. 이어 막스 브로트에게 사후에 발견되는 모든 원고를 불태울 것을 부탁함 (1922년 11월에도 같은 사안을 재차 부탁).

1922년   1월, 불면과 절망으로 신경쇠약 증세를 보인다고 일기에서 토로함. 1월 27일, 체코 북부 리젠산맥의 슈핀델뮐레에서 3주간 요양하면서 마지막 장편소설 『성Das Schloss』을 집필하기 시작함. 2월 17일, 요양에서 돌아와 단편 「최초의 고뇌Erstes Leid」 「단식 광대Ein Hungerkünstler」 「어느 개의 연구Forschungen eines Hundes」 등을 집필함. 7월 1일, 14년간 재직한 회사를 그만두고 연금생활을 시작함. 8월 말, 다시 신경쇠약 증세가 나타나 여름에 프라하 서쪽의 플라나에서 요양생활을 하면서 그곳에 있는 오틀라의 여름별장에서 거주함. 10월, 밀레나 예센스카를 만나 『성』의 원고를 넘겨줌.

1923년   병상생활이 잦아진 상황에서 시오니즘에 더욱 열의를 보이며 히브리어 공부에 집중함. 4월, 학창 시절의 친구 후고 베르크만의 방문을 받고 팔레스타인으로의 이주 계획을 세우기도 함. 7~8월, 여동생 엘리의 가족과 함께 발트해 뮈리츠로 여행을 떠나는데, 이 여행에서 열다섯 살 연하의 마지막 연인인 유대계 폴란드인 도라 디아만트를 만남(카프카는 도라와 함께 텔아비브로 이주해 식당을 운영할 계획까지 세우지만 실행에 옮기지는 못함). 9월 24일, 도라 디아만트와의 동거를 위해 거의 평생을 머물렀던 프라하를 떠나 베를린으로 이사하고, 단편 「작은 여자Eine kleine Frau」와 「굴Der Bau」을 집필함.

1924년   3월 17일, 건강 상태가 더욱 악화되자 막스 브로트가 카프카를 프라하로 데려옴. 마지막 작품 「가수 요제피네 또는 쥐 종족Josefine, die Sängerin oder Das Volk der Mäuse」을 집필함. 4월, 폐결핵이 후두 부위까지 진전되었다는 진단을 받음(점차 말하는 능력과 음식물 섭취 능력을 상실함). 남부 오스트리아의 비너발트 요양소를 거쳐 4월 19일 빈 북쪽 키얼링시의 호프만 요양소로 옮겨져 생애 마지막 시간을 보냄. 도라 디아만트와 1920년부터 친교를 가졌던 의사 로베르트 클롭슈토크가 카프카를 간호함. 요양소에서 마지막 작품집 『단식 광대』의 원고를 교정함(총 4편 「최초의 고뇌」 「작은 여자」 「단식 광대」 「가수 요제피네 또는 쥐 종족」을 수록한 『단식 광대』는 카프카가 막스 브로트에게 남긴, 모든 유고를 불태워달라는 유언에서 제외되어 그해 8월 디 슈미데 출판사에서 출간됨). 6월 3일, 호프만 요양소에서 마흔 살의 나이로 사망함. 6월 11일, 프라하의 신유대인공동묘지에 안장됨.

문학동네 세계문학전집 발간에 부쳐

세계문학은 국민문학 혹은 지역문학을 떠나 존재하는 문학이 아니지만 그것들의 총합도 아니다. 세계문학이라는 용어에는 그 나름의 언어와 전통을 갖고 있는 국민문학이나 지역문학의 존재를 인정하면서 그것을 넘어서는 문학의 보편적 질서에 대한 관념이 새겨져 있다. 그 용어를 처음 고안한 19세기 유럽인들은 유럽문학을 중심으로 그 질서를 구축했지만 풍부한 국민문학의 전통을 가지고 있는 현대의 문학 강국들은 나름의 방식으로 세계문학을 이해하면서 정전(正典)의 목록을 작성하고 또 수정한다.

한국에서도 세계문학 관념은 우리 사회와 문화의 변화 속에서 거듭 수정돼왔다. 어느 시기에는 제국 일본의 교양주의를 반영한 세계문학 관념이, 어느 시기에는 제3세계 민족주의에 동조한 세계문학 관념이 출현했고, 그러한 관념을 실천한 전집물이 출판됐다. 21세기 한국에 새로운 세계문학전집이 필요하다는 것은 명백하다. 우리의 지성과 감성의 기준에 부합하는 세계문학을 다시 구상할 때가 되었다.

문학동네 세계문학전집은 범세계적으로 통용되는 고전에 대한 상식을 존중하면서도 지난 반세기 동안 해외 주요 언어권에서 창작과 연구의 진전에 따라 일어난 정전의 변동을 고려하여 편성되었다. 그래서 불멸의 명작은 물론 동시대 세계의 중요한 정치·문화적 실천에 영감을 준 새로운 작품들을 두루 포함시켰다.

창립 이후 지금까지 한국문학 및 번역문학 출판에서 가장 전문적이고 생산적인 그룹을 대표해온 문학동네가 그간 축적한 문학 출판 경험을 바탕으로 새로운 세계문학전집을 펴낸다. 인류가 무지와 몽매의 어둠 속을 방황하면서도 끝내 길을 잃지 않은 것은 세계문학사의 하늘에 떠 있는 빛나는 별들이 길잡이가 되어주었기 때문이다. 우리가 자부심과 사명감 속에서 그리게 될 이 새로운 별자리가 독자들의 관심과 애정에 힘입어 우리 모두의 뿌듯한 자산이 되기를 소망한다.

문학동네 세계문학전집 편집위원
민은경, 박유하, 변현태, 송병선, 이재룡, 홍길표, 남진우, 황종연

세계문학전집 247

변신·단식 광대

초판 인쇄 2024년 5월 10일
초판 발행 2024년 5월 24일

지은이 프란츠 카프카 │ 옮긴이 이재황

책임편집 송지선 │ 편집 황문정
디자인 김이정 최미영 │ 저작권 박지영 형소진 최은진 서연주 오서영
마케팅 정민호 서지화 한민아 이민경 안남영 왕지경 정경주 김수인 김혜원 김하연 김예진
브랜딩 함유지 함근아 고보미 박민재 김희숙 박다솔 조다현 정승민 배진성
제작 강신은 김동욱 이순호 │ 제작처 영신사

펴낸곳 (주)문학동네 │ 펴낸이 김소영
출판등록 1993년 10월 22일 제2003-000045호
주소 10881 경기도 파주시 회동길 210
전자우편 editor@munhak.com │ 대표전화 031)955-8888 │ 팩스 031)955-8855
문의전화 031)955-1927(마케팅), 031)955-2686(편집)
문학동네카페 http://cafe.naver.com/mhdn
인스타그램 @munhakdongne │ 트위터 @munhakdongne
북클럽문학동네 http://bookclubmunhak.com

ISBN 979-11-416-0070-9 04850
      978-89-546-0901-2 (세트)

www.munhak.com